rororo

Heine Bakkeid, Jahrgang 1974, ist in Norwegen ein renommierter Jugendbuchautor. «Morgen werde ich dich vermissen» ist sein erster Thriller und der Auftakt der Reihe, die in 11 Ländern erscheint.

«Bakkeid beherrscht die Kunst des filmischen Erzählens, die raue, maritime norwegische Landschaft ist die perfekte Kulisse dafür.»

Neue Rundschau

HEINE BAKKEID

MORGEN WERDE ICH DICH VERMISSEN

THRILLER

Aus dem Norwegischen von
Ursel Allenstein

ROWOHLT TASCHENBUCH VERLAG

Die Originalausgabe erschien 2016 unter dem Titel «Jeg skal savne deg i morgen» bei Aschehoug & Co. (W. Nygaard), Oslo.

Veröffentlicht im Rowohlt Taschenbuch Verlag,
Reinbek bei Hamburg, Februar 2019

Redaktion Annika Ernst
Das Zitat auf Seite 5 wurde entnommen aus «Der taube Himmel.
Tora-Trilogie Band 3» von Herbjørg Wassmo,
in der deutschen Neufassung von Gabriele Haefs
© 2015 by Argument Verlag
Umschlaggestaltung bürosüd, München
Umschlagabbildung Blend Images / Spaces Images / plainpicture
Satz aus der Arno Pro bei hanseatenSatz-bremen, Bremen
Druck und Bindung CPI books GmbH, Leck, Germany
ISBN 978 3 499 29056 5

FSC
www.fsc.org
MIX
Papier aus verantwortungsvollen Quellen
FSC® C083411

Das für dieses Buch verwendete Papier ist FSC®-zertifiziert.

Es gibt Tage, an denen man nicht sieht,
dass die Berge noch stehen.
Es kommen Stunden, in denen alle Dinge schnell in der Flut
entlang den öden Stränden verschwinden.
Augenblicke, da man keinen Menschen kennt.

Herbjørg Wassmo

SIEBEN MINUTEN

Um drei Minuten nach fünf kommt die Reue. Eine panische Reue, die durch meinen Körper jagt, während ich nach Luft japse. Ich zucke und zittere und zappele mit den Beinen, um mich zu befreien, doch es hilft nichts.

Zwei weitere Minuten sind vergangen, und meine verzweifelten Atemzüge werden endlich ruhiger. Ich spüre, dass ich keinen Sauerstoff mehr brauche, sondern einfach nur an diesem Strick baumle, und mein System schaltet sich nach und nach ab.

Es ist acht Minuten nach fünf, und ich höre das Wasser unter mir auf die Fliesen prasseln. Ein heiseres Gurgeln entfährt meiner Kehle, während mir die Tränen über die Wangen rinnen – oder der Wasserdampf – und das, was noch von mir übrig ist, mit in den Abfluss im Boden spülen. Ich friere.

Dann steht sie da. Direkt vor mir, so grau wie der übrige Raum. Ich merke, dass ich lächeln will. Ich möchte jubeln vor Freude darüber, sie wiederzusehen. Ich versuche, den Mund zu öffnen, um es ihr zu sagen, ihr mitzuteilen, dass dies das höchste Glück ist, das ein Mensch zu fühlen imstande ist. Stattdessen höre ich ein Knacken, und im nächsten Moment liege ich auf dem Boden. Das Wasser aus den Gefängnisduschen spült über mein Gesicht, während der schwarze Zeiger an der Wanduhr weitertickt.

Zehn nach fünf.

MITTWOCH

1

Stavanger ist die Stadt der weichen Hundehaufen. Wie Pilze ragen sie in verschiedenen Brauntönen auf ihre ganz eigene beschissene Weise vom Asphalt auf.

Ich schreite über einen weiteren braunen Asphaltpilz hinweg und eile die Pedersgata entlang in Richtung Zentrum. Früher lag die Arbeitsvermittlung in einem ebenerdigen Großraumbüro mit Panoramafenstern, die auf die Klubbgata und den See Breiavatn hinausgingen. So konnten die Passanten auf die armen Kreaturen herabsehen, die sich hinter den Plastikpflanzen, Raumteilern und Lampenschirmen vor Nachbarn und Bekannten zu verstecken versuchten, während sie erklären mussten, warum sie ihre Arbeit verloren hatten. Diese Inszenierung des asozialen Individuums hat seit meinem letzten Aufenthalt allerdings den Ort und den Namen gewechselt. Jetzt befindet sich die Behörde in traditioneller eingerichteten Räumlichkeiten direkt nebenan.

Ich ziehe eine Wartenummer aus dem Automaten und setze mich auf ein rotes Sofa in einem Raum ohne Fenster und Sauerstoff. Es ist eine Art Bunker auf Bodenhöhe, wo der Geruch von Schweiß und Käsefüßen und der übliche Versagergestank, den die hiesige Klientel ausdünstet, sofort alle Sinne befällt, sobald man zur Tür hereintritt. Trotz der vielen Menschen um mich herum ist nahezu kein Geräusch zu hören. Nur ein träges Summen und sporadisches Tastengeklapper unterbrechen die Stille.

«38?»

Eine Arbeitsvermittlerin steckt den Kopf durch die Tür und sieht sich im Wartezimmer um. Ich gehe auf sie zu, und sie begrüßt mich mit einem schlaffen Händedruck und bittet mich herein.

«Ich heiße Iljana», sagt sie mit starkem osteuropäischem Akzent und sinkt auf ihren Bürostuhl. «Nehmen Sie doch Platz.»

«Danke», antworte ich und setze mich.

Iljana hat schwarzes, wirres Haar, das zu einem Knoten hochgesteckt ist. Sie trägt ein graues Kostüm mit großen schwarzen Knöpfen, wie man sie früher einmal Teddybären als Augen eingesetzt hat.

«Wie kann ich Ihnen helfen?»

Ich nenne ihr mein Geburtsdatum und meine Personennummer, und Iljana tippt die Angaben ein.

«Thorkild Aske?»

«Ja, das bin ich.»

«Waren Sie früher schon einmal arbeitssuchend gemeldet?»

«Nein.»

Ich reiche ihr den Brief, den mir mein Resozialisierungshelfer im Gefängnis von Stavanger mitgegeben hat.

Iljana lehnt sich über ihren Schreibtisch, während sie liest. Als sie fertig ist, lächelt sie schwach. Sie hat kleine Zähne, beinahe unnatürlich klein, und ihre Augen sind genauso grau wie ihr Kostüm.

«Na gut, Thorkild.» Sie faltet ihre Hände auf dem Schoß.

«Ihr Resozialisierungshelfer schreibt, Sie würden gern an einer fächerübergreifenden Weiterbildung teilnehmen, die Ihnen nach der Haft dabei hilft, wieder in die Gesellschaft zurückzufinden. Und das ist natürlich gut.» Sie betont das Wort *gut* und lächelt erneut.

Ich nicke.

«Ich war beim Verein zur Wiedereingliederung, der mir eine Wohnung und einen Psychiater und einen Hausarzt vermittelt hat, und ich habe mit verschiedenen Integrationsgruppen gesprochen. Sie alle bilden eine sogenannte Verantwortungseinheit, die mir dabei hilft, meine kriminelle Laufbahn hinter mir zu lassen. Wenn Sie mich fragen, bin ich zu beinahe einhundert Prozent rehabilitiert.»

Sie versteht die Ironie nicht und wendet sich wieder ihrem Computer zu. «Sie sind auf die Polizeischule gegangen.» Sie scrollt auf dem Bildschirm nach unten, während sie spricht. «Polizeimeister, Polizeikommissar, Polizeihauptkommissar und dann eine Position bei der Spezialeinheit für interne Ermittlungen.» Sie zögert und fährt sich mit der Zungenspitze über die kleinen Vorderzähne, ehe sie sich mir wieder zuwendet.

Ich komme ihrer Frage zuvor. «Das ist die Polizei, die die Polizei jagt.»

«Aha.» Sie nickt. «Dann liegt es wohl auf der Hand, dass wir wieder nach einer Tätigkeit bei der Polizei suchen, wenn Sie so weit sind, oder?»

Ich lächle zurück. «Ich wurde vom Dienst suspendiert», sage ich und spüre, wie der Schmerz in meinen Wangen und das Grummeln im Bauch wieder erwachen. Und gleichzeitig ist mein Mund so trocken, dass ich kaum sprechen kann.

«Wie bitte?»

Ich habe eine Wasserflasche dabei, schraube den Deckel ab und trinke, in der Hoffnung, dass das Wasser hilft. «Aber gegen mich wurde auch ein Berufsverbot verhängt.»

«Für wie lange?»

«So lange ich lebe», antworte ich, schraube den Deckel wieder zu und stelle die Wasserflasche neben mich auf den Boden. Das Kribbeln unter meiner Gesichtshaut geht in ein schmerzvolleres, pulsierendes Hämmern über.

«Und was haben Sie jetzt vor?»

«Ich hatte gehofft, das könnten Sie mir sagen.» Ich nehme die Flasche wieder und zerquetsche sie zwischen den Händen. Alles macht mich ratlos – die Schmerzen, der Geruch, das Licht, der Mangel an Sauerstoff und die Situation. Hier zu sitzen und mit noch einer Fremden sprechen zu müssen, wieder einer Verantwortlichen. Ich habe das dringende Bedürfnis, in einem Raum ohne reflektierende Flächen allein zu sein. Und trotzdem weiß ich, dass ich hier durchmuss, um auf die andere Seite zu gelangen. Ulf hat gesagt, es würde kein Weg daran vorbeiführen.

Iljana blickt wieder auf den Brief, ehe sie sich zum Bildschirm hindreht.

«Hier steht, dass Sie eine Berufsunfähigkeitsrente beantragen wollen, während Sie in medizinischer Behandlung sind?»

Ich nicke. «Es herrscht im Moment eine gewisse Uneinigkeit darüber, wie viel Prozent Arbeitsfähigkeit ich eigentlich noch habe. Nach meinem Arbeitsunfall.» Ich male mit den Fingern Anführungszeichen in die Luft. «Und trotzdem sind ich, die Kontaktbeamten, der Resozialisierungshelfer, das Krankenhauspersonal, der Gefängnispfarrer, der Hausarzt, der Psychologe und mein Freund, der Psychiater, zu der Entscheidung gekommen, dass ich längerfristig einen würdigen Versuch unternehmen sollte, wieder am Arbeitsleben teilzuhaben.»

«Arbeitsunfall?»

«Steht das denn nirgendwo?» Ich zeige auf den Brief. «Der Mensch Thorkild Aske hat versucht, sich einige Monate vor seiner Entlassung aus dem Gefängnis an einem Rohr in der Gemeinschaftsdusche zu erhängen. Und noch dazu mitten in den Weihnachtsferien.»

«Was ist passiert?», flüstert sie.

«Das Rohr brach durch.»

Iljana starrt mich an, als hätte sie Angst, ich könnte sie oder mich selbst jeden Moment mit einer der dekorativen Plastikbananen auf ihrem Schreibtisch attackieren.

«Also gut», sagt sie schließlich zögernd. Sie holt tief Luft und räuspert sich. «Dann wollen Sie wohl eine Umschulung machen?»

«Umschulung zu was?» Ich quetsche die Wasserflasche so fest zusammen, dass kleine Wassertropfen über meine Finger und auf den Boden spritzen. «Zu einem vierundvierzigjährigen Erdgasingenieur mit Gehirnschaden? Oder Börsenmakler? Oder Zahnarztgehilfen?»

Iljana schielt verstohlen zu der Uhr in der rechten Ecke des Bildschirms, ehe sie mit neuen Schwung sagt: «Ich würde vorschlagen, wir warten erst einmal ab, wie über Ihren Antrag auf Arbeitsunfähigkeitsrente beschieden wird. Und bis dahin sehen wir uns verschiedene Möglichkeiten an, wie Sie außerhalb des Polizeiberufs wieder ins Arbeitsleben einsteigen können.»

Sie tippt etwas ein, scrollt nach unten und haut schließlich noch einmal fest in die Tasten, bis sie zufrieden ist und sich wieder mir zuwendet. «Was halten Sie denn davon, in einem Callcenter zu arbeiten?»

2

Ich will einen Versuch unternehmen, die Schmerzen in Wangen und Bauch durch Nahrungsaufnahme zu vertreiben, und kaufe ein Club Sandwich in einem Café direkt neben dem Arbeitsamt. Anschließend gehe ich die Hospitalgata entlang und weiter durch die Pedersgata und nehme Kurs auf die Einzimmerwohnung, die mir von der Kriminalfürsorge zugeteilt wurde und direkt unterhalb der Stadtbrücke liegt.

Im Briefkasten finde ich einen Möbelkatalog und einen Umschlag, der an mich adressiert ist. Es ist immer derselbe, nur das Alter der Kinder ändert sich. Sie werden älter, aber ihre Gesichter sind nie dieselben. Als ich zum ersten Mal einen solchen Brief bekam, waren es Bilder von Babys aus Zeitschriften und Katalogen. Anfangs schickte sie auch Ausschnitte von Babybetten, Rasseln, Milchfläschchen und Milchpumpen.

Ich nehme den Brief und den Katalog mit und schließe meine Wohnungstür auf. Die Post lege ich auf den Tisch zwischen dem Sofa und dem Fernsehmöbel ohne Fernseher, ehe ich zur Küchenzeile gehe und den Tablettendosierer aus dem

Schrank über dem Miniherd hole. Ich öffne den Mittwochsdeckel, entleere den Inhalt des kleinsten Fachs in meine Handfläche und spüle ihn mit einem Schluck Wasser herunter. Anschließend stelle ich die Kaffeemaschine an und setze mich mit dem Brief aufs Sofa.

Diesmal befinden sich zwei Ausschnitte darin. Ein Foto von einem sieben- oder achtjährigen Jungen mit leicht gelocktem braunem Haar. Er trägt ein buntes T-Shirt mit dem Aufdruck eines Fischs mit Hut und Schnorchel, der in einem Korallenriff umherschwimmt. Der Text darunter lautet: *Findet die perfekten Anziehsachen für Spiel und Spaß – Jeans, T-Shirts, Jacken und vieles mehr. Wir haben bunte und strapazierfähige Kinderkleidung in allen Größen.*

Das zweite Foto zeigt ein Mädchen im gleichen Alter. Laut Bildunterschrift trägt sie eine kurzgeschnittene altrosa Jacke mit abnehmbarem Kunstpelzkragen, eine enggeschnittene Jeans und ein passendes T-Shirt. … *Wir bieten Jeans für den Alltag, praktische Kleidung zum Spielen und schicke Kleidung für festliche Anlässe und für jede andere Gelegenheit …*

Ich lege die Ausschnitte vorsichtig wieder in den Umschlag und schiebe sie zusammen mit dem Möbelkatalog ans Ende des Tisches, ehe ich mich auf dem Sofa zurücklehne und die Augen schließe.

Da klingelt das Telefon.

«Na?», sagt eine raue Männerstimme mit ausgeprägtem Bergenser Dialekt und zieht gierig an einer Zigarette. Ulf Solstad ist ausgebildeter Psychiater und Leiter meiner neuernannten Verantwortungsgruppe. «Wie lief das Treffen?»

Ich habe Ulf während meiner Haft im Gefängnis kennengelernt, wo er eine achtzehnmonatige Haftstrafe wegen

Erpressung absaß, ohne dass dies die Nachfrage nach seinen Diensten anschließend in irgendeiner Weise beeinträchtigt hätte. Ganz im Gegenteil scheint er bei den Bürgern der Stadt, die Geld und Probleme haben, jetzt sogar noch gefragter zu sein als vor seinem Knastaufenthalt.

«Großartig», antworte ich spöttisch. «Sieht ganz so aus, als würde mir eine herausragende Karriere im Callcenter bevorstehen.»

«Reg dich ab, Maaann!» Selbst für einen Menschen aus Bergen zog Ulf das A unnatürlich in die Länge. «Halt einfach durch und folge den Rattengängen durch dieses verwirrende Netzwerk, das man für solche wie dich aufgebaut hat. Genau das will man: alle aussieben, die nicht stark genug sind. Wenn sie dich zu denen sortiert haben, die Rehabilitierungsleistungen beziehen dürfen, dauert es nicht mehr lange, bis du für immer in den Kreis der Asozialen aufgenommen wirst, das verspreche ich dir. Und bis dahin: Mach dich locker.»

«Wie bitte?»

«Hör mal», sagt Ulf, während ich mich aus dem eingesunkenen Sofa hochmühe, um mir eine Wasserflasche zu holen. «Ich fühle mich sehr geehrt, dass du mich zu einem Mitglied in deiner Verantwortungsgruppe ernannt hast, und ich verspreche, alles zu tun, damit du im Leben das erreichst, was du dir wünschst, Thorkild.»

Ich höre die Zigarette knistern.

«Ich brauche mehr Sobril.» Ich klaube die Wasserflasche auf, die mir aus der Hand gefallen und unter das Sofa gerollt ist. «Ich habe bald keine mehr. Außerdem müssen wir die Dosis vom Oxycontin erhöhen.»

«Sind die Schmerzen schlimmer geworden?»

«Ja», antworte ich. «Und ich habe neuerdings beim Gehen Krämpfe in den Beinen.»

«Vielleicht sollten wir lieber die Neurontin-Dosis überprüfen?»

«Nein!», rufe ich und presse meinen Zeigefinger in das zerstörte Wangengewebe. Bald brennt mein ganzes Gesicht vor Schmerz. «Davon bekomme ich Kopfschmerzen. Und von den Risperdal auch. Ich vertrage sie einfach nicht.»

«Thorkild, das Thema hatten wir schon mal. Neurontin ist speziell für Nervenschmerzen gedacht, und das wirst du wahrscheinlich für den Rest deines Lebens nehmen müssen. Risperdal ist ein Anti-Psychotikum, auf das du weiterhin in höchstem Maß angewiesen bist. Man glaubt immer, man bräuchte mehr Benzodiazepine, weil sie die Angst dämpfen. Die und die Oxys. Aber das ist keine Lösung. Wenn wir etwas herabsetzen, dann die, und über das andere entscheiden wir nach und nach, wenn du dich außerhalb der Mauern wieder halbwegs zurechtfindest. Alles klar?»

«Ich kann aber nicht schlafen», schmolle ich und schiebe mit der Ferse die Post vom Tisch. Ich weiß, dass er recht hat, und das ärgert mich.

«Doch, das kannst du», erwidert Ulf ruhig. «Deshalb habe ich dir das Sarotex verschrieben.» Er hustet kräftig, ehe er fortfährt: «Du nimmst sie doch immer noch alle, oder?»

«Was meinst du?»

«Na, die Medikamente. Du nimmst sie doch?»

«Natürlich.»

«Auch die Risperdal?»

«Ja.»

«Dir ist schon klar, dass du sie brauchst, Thorkild?»

«Jaja, ich weiß», antworte ich viel zu schnell.

«Hör auf, mich zu belügen!», ruft Ulf streng. «Ich bin nicht dieser verdammte bucklige Gefängnispfaffe, der verzweifelt versucht, seine Himmelsquote zu erfüllen.» Er atmet schwer. Ich habe sein Ritual der perfekten Zigarette gestört, und er wird sich sofort eine neue anzünden müssen, sobald er diese bis zum Filter in sich eingesogen hat.

«Er hat gesagt, ich wäre eine Biene ohne Blumen.»

«Wer?»

«Der Gefängnispfarrer.»

«Willst du mich verarschen?»

«Nein.»

Ulf steckt sich tatsächlich eine neue Zigarette an und atmet schwer in den Telefonhörer. «Erzähl mir die Geschichte, Thorkild. Bitte, tu mir den Gefallen!»

Ich beschließe, ihm diesmal eine gelungene Zigarettenpause zu bescheren, und erzähle. «Ich bin eine Biene in einer Welt ohne Blumen, und die Entscheidung, wie ich die Zeit bis zum Winter nutzen werde, liegt ganz in meiner Verantwortung.»

«Bis zum Winter?» Ulf raucht und atmet harmonisch. Ich kann es durchs Telefon genau hören. In der Art und Weise, wie er den Rauch einsaugt und wieder hinausbläst, liegt tiefe Dankbarkeit.

«Der Winter, der früher oder später in unser aller Leben einbricht», fahre ich fort und spüre, wie sich auch meine Muskeln entspannen. Ich sinke auf das Sofa zurück und lasse mich von dem Möbel nach unten zwischen die Kissen ziehen. Die guten Pillen sorgen dafür, dass sich der Schmerz allmählich auflöst und verschwindet.

«Du verarschst mich doch? Bitte sag, dass das nicht wahr ist, Thorkild?»

«Nein, ich verarsche dich nicht. Er hat gesagt, das wäre so, wie wenn man Wellen gegen den Fels schlagen hört: Schschschschp … Puuuuuh. Schschschp … Puuuh.»

«So etwas Bescheuertes habe ich ja noch nie gehört: Schschschp … Puuuuuh. Darf ich das klauen?»

«Tu dir keinen Zwang an!»

Wir schweigen eine Weile.

«Du», sagt Ulf, als ich soeben auflegen will. Er spricht gerade laut genug, um die gute Stimmung zu zerstören. «Da ist jemand, der mit dir sprechen will.»

«Aha?»

«Jemand, den du kennst. Von früher.»

Er zögert, als hätte er noch nicht ganz entschieden, ob er mir wirklich erzählen sollte, um wen es geht.

«Wer?»

«Freis Onkel», sagt Ulf schließlich, ehe er hinzufügt: «Und seine Exfrau, Anniken Moritzen.»

«Arne Villmyr?» Ich spüre, wie ich nervös werde. Mein Mund ist mit einem Mal staubtrocken, und das Licht, das durch die Fleecedecke vor dem Fenster dringt, brennt mir in den Augen. «Warum?»

«Es hat nichts mit Frei zu tun», antwortet Ulf angestrengt, als sei er sich immer noch nicht sicher, ob er gerade das Richtige tut. «Arne und seine Exfrau haben einen gemeinsamen Sohn …»

«Arne ist schwul!», falle ich ihm trotzig ins Wort. Mir gefällt die Wendung nicht, die dieses Gespräch nimmt, und gleichzeitig wachsen in mir die Unruhe und das Bedürfnis, einfach aufzulegen und das Licht und die Geräusche abzustellen.

«Und trotzdem», antwortet Ulf ganz ruhig, ohne mir einen Vorwand zu geben, das Gespräch zu beenden, «haben er und seine Exfrau also einen gemeinsamen Sohn …»

«Was hat das mit mir zu tun?» Ich kneife die Augen zusammen und wende mein Gesicht ab, von der Fleecedecke und von dem Licht, das hindurchscheint.

«Wenn du mich mal ausreden lassen würdest», schnauft Ulf und bläst schwermütig den Rauch aus. «Also: Anniken Moritzen ist eine Patientin von mir. Sie braucht …» Er zögert erneut und inhaliert, ehe er weiterredet. «Die beiden brauchen Hilfe. Ihr Sohn ist verschwunden.»

«Ich bin kein Privatdetektiv.»

«Nein, Gott bewahre!», keucht Ulf. «Aber Anniken ist eine Freundin, und mir fällt nichts anderes ein, was ich in dieser Situation noch für sie tun könnte. Außerdem habt ihr, Arne und du, diese gemeinsame Vergangenheit, der du sowieso nicht entkommen kannst, und jetzt hat er darum gebeten, mit dir sprechen zu dürfen. Ich denke, das bist du ihm dann doch schuldig?»

Der Schmerz presst sich gegen meine Haut, die Augen, die Hirnrinde. «Bitte», stöhne ich zwischen meinen zusammengebissenen Zähnen hindurch. «Nicht heute, nicht jetzt.»

«Rede mit ihnen. Hör dir an, was sie zu sagen haben.»

«Ich habe keine Lust.»

Ulf seufzt erneut. «Du hast ein schweres Los gezogen, Thorkild, und du warst am Boden und hast dich wieder aufgerappelt. Als anderer Mensch.» Er keucht erneut und drückt die Zigarette aus. Halb geraucht, zerstört. «Lass diese Wohnung nicht zu deiner neuen Gefängniszelle werden. Du musst an die frische Luft kommen, mit Leuten reden und herausfinden, wer du eigentlich sein willst in deinem neuen Leben in Freiheit.»

«Ich weiß es», flüstere ich und versinke erneut im Sofa. Dann öffne ich die Augen, zwinge mich, in das gleißende Licht zu sehen, das die Decke ausfüllt, und halte meinen Blick dort, bis mir die Augen überfließen.

«Was hast du gesagt?»

«Dass ich es weiß.»

«Sicher?»

Ulf Solstad senkt die Stimme zu einem therapeutischeren Tonfall. «Okay», sagt er, als ich nicht antworte. «Dann kommst du nachher vorbei, und wir können uns bei der Gelegenheit auch deine Dosierung ansehen. Versprichst du mir das? Ja?»

Seinen dritten Versuch, die perfekte Zigarette zu rauchen, muss Ulf Solstad ohne mich unternehmen.

3

Arne Villmyr steht neben Anniken Moritzen, die auf einem Bürostuhl sitzt, ihre Hände vor sich auf dem Schreibtisch gefaltet. Hinter ihnen umrahmen drei bodentiefe Fenster die Landschaft des Viertels Forus mit seiner dröhnenden Autobahn, den Grünflächen und den Industriegebäuden. Arne ist genauso geschmackvoll gekleidet wie beim letzten Mal, als ich ihn vor bald vier Jahren in seiner Villa in Storhaug Vest getroffen habe. Nur sein Haar ist ein wenig dünner geworden und das Gesicht blasser.

«Thorkild Aske?», fragt Anniken Moritzen, ohne von ihrem Stuhl aufzustehen.

«Ja», antworte ich und gehe widerstrebend auf sie zu.

«Sehr erfreut», entgegnet sie ausdruckslos.

Ich nehme eine gleichgültige Verachtung wahr, als sie mir endlich die Hand gibt. Und mein rechter Mundwinkel reagiert wieder einmal nicht auf den Impuls zu lächeln, sodass ich wohl nur ein schiefes Grinsen hinbekomme.

Arne Villmyr macht keine Anzeichen, meine Geste zu erwidern, als ich ihm ebenfalls die Hand entgegenstrecke.

«Ich habe ein Bild von ihm.» Anniken Moritzen zieht ein Foto aus einer Schreibtischschublade.

«Schön», sage ich bemüht, beuge mich zu ihr und nehme das Foto in beide Hände, damit es nicht auf den Boden fällt.

«Es ist vor fünf Monaten aufgenommen worden, als wir meine Eltern in Jütland besucht haben.» Anniken spricht den Dialekt der Region, ohne dass sie versucht, ihren dänischen Ursprung zu verbergen. Sie ist Mitte fünfzig, trägt ein dunkelblaues Kostüm und eine weiße Bluse, deren zwei oberste Knöpfe geöffnet sind. Mir fällt auf, dass sie bestimmt einen ganzen Kopf größer ist als ihr Exmann.

«Sieht aus wie ein schöner Ort, um seine Kindheit zu verbringen.»

Sie blickt zu mir auf, als wolle sie sagen, dass sie weiß, was ich gerade versuche, lässt meine Bemerkung jedoch unerwidert. «Es ist das letzte Bild, das ich von ihm habe.»

Sie starrt das Foto an, als wäre sie immer noch dort, im

Garten ihrer Eltern, und würde grillen und Limonade trinken. Rasmus, ihr Sohn, kümmert sich um den Grill, er trägt rote Liverpool-Shorts, Sandalen und eine weiße Kochmütze. Sein Körperbau ist sportlich, seine Haut sonnengebräunt. Der Großvater prostet dem Fotografen mit einem kleinen Bier zu, während Anniken Moritzen in einem Sessel sitzt und in die Kamera winkt.

«Rasmus hat letztes Jahr mit ein paar Schulfreunden die Welt umsegelt.» Verträumt betrachtet Anniken von unten die Rückseite des Fotos, während sie redet, als würde sie versuchen, auch die letzte Energie der Erinnerungen, die es hervorruft, in sich aufzusaugen. «Aber nach einem Ausflug nach Nordnorwegen kam er dann auf die Idee, ein ehemaliges Konferenzhotel auf einer Leuchtturminsel dort oben in ein Erlebnishotel umzuwandeln.»

«Erlebnishotel?»

«Wracktauchen, Harpunenfischen und solche Freiluftaktivitäten. Rasmus sagt, dass so etwas im Ausland sehr beliebt sei.»

«Wie alt ist er?», frage ich, obwohl ich es weiß. Im Bus auf dem Weg nach Forus habe ich in einer Internetzeitung eine Notiz darüber gefunden, dass ein siebenundzwanzigjähriger Mann, der vermisst wird, vermutlich bei einem Tauchunfall unweit der Ortschaft Skjellvik in der Gemeinde Blekøyvær ums Leben gekommen ist.

«Unser Rasmus ist siebenundzwanzig Jahre alt.»

«Und wann ist er dort hingefahren?»

«Anniken hat das Hotel im Sommer für ihn gekauft», erklärt Arne. Hinter ihm haben die Sonne und der Wind begonnen, an den Regenwolken zu zerren. Blasse Grautöne, die schnell nach Südosten ziehen.

Anniken nickt, ohne uns anzusehen. «Die Leuchtturminsel ist vollständig verlassen, seit das frühere Konferenzhotel irgendwann in den Achtzigern geschlossen wurde. Rasmus ist sofort nach dem Kauf mit ein paar Freunden hingefahren, die ihm bis zum Ende der Ferien bei der Restaurierung helfen sollten.»

«Und wann ist er verschwunden?»

«Am Freitag vor fünf Tagen habe ich zum letzten Mal mit ihm gesprochen. Die Polizei hat sein Boot gestern Morgen gefunden. Deshalb glauben sie, dass er entweder Samstag oder Sonntag zum Tauchen hinausgefahren ist.»

«Und Sie?» Ich sehe Arne Villmyr an, der angestrengt ins Leere starrt wie ein Wachsoldat. Hinter ihm hat der Regen begonnen, leise gegen das Fenster zu picken.

Arne schüttelt schwach den Kopf, als im nächsten Moment mit einem schweren, krachenden Donnern über uns die Regenschleusen geöffnet werden und das Wasser in regelmäßigen Strömen über die Scheiben fließt.

«Sie hatten nicht viel Kontakt», erklärt Anniken an Arnes Stelle und schlingt die Arme um ihren Oberkörper, als stünde sie draußen in den Regenschauern.

«War er allein, als er verschwand?», frage ich, und mein Blick gleitet von dem Foto zu den tiefen Grautönen hinter dem Fenster.

«Ja, im letzten Monat war nur er da.»

«Warum glaubt die Polizei, dass er ertrunken ist?» *Nur noch ganz kurz, Thorkild,* rede ich mir innerlich gut zu. *Nur noch ein paar Fragen, und du kannst wieder nach Hause gehen.*

«Als sie das Boot gefunden haben, war seine Taucherausrüstung weg. Wenn er die Zeit hat, fährt Rasmus immer zu

den Schären vor der Leuchtturminsel, um z… e
Freitag hat er noch zu mir gesagt, er wolle…
wieder hinaus, wenn gutes Wetter sei.»

«Haben Sie irgendeinen Anlass zu glauben, d… anderes zugestoßen sein könnte? Dass es kein T… war?»

«Nein.»

Ich kann die Irritation auf ihrem Gesicht ablesen. Wahrscheinlich habe ich genau dieselbe Frage gestellt wie alle anderen, mit denen sie seit dem Verschwinden ihres Sohns in Kontakt war.

Am liebsten würde ich sie an den Schultern fassen, um sie zu schütteln. Ihr sagen, dass sie aufwachen soll. Mit dem Träumen aufhören soll. Ihre Hoffnungen führen zu nichts. Sie brechen lediglich Herzen und zerreißen den Menschen, all diese Träume, die wir mit offenen Augen träumen.

«Ich bin sofort hochgefahren, als ich ihn nicht erreicht habe. Ich hatte im Gefühl, dass etwas nicht stimmte.» Anniken Moritzen dreht sich zu ihrem Exmann um. «Das habe ich dir doch gesagt. Er hätte zurückgerufen. Er ruft immer zurück.»

Arne legt ihr vorsichtig die Hand auf die Schulter und nickt stumm.

«Aber da oben herrschte ein Unwetter», fährt sie fort. «Der Lensmann und der Polizeibeamte haben sich geweigert, mich zu dem Leuchtturm zu fahren. Sie haben mich wie ein hysterisches Weib behandelt, das sie einfach in ein Hotelzimmer in Tromsø stecken konnten, hundert Kilometer entfernt, während sie selbst in ihr Büro zurückgekehrt sind und Däumchen gedreht haben. Niemand wollte mir helfen, niemand wollte was unternehmen. Alle hocken einfach nur da, verstehen Sie? Sie hocken einfach da, während mein Junge irgendwo da draußen auf dem Meer ist und Hilfe braucht!» Sie stößt ein bitteres Schluchzen aus. «Deshalb bin ich nach Hause zurückgekommen, Arne», flüstert sie dann, während ihr die Augen überlaufen. «Weil du gesagt hast, du würdest jemanden finden, der uns hilft. Der uns zuhört. Erinnerst du dich? Du hast versprochen, jemanden zu finden, der uns helfen kann.»

Arne schließt die Augen und nickt wieder und wieder. Anniken Moritzen wendet sich erneut mir zu. «Und zwar Sie, Aske.» Sie holt tief Luft und wischt sich mit dem Handrücken über die Wange. «Mit Ihnen werden sie sprechen, das weiß ich. Sie können ihn finden», fügt sie hinzu und lächelt warm, angesichts der Hoffnung, die dieses Hirngespinst in ihr aufkeimen lässt. Sie klammert sich an die Illusion, dass noch Zeit wäre. «Ja, Sie können Rasmus für mich finden.»

Ich blicke wieder hinab auf den Mann auf dem Foto. Als ich in Rasmus' Alter war, habe ich als Hauptkommissar in der Finnmark gearbeitet und meine Zeit damit verbracht, betrunkene Mopedfahrer davon abzuhalten, mit der Schrotflinte auf Straßenschilder zu schießen. «Ich bin aber kein Ermittler», erkläre ich und lege das Foto vor mir auf den Schreibtisch.

«Wir würden Sie bezahlen», wirft Arne Vollmyr ein. «Falls es darum geht.»

«Das ist es nicht», flüstere ich. Ich will sagen, dass es zu spät ist. Dass niemand unter solchen Umständen auf dem Meer verschwindet und fast eine Woche später wieder auftaucht, aber Arne Villmyr umrundet bereits den Schreibtisch.

«Kommen Sie», sagt er und fasst meinen Oberarm. «Wir reden draußen weiter.»

Wir lassen Anniken Moritzen zurück und gehen hinaus in den Flur und bis zum Aufzug.

«So», sagt er und lässt meinen Arm erst los, als wir dort angekommen sind. Er drückt den Knopf und dreht sich zu mir um. «Jetzt sind wir allein.»

«Hören Sie …», hebe ich an, doch er fällt mir ins Wort.

«Mein Sohn ist tot», sagt Arne Villmyr ruhig, während er sein teures Hemd zurechtzupft. «Es gibt nichts zu ermitteln», fährt er fort, und als er mit dem Hemd fertig ist, sieht er mich an. «Ihre Aufgabe besteht darin, dorthin zu fahren, seine Leiche zu finden und sie nach Hause zu bringen.»

«Herrgott», entfährt es mir, und ich hebe in einer resignierten Geste die Arme. «Wie soll ich das tun?»

«Schwimmen oder tauchen Sie, springen Sie durch tausend brennende Feuerringe, mir ist es schnuppe, wie Sie es anstellen. Ich habe Rasmus schon verloren, als ich vor vielen, vielen Jahren meine Familie verloren habe. Aber er kann nicht einfach verschwinden, als hätte er nie existiert. Wir brauchen ein Grab, zu dem wir gehen können.» Arne spannt seine Kiefermuskulatur an, und sein Blick wird härter. «Und ich habe mich selbst davon überzeugt, dass Sie derjenige sind, der dafür sorgen kann. Nennen Sie es das Begleichen einer alten Schuld, nennen Sie es, wie sie wollen, aber finden Sie Rasmus für uns, und bringen Sie ihn wieder nach Hause.»

«Arne», sage ich. «Bitte. Was mit Frei passiert ist, können Sie doch jetzt nicht ausnutzen und gegen mich verwenden. Nicht so …»

«Und ob ich das kann, Thorkild», erwidert er genauso ruhig und besonnen wie zuvor, obwohl ich sehen kann, wie sich seine Brust unter dem Hemd hebt und senkt. «Aber

Sie dürfen nicht über sie sprechen», fährt er fort. «Noch nicht. Nicht, ehe Sie Rasmus gefunden und ihn nach Hause gebracht haben. Anschließend können Sie wieder in dem Loch verschwinden, aus dem Sie gekrochen sind, und mit dem Rest Ihres Lebens anstellen, was Sie wollen. Aber bis dahin suchen Sie ihn, und ich bezahle Sie dafür. Klar?»

Der Aufzug ist längst gekommen und wieder verschwunden, als Arne sich umdreht und wieder zu Anniken Moritzens Büro zurückkehrt. Vor der Tür bleibt er stehen, noch immer mit dem Rücken zu mir. «Geben Sie uns ein Grab, Aske», sagt er und legt die Hand auf die Türklinke. «Noch ein Grab. Ist das verdammt noch mal zu viel verlangt?»

4

Abends ist die Wohnung besonders grau. Das dunkle Licht, zusätzlich gedämpft von der Fleecedecke, die ich vor das Fenster meines kombinierten Schlaf- und Wohnzimmers gehängt habe, verstärkt nur umso mehr den fahlen Farbton, der diesen Raum erfüllt. Draußen kann ich den Regen durch die Dachrinne gluckern hören und das Dröhnen der Autos, die über die Schrägseilbrücke zwischen der Stadt und Grasholmen, Hundvåg und den dahinterliegenden Inseln fahren.

Ich liege auf dem Sofa. Im Hintergrund knistert das Radio mit der gurgelnden Kaffeemaschine um die Wette.

Leonard Cohen proklamiert mit rauer Stimme: *You who*

wish to conquer pain, you must learn what makes me kind … Ulf hat schon zu Beginn meiner Therapie vorgeschlagen, ich solle nach meiner abendlichen Medikamentendosis eine bestimmte Art von Musik hören, um meinem schlaflosen Körper all die sedativen Stimulanzen zu geben, die er braucht, aber ich bevorzuge das Radio und seine Unberechenbarkeit.

Ich rolle mich auf die Seite und drehe das Gesicht der Dunkelheit und dem Stuhl zwischen der Wand und der Kochzeile zu, als ich ein Geräusch höre.

«Frei», keuche ich und setze mich auf, während Cohens Stimme singt: *You say you've gone away from me, but I can feel you, when you breathe …*

Plötzlich erfüllt säuerlicher, modriger Geruch den Raum. Vorsichtig krieche ich zum Rand des Sofas und rapple mich auf. In meinem Körper breitet sich ein intensives Kribbeln aus. Die Erwartung, die Freude über das, was gleich passieren wird.

Ich gehe zum Stuhl und strecke die Hand in die Dunkelheit, während das Radio erneut knistert und die Musik verstummt und von einem unangenehmen Hintergrundlärm abgelöst wird, der sich mit dem Herbstregen draußen vermischt.

Wir tanzen engumschlungen zum Summen des Kühlschranks in der kleinen Küche. Keine Musik, kein Licht, nur das Prasseln des Regens und der zerfetzte Himmel über uns. Ich merke nicht mehr, dass meine Wange vor Schmerz brennt. Alles, was ich sehe, sind ihre Lippen, die im Takt der monotonen Bewegungen unserer Körper beben.

«Ich hätte nie gedacht, dass ich dich wiedersehen würde», schluchze ich verkrampft, während irgendwo unter meiner

Haut etwas explodiert, als sich die Tränen, die sich in den zerstörten Tränenkanälen gesammelt haben, endlich ihren Weg bahnen.

Ihr nussbraunes, wildes Haar hat alle Farbe und allen Glanz verloren. Der Duft von unbekannten Pflanzenextrakten, Kräutern und Vanille ist dem stechenden Geruch von Desinfektionsmittel und kalter Erde gewichen. Der Geruch von ihr, von uns, ist verschwunden – weggewaschen von der Zeit, die wir voneinander getrennt waren.

«Aber du bist zurückgekommen.» Ich verschränke meine Finger mit ihren, lege die Arme um ihre Hüften und ziehe sie an mich. Wir taumeln zum Schlafsofa, wo ich die Decke wegziehe und über meine Schulter lege wie einen Mantel, ehe auch ich mich hinlege. Ich spüre, wie ich zittere, als ihr kalter Körper meinen berührt.

Ich zittere vor Freude.

5

Der erste Tag mit Frei, Stavanger,
am 22. Oktober 2011

Nach fast einem Jahr in den Staaten war ich erst vor kurzem wieder an meine Arbeitsstelle bei der Spezialeinheit in Bergen zurückgekehrt. Jetzt befand ich mich allerdings auf der Treppe einer Villa im Westen des Stadtteils Storhaug in Stavanger, wo ich einen Anwalt treffen sollte. Er war mit einem der beiden Fälle in dieser Stadt betraut, die ich näher untersuchen wollte. Deshalb war ich hergekommen.

Beim ersten Fall ging es um einen möglichen Verstoß gegen die Schweigepflicht, angeblich begangen von einem Gerichtsangestellten in einem Prozess um Schadensersatz, in den zwei ausländische Ölfirmen verwickelt waren. Der zweite Fall war weitaus ernster. Ein Polizeibeamter aus Stavanger war von einem Kollegen wegen mehrerer Verstöße gegen das Straf- und das Waffengesetz angezeigt worden. Mit dem beschuldigten Kollegen hatte ich im Lauf der Woche einen Termin für eine Befragung vereinbart.

«Wer bist denn du?», fragte plötzlich eine Stimme hinter mir, als ich gerade die Klingel drücken wollte. Die Sonne schien, es war warm und mild, obwohl der Herbst die Blätter der Bäume bereits bunt färbte. Ich drehte mich um. Ihre Augen waren schmal und markant, ihr Gesicht oval und umrahmt von Locken, die sie an der Seite eingeflochten hatte.

«Thorkild Aske», antwortete ich und trat einen Schritt zur Seite. «Und wer bist du?»

«Frei», sagte sie und kam die Treppe hoch, bis sie direkt neben mir stand. Sie war Anfang zwanzig und fast so groß wie ich. «Und was machst du hier?»

«Ich habe um fünf einen Termin mit Arne Villmyr. Der wohnt doch hier?»

«Bist du von der Polizei?»

«Gewissermaßen ja.»

Frei legte ihre Hand auf das Geländer und lehnte sich ein wenig zurück, während sie mich mit einem so brennenden, jugendlichen Blick ansah, dass ich mich am liebsten weggedreht hätte aus Scham über mein eigenes Alter und meine körperliche Unzulänglichkeit.

«Was heißt das genau?»

«Ich arbeite in der Spezialeinheit für interne Ermittlungen, wir sind ...»

«Die ehemalige SEFO.» Sie lächelte schief, ehe ich noch etwas sagen konnte, und öffnete mir die Tür. «Bleibt nur die Frage, was du bei Onkel Arne machst? Willst du ihn verhaften?»

«Wie gesagt, ich ...»

«Frei? Bist du das? Komm schnell rein und mach die Tür hinter dir zu», rief eine Männerstimme aus dem Inneren des Hauses. «Ich glaube, da ist ein Wespennest unter der Treppe, und ich will diese ekligen Biester nicht im Wohnzimmer haben.»

Für einen kurzen Moment blickte ich in den Himmel und in das grelle Sonnenlicht, ehe ich wieder Frei ansah. Sie war bereits im Flur aus den Sandalen geschlüpft und spazierte nun barfuß über das Parkett ins Wohnzimmer, das am Ende des hellen Gangs lag.

«Hier ist ein Mann», sagte sie gerade so laut, dass ich es hören konnte. «Eine Art Polizist, der mit dir reden will ...»

DONNERSTAG

6

Mein Anblick im Spiegel an diesem Morgen erinnert an ein hässliches Gespenst aus der Unterwelt. Das Gesicht ist fahl und grau, der Mangel an Sonnenlicht und Vitaminen macht sich bemerkbar. Meine Augen sind schmal und von bläulichen Rändern und geschwollenen Lidern umrahmt, sodass ich sie nur halb öffnen kann.

Ich wasche mir das Gesicht, fahre mir mit den nassen Fingerkuppen über die halbmondförmige Narbe am Auge und folge ihrem Verlauf bis zu der gezackten Hautformation mitten auf der Wange, ich berühre jeden einzelnen Krater, jede Verzierung. Der Schmerz tritt fast sofort ein.

«Ich kann nicht», flüstere ich meinem Gesicht im Spiegel zu, während ich an dem Tablettendosierer herumnestle, der meine Morgenmedizin enthält. «Er sollte es besser wissen. Ich schaffe das noch nicht.»

Nachdem ich meine Pillen genommen habe, ziehe ich mich an und gehe zum Fenster. Ich hebe einen Zipfel der Fleecedecke hoch und spähe hinaus. Es ist einer dieser grauen Tage, die Sonne scheint nicht, es regnet nicht, alles ist in einförmiges Graublau gehüllt.

Als ich mich gerade wieder umdrehen will, erblicke ich einen Mann mit Helm, engem T-Shirt und Radlerhosen, der mit dem Fahrrad auf das Mietshaus zuhält. Er bremst vor dem Eingang, sieht zu meinem Fenster hinauf und zückt sein Handy.

Ulf Solstad ist kräftig, knapp einen Meter fünfundneunzig groß und beinahe glatzköpfig. Nur an seinem Hinterkopf ist noch ein Büschel dickes rotes Haar vorhanden, das er zu einem Pferdeschwanz gebunden hat, als wäre er ein japanischer Samurai.

Hastig lasse ich den Zipfel der Decke fallen und weiche zum Sofa zurück, da klingelt auch schon mein Telefon.

«Guten Morgen, Thorkild», sagt Ulf atemlos, als ich mich endlich überwinde und drangehe. «Vorhin hat Anniken Moritzen angerufen. Sie sagt, sie hätte kürzlich eine Nachricht von dir erhalten.»

«Das stimmt.» Ich sinke auf das Sofa und versuche, mich auf das Kribbeln in meiner Wange zu konzentrieren, es in der Schmerzwarteschlange nach vorn wandern zu lassen, damit es die Kontrolle über den Augenblick übernimmt.

«Ich kann nicht fahren.»

«Warum?»

«Es hat keinen Sinn.»

«Weil?»

«Weil Arne sagt, ihr gemeinsamer Sohn wäre tot.»

«Da wird er wohl recht haben.»

«Herrgott noch mal», stöhne ich. «Was wollt ihr dann von mir?»

«Wir tun das für Anniken», antwortet Ulf ruhig. «Eines Tages werden sie ihren Jungen finden. Aufgedunsen und grün, nachdem er eine Weile im Wasser gelegen hat und die Fische und Krabben an ihm geknabbert haben. Aber er ist trotzdem noch ihr Sohn, verstehst du? Und ich kann dir sagen, sie wird diesen Moment, der ihr bald bevorsteht, kaum verkraften. Du beherrschst die Polizeisprache und die Vorgehensweise in solchen Situationen, du kennst die Abläufe. Für sie ist das vielleicht in erster Linie eine Möglichkeit, sich selbst zu beweisen, dass sie noch nicht aufgegeben hat. Niemand kann aufgeben, bevor er Gewissheit hat, Thorkild. Bevor alles versucht wurde. Da stimmst du mir doch zu?»

Ich sage nichts, hocke nur mit dem Telefon in der Hand da und starre auf die Fleecedecke vor meinem Fenster.

«Komm jetzt runter, Thorkild», fordert Ulf, als ich nicht antworte.

«Nein.» Meine Stimme bricht, und die Tränen drücken gegen meine Augäpfel, ohne einen erlösenden Weg durch meine zerstörten Tränenkanäle zu finden.

«Dann lass mich rein, und ich komme hoch.»

«Ich will nicht.»

«Ich gehe nicht eher, als bis du runterkommst oder mich hereinlässt.»

«So lange kannst du doch gar nicht warten», erwidere ich, weil mir nichts Besseres einfällt. «Du musst zur Arbeit.»

«Ich schicke der Krankenkasse einfach eine Rechnung über eine lange Therapiesitzung mit dir», entgegnet Ulf, ohne die Beherrschung zu verlieren, ohne sich eine Zigarette anzuzünden. Ohne aufzugeben.

«Verdammt!» Ich springe vom Sofa auf. «Wie kann man nur so stur sein! Ich fasse es nicht. Ich soll tatsächlich in den Norden fahren und um diese dämliche Schäre rudern, um nach einem Typen zu suchen, von dem sowieso alle sagen, dass er tot ist, ertrunken, für immer verschwunden?»

«Es gibt auch noch einen anderen Grund, weshalb ich möchte, dass du hinfährst.»

«Und der wäre?»

«Elisabeth.»

«Meine Schwester? Was hat die damit zu tun?»

«Nichts.»

«Ja, und?»

«Wann hast du sie zuletzt gesehen?»

Trotzig zucke ich die Achseln.

«Ich will, dass du mit ihr redest, wenn du dort bist.»

«Und worüber?»

«Über dich. Was du durchgemacht hast.»

«Warum sollte ich?»

«Betrachte es einfach als einen notwendigen Teil deines neuen Lebens, Thorkild. Du bist kein Vernehmungsleiter mehr. Der Informationssammler ist futsch. Seiner Ehre und Berufsbezeichnung beraubt. Jetzt bist du einer von uns ... ein Informationsverteiler. So schmerzhaft es auch sein muss, das zu akzeptieren.»

Ulfs nicht gerade subtile Ausdrucksweise kann für Leute mit einem zarten Ego und einem angegriffenen Selbstvertrauen schwer zu verkraften sein. Glücklicherweise ist mein Ego auch futsch, und mein Selbstvertrauen ist ausgezogen und hat sich ein besseres Leben gesucht.

«Du brauchst eine professionelle Behandlung», fährt Ulf fort. «Aber du musst dir auch einen gesunden Referenzrahmen außerhalb dieser therapeutischen Kreise suchen. Und ich möchte, dass wir diesen Paradigmenwechsel mit deiner Schwester Liz einläuten. Ich weiß, dass dir viel an ihr liegt. Mehr als du dir vielleicht selbst eingestehen willst. Außerdem habe ich noch einmal über das nachgedacht, was wir gestern besprochen haben, und ich würde dir für die Reise ausnahmsweise ein neues Rezept für Oxynorm ausstellen.»

Ich spüre, wie in meinem Bauch ein Kribbeln aufkommt, das die Wirbelsäule empor bis zum Hinterkopf wandert und meinen Speichelfluss anregt.

«Wie viel?»

«Dieselbe Dosierung wie letztes Mal.»

«Und was ist, wenn ich länger bleiben muss?»

«Dann schicke ich ein elektronisches Rezept an den Ort, wo du dich gerade aufhältst.»

Ich lasse das Handy auf den Fernsehtisch fallen und presse meine Fingerknöchel gegen den Mund. Der Schmerz in der Wange ist weg. Dieses eine Mal, wo ich ihn wirklich brauche, verduftet er einfach. «Scheiße, scheiße, scheiße!», flüstere ich und beiße in meine Knöchel, ehe ich tief Luft hole und wieder nach dem Handy greife. Ich gehe zum Fenster und ziehe die Decke einen Spaltbreit beiseite.

«Okay», sage ich leise. «Ich fahre. Komm hoch.»

Ulf hält immer noch sein Telefon in der Hand, als ich die Tür öffne. Er nickt mir zu, drängt sich an mir vorbei, reißt die Decke vom Fenster und lässt sich auf das Sofa fallen, das unter seinem Gewicht knackt. «Aha, und wann geht der Flug nach Tromsø? Halb vier?» Ich habe keine Ahnung, mit wem er spricht. Er schnipst mit den Fingern und blickt demonstrativ zur Küchenecke.

Ich zucke mit den Schultern. «Was meinst du?»

«Aschenbecher, verdammte Hacke!» Ulf zieht den Rucksack von den Schultern, kramt sein Portemonnaie und ein Päckchen Marlboro Gold heraus, nimmt aus dem Ersteren eine Visakarte und aus dem Letzteren eine Zigarette, die er mit einer hektischen Handbewegung anzündet, ehe er tief inhaliert. «Ja, one-way.»

Der Rauchgestank dringt in meine Nasenlöcher und setzt sich unter meiner Gesichtshaut fest. Ich wende mich ab und gehe ins Bad, suche meinen Kulturbeutel und lege den Rasierapparat, den Tablettendosierer und eine Tasche mit Medikamenten hinein sowie schließlich auch die restlichen Hygieneartikel. Anschließend kehre ich in die Küche zurück, um die Kaffeemaschine und das Reiseradio einzupacken, während Ulf im Hintergrund dabei ist, den Buchungsvorgang abzuschließen.

«He!», ruft Ulf aus seiner Rauchwolke heraus, als er sieht, wie ich die Kaffeemaschine in ein Handtuch wickle. «Die brauchst du nicht. In Nordnorwegen gibt es auch Kaffee.»

«Aber ich mag meine Kanne», protestiere ich.

«What the f… Ach, was soll's.» Er winkt ab und zieht eine Grimasse. «Ja, pack sie ruhig ein – und Klopapier, eine Spülbürste und einen Schuhlöffel. Geht mir am Arsch vorbei.» Dann wendet er sich wieder seinem Telefon zu. «Ja, hallo? Wie viel macht das insgesamt, sagten Sie?»

Nachdem er das Gespräch beendet und sich eine neue Kippe angezündet hat, dreht er sich zu mir um und behält den Rauch kurz in den Lungen. «Weißt du was», sagt er und bläst ihn langsam aus. «Ich glaube, diese Reise wird dir guttun. Richtig gut …»

7

Es ist schon dunkel, als das Flugzeug in Tromsø landet. Eine dünne Schicht Neuschnee bedeckt den Boden. Ich hebe meinen Koffer vom Band und begebe mich hinaus in die kalte Luft, um ein Taxi zu suchen. Fünfzehn Minuten später stehe ich meiner Schwester gegenüber, die mich ungläubig anstarrt.

«Thorkild?» Sie zieht mich in ihre Arme.

«Hallo, Liz!» Die Umarmung fühlt sich gut an, und als sie sich mir schließlich entwindet, würde ich sie am liebsten gar nicht mehr loslassen.

«Wie geht es dir?» Sie streicht mit ihrem molligen Zeigefinger über meine Wange und mustert mich eingehend mit ihren Kulleraugen.

«Tipptopp», antworte ich.

«Wann bist du entlassen worden?»

«Vor ein paar Tagen.»

«Und was machst du hier?»

«Ein Fall», antworte ich.

«Ein Fall? Arbeitest du wieder bei der Polizei?»

«Nein.»

«Aber ...», stammelt sie und schüttelt verwirrt den Kopf.

«Willst du mich denn nicht reinlassen?»

«Doch, natürlich.» Liz führt mich in den Flur, wo wir eine Weile schweigend stehen bleiben und uns betrachten. Im Sommer wird sie fünfzig, aber sie sieht älter aus. Alt und verbraucht. Ihre Augen sind geschwollen, als hätte sie gerade geweint, ihre Hände sind schwielig und dick, und sie ist immer noch viel zu übergewichtig. Die Jahre, die seit unserer letzten Begegnung vergangen sind, haben bei uns beiden Spuren hinterlassen.

«Du siehst traurig aus, Thorkild.»

«Mach dir deswegen keine Gedanken. Wie geht es dir?»

Sie weicht ein wenig zurück. «Ganz gut.»

«Schlägt er dich immer noch?»

«Thorkild, versprich mir, dass du nicht …»

Ich sehe die Verzweiflung aus ihren Augen leuchten, während in mir die Wut aufsteigt.

«Ich habe gefragt, ob dein Mann dich immer noch schlägt? Wenn ich mir die blauen Flecken an deinem Hals und deinen Armen ansehe, scheint es ganz so, als würde er sich seinem Hobby sogar noch eifriger widmen als früher.»

«Hör auf, ich verkrafte das jetzt nicht. Arvid und mir geht es gerade wirklich gut, und da kannst du nicht einfach hereinschneien und alles kaputt machen. Das will ich nicht … Das werde ich nicht zulassen.»

Ich schüttele den Kopf und gehe ins Wohnzimmer, ohne die Schuhe auszuziehen.

«Wo ist er?»

«Thorkild!», heult sie mit dieser zitternden, hysterischen Stimme, die sie nach acht Jahren Beziehung mit einem gewalttätigen Fernfahrer entwickelt hat. Er kann seine Finger nicht von ihr lassen, im negativen Sinne.

Ich höre ein Knarren im Obergeschoss, nehme mehrere Treppenstufen auf einmal und stoße die Tür zum Schlafzimmer auf.

Arvid sitzt auf dem Bett, mit gebeugtem Rücken und diesem ausweichendem Blick, den er hinter den Strähnen seiner dunklen ungewaschenen Haare versteckt.

«Was zum Teufel machst du hier?», fragt er noch, ehe ich ihm einen Tritt ins Gesicht versetze. Arvid fällt nach hintenüber und kullert auf den Boden, wo er mit dem Kopf unter dem Nachttisch liegen bleibt.

Im nächsten Moment fegt Liz ins Zimmer und reißt jammernd und zeternd an meiner Jacke.

«Was hast du getan? Was hast du getan?»

Arvid kommt auf die Füße und presst seine Hand ans Ohr. Seine stechenden Augen fixieren Liz. «Siehst du? Siehst du, was du angerichtet hast? Dieser Kerl ist lebensgefährlich, das habe ich immer schon gesagt. Er ist ein Monster, kapierst du?»

Er spuckt Blut und wischt sich die Hände an seinem T-Shirt ab.

Liz lässt mich los und stürzt zu ihrem Mann. Sie streicht mit den Fingern über sein Gesicht und flüstert beruhigend auf ihn ein, aber Arvid schlägt ihre Hand weg und kommt auf mich zu.

«Ich glaube, du solltest lieber aufpassen, sonst zeige ich dich an, und dann kommst du sofort wieder in den Knast. Das weißt du nur zu gut, du verdammter Mörder!», blafft er mich an, als er an mir vorbeigeht. «Und solltest du dich hier noch einmal blicken lassen, wenn ich da bin, übernehme ich keine Verantwortung für das, was dann passiert.»

Mit diesen Worten rammt er mir den Ellbogen in die Rippen und knallt die Tür hinter sich zu.

«Ist das wirklich alles, was du in deinem Leben erreichen willst, Liz?»

Sie hat Kaffee, Kekse und Brote auf den Tisch gestellt,

und wir sitzen auf dem Sofa im Wohnzimmer, das sich seit meinem letzten Besuch nicht verändert hat. Neu ist nur ein schwarzer Ledersessel direkt vor dem Fernseher. Er gehört Arvid, ohne Zweifel.

«Es ist nicht so, wie du denkst.» Sie sieht mich an und beschließt, das Thema zu wechseln: «Hast du mit Mama gesprochen, seit du draußen bist? Sie fragt immer nach dir, wann du wohl anrufst.»

«Nein, ich bin noch nicht dazu gekommen.»

«Sie sagen, ihr Zustand hätte sich verschlechtert.» Liz starrt in die Keksdose. «Wenn die Flüge nach Oslo nicht so teuer wären ... Und jetzt, wo Arvid in Frührente ist ...»

«Und Papa?»

«Der ist immer noch schwer aktiv. Vor einer Woche habe ich ihn in den Nachrichten gesehen, es ging um den Bau eines neuen Aluminiumwerks in Island. In dem Beitrag wurde gesagt, er würde eine neue politische Gruppe anführen. Umweltschutz. Eine Art Guerilla-Einheit. Sie nennen sich wohl *Kæfa Ísland*.»

«Kiffer-Island?» Ich lache, während ich mir die funkelnden Augen und das lange, silbrig schimmernde Haar meines Vaters vorstelle, der sich jedes Mal von neuem ereifert, wenn die Polizisten ihn und seine Mitstreiter von einem Kraftwerk wegschleifen, an dem sie wieder einmal gegen die kapitalistischen Kräfte auf der Vulkaninsel protestieren. «Manche Dinge ändern sich nie.»

«Du erinnerst mich an ihn.» Liz' Blick streift die Narben auf meiner Wange, ehe sie mir wieder in die Augen sieht. Sie stößt einen Schluchzer aus, der ihren massigen Körper auf dem Sofa erzittern lässt.

«Bis auf die Haare natürlich. Warum trägst du sie immer so kurz?»

«Inwiefern?», frage ich ausdruckslos und sehe, wie ihr kurzer Freudenausbruch dahinwelkt und stirbt. «Inwiefern erinnere ich dich an ihn? Du meinst wohl unsere ganz besondere chemische Zusammensetzung? Dieser Rost, den wir absondern, der alles erstickt und zerstört, mit dem er in Berührung kommt. Ist es das, was du siehst?»

«Thorkild, das meinte ich nicht, und das weißt du auch ... Ich weiß, dass du nie ... Alles, was passiert ist ... Du würdest doch nie ...»

«Was ist es dann?»

«Ich wollte doch nur ...» Ihr Blick findet zurück zu meiner Wange und dem Narbengewebe. «Ausgerechnet du, du hast doch immer so gut ausgesehen», sagt sie schluchzend und begräbt das Gesicht in den Händen.

«Beruhige dich, Liz», sage ich und lege ihr die Hand auf den Arm, während ich mich an einem schmerzlosen Lächeln versuche. «Wir können schließlich nicht alle so hübsch sein wie du, wenn es auf die fünfzig zugeht.»

«Herrgott, Thorkild», schluchzt sie und sieht mich durch ihre Finger hindurch an. «Hör auf, mich auf den Arm zu nehmen, das ist nicht nett.»

«Wie bitte?», frage ich mit einer Unschuldsgeste. «Das war ernst gemeint!»

Endlich lässt sie die Hände wieder sinken.

«Du», beginnt sie zögerlich und greift nach einem Brot. «Ich glaube, du kannst nicht hierbleiben.»

«Keine Sorge, Liz, das werde ich auch nicht», entgegne ich. «Aber ich brauche deine Hilfe. Mein Führerschein ist eingezogen worden, und ich muss mir einen Mietwagen nehmen.»

«Für Arvid ist das alles auch nicht so leicht.» Ihr Blick wandert zu der leeren Keksdose, als wollte sie dort zwischen den Krümeln Kraft finden für die Lügen, die sie sich jeden Tag erzählen muss, um nicht zugrunde zu gehen. Ich kann diesen miesen Gewaltverbrecher noch so oft treten, und er wird sie trotzdem weiter schlagen, und sie wird weiter versuchen, Kraft aus der Keksdose zu schöpfen. Liz glaubt immer noch, das Ganze wäre nur eine Phase, die sie überstehen müsste, und wenn sie nichts mehr tut, was ihn reizt, wird er sie nicht mehr schlagen, und alles wird gut.

8

Ich stelle den Mietwagen, den Liz für mich organisiert hat, auf dem Parkplatz des Hotels ab. Dann gehe ich zur Rezeption, wo ich einchecke und um einen Parkschein bitte. Von Tromsø bis zum Gemeindezentrum in Blekøyvær, wo Arne Villmyr für den nächsten Morgen ein Treffen zwischen dem Lensmann und mir vereinbart hat, fährt man mindestens drei Stunden und muss unterwegs zweimal mit der Fähre übersetzen.

Mein Hotelzimmer hat eine Art Aussicht. Klotzige Gebäude, Straßenlaternen und Asphalt. Das angebliche Paris des Nordens versteckt sich wohl irgendwo in der Dunkelheit.

Ich ziehe die Gardinen vor, öffne meinen Reisesack und hole meine Kaffeemaschine heraus, obwohl es im Hotelzimmer sogar einen Wasserkocher gibt.

Ich bin spät dran. Es ist schon halb acht, und mein Körper schmerzt. Mein Bedürfnis, den Schmerz und die Rastlosigkeit zu dämpfen, ist so groß, dass meine Finger zittern, als ich den Tablettendosierer hervornestle und den Deckel für die abendliche Dosis öffne.

Die Pillen, die in meine Hand kullern, sehen aus wie kleine Insekteneier. Ich suche die beiden orangefarbenen Antipsychotika Risperdal heraus und lege sie wieder in den Dosierer, die restlichen Tabletten schlucke ich auf einmal hinunter. Anschließend ziehe ich den Kaffee und die Filtertüten aus meinem Sack, hole Wasser aus dem Bad und schalte die Maschine an.

Sobald die ersten Tropfen in die Kanne fallen, stelle ich das Reiseradio an und lösche alle Lichter.

Ich ziehe mich aus und krieche unter die Bettdecke. Mein Körper hat schon begonnen, sich zu entspannen. Ein körniges Halbdunkel sinkt in mich ein, schlägt Wurzeln in mir und öffnet Türen, die ich nicht allein öffnen könnte. «Endlich», schluchze ich, während ich den Oberkörper fester gegen meine Knie presse. «Endlich bin ich so weit.»

Ich bleibe liegen und warte, doch nichts passiert. Die Klimaanlage surrt, das kalte Polarlicht presst sich durch die Gardinen, und bei mir tut sich nichts.

Schließlich setze ich mich auf und suche die Packung mit den schnellwirkenden Oxynorm heraus. Ich drücke zwei ovale Pillen aus dem Blister, werfe sie mir in den Mund und lege mich erneut hin.

Nach einer langen Zeit des Wartens mit weiteren Tabletten und verzweifelten Anfällen ziehe ich mich schließlich an und gehe hinaus.

Auf der anderen Seite der Brücke zeichnet sich die Eismeerkathedrale vor dem dunklen Polarhimmel ab. Ich folge dem Kai, bis ich in dem Einkaufszentrum unten am Schnellbootterminal komme.

Drinnen gehe ich in eine Parfümerie. Vorsichtig nehme ich einige Flakons aus dem Regal und rieche an ihnen. Nachdem ich verschiedene Sorten getestet habe, wähle ich eine durchsichtige Glasflasche mit einem schwarzen öligen Inhalt und einem silberfarbenen Deckel, flüssige Kohle, in Glas und Metall gegossen, und gehe damit zur Kasse.

«Soll ich das für Sie einpacken?», fragt die Verkäuferin, eine gekonnt geschminkte Frau in den Fünfzigern mit schwarz gefärbten Haaren, dunklen Augen und dünnen roten Lippen.

Ich nicke abwesend.

«Das wird ihr gefallen», sagt sie lächelnd und reicht mir die Tüte mit dem verpackten Parfüm.

«Ja.» Ich blicke hinein und auf das rote Geschenkpapier. «Vielleicht hätten Sie es doch nicht einpacken müssen», sage ich, und die Frau räuspert sich. Eine ältere Dame in Daunenjacke stellt sich neben mich, sie hält eine Parfümflasche in der Hand, auf der eine Biene abgebildet ist, unter der mit dünnen schwarzen Buchstaben das Wort «Honey» steht.

«Ja nun.» Die Verkäuferin blinzelt ein wenig irritiert. «Sie können es doch einfach wieder auspacken, bevor sie es ihr geben.» Sie wendet sich der Frau mit dem Honigtopf zu. «Das wird Ihnen gefallen», sagt sie lächelnd. «Soll ich es für Sie einpacken?»

Ich schließe die Tüte und gehe.

Kaum bin ich wieder in meinem Zimmer, hole ich die eingepackte Flasche hervor und platziere sie neben mein Kopfkissen. Hastig ziehe ich mich aus und lege mich auf den Rücken. Ich nehme das Päckchen, ziehe den Tesafilm ab und reiße das Papier auf.

Noch bevor ich den Flakon geöffnet habe, strömt der Duft daraus hervor. Meine Lider werden schwer, und das Kribbeln in meinen Beinen nimmt ab. Ich muss mich beeilen. Mit zitternden Händen hole ich das Parfüm aus der Schachtel und versuche, die Anspannung und Erwartung unter Kontrolle zu halten.

Der Silberdeckel gleitet leicht ab, und ich betätige den Pumpmechanismus. Ein Strom aus Duftpartikeln stiebt hervor und trifft mich im Gesicht. Ich niese und sprühe noch einige Male, ehe ich unter die Bettdecke gleite und die Augen schließe.

Mit dem Gesicht auf dem Kissen bleibe ich liegen und warte. Kurz darauf öffne ich die Augen wieder und setze mich auf. Die Klimaanlage saugt die Luft aus dem Zimmer und füllt sie mit einem sterilen, kühlen Hotelgeruch.

Ich stehe auf und prüfe, ob die Fenster tatsächlich geschlossen sind, ehe ich wieder ins Bett schlüpfe und mir noch einmal das Gesicht einsprühe. Diesmal bestäube ich auch meine Hände und Haare, bevor ich mich wieder zudecke.

«Verdammt noch mal!» Mit einem Ruck setze ich mich auf, reiße den Flakon an mich, drehe den Pumpkopf ab und setze die Flaschenöffnung an die Lippen. Die Duftpartikel fließen über meine Zunge und in meinen Rachen hinab. Ich lasse die Flasche los, falle schluchzend aufs Laken zurück und zerre die Decke über mich.

«Warum willst du nicht kommen?», wimmere ich und begrabe das Gesicht im Laken, während sich mein Körper wieder verkrampft. «Verstehst du denn nicht, dass ich dich brauche?»

9

Der erste Tag mit Frei, Stavanger,
am 22. Oktober 2011

Vor der Villa in Storhaug glitzerte das blaue Hillevågsvatnet in der Sonne. Im Wohnzimmer tanzten winzige Staubkörner in dem Licht, das durch die großen, nach Westen gehenden Fenster hereinfiel. Ich war beinahe am Ende meiner Besprechung mit Freis Onkel, Arne Villmyr, der als Wirtschaftsanwalt in der Ölfirma arbeitete, die den Fall zur Anzeige gebracht hatte. Wir saßen uns an einem Esstisch aus Glas gegenüber, während Frei in einem Sessel am Fenster fläzte und ein Buch las. Auf ihrem Schoß lag ein MP3-Player.

«Sie schreibt gerade an einer Hausarbeit», erklärte Villmyr. Er war Mitte fünfzig, sein Gesicht hatte einen gesunden

Teint, und sein zurückgekämmtes Haar war dünn, aber tiefschwarz.

«Aha.» Ich drehte mich zu der sonnenbeschienenen Frei um. «Was studierst du denn?»

Frei reagierte nicht, sie sah nicht einmal von ihrem Buch auf.

«Jura», antwortete Arne Villmyr an ihrer Stelle. «An der Universität hier in Stavanger.» Er rieb sich das glattrasierte Kinn, ehe er sich an seine Nichte wandte.

«Frei!»

«Was ist denn?» Frei stellte die Musik ab und richtete sich im Sessel auf.

«Geht es in deiner Hausarbeit nicht um diese Fälle von Polizeigewalt in Bergen in den Siebzigern?»

«Warum fragst du?»

«Unser Freund hier von der Spezialeinheit weiß sicher das eine oder andere über dieses Thema.»

Ich räusperte mich und klappte meinen Laptop zu. «Ich bin mir nicht sicher, ob ich so viel Neues darüber sagen kann. Die Vorfälle in Bergen waren ja ein Grund dafür, dass Ende der achtziger Jahre bei Polizei und Staatsanwaltschaft die Vorgehensweise bei internen Ermittlungen geändert wurde, und damals wurde auch die SEFO gegründet, unsere Vorgängereinheit. Aber ich habe leider nicht viel mehr zu diesem Thema beizutragen als das, was man in Büchern und wissenschaftlichen Aufsätzen lesen kann.»

Arne nickte zerstreut, während Frei mich mit zusammengekniffenen Augen fixierte. «Weißt du was?» Sie zwirbelte die Kabel ihrer Kopfhörer zwischen den Fingern. «Vielleicht kannst du mir trotzdem helfen.»

«Ach ja?»

«Ich könnte dich interviewen.»

«Und worüber?»

«Das weiß ich noch nicht genau. Aber vielleicht bist du interessanter für mich, als ich dachte. Ich könnte das Thema meiner Arbeit ändern, oder ...» Sie zögerte ein wenig, ehe sie breit grinste. «Vielleicht verlieben wir uns am Ende sogar noch ineinander?»

«Meine Güte, Frei!» Arne warf entnervt die Arme in die Luft. Er sah so aus, als wollte er noch etwas sagen, aber Frei lachte nur, ehe sie sich wieder von uns abwandte, die Musik aufdrehte und ihr Buch aufschlug.

«Bitte entschuldigen Sie.» Arne nahm einen Schluck Kaffee und schmatzte mit den Lippen. «Wo waren wir stehengeblieben? Sollten wir nicht zusehen, dass wir die Sache nun hinter uns bringen? Sie haben heute doch sicher auch noch anderes zu tun.»

Wir bereiteten die Zeugenaussage vor und gingen die Anzeige durch, die Arne Villmyrs Ölfirma gegen den Rechtsreferendar im Schadensersatzverfahren eingereicht hatte, in dem sie unterlegen war. Ich wusste schon jetzt, dass die Untersuchung eingestellt werden würde.

Draußen zogen allmählich Wolken auf, das stille Wasser begann sich zu kräuseln. Ich hatte gerade den Laptop eingepackt, für den Kaffee gedankt und mich erhoben, um zur Tür zu gehen, als Frei ihre Stöpsel aus dem Ohr zog und mich ansah.

«Na? Was sagst du?»

«Wozu?»

«Du und ich im Café Sting, morgen Abend um sechs?»

«Ich ... ich ...» Ich wollte durchaus noch mehr sagen,

aber Frei hatte sich längst wieder die Kopfhörer ihres MP3-Players in die Ohren gesteckt und sich in das Buch vertieft. Arne Villmyr war in der Küche verschwunden.

Ich hätte es schon da sagen können. Hätte ihr erzählen können, dass ich es wusste. Dass ich es schon die ganze Zeit gewusst hatte. Aber ich tat es nicht. Ich schwieg, drehte mich einfach nur um und ging.

FREITAG

10

Ich höre, wie der Verkehr in Tromsø vor dem Fenster meines Hotelzimmers zum Leben erwacht. Mein Hals schmerzt, meine Zunge ist rau und trocken. Ihr Geruch ist verschwunden, nur der Geschmack von ätherischen Ölen und Lösungsmitteln liegt mir noch auf der Zunge, er hat sich in meinen Mund eingebrannt.

Ich stelle den Wecker aus und stehe auf, gehe zur Kaffeemaschine und schenke mir eine Tasse aus der Isolierkanne ein, die ich schon am Vorabend gekocht habe. Als ich einen Blick auf mein Handy werfe, sehe ich, dass ich eine SMS von Anniken Moritzen habe. Sie bittet mich, sie anzurufen, sobald ich draußen beim Leuchtturm bin.

Eine Stunde später fahre ich in meinem Mietwagen über die Tromsø-Brücke in Richtung Norden. In der Ferne ist der Neuschnee zu sehen, der bereits von den höchsten Gipfeln herabwächst, der Himmel ist grau und der Boden von trockenem Laub und gelbem Gras bedeckt.

Einige Stunden und zwei Fährüberfahrten später bin ich am Gemeindezentrum in Blekøyvær, das aus diversen Verwaltungsgebäuden, zwei Supermärkten, einer Autowerkstatt, einem Handarbeitsladen mit angeschlossenem Solarium und einem Verkehrskreisel besteht.

Das Büro des Lensmanns ist in einem flachen, zweistöckigen Klotz untergebracht, der Einfluss der russischen Nachkriegsarchitektur wirkt überwältigend. Das Gebäude ist grün mit weißen Fenstern. Die Frau an der Rezeption erzählt mir, die Polizei teile es sich mit dem Amt für Soziales und Gesundheit, das sich im oberen Stockwerk befinde.

«Bendiks Johann Bjørkang», stellt sich der Lensmann vor, der Mitte sechzig ist, Dialekt spricht, kurzgeschnittene braune Haare hat und einen Rauschebart. Er begrüßt mich mit einem kräftigen Händedruck. «Und Sie sind Thorkild Aske?»

«Das sagen die Leute jedenfalls.»

«Welche Leute?»

«Die Leute, die so etwas sagen.»

Anscheinend haben wir nicht ganz denselben Humor. Nachdem er sich nachdenklich am Bart gekratzt hat, bittet er mich in sein Büro.

«Und Sie sind eine Art ... Privatdetektiv?», fragt er, als er hinter seinem Schreibtisch Platz nimmt und die Hände über dem Bauch verschränkt.

«Nein», antworte ich und setze mich auf einen unbequemen Holzstuhl vor seinen Tisch aus hellem Holz, den eine zusammengefaltete Zeitung unter einem Bein vom Wackeln abhält.

«Was machen Sie dann hier?» Er trommelt sich mit den Fingern auf sein Bauchfett.

«Nennen Sie es meinetwegen eine einmalige Ausnahme, die mir von äußeren Umständen aufgezwungen wurde und auf die ich mich aus mangelnder Widerstandskraft und Geldnot eingelassen habe.»

«So, so.» Der Lensmann Bendiks Johann Bjørkang stößt einen schweren Seufzer aus. «Sie sind also hier, um nach dem Dänen zu suchen?»

«Korrekt.»

«Im Auftrag von dessen Eltern?»

Ich nicke.

«Na gut. Wir sind Ihnen gern behilflich.» Er nagt an seinem Bart. «Ich glaube aber nicht, dass Sie fündig werden.»

«Nein, das glaube ich auch nicht.»

«Der Däne ist zurzeit unser einziger Fall. Anfang Herbst hatten wir noch einen russischen Trawler, der ein Stück weiter nördlich bei einem Unwetter gesunken ist. Aber es konnten sich alle Besatzungsmitglieder an Land retten. Davon abgesehen war es hier so ruhig wie in einem Grab. Ja, wie in einem Grab.»

Ein junger Beamter Mitte zwanzig, ebenfalls bärtig, kommt herein und starrt mit einem idiotischen Gesichtsausdruck abwechselnd mich und den Lensmann an, als hätte er seinen Chef gerade in einer intimen Situation ertappt und wüsste nicht, ob er abhauen oder lieber fragen sollte, ob er mitmachen dürfe.

«Äh», sagt der Lensmann und macht eine ausholende Geste, die mich und den staunenden Beamten in der Tür zugleich meint. «Arnt Eriksen, das ist Thorkild Aske. Er ist wegen dem Dänen hier. Arnt hat die Verbrecherjagd in Tromsø aufgegeben und ist vor einem Jahr mit seiner Freundin hierhergezogen. Wenn ich nach Neujahr in Pension gehe, wird er das Lensmann-Büro übernehmen.»

«Hallo.» Der Beamte wischt sich die Hand am Hosenbein ab, bevor er mir seine klammen Finger entgegenstreckt. Er grinst schief, als wäre er sich durchaus bewusst, auf welches Abstellgleis ihn das Leben verschoben hat. «Arnt hier.»

«Und ich hier», antworte ich und schüttele seine Hand so

lange, bis seine Miene angestrengt wirkt. «Na, was habt ihr denn so gejagt in Tromsø?», frage ich, ohne ihn loszulassen.

Arne sieht erst mich an und dann unsere Hände und erwartet, dass ich die Etikette wahre und ihm seine Hand zurückgebe.

«Tja, die Stadt hat wohl mit denselben Herausforderungen zu kämpfen wie andere Städte auch», beginnt er und räuspert sich. «Beschaffungskriminalität und ein Anstieg von ernsthaften Verstößen gegen das Betäubungsmittelgesetz. Auch die Prostitution nimmt in den letzten Jahren zu, aber …»

«Die Gerüchte besagen, Sie wären früher bei der Spezialeinheit gewesen?», unterbricht Bjørkang seinen jungen Kollegen in der Hoffnung, der Plauderei Einhalt zu gebieten. Er betont das Wort *früher* und nickt dem jungen Beamten zu, der einen Versuch unternimmt, sich hinzusetzen, obwohl ich immer noch seine Hand festhalte.

«Die Gerüchte?», frage ich an Bjørkang gewandt und lasse Arnt los.

«Ach, Sie wissen schon, Ihr Fall ist den Medien zwar entgangen, aber in Polizeikreisen hat sich die Nachricht verbreitet wie ein Lauffeuer. Wie ich gehört habe, haben manche Kreise bestürzt reagiert, andere begeistert applaudiert.»

«Zweifelsohne», sage ich.

«Gab es da nicht im Anschluss auch noch die Sache mit dem Kollegen, den Sie hinter Gitter gebracht haben und der seinen Fall wegen der Ereignisse erneut aufrollen lassen wollte?»

«Und, hat es ihm etwas gebracht?», frage ich spöttisch.

Bjørkang schüttelt den Kopf, ohne den Blick von mir zu nehmen.

«Wusstest du das, Arnt?» Der Lensmann wendet sich seinem jüngeren Kollegen zu, der wieder dieses fassungslose, dämliche Gesicht macht. Hektisch blickt er zwischen mir und seinem Chef hin und her, je nachdem, wer gerade spricht. «Wusstest du, dass Leute wie er darauf abgerichtet sind, Polizisten dranzukriegen, die Fehler machen? Also pass bloß auf.»

Jetzt wirft Arnt mir einen hohlen Blick zu, während Bjørkang ein tonloses Lachen ausstößt.

«Bei uns hieß das Befragung», sage ich.

«Ja, nicht wahr», erwidert Bjørkang, nachdem sein aufgesetztes Lachen allzu schnell wieder verklungen ist. «Erzählen Sie doch mal, wer hat Sie denn vernommen, nachdem sie verhaftet wurden?»

«Sie hatten einen Vernehmungsexperten von der Polizeischule einbestellt», antworte ich. «Zusatzausbildung in Großbritannien, Spezialgebiet Verhörphasen, Befragungstaktik, Ethik und Kommunikation, psychologische Einflussnahme und diverse gedächtnisstimulierende Techniken. Netter Kerl.»

«Verurteilt?», fragt Kollege Arnt, der anscheinend gerade seine Stimme wiedergefunden hat.

«Ach, das wusstest du gar nicht?» Bjørkang zwinkert mir zu. «Was lernt ihr heutzutage denn überhaupt noch auf der Polizeischule? Thorkild Aske wurde gerade entlassen, nachdem er eine dreijährige Haftstrafe in Stavanger abgesessen hat.»

«Meine Zeit in der Psychiatrie nicht zu vergessen!», ergänze ich, ohne den Blick von dem jungen Beamten zu nehmen.

«Was haben Sie denn gemacht?», fragt Arnt sichtlich schockiert.

«Er hat abends nach der Arbeit ein junges Mädchen totgefahren», springt Bjørkang mir hilfsbereit bei. «Im ... Drogenrausch?»

Arnt starrt mich weiterhin an, aber jetzt sehe ich etwas anderes in seinen Augen. Etwas, das ich wiedererkenne. Den Ekel, wenn man einem aus den eigenen Reihen gegenübersteht, der die Grenze zur anderen Seite überschritten hat.

«Gamma-Hydroxybuttersäure, kurz GHB», antworte ich und denke daran, was Ulf im Auto an jenem Tag zu mir sagte, als ich aus dem Gefängnis entlassen wurde. Dass jetzt ich am anderen Ende des Tisches sitzen müsse. Dass ich derjenige sei, der sich nach den Bedingungen der anderen zu richten habe, anstatt sie selbst vorzugeben. Meine Pilgerfahrt, so nannte er das. Mir war nur nicht klar, wie viel mich das kosten würde.

«Und dabei haben Sie sich das da geholt, nehme ich an?» Der Lensmann deutet auf meine Narben, die sich wie ein Spinnennetz aus dünnen Fäden vom Auge über die Wange hinab bis zum Mund ziehen.

«Nein, ich hatte Glück. Mein Kopf ist gegen das Lenkrad geschlagen.»

«Nun gut», sagt Bjørkang, jetzt in einem milderen Tonfall. «Geschehen ist geschehen. Den Rest müssen Sie mit dem da oben ausmachen.»

«Mit dem Chef des Sozialamts?»

Er lächelt trocken. «Wir sind nicht hier, um irgendwelche Schuldzuweisungen zu machen, aber ich bin ein Mann, der gerne weiß, mit wem er es zu tun hat.» Er nickt Arnt zu, als wolle er ihn darauf hinweisen, dass er eben Zeuge von Personalführung auf hohem Niveau gewesen sei. «Ich bin auch der Meinung, dass ein Mann, der seine Strafe verbüßt hat, eine

Chance verdient hat. Würde ich nicht daran glauben, hätte ich hier nichts zu suchen.»

Bjørkang steht auf und schickt den Beamten Arnt mit einem autoritären Nicken vor die Tür. «Okay, dann hätten wir die Höflichkeitsfloskeln ja jetzt hinter uns gebracht.» Er macht ein Zeichen, dass wir aufbrechen sollen. «Dann lassen Sie uns doch nach Skjellvik fahren und uns das Boot des Dänen ansehen, ehe uns die Zeit davonläuft.»

Wir verlassen das Gebäude und setzen uns zu dem jungen Polizisten in ein Polizeiauto. Den Mietwagen lasse ich stehen. Es regnet, der gefrorene Boden glänzt, die Oktoberluft ist kühl, und der Wind zaust durch die Blätter, die sich mit letzter Kraft an die Zweige klammern. Blauschwarze Wolken ziehen vom Meer heran.

«Die dunkle Jahreszeit», sagt Arnt und betrachtet mich im Rückspiegel. «Die bekommt nicht allen gut.»

11

Die Fahrt über die Insel geht zunächst durch ein Tal mit steilen Felswänden auf beiden Seiten, ehe uns die Buckelpiste wieder zurück ans Meer bringt. Unterwegs passieren wir das eine oder andere Nachkriegshaus, mit grünen, weißen oder gelben Zementfaserplatten verkleidet und mit Wellblech gedeckt. In einigen Fenstern brennt noch Licht. Rundherum liegen einige kleine, noch bewirtschaftete Felder mit weißen

Silageballen, aber die meisten Gebäude sind längst nicht mehr bewohnt und Wind und Wetter überlassen worden.

Kurz darauf geht die Straße in einen Schotterweg über, ehe wir einen Hügelkamm hinauffahren, von dem man auf eine große Bucht mit vereinzelten Siedlungen blickt.

«Tauchen Sie?» Arnts Gesicht erscheint wieder im Rückspiegel.

«Wie bitte?»

«Ich habe gefragt, ob Sie tauchen.»

Bjørkang schnaubt verächtlich und schüttelt den Kopf.

«Was ist denn?», fragt sein Kollege mit einem verletzten Ton in der Stimme.

«Der Mann ist gerade aus dem Gefängnis gekommen, verdammt noch mal. Wo sollte er deiner Vorstellung nach tauchen?» Bjørkang nimmt seine Polizeimütze ab und fährt sich über die Haarstoppeln.

«Im Haakonsvern zum Beispiel», sage ich nach einer Weile. «Und auch noch zwei-, dreimal danach.»

Arnts Augen sind sofort wieder im Spiegel.

«Ach ja?», fragt er eifrig. «Und wie fanden Sie es?»

«Ich habe es gehasst», antworte ich und sehe, wie die Glut in den Augen des jungen Beamten zum zweiten Mal innerhalb einer Minute erlischt.

Ganz oben auf dem Hügel steht ein dunkelbraunes Gebäude mit einem asphaltierten Parkplatz und einer Rollstuhlrampe, die zum Eingang führt, sowie einem kleineren, länglichen Anbau, der in drei Wohneinheiten unterteilt ist.

«Das Wohn- und Pflegeheim Skjellviktunet», erklärt der Lensmann, als wir daran vorbeifahren. «Steht schon seit dem Krieg. War eine Kaserne der Deutschen.»

«Der Deutschen?»

«Ja, das ist eine Nazi-Kaserne», bestätigt Arnt und sieht mich erneut im Spiegel an. «War Ihre Familie auch im Widerstand?»

«Ganz im Gegenteil», antworte ich, während ich das Meer betrachte, das in die Landschaft hineinschneidet. Auf einer Insel weiter draußen auf dem Wasser sehe ich ein weißes Gebäude mit einem achteckigen Leuchtturm auf einer kleinen Erhebung.

«Das ist die Insel von Rasmus Moritzen.» Der Lensmann deutet auf einige Bootshäuser in einer Bucht. «Sein Boot steht in einem der Schuppen da.»

Der Wind pfeift durch die Kleidung, und die Wellen schlagen träge übereinander und ziehen sich schäumend weiß zurück. Riesige Tangteppiche strecken ihre algengrünen Fangarme über den Strand. Wir stapfen zum Bootsschuppen hinab, halten die Kragen unserer Jacken zu und senken die Köpfe im Regen. Es ist schwierig, über die glatten Steine zu gehen, und ich spüre, wie sich die Muskeln in meinen Beinen und im Kreuz anspannen.

«Das Gummiboot wurde am Dienstag hier angeschwemmt. Wir vermuten, dass Rasmus Moritzen am Wochenende draußen bei Øyet tauchen war. Als seine Mutter hier war, hat sie uns erzählt, dass sie am Freitag mit ihm telefoniert hat. Als sie am Sonntagnachmittag noch einmal anrief, ging er nicht mehr ans Telefon.» Bjørkang schüttelt den Kopf.

Wir erreichen das Bootshaus, wo ein Mann, der ein wenig jünger ist als ich, in der Tür wartet.

«Ihr habt euch aber viel Zeit gelassen», sagt er mit einem

starken amerikanischen Akzent und bläst in seine Fäuste. Er trägt eine braune Lederjacke mit Fellkragen, wie sie im Zweiten Weltkrieg die britischen Piloten trugen. Seine Strickmütze ziert der Aufdruck *Gegen Mobbing!*, und unter den Arm hat er sich ein Paar schwarze Lederhandschuhe geklemmt. «Ich nehme an, Arnt ist gefahren?»

«Harvey, das ist Thorkild Aske. Er wurde von den Eltern des Dänen geschickt.» Bjørkang wendet sich mir zu. «Und das ist Harvey Nielsen. Wir mussten das Boot des Dänen in seinem Schuppen unterbringen.»

Harvey Nielsen streckt die Hand aus. Er ist groß und dunkelhaarig und hat Grübchen auf den Wangen, die sich zur Form von Schneekristallen zusammenziehen, wenn er lächelt. «Habt ihr schon von der Leuchtturminsel erzählt?»

«Nein.» Arnt blickt andächtig zu Harvey auf, der ihn um einen ganzen Kopf überragt. «Wir haben ihm nichts erzählt.»

Harvey Nielsen legt mir seine kräftige Hand in den Nacken und dreht mich nach rechts, während er auf die Felsen draußen beim Leuchtturm zeigt. «Hey, dann erzähl ich dir die ganze Geschichte, weil du mich so lieb danach gefragt hast.» Er entblößt seine Zähne und kneift mich in die Schulter.

«Ich bitte darum.»

«Es war nämlich so, dass in den achtziger Jahren ein paar reiche Leute aus dem Süden herkamen, um auf der Insel ein Konferenzhotel für die Stadt-Yuppies zu errichten. Sie haben die alte Leuchtturmwärterwohnung umgebaut, in ein Restaurant mit Bar, Computerraum und einem Fitnessstudio. Ja, es gibt sogar eine große Diskothek im Keller.»

«Aber sie sind nach nur einem Jahr Betrieb pleitegegangen», ergänzt Bjørkang, während Arnt an seinem Bart zupft, als wolle er sich vergewissern, dass der Wind ihn noch nicht weggeblasen hat. «Dann haben die Besitzer auch noch das Haupthaus in Brand gesteckt, als sie es nicht verkaufen konnten, in der Hoffnung, das Feuer würde sie vor dem finanziellen Ruin retten.»

«Seither hat es leer gestanden», fährt Harvey fort. «Bis diesen Sommer der Däne kam und angefangen hat, alles zu restaurieren.»

«Ein Erlebnishotel», schnaubt der Lensmann verächtlich. «Was soll das bitte sein?»

«Aber er hatte was auf dem Kasten. Ich war draußen und habe es mir angesehen. Zum Beispiel hat er einen Tisch aus einem alten Nordlandboot gebaut, und die Bar ...», Harvey lächelt breit, «die Bar ist ganz phantastisch.»

«Ich wäre nie allein hinausgefahren», piepst Arnt, während er zur Leuchtturminsel späht.

«Na, dann lasst uns mal dieses Boot ansehen, bevor es dunkel wird.» Bjørkang tätschelt Arnt den Rücken, ehe er mit Harvey und mir im Schlepptau ins Bootshaus geht.

Der Wind und der Regen zerren am Blechdach. Bjørkang und Harvey ziehen die Plane weg und legen sie neben eine Längswand auf den Erdboden.

«Hier haben Sie also das Boot», sagt der Lensmann und klopft mit der flachen Hand darauf.

Ich steige an Bord des weiß-blauen RIBs, ein steifes, aufblasbares Boot mit Glasfiberrumpf der Marke Zodiac Pro. Das Boot ist etwa sechs Meter lang und hat einen Evinrude-Motor mit hundertfünfzig Kilowatt. Im Boot liegen ein Tau und eine Taucherflasche sowie eine Holzkiste, die mit altem Treibgut vom Meeresboden gefüllt ist.

«Kein schlechtes Ding, was?» Harvey hebt eine viereckige Box hoch, die mit trockenen Algen und kleinen weißen Muscheln bedeckt ist, und reicht sie mir.

«Sieht ganz so aus, als hätte der Däne Schrott gesammelt», murmelt Bjørkang und deutet mit dem Kopf auf das alte Transistorradio, das ich jetzt in der Hand halte. Es war einmal weiß, mit einem blauen Rand, und ich kann eine dreistellige Zahl und die Buchstaben PbKA in der linken Ecke des muschel- und algenüberzogenen Geräts erkennen.

«Kein GPS?», frage ich mit Blick auf das leere Fach neben dem Steuer.

«Vielleicht ist es während der Fahrt über Bord gegangen», antwortet Bjørkang desinteressiert.

«Und warum ist das hier dann nicht über Bord gegangen?», frage ich und hebe das Transistorradio hoch. «Ich nehme an, dass es lose im Boot lag, wohingegen ein GPS-Gerät doch normalerweise in der Armatur verschraubt ist?»

«Wer weiß das schon.» Bjørkang hebt die Schultern und seufzt.

«Okay.» Ich stelle das Transistorradio zurück. «Sie haben gesagt, dass er sehr wahrscheinlich an einem Ort namens Øyet tauchen war. Wo liegt das genau?»

«Øyet ist ein unterirdischer Fels genau in der Mitte zwischen dem Leuchtturm und den Inseln auf der anderen Seite des Fjords», erklärt Bjørkang und sieht auf seine Uhr, ehe er zur Tür des Bootsschuppens geht und auf eine schwarze Stange mit blinkenden Lichtern zeigt, die auf einer Schäre mitten im Meer steht. «Die wurde seinerzeit angebracht, um den Schiffen den Weg zu weisen, wenn sie den Felsen schäreneinwärts durch den Grøtsundet umfahren wollten.»

«Der Fels wird Øyet genannt, weil er, wenn das Meer ruhig ist, so aussieht, als würde ein Auge aus der Tiefe zum Himmel emporsehen. Im Laufe der Jahre sind viele Schiffe dort auf Grund gelaufen, weil sie zu nah an diesen Fels gerieten», ergänzt Harvey.

Bjørkang und Arnt nicken beide, während sie mit leerem Blick in den Regen starren.

«Ich nehme an, er ging deshalb da tauchen? Wegen der ganzen Wracks?», frage ich.

Jetzt nicken die drei unisono. «Aber wir haben schon Taucher hinuntergeschickt, ohne Ergebnis», sagt Bjørkang nach einer kurzen Pause. «Wir müssen abwarten. Der Natur ihren Lauf lassen, dann wird er schon irgendwann nach oben kommen.»

«Wenn die Krebse mit ihm fertig sind», wirft Harvey ein.

Allmählich beginnt es zu dämmern, und schwarze Wolken ziehen auf.

«Ich muss hinfahren», sage ich. «Zum Leuchtturm.»

Bjørkang sieht erneut auf die Uhr. «Ich glaube, wir können jetzt langsam mit dem Quatsch aufhören», entgegnet er und spuckt auf den Boden. «Für das ganze Wochenende ist Sturm vorhergesagt. Sehen Sie zu, dass Sie zurück nach Stavanger kommen, Aske. Das habe ich auch zu der Mutter des Dänen gesagt, als sie hier war und gezetert und geschrien hat, dass sie unbedingt zum Leuchtturm will. Bei schwerem Sturm! Sie hätte ihr eigenes Leben und das der Mannschaft aufs Spiel gesetzt. Wir melden uns schon, wenn er wieder nach oben kommt. Irgendwann kommen sie alle nach oben, diese Wasserleichen. Aber das kann dauern.»

«Seine Eltern wollen, dass ich dort hinfahre. Also werde

ich es auch tun, es sei denn, Sie haben irgendwelche behördlichen Vorschriften, die mich daran hindern könnten.»

«Okay, okay». Bjørkang hebt entnervt die Arme. «Wenn Sie unbedingt hierbleiben wollen, habe ich nichts dagegen. Wir können es ihnen nicht verwehren. Aber seien Sie ein bisschen vorsichtig, das ist alles, worum ich Sie bitte. Sie sind schließlich kein Polizist mehr.»

«Ich bin nur hier, um zu helfen», entgegne ich. «Genau wie Sie.»

«In Ordnung», sagt Bjørkang. «Aber denken Sie daran: Wenn es noch irgendetwas gibt, womit wir Ihrer Meinung nach unsere Zeit verschwenden sollten, muss das bis Montag warten. Klar?»

Ich nicke, und Bjørkang konsultiert ein letztes Mal seine Uhr, ehe er Arnt zu sich winkt und ihm bedeutet, dass sie zurückfahren.

«Cognac und Akkordeon», brummelt Harvey, als sich die beiden Polizisten wieder ins Auto gesetzt haben. Sie bleiben einen Moment reglos sitzen und betrachten uns durch die Windschutzscheibe, während sie vermutlich gerade eine einsilbige Konversation führen.

«Was haben Sie gerade gesagt?»

«Bjørkang ist Witwer», erklärt Harvey. «Am Wochenende trinkt er zusammen mit den anderen alten Kerlen von der Insel Cognac und spielt Akkordeon. Öffentlicher Dienst, Sie verstehen.» Harvey lacht. «Kriminalität gibt es hier oben nur an Werktagen zwischen acht und vier. Wussten Sie das nicht?»

«Klar», sage ich und seufze, als mir einfällt, dass mein Auto noch vor dem Büro des Lensmannes steht.

«Warum wollen Sie eigentlich unbedingt zum Leuchtturm?», fragt Harvey, nachdem er die Tür des Bootshauses zugeschoben und mit einem Hängeschloss verriegelt hat. «Ich war mit Bjørkang draußen, nachdem wir das Boot gefunden hatten. Es gibt dort nichts zu sehen.»

«Seine Mutter wünscht es sich aber. Ich selbst will hier einfach nur fertig werden. Ich bin kurz vorm Erfrieren.»

«Okay.» Harvey trommelt mit den Fingern gegen die Holztür. «Also, wenn Sie möchten, kann ich Sie morgen früh mitnehmen. Ich komme am Leuchtturm vorbei, wenn ich zur Farm fahre.»

«Zur Farm?»

«Miesmuscheln.» Er lächelt. «Eine wahre Goldgrube.»

12

Ich darf in Harveys Pick-up mitfahren. Er lässt mich bei sich übernachten, sodass mir die hundert Kilometer und die beiden Fährfahrten bis zu meinem Hotelzimmer in Tromsø erspart bleiben, ehe wir am nächsten Tag frühmorgens zum Leuchtturm aufbrechen. Sein Haus liegt in einem Neubaugebiet mit Aussicht auf den Fjord und die Leuchtturminsel.

Wir gehen hinein und setzen uns an den Küchentisch. Harvey holt zwei halbvolle Becher mit Kaffee. Im Hintergrund rennt Harveys Frau hinter einem sechsjährigen Jungen her und versucht, ihn im Laufen anzukleiden.

«Wir fahren jetzt», sagt sie und schleift den Jungen mit sich in den Flur, wo sie sich bemüht, mit einer Hand in ihre eigene Jacke zu schlüpfen.

«Setz dich kurz dazu.» Harvey zieht sie auf seinen Schoß und küsst sie aufs Haar, als sie zu uns an den Tisch kommt. «Das ist Thorkild Aske, ein ehemaliger Polizist, der hier ist, um nach dem Dänen zu suchen.» Er küsst sie erneut. «Und das ist meine liebe Frau Merethe.»

Merethe steht von Harveys Schoß auf und gibt mir die Hand.

«Hallo», grüße ich und strenge mich an, mit beiden Mundwinkeln gleichzeitig zu lächeln.

«Hallo, Thorkild», sagt sie, lässt meine Hand schnell wieder los und geht zurück in den Flur, wo ihr Sohn inzwischen mit Schuhen um sich wirft und dabei Schießgeräusche imitiert.

«Merethe arbeitet als Beschäftigungstherapeutin oben im Wohn- und Pflegeheim. Senioren-Yoga, Healing, Kristalltherapie und solche Sachen. Außerdem wird sie bald richtig berühmt, stimmt's, meine Liebe?»

«Was?», ruft Merethe aus dem Flur.

«Du bist bald ein Promi!», ruft Harvey zurück. «Komm doch mal her und knöpf dir Thorkild vor. Ich wette, du findest auch bei ihm irgendeinen Geist, der immer in seiner Nähe herumhängt.»

Merethe richtet sich auf, in den Armen mehrere einzelne Schuhe, und wirft einen davon nach Harvey in die Küche. «Nicht jetzt, Harvey. Du siehst doch, dass ich spät dran bin.»

Harvey wendet sich wieder mir zu, während seine Frau aus der Tür hastet und den Jungen hinter sich herzerrt. «Zu diesem Zeitpunkt ihres Zyklus ist sie immer im spirituellen Ungleichgewicht.» Er lacht laut und klopft sich auf die Schenkel.

«Wofür ist sie denn bekannt?»

«Sie ist ein Medium», antwortet Harvey. «Sie nimmt an der nächsten Staffel von *Die Macht der Geister* teil, kennen Sie die Sendung? Im neuen Jahr fangen die Dreharbeiten an. Merethe ist vorerst für vier Episoden engagiert worden. Super, oder?»

«Ich sehe nicht so viel fern, wie ich sollte», sage ich, als Harvey plötzlich aufspringt und im Keller verschwindet. Er kehrt mit einem Kanister zurück, den er zwischen uns auf den Tisch stellt.

«Sie schauen wie einer aus, der einem guten Tropfen nicht abgeneigt ist.» Er schraubt den Deckel des Kanisters auf und verdünnt den Kaffee mit dem kristallklaren Schnaps. «Trinkt man da, wo Sie herkommen, eigentlich auch Kaffee mit Schuss?»

«Ja, den trinkt man sogar auf Island, nur sind sie dort mit dem Kaffee nicht so großzügig.»

Harvey lacht, und wir bleiben sitzen und genießen schweigend, während wir aus dem Küchenfenster auf das Meer und in die Polarnacht hinausblicken, die sich über die Landschaft senkt.

«Was wäre das Leben nur ohne Kinder», sagt Harvey schließlich. «Haben Sie welche?»

«Nein.»

«Verheiratet?»

«Ist lange her.»

«Was ist passiert?»

«Ich bin in die USA gegangen, und sie ging zu Gunnar.»

«Gunnar?»

«Gunnar Ore. Mein früherer Chef bei der Spezialeinheit.»

«Verdammt, Mann, das ist aber fies.»

Ich zucke mit den Schultern. «Wir kamen sowieso nicht mehr gut miteinander aus.»

«Also sind Sie deswegen Privatdetektiv geworden?»

«So etwas in der Richtung», antworte ich müde. Ich sehe den Leuchtturm im Halbdämmerlicht draußen auf der Insel thronen. Der ganze Ort ist grau. Bald wird auch er von der blauschwarzen Wand verschluckt werden.

«Harvey Nielsen», sage ich nach einer erneuten Pause. «Ist das ein nordnorwegischer Name?»

«Absolutely.» Harvey lacht. «Meine Vorfahren sind 1913 nach Minnesota emigriert. Während des Ersten Weltkriegs kam mein Urgroßvater zurück und ist auf einem Feld in Nordfrankreich im Giftgas erstickt.»

«Und Sie? Wie haben Sie den Weg zurück ins gelobte Land gefunden?»

«Ich habe nach dem College auf einem Fischerboot angeheuert und bin zufällig in Tromsø gelandet, wo ich Merethe kennengelernt habe, die dort in einem Pub gearbeitet hat.»

«Und dann sind Sie Muschelfarmer geworden?»

«Unter anderem. Merethes Familie hatte auch einen kleinen Landwirtschaftsbetrieb, wo wir Schafe hielten, bis ich kurz nach der Jahrtausendwende eher zufällig einen Kurs über Muschelzucht besucht habe. Danach habe ich staatliche Fördergelder beantragt und losgelegt. Habe ganz einfach angefangen mit einer kleinen Muschelbank, ein paar Sauerstoffkanistern, altem Heringsgarn, Traktorteilen und selbstgegossenen

Betongewichten. Auch das Floß habe ich selbst gebaut. Die meisten Muschelfarmer mussten in den ersten Jahren aufgeben, aber wir haben durchgehalten, die Zähne zusammengebissen und alles gegeben, bis wir über den Berg waren», erzählt Harvey lächelnd. «Und im Mai haben wir sieben Tonnen Muscheln geerntet. Nächstes Jahr sollen es zehn werden.»

«Wo liegt die Farm?»

«In einer Bucht nördlich der Insel, wo Merethes Familie ihren Hof hatte, ehe er abgewickelt wurde. Wir haben die Landwirtschaft eine Zeitlang weitergeführt, nachdem die Eltern ins Pflegeheim umgezogen sind, aber solche Kleinbetriebe bringen kein Geld mehr, das ist nur Schufterei.»

«Vermissen Sie Minnesota?»

«Nein», antwortet Harvey. «Not at all. Ich gehöre da einfach nicht hin, das wusste ich schon als kleines Kind. Das Meer, wissen Sie. Es liegt mir im Blut, die Wellen schlagen in meinen Adern und locken mich immerzu ans Wasser.» Harvey klopft mit seiner Tasse auf den Tisch, ehe er den Blick aus dem Fenster schweifen lässt, wo die Straßenlaternen im eiskalten Herbstdunkel glitzern. «Ich könnte diesen Ort nie wieder verlassen. Niemals.»

Ich merke, wie der Alkohol meinen Körper mit einer intensiven Wärme erfüllt, wie ich sie schon lange nicht mehr gespürt habe.

«Sie haben gesagt, Sie wären auch in den USA gewesen.» Harvey bohrt den Blick aus seinen kristallklaren grauen Augen in mich hinein. «Was haben Sie da gemacht?»

«Berufliche Weiterbildung», antworte ich. «Vielleicht bin ich auch aus meiner verkorksten Ehe geflüchtet. Das lässt sich im Nachhinein schwer sagen.»

Harvey hebt den Becher zu einem stummen Prost. «Ja, ja!» Anschließend trinkt er und mustert mich mit einem spöttischen Grinsen. «Also, welche beruflichen Gründe haben Sie denn nun genau dorthin verschlagen?»

«Hier bei uns nutzt die Polizei eine standardisierte Vernehmungstechnik namens KREATIV», beginne ich zu erklären.

«Und das bedeutet?»

«KREATIV konzentriert sich auf die freie Äußerung des Beschuldigten. Das Ziel der Vernehmung ist nicht unbedingt, dass der Beschuldigte gesteht, es geht eher darum, währenddessen seine Möglichkeiten zu Ausflüchten oder Gegenstrategien einzuschränken. In Miami gab es die einzigartige Chance, mehr über fortschrittlichere Befragungstechniken und forschende Psychologie zu lernen. Und zwar bei Dr. Titus Ohlenborg höchstpersönlich.»

«Wer ist das?»

«Schon mal was von KUBARK gehört?»

«Nope.»

«KUBARK waren Befragungshandbücher, die für die CIA, das Militär und andere Spezialeinheiten gedacht waren. Das erste wurde 1963 während des Kalten Krieges herausgegeben. Eines war ein reines Lehrbuch für Vernehmungsleiter, die sich speziell mit Kontraspionage befassten. Es stellte eine Reihe von Techniken vor, mit denen man Abtrünnige, Deserteure, Provokateure, Agenten und Doppelagenten knacken konnte, um zu sehen, ob sie *bona fide* waren oder nicht. Und dieses Handbuch ist von ebenjenem Doktor verfasst worden.»

«Spyshit? Really?» Harvey verdreht die Augen und grinst schief. «Das hätte ich nicht von Ihnen gedacht.»

Ich zucke mit den Schultern. «Ohlenborg ist ausgebildeter Psychologe und hat seine Karriere damit begonnen, die Wechselwirkung zwischen Menschen und Gebäuden zu erforschen, ehe er zur CIA gegangen ist. Jetzt unterrichtet er überall, in den offiziellen Ermittlungsbehörden, aber auch bei privaten Sicherheitsfirmen wie Blackwater, DynCorp und Triple Canopy.»

«Und er unterrichtet die norwegische Polizei?»

Ich nicke und gebe ihm ein Zeichen, dass mein Becher leer ist. «Das Problem mit KUBARK und neueren europäischen Methoden wie unserem KREATIV ist allerdings immer dasselbe.»

«Und zwar?» Harvey ergreift den Kanister, beugt sich halb über den Tisch und schenkt mir nach.

«Wie befragt man jemanden, der genau das weiß und kann, was man selbst weiß und kann? Jemanden, der vielleicht sogar dieselbe Ausbildung durchlaufen hat?»

Er stellt den Kanister auf den Boden und sinkt wieder auf den Stuhl zurück.

«Verstehe», sagt er und nickt. «Wie knackst du einen aus deinen eigenen Reihen.»

«Ganz genau. Das Besondere bei Ohlenborg ist, dass er jahrzehntelang durch amerikanische Gefängnisse gereist ist und Polizisten besucht hat, die für verschiedenste Delikte verurteilt wurden – von Raubüberfällen und Drogenschmuggel bis hin zu Auftragsmorden, Vergewaltigungen und Serienmorden.»

«*Cops gone bad.*» Harvey grinst in seinen Becher hinein. «Was für eine Welt!»

«Die Nachrichtendienste, das Militär und die Polizei stehen alle vor den gleichen Herausforderungen, wenn sie ihre eigenen Kollegen befragen müssen. Menschen, die selbst schon Hunderte oder gar Tausende Vernehmungen durchgeführt haben, die die Methoden kennen und sie vielleicht über Jahre perfektioniert haben – womöglich sogar mit dem Hintergedanken, dass sie selbst eines Tages gefasst werden könnten.»

«Also, was tut ihr, um sie zu knacken?»

«Erfahrung, Übung und Vertrauen in die eigenen Fähigkeiten sind eine wichtige Grundvoraussetzung in jeder Vernehmungssituation. Aber nach und nach lernt man auch, was selbst diese Männer nicht verbergen können, egal wie gut und erfahren sie sind. Nämlich ihre Menschlichkeit. Das, was uns unter dem Strich ausmacht.»

«You've lost me, mate.» Harvey schüttelt den Kopf und lächelt mit halbgeschlossenen Augen.

«Wir werden alle von den Saiten bestimmt, aus denen sich die Tonart unseres emotionalen Registers zusammensetzt. Die Frage ist, was mit jedem Einzelnen von uns passiert, wenn jemand diese Saiten anschlägt. Wie auch immer», fahre ich fort, drehe den Becher zwischen den Händen und starre in die trübe Flüssigkeit, «nach neun Monaten erkrankte Dr. Ohlenborg an einem Gehirntumor, und ich bin wieder nach Bergen und zur Spezialeinheit zurückgegangen.»

«Aber warum haben Sie dann bei der Polizei aufgehört?»

«Das erzähle ich ein anderes Mal», flüstere ich. «Bitte ein anderes Mal.»

Draußen ist der Regen zu Hagelkörnern geworden, die leise gegen das Küchenfenster prasseln.

«Sie haben gesagt, die Eltern des Dänen hätten Sie angeheuert», meint Harvey nach einer Weile.

Ich nicke.

«Um was zu tun?»

«Ich weiß es auch nicht genau», antworte ich. «Um zu suchen. Hoffnung ist tatsächlich käuflich.»

«Hoffnung?»

«Solange sie bezahlen, suche ich. Und solange ich suche ... besteht die Hoffnung, dass ich etwas finde.»

«Und was?»

«Einen magischen Schlüssel, mit dem man die Zeit zurückdrehen kann.» Ich starre in meine Kaffeetasse, bis Harvey sie wieder auffüllt. Der Geruch des Schnapses kitzelt in der Nase und wärmt, er bricht die zerstörten Tränenkanäle auf und weitet sie, er lässt Wolken heranziehen, die sich irgendwo tief in meinem Hinterkopf zusammenballen. Ich nicke, öffne den Mund und trinke. In großen Schlucken.

«Werden Sie ihn jemals finden?», fragt Harvey lächelnd und sieht mich an. «Diesen Schlüssel?»

«Niemals», antworte ich und lache lauthals.

13

Der zweite Tag mit Frei, Stavanger,
am 23. Oktober 2011

Das Café Sting lag direkt neben dem Valbergtårnet. Es war in einem alten Holzhaus untergebracht und hatte diesen rustikalen Charme, den Stavanger und seine Einwohner anscheinend so sehr schätzen. Die Frau an der Bar reichte mir einen Kaffee und ein Glas Wasser mit Eiswürfeln, die ich zu einem Tisch am Fenster mitnahm, wo ich mich hinsetzte, um auf Frei zu warten.

Sie kam um Viertel vor sieben. Ich sah sie schon von weitem. Der Regen zeichnete ein Spinnennetzmuster aus Wasserfäden auf die Fensterscheiben.

«Was für ein Wetter», sagte sie und schüttelte ihren khakigrünen Parka aus. Dann hängte sie ihn über die Stuhllehne und warf einen Blick in Richtung Bar, der die Bedienung sofort dazu veranlasste, den Wasserkocher anzustellen und in der Schachtel mit den Teebeuteln zu kramen. «Wartest du schon lange?»

«Ich hätte auch noch länger gewartet, wenn du es gewollt hättest.»

Frei legte den Kopf schief und betrachtete mich einen Moment schweigend, ehe sie zur Bar ging.

«Warum bist du gekommen?», fragte sie, nachdem sie zurückgekehrt war und sich endlich mir gegenüber auf den Stahlrohrstuhl gesetzt hatte. Sie nahm drei große braune Zuckerwürfel aus einem Schälchen und ließ sie in die apfelgrüne Flüssigkeit in ihrer Teetasse fallen. Anschließend rührte sie träge um, bis sich der Zucker aufgelöst und der Tee eine dunklere, erdigere Farbe angenommen hatte.

«Einsamkeit», antwortete ich. «Ohne Zweifel.»

«Und du glaubst, ich könnte dir helfen?»

«Sicher nicht.»

«Also warum?»

Ich zuckte mit den Schultern. «Weil du mich gefragt hast.»

«Mein Onkel wollte das so.» Sie legte den warmen Teelöffel auf ihre Unterlippe. «Er erwartet Besuch.»

«Von wem?»

«Von einem Mann.»

«Aha.»

«Robert ist nur ein paar Jahre älter als ich. Er könnte mein Bruder sein. Sieht einfach umwerfend aus.» Sie lächelte und umfasste die Teetasse mit beiden Händen. «Onkel Arne ist schwul. Hast du das nicht gemerkt?»

«Hätte ich es merken müssen?»

Sie runzelte die Stirn. «Onkel Arne hat gesagt, du könntest die Körpersprache anderer Menschen lesen und erkennen, was sie geheim halten wollen. Stimmt das denn nicht?»

«Nein», entgegnete ich lachend. «Keinesfalls.»

«Was kannst du denn dann?»

«Befragungen durchführen und Protokolle schreiben», antwortete ich und schwenkte meine leere Kaffeetasse. Mein Blick streifte die Reste des Kaffeesatzes, ehe er wieder zu ihrem Gesicht wanderte.

«Aber du bist doch ein Vernehmungsexperte, oder? Arne hat gesagt, du wärst gerade aus den USA zurückgekommen.»

Ich beugte mich vor und verschränkte die Hände. «Woher um alles in der Welt weiß er das?»

«Arne ist Wirtschaftsanwalt bei einer der größten Ölfirmen Nordamerikas.» Frei fuhr sich mit den Fingern durch ihr wirres Haar. «Er informiert sich gern über die Leute, bevor er sie trifft, sowohl privat als auch beruflich.»

«Was weißt du noch?»

«Du bist halb Norweger und halb Isländer, dein Vater ist ausgebildeter Meeresbiologe, aber in Island als radikaler Umweltaktivist tätig. Deine Eltern haben sich scheiden lassen, als du noch klein warst, und daraufhin ist deine Mutter mit dir und deiner Schwester nach Norwegen gezogen. Ach ja, und du selbst bist auch frisch geschieden.»

«Dann bist du ja über alles informiert», antwortete ich und beugte mich zu der Tüte herab, die zwischen meinen Beinen stand. Ich hatte die halbe Nacht damit zugebracht, alle Dokumente zusammenzusuchen, die ich über die Vorfälle in Bergen und die Gründung der früheren SEFO finden konnte. «Das hier habe ich im Übrigen für deine Hausarbeit mitgebracht. Die Anti-Folter-Kommission des Europarats hat auch einen Bericht verfasst, der sich kritisch …»

«Ich brauche die Sachen nicht.» Frei sah mich offen an. «Mit der Hausarbeit bin ich schon fertig.»

Ich drehte meine Kaffeetasse auf den Kopf und stellte sie auf die Untertasse. «Was machen wir dann hier?»

«Uns kennenlernen», antwortete Frei. «Auf deine Weise.»

«Meine Weise?»

«Ist das denn nicht dein Job? Dein Fachgebiet? Fakten über einen Menschen zu sammeln und sie zu analysieren, um seine Geheimnisse und Schwachstellen offenzulegen? Ich wollte nur erst einmal mit dir anfangen.»

«Herrgott», stöhnte ich. Dann musste ich lächeln. «Vielleicht hast du recht», sagte ich und stand auf, um zu gehen. «Oder weißt du was? Du hast ganz sicher recht.» Ich nahm die Tüte mit den Dokumenten und verbeugte mich leicht. «Ich habe verloren, du hast gewonnen. Adieu.»

Hastig schritt ich ein Stück über den Schachbrettboden, ehe ich kehrtmachte und mich wieder zu ihr setzte. «Nein, lass uns doch noch eine Runde spielen.» Ich lehnte mich zurück. «Also, was willst du wissen, Frei? Schieß los.»

«Ich will alles über deine Geheimnisse und Lügen erfahren», antwortete sie ruhig und legte die Hände vor sich auf den Tisch. «Bevor ich dich meine wissen lasse.»

«Okay. Wo soll ich anfangen?»

«Wo du willst.»

«Meine Mutter war Kinderpsychologin, bis sie krank wurde, jetzt lebt sie in einem Wohnheim in Asker. Sie hat seit zehn Jahren Alzheimer. Ich habe sie lange nicht mehr besucht, aber ich weiß nicht, warum.»

«Erzähl von Island.»

«Als ich klein war, sind wir von einem Aluminiumwerk, Kraftwerk oder Schmelzwerk zum nächsten gereist, meine Mutter, Liz und ich. Damit wir unserem Vater zusehen konnten, wie er und seine Aktivistenfreunde sich an Bagger und Rohre, Kräne und Muldenkipper ketteten und schrien und sich in die Hosen pissten, um der ganzen Welt zu zeigen, dass die Menschheit außer Kontrolle geraten ist.»

«Ein Idealist.»

Ich nickte.

«Warum bist du in die USA gegangen?»

«Vor unserer Trennung hatten meine Exfrau und ich irgendwann einen Punkt erreicht, wo wir einander immer nur missverstanden haben. In allem. Also bin ich einfach abgehauen, als ich von dem Kurs gelesen habe.»

«Um in einem anderen Land kriminelle Polizisten zu befragen?»

«Genau.»

«Weshalb?»

«Weil ich besser werden wollte, weil …»

«… du sie verstehen wolltest?»

«Ja.»

Plötzlich grinste Frei breit. «Hat es was mit deinem Vater zu tun, dass du andere Polizisten fertigmachst?»

«Sicher», antwortete ich müde.

Der Regen trommelte gegen die Scheiben. Draußen hatte sich das Wasser zu kleinen Bächen gesammelt, die über den Bürgersteig rieselten. Plötzlich fing Frei an, laut zu lachen.

«Du bist ja ein wandelndes Klischee, Thorkild Aske», sagte sie und griff sich an den Kopf. «Siehst du das denn nicht?»

«Doch. Aber wenn ich eines Tages zum Psychologen gehe, werde ich ihm sagen, dass du als Erste darauf gekommen bist.»

Ich hatte längst beschlossen, das Spiel fortzuführen, ganz egal, welche Fragen ich beantworten musste und welche Geständnisse es mich kosten würde. Die Scheidung von Ann-Mari und die Zeit an der amerikanischen Südostküste mit den Männern und Frauen, von Dr. Ohlenborg und mir hinter schusssicherem Glas interviewt, hatten mich bereits viel gekostet. Zu viel. Und hier mit dieser jungen Frau im Café zu sitzen, verursachte schließlich die ersten Risse in meiner harten Schale. Ich konnte den Puls von etwas Neuem und Lebendigem in meinem Schädel spüren. Etwas, das ich noch nie gefühlt hatte.

Frei zögerte ein wenig, ehe sie schließlich fragte: «Habt ihr euch deshalb scheiden lassen? Hattest du sie endlich voll und ganz durchschaut, und es gab nichts mehr, wonach du noch graben konntest? Hattest du ihre innere Landschaft kartographiert? Auftrag erledigt und weiter zum nächsten Kasus?»

«Kasus? So wie ... du zum Beispiel?»

«Nein», antwortete Frei. «Von mir weißt du immer noch nichts. Wir beide kennen uns nicht.»

«Du hast recht. Bin ich jetzt dran?»

«Ja, du bist dran.»

«Gut», sagte ich und beugte mich über den Tisch. «Erzähl mir von dir.»

Frei blieb reglos sitzen und sah mich an, nur ihre Augen bewegten sich, wie zwei glitzernde Sonnen tasteten sie jede Pore meiner Haut ab. «Ich tanze», sagte sie schließlich und schnappte sich einen weiteren Zuckerwürfel aus der Schale.

SAMSTAG

14

«Duuu? Hallo du! Was ist rot und macht blubb-blubb?»

«W… was?»

«Was ist rot und macht blubb-blubb?»

«Herrgott, keine Ahnung», stöhne ich und versuche mich von der kleinen Nervensäge mit ihren Höllenfragen wegzudrehen.

«Ein rotes Blubb-Blubb natürlich! Haha!»

Ich blinzle vorsichtig und sehe, dass ich auf dem Küchenfußboden liege, halb unter dem Tisch, an dem Harvey und ich gestern Abend noch saßen und Selbstgebrannten tranken. Der Sechsjährige hockt grinsend neben mir. Drüben am Herd kann ich Harveys Füße erkennen, und plötzlich steigt mir auch der Duft frischen Kaffees in die Nase.

«Nein, ist da jemand wach geworden!» Harvey beugt sich herab und schaut unter den Tisch.

«Mmmh», stöhne ich und versuche mich aufzurichten.

«Warum schläfst du auf dem Boden?», fragt der Junge neben mir.

«Das weiß ich auch nicht», antworte ich und stoße mir den Kopf an der Tischkante, als ich unter dem Tisch hervorkriechen will.

«Für einen Privatdetektiv bist du jedenfalls nicht besonders trinkfest.» Harvey grinst und stellt eine dampfende Kaffeetasse für mich auf den Tisch.

«Das wird schon noch», murmle ich und greife nach einem Stuhl, um mich daran hochzuziehen. «Gib mir nur etwas Zeit.»

«Papa, hat der Mann sich gestern volllaufen lassen?» Der Junge sieht mich ernst an.

Harvey kommt zu mir und hilft mir auf die Beine. «Tja, ein bisschen vielleicht», sagt er grinsend.

«Wie viel Uhr ist es denn?», frage ich und verbrühe mir die Lippen an dem heißen Kaffee.

«Bald halb sechs», antwortet Harvey. «Wir fahren in zehn Minuten.»

Mein Schädel brummt, meine Nebenhöhlen sind wie zuzementiert, und meine Wange schmerzt höllisch.

«Du siehst heute so grimmig aus», stellt Harvey fest. Er wirkt erstaunlich frisch und gesund angesichts unserer Ausschweifungen am Vorabend. «Ich habe dir ein Set Wollunterwäsche rausgelegt, die du leihen kannst. Und Stiefel und eine Mütze.» Er lächelt erneut. «Damit du nicht erfrierst!»

«Danke.»

Als ich aus dem Fenster sehe, schaudere ich. Es ist immer noch dunkel, nur ein blasses Morgenlicht über den höchsten Gipfeln kündet davon, dass es bereits zu dämmern beginnt.

«No problem, man.» Harvey prostet mir mit der Kaffeetasse zu. Ich trinke auch einige Schlucke, dann treiben mich das Grummeln in meinem Magen und meine generelle Unruhe vor der Einnahme der morgendlichen Tabletten ins Bad.

Mein Anblick im Spiegel hätte jedes Geschöpf aus der Unterwelt in die Flucht geschlagen. Ich hole die Pillendosis hervor und schlucke sie mit Wasser aus dem Hahn. Anschließend drücke ich eine grüne Wulst Kinderzahnpasta auf meinen Finger und unternehme einen halbherzigen Versuch, mir die Zähne zu putzen. Alles andere unterlasse ich. Es hat keinen Zweck, sich mit dem aufzuhalten, was sich sowieso nicht mehr retten lässt.

Als ich in den Flur gehe, begegne ich wieder dem Jungen.

«He, du!» Er ahmt seinen Vater nach, indem er die Arme vor der Brust verschränkt und das Gewicht auf eine Hüfte verlagert: «Was ist rot und macht blubb-blubb?»

Ich starre ihn verzweifelt an und hoffe, mein Blick würde ihm deutlich machen, dass er wahnsinnig ist und sofort verduften soll. Aber der erhoffte Effekt bleibt aus. Also gebe ich auf, lächle gezwungen und antworte: «Tja, war das nicht ein Blubb-Blubb, und zwar ein rotes?»

«Falsch, du Doofie! Preiselbeeren mit Außenbordmotor! Hahahaha!»

Draußen ist alles wieder grauschwarz. Selbst die Häuser im Neubaugebiet scheinen ihre Farbe verloren zu haben. Auf dem Dach des Vogelhäuschens im Garten sitzt eine Elster und beobachtet uns mit schräg gelegtem Kopf. Als Harvey den Pick-up entriegelt, flattert sie auf und davon. Er startet den Wagen, und wir fahren den kurvigen Weg am Zentrum vorbei zu den Bootshäusern in der Bucht.

Der Wind hat abgeflaut, und es ist kühler geworden. Die Luft ist so frostig, dass man sie nur schwer einatmen kann, ohne zu husten. Der Schmerz in meiner Wange ist wieder da, klopfend, stechend und allgegenwärtig. Obendrein muss ich mir eingestehen, dass meine Verdauung nun vollkommen streikt und die Bauchkrämpfe, mit denen ich in letzter Zeit zu kämpfen hatte, nicht von selbst verschwinden wollen.

«Ich hole dich wieder ab, sobald ich auf der Farm fertig bin», sagt Harvey.

«Okay», antworte ich und sehe einen alten Mann in einem Plastikboot herantuckern. Sobald er das Land erreicht hat, springt er heraus und beginnt das Boot aus dem Wasser zu ziehen.

«Brauchst du Hilfe, Johannes?» Harvey geht auf den Mann zu, der jedoch nur den Kopf schüttelt. Er hebt eine Kiste mit Fischen aus seinem Boot und fängt an, sie auf den Steinen auszunehmen.

«Ich habe hier einen echten Privatdetektiv dabei», sagt Harvey, an das Boot des Alten gelehnt, während Johannes einem großen Dorsch den Bauch aufschlitzt und die Eingeweide herauszieht. Auf dem Vorsprung vor den Bootshäusern haben sich bereits einige Möwen versammelt. «Er ist hier, um den Dänen vom Leuchtturm zu finden.»

Johannes sieht flüchtig zu mir herüber, ehe er den Kopf schüttelt und die Eingeweide ins Meer schleudert. Sofort fliegt eine der Möwen auf und schwebt über uns hinweg. «Der Däne ist tot.»

«Ja, aber …», beginnt Harvey, doch Johannes, der den ausgenommenen Dorsch wieder in die Kiste wirft und sich einen neuen vornimmt, fällt ihm ins Wort.

«Der Draugr segelt zu dieser Jahreszeit hoch auf den Wellenkämmen. Er kündigt schlechtes Wetter an.» Johannes schlitzt den nächsten Fischbauch auf. «Pass gut auf den Südländer auf. Du weißt doch, was letztens mit dem russischen Trawler passiert ist.»

«Er ist kein Südländer», erklärt Harvey lachend. «Er ist Isländer.»

«So, so.» Johannes hebt eine neue Kiste mit Fisch aus dem Boot und setzt sie vor uns auf den Steinen ab. «Macht das einen Unterschied?» Er hockt sich hin und nimmt weiter Dorsche aus, während wir wieder zu den Bootshäusern gehen.

«Was ist denn ein Draugr?», frage ich, als wir kurz darauf in Harveys RIB durch die schäumenden Wellen auf die Leuchtturminsel zuhalten. Der Wind hat in den letzten Minuten wieder aufgefrischt, und ich packe ein Tau, um mich festzuhalten.

«Hast du nie von dem Untoten gehört, der in einem halbzerstörten Boot umherfährt? Blutverschmiert und in Fell gekleidet? Der davor warnt, dass jemanden sterben wird?»

«Klingt wie ein netter Kerl», murmele ich und ziehe mir die Mütze tiefer in die Stirn. «Johannes' leichtsinniger großer Bruder vielleicht?»

«Das Meer gibt und das Meer nimmt. Hier oben bewahrt man den alten Aberglauben, vor allem dann, wenn die Stürme am schlimmsten wüten. Es existieren mehr Dinge zwischen Himmel und Erde, Thorkild Aske, als wir ahnen. Besonders hier im Norden. Habt ihr in Island denn nicht auch solche Mythen?»

«Doch, natürlich.»

Er drosselt die Geschwindigkeit und dreht sich zu mir um. «Glaubst du an Geister, Thorkild?»

«Geister?»

«Wiedergänger, tote Seelen, die zwischen uns umherwandeln, so etwas?»

«Ich …», stammele ich und breche ab. Für einen Moment bleibe ich einfach nur reglos sitzen und spüre den Wind und die Kälte auf meinem Gesicht.

«Ich weiß noch, als ich klein war …» Harvey stellt den Motor ganz aus, woraufhin das Boot im Takt der unruhigen See hin- und herschaukelt. «Da konnte man im Wald hinter unserer Hütte in Minnesota immer weinende Kinder hören. Jeden Winter, wenn die Moore und Seen zufroren, konnten wir sie hören. Verzweifeltes Kinderschluchzen, ein Echo zwischen den Baumstämmen, wenn der Frostrauch über dem Waldboden hing. Mir ist es kalt den Rücken heruntergelaufen, das kann ich dir sagen.»

«Okay», murmle ich nur, während mein Blick rastlos über die kalte dunkle Meeresoberfläche schweift.

«Später wurden einige Feuchtgebiete trockengelegt, weil man eine größere Wohnsiedlung bauen wollte. An einer Stelle haben die Bauarbeiter Kinderleichen gefunden, die dort über hundert Jahre lang gelegen haben mussten. Anschließend herrschte Stille im Wald. Was soll man dazu sagen?»

«Ich weiß es nicht.» Ich sehe zum Himmel hinauf, wo dunkle Wolken vom offenen Meer heranrollen. Vor uns liegt die Insel mit dem Leuchtturm und den anderen Gebäuden. Am Rand einer Klippe entdecke ich ein Kunstwerk. Ein Quadrat mit einem Kreis darauf. Irgendjemand hat Garn an das Quadrat geknotet, dessen Reste schwach im zunehmenden Wind flattern.

«Es heißt die Witwe», erklärt Harvey und lässt den Motor wieder an. Er steuert auf die Kaianlage zu, die jetzt aus dem Grau auftaucht. «Teil einer Serie von Gegenwartskunst, die die Bezirksregierung vor einigen Jahren überall hier oben verteilt hat. Ein französischer Bildhauer hat sie in einem Sommer hier aufgestellt, dann ist er wieder verschwunden.»

«Bist du oft hier?»

«Nein, das Gebäude steht ja seit den Achtzigern leer. Ich habe ein paarmal vorbeigeschaut, nachdem der Däne übernommen hatte, das ist alles.»

«Wie war er so?»

«Ein guter Tischler», antwortet Harvey. «Ich habe ihn an einem Abend kennengelernt, als ich von der Farm zurückgefahren bin. Da habe ich ihn unten an der Mole gesehen, wo er sich damit abgemüht hat, diese verfluchten Fenster für das Hauptgebäude auf dem Rücken hochzuschleppen, eines nach dem anderen. Dreifach verglast, frostsicher und ich weiß nicht was. Die müssen ein Vermögen gekostet haben. Ich habe ihm geholfen, sie in die Bar zu tragen. Unglaublich. An Ambitionen hat es ihm nicht gefehlt, diesem jungen Mann. Wirklich nicht.»

«Wann hast du ihn zuletzt gesehen?»

«Ein paar Tage bevor er verschwunden ist.» Harvey streicht sich mit den Fingern über die Bartstoppeln. «Ich habe ihn in der Videothek getroffen. Er hat mich gefragt, welchen Zement ich für meine Betongewichte draußen bei der Farm benutzt habe. Ich glaube, er wollte den Kai verstärken.»

Ich sehe, wie die Wellen gegen die Kaimauern schlagen. Mehrere der Pfeiler scheinen durchgefault zu sein, und die ganze Konstruktion schaukelt im Rhythmus der Wassermassen. Am äußeren Rand sind bereits Teile weggebrochen, und die übriggebliebenen Holzreste ragen wie schwarze Zahnstümpfe aus der aufgewühlten See.

Harvey blickt zum Himmel und schüttelt den Kopf. «Das sieht nicht gut aus», sagt er. «Das sieht gar nicht gut aus.»

Die Wolken sammeln sich wie ein Deckel über einem Topf, und es wird wieder dunkel, obwohl der Tag gerade erst begonnen hat. Das Holz knarzt unheilverkündend, als das Boot gegen die Gummireifen schlägt, die an der Längsseite des Kais befestigt sind.

Mein Magen zieht sich zusammen, als ich aus dem Boot klettere und wieder festen Grund unter den Füßen habe. Plötzlich ist mir schwindelig, und ich umklammere die Tasche, die ich mitgenommen habe, während ich mich nach etwas umsehe, woran ich mich festhalten kann.

Im nächsten Moment setzt Schneefall ein: Dicke, schwere Flocken segeln aus den Wolken herab und schmelzen, sobald sie den Boden erreichen.

«Scheint ganz so, als hätte Johannes recht gehabt», kommentiert Harvey, der das Boot wieder vom Kai abstößt, hinein ins immer dichtere Schneegestöber.

«Womit?»

«Dass ein Unwetter aufkommt!»

Harvey ruft noch etwas, aber seine Worte gehen unter im Grollen des Motors und in den Windböen. Im nächsten Moment erklingt ein tiefes Dröhnen, dann ist das Boot verschwunden. Ich klammere mich fester an meine Tasche, stemme mich gegen den Wind und gehe zum Haupthaus.

15

Die graue Insel verschwindet fast vollständig im Schneegestöber, das immer dichter wird, je mehr der Wind an Stärke zunimmt. Ich laufe das letzte Stück zum Haus und hole die Schlüssel aus der Hosentasche, die mit gelbem Klebeband mit der Aufschrift *Rasmus Leuchtturm + Hauptgebäude* markiert sind.

Die ehemalige Leuchtturmwärterwohnung ist ein großes Holzhaus aus dem frühen 20. Jahrhundert mit vertikaler Verschalung und weißen Sprossenfenstern. Offenbar ist Rasmus mit der Außenrenovierung schon weit vorangekommen. Die einzigen sichtbaren Spuren von dem Brand sind ein paar verkohlte Latten, verrußte Fenster und Dachschindeln, die in einem Stapel zwischen dem Gebäude und dem Bootshaus liegen. Das Schieferdach ist durch Kupferplatten und passende Regenrinnen ersetzt worden. Selbst jetzt, bei diesem stürmischen, düsteren Schneewetter, reflektieren sie das Licht auf eine ganz besondere Weise.

Ich nestle an dem Schloss herum, bis es sich endlich öffnen lässt, und trete in das Haus. Es riecht nach frischem Holz und Sägespänen, jedoch mit einem Hauch von altem Staub und einer anderen, undefinierbaren Note. Die Wände und der Boden sind mit einer durchsichtigen Plastikfolie bedeckt. Selbst das Nordlandboot, das Rasmus mit der Unterseite nach oben aufgestellt und zu einem Rezeptionstresen umgestaltet hat, ist verhüllt.

Ich gehe zu der Tür auf der rechten Seite und ziehe die Folie beiseite. Der Raum öffnet sich zu einem großen L und sieht aus, als hätte er früher als Bar und Aufenthaltsraum gedient. In einer Ecke steht eine rosa Sitzlandschaft mit Veloursbezug, darauf liegt ein Stapel grauer, staubbedeckter Gardinen. Vor dem Sofa türmen sich neue Schachteln mit schwarzen Lampen aus Muranoglas an dünnen Stahldrähten, weiße Marmorkacheln und rosafarbene LED-Leisten sowie ein Dutzend weiße Barhocker mit silberfarbenen Beinen, die ebenfalls in Plastikfolie gewickelt sind.

Ich hole mein Handy hervor und wähle die Nummer von Rasmus' Mutter.

«Anniken Moritzen», sagt sie barsch. «Mit wem spreche ich?»

«Ich bin es, Thorkild Aske.»

Ich höre, wie ihr der Atem stockt.

«Wo sind Sie?»

«Ich bin jetzt beim Leuchtturm angekommen und stehe in Rasmus' Bar. Ein sehr schöner Ort», sage ich, obwohl in Wahrheit nichts fertig ist. Der übrige Raum ist mit Achtziger-Jahre-Dekoration vollgestellt, geometrische Formen, aufgerollte rote Teppiche, gepolsterte Barhocker mit Leopardenmuster und eine blau-lila Tapete, die Blasen geschlagen hat. Die neuen Panoramafenster sind noch mit Plastik bedeckt. «Eine Bar mit Aussicht.»

Ich gehe zum Tresen, neben dem Rasmus sein Feldbett aufgeschlagen hat. Auf dem Boden liegen Magazine über aberwitzig teure Segelboote, ein Sack mit Kleidung und ein Zauberwürfel. Ich entdeckte auch eine Schachtel mit Broschüren und alten Speisekarten. Auf der Broschüre ist ein Bild des Gebäudes vor der Renovierung abgedruckt.

«*Blekholmen Konferenzhotel*», lese ich.

«Wie bitte?»

«Entschuldigung. Ich habe nur alte Broschüren aus der Zeit gefunden, als es noch ein Konferenzhotel war.»

«Lesen Sie vor», flüstert Anniken. «Ich will hören, was darin steht.»

«Okay.» Ich klappe die Broschüre auf und sehe, dass Rasmus einige Sätze eingekringelt hat, als hätte er schon die Werbung für sein Hotel geplant. *«Wir verfügen über zwei Konferenzräume und einen Gemeinschaftsraum, die jeweils zehn bis dreißig Personen aufnehmen können. Das Interieur ist darauf ausgerichtet, neue Kraft und Inspiration tanken zu können.»*

«Ist das alles?», fragt sie, als ich an der Textstelle innehalte, um die Rasmus einen Kreis gezogen hat.

«Nein», antworte ich und lese den letzten Satz: *«Blekholmen ist ein Erlebnis, an das Sie sich lange erinnern werden – auch wenn die Konferenz längst vergessen ist.»*

Durch das Plastik eines Panoramafensters erahne ich in der Ferne einen Trawler im Schneetreiben, ein horizontaler Strich über der düsteren Wasseroberfläche. Kurz darauf spüre ich die Vibrationen des Motors auch im Boden unter meinen Füßen.

«Erzählen Sie mehr. Ich will wissen, was Sie sehen», sagt Anniken und reißt mich aus meiner Beobachtung. Sie klingt jetzt schärfer, als würde ihre Stimmung gleich umschlagen. Am liebsten würde ich ihr erzählen, wie es sich anfühlt, wenn die Angst und die Panik an den Schranken in meinem Inneren kratzen. Ich würde ihr gern sagen, dass es gefährlich ist, all dies zu lange zurückzuhalten. Eines Tages muss man es hinauslassen. Aber ich traue mich nicht. Ich bin einfach nicht in der Lage, für jemand anderen da zu sein, dem dasselbe passiert wie mir.

Ich lege die Broschüre beiseite und knie mich neben das Feldbett. «Einen Seesack mit Kleidern, Bücher, einen Kulturbeutel und einen Rasierapparat in einer weißen Plastikschatulle.» Ich ziehe den Schlafsack vom Feldbett. Ein kleiner Weltempfänger von Motorola und zwei zusätzliche Batterieschachteln liegen am Fußende. «Irgendein maritimes UKW-Radio, ich bin mir nicht sicher.»

«Was noch?», drängt sie mich, während wir den verbalen Balanceakt fortsetzen, bei dem jedes Wort und jeder Atemzug den hauchdünnen Faden zum Schwanken bringt, auf dem sie über dem Abgrund steht. «Was sehen Sie?»

«Mehr sehe ich nicht», sage ich schließlich und setze mich mit dem Rücken an den Tresen gelehnt hin. Ich schließe die Augen und versuche, das Stampfen der Dieselzylinder da draußen im Sturm zu hören. «Er ist nicht hier», flüstere ich. Ich spüre, dass mir schwindelig wird, ich müde bin und diese Übung in Schmerz nicht länger mitmachen will. «Rasmus ist nicht mehr hier.»

«Aber er war da», entgegnet sie barsch. «Noch vor kurzem. Sein Geruch ist immer noch in diesem Raum. Sie wissen es nur nicht, weil Sie ihn nie in die Arme genommen haben wie ich. Ich sehe ihn vor mir, da, wo Sie jetzt sind, das ist ja das Schwierige. Und ich schaffe das gerade nicht, ich habe einfach nicht die Kraft ...»

«Ich werde weitersuchen», flüstere ich. Ich stehe auf und nehme mich zusammen. «Bleiben Sie dran, dann gehen wir zusammen weiter. Okay?»

«Der Leuchtturm», ruft sie mit neuer Kraft in der Stimme. «Er hat mich immer von der Spitze des Leuchtturms aus angerufen.»

«Gut. Dann gehen wir jetzt dorthin und sehen nach.»

Das Schneetreiben verbreitet eine drückende, unterirdische Dunkelheit, als ich über den Vorplatz eile, um zu den Treppen zu gelangen, die zum Leuchtturm hinaufführen. Obwohl es noch früh am Morgen ist, fühle ich mich, als befände ich mich in einem Übergang zwischen Nacht und Tag.

Die Treppen sind direkt in den Felsen gehauen, eine verrostete Eisenkonstruktion dient als Geländer. Das Lampenhaus des Leuchtturms besteht aus einer achteckigen gusseisernen Kuppel mit einem breiten roten Streifen darunter. Der rot-weiße Betonturm wird beinahe eins mit der Umgebung.

«Es soll eine Suite werden», erklärt Anniken, nachdem ich die Außentür hinter mir geschlossen habe und die eisernen Treppenstufen betrete, die sich bis zur Spitze hinaufwinden. An den Wänden aus verputztem Beton hängen Schwarzweißfotos von aufgepeitschten Wellen und dunklen Wolken, eine stimmungsvolle Dekoration für die Touristen. «Ein Ort zwischen Himmel und Meer mit einer Aussicht in alle Richtungen», fügt Anniken hinzu.

«Ja, das sehe ich.» Ich bin oben angekommen. Die Innenkonstruktion des Leuchtturms ist herausgerissen worden, die Linsen der Leuchtfeueroptik wurden entfernt, und mitten im Raum steht ein antikes Himmelbett, von dem aus man einen Rundumblick durch die neuen Fenster hat. An der Decke wurden LED-Leisten befestigt, und auf dem Boden wurden zu einem Teil bereits Holzdielen verlegt.

«Ist das nicht schön? Rasmus hat mir von seinem Handy aus Fotos von dem Zimmer und seiner Aussicht geschickt.»

«Wunderschön», antworte ich, schiebe einen Karton mit Wandfliesen zu einem der Fenster und setze mich darauf.

«Und die Aussicht? Wie finden Sie die Aussicht? Rasmus sagt, sie wäre einzigartig.»

«Er hat recht.» Ich stütze mich mit den Ellbogen auf der Fensterbank ab und lasse meinen Blick nach draußen schweifen, wo eine Wand aus Schnee vorbeizieht. Es ist so grau, dass ich nicht einmal mehr den Geräteschuppen neben dem Eingang sehen kann. «Völlig einzigartig.»

«Danke.» Annika Moritzen atmet hörbar aus.

«Frau Moritzen», sage ich nach einer langen Pause, in der wir nur dem Atem des anderen gelauscht haben. «Ich weiß nicht, was ich noch machen soll.»

«Kommen Sie einfach nach Hause», antwortet sie müde. «Jetzt ist es mir auch klar. Er ist nicht mehr da. Oh Gott», schluchzt sie, als ihre Mauer endlich einstürzt. «Er ist nicht mehr da …»

Ich sitze noch lange mit dem Handy am Ohr auf der Kiste, nachdem Anniken Moritzen aufgelegt hat. Der Trawler ist jetzt weg, von draußen ist nur noch das Heulen des Windes zu hören und die Wellen schlagen unablässig gegen die Felsen. Vor meinen Augen wirbeln leichte Schneeflocken mühelos und elegant umeinander wie in einem exotischen Paartanz.

Ich denke an Frei.

16

Tanzkurs mit Frei, Stavanger,
24. Oktober 2011

Schon am Tag nach unserem Treffen im Café Sting traf ich Frei wieder. Sie zwängte sich durch das Gedränge von Eltern und ihren Kindern mit geschminkten Gesichtern und seltsamen Frisuren vor dem Kulturhaus Sølvberget. Ein Plakat vor dem Eingangsbereich verriet, dass hier den ganzen Tag über ein Familienfest stattfand.

Im Foyer war eine Bühne aufgebaut, wo als Fabelwesen verkleidete Menschen mit Knopfaugen, Raubtierzähnen und blauen UN-Flaggen in den Händen vor dem Publikum einen Tanz aufführten.

Es war kein Zufall, dass wir uns hier begegneten. Ich war schon seit mehreren Stunden durch das Kulturhaus, die Ausstellungen und entlang der Schaufensterscheiben der angrenzenden Läden hin- und hergetigert, bis es endlich sechs Uhr wurde. Schon bei meinem ersten Erkundungsgang hatte ich den Zettel an einer der Glastüren im zweiten Stock entdeckt, der verriet, dass hier direkt neben einem Origamikurs für Kinder zweimal in der Woche ein Tanzkurs stattfand.

In der Hoffnung, die Zeit schneller herumzubringen, hatte ich mir sogar ein Theaterstück angesehen, in dem es um einen Jungen mit einer Spielzeugschlange ging, die lebendig wurde, wenn die beiden allein waren, doch es hatte nicht viel geholfen.

Frei trug dunkelgraue Leggings, einen Kapuzenpullover und schwarze Joggingschuhe, als sie die Treppen hinaufeilte, ohne mich zu entdecken. Hinter mir wurde ein Mikrophon eingeschaltet, und eine engagierte Frauenstimme verkündete, dass die Troll-und-Zwergen-Werkstatt im Untergeschoss des Kulturhauses ab sofort geöffnet sei.

Ich lächelte entschuldigend einer als Hexe verkleideten Mutter zu, weil ich versehentlich ihre Tochter angerempelt hatte, die zum Anlass des Tages ein selbstgestricktes Bienen- oder Hummelkostüm trug und dazu zwei farblich passende Badmintonschläger an ihrem Rücken festgeklebt hatte. Anschließend hetzte ich zur Treppe weiter.

In der ersten Etage kam ich am Eingang der Bibliothek und mehreren Ständen vorbei, wo Kurse im afrikanischen Zopfflechten und Malen von Henna-Tattoos angeboten wurden, und aus dem Foyer drangen nun wilde Trommelrhythmen herauf.

An der Tür, hinter der der Tanzkurs stattfand, verfluchte ich mich noch einmal kurz selbst dafür, wie kindisch ich mich benahm, brachte aber auch nicht den Willen auf, etwas dagegen zu unternehmen. Anschließend betrat ich den Raum.

Ich kam in eine überfüllte Umkleide und entdeckte Freis schwarze Joggingschuhe und ihren Kapuzenpullover zwischen den vielen Jacken, Schals und Schuhen. Eine Glastür trennte den Umkleideraum vom eigentlichen Tanzsaal, wo sechs Paare und eine Lehrerin inzwischen mit der Stunde begonnen hatten.

Frei tanzte mit einem schlanken, gepflegten Mann mit dichter schwarzer, zurückgekämmter Mähne. Das Haargel funkelte beinahe, während sie über den Boden wirbelten, ja, beinahe schwebten mit ihren perfekt choreographierten, harmonischen Bewegungen.

«Eleganz und Leichtigkeit, meine Lieben», rief die Lehrerin in gebrochenem Norwegisch, während sie in die Hände klatschte und sich geschmeidig zwischen den Paaren hindurchschlängelte. «Und Rotation!»

Ein rothaariger Mann Mitte vierzig stand vor der Stereoanlage, hatte die Hände unter dem Kinn verschränkt und sah den Tanzenden träumend zu.

«Mehr Rotation, bitte!», rief die Tanzlehrerin klatschend, ehe sie sich abrupt dem Rothaarigen in der Ecke zuwandte und ihn zu sich winkte. «Señor Alvin, kommen Sie!»

Alvin trippelte barfuß über den Boden und in die offenen Arme der Frau. Sie legte ihre rechte Hand um die Mitte des Mannes und hob die linke so, dass der Ellbogen angewinkelt war und die Handfläche nach oben zeigte. Dann führte sie ihn in einem Halbkreis zwischen den anderen Tänzern hindurch. «Kommt schon, *Temperament!* Vor, zur Seite, zusammen. Zurück, zur Seite, zusammen. Los, eins, zwei, drei, vier, fünf, sechs! Alle miteinander: eins, zwei, drei, vier, fünf, sechs!»

Plötzlich wurde hinter mir eine Tür aufgerissen, und eine mollige Frau stürmte in die Umkleide. «Herrjemine, haben die etwa schon angefangen?», keuchte sie, zwängte sich zwischen mich und die Tür und spähte in den Saal.

Hastig schlüpfte sie aus ihren Turnschuhen und zerrte sich ihren bunten Poncho, der an einen Flickenteppich erinnerte, über den Kopf.

«So!», sagte sie dann lächelnd, machte einen Kussmund und zwinkerte mir zu: *«Bailar pegados!»* Sie riss die Glastür auf und glitt seitwärts in den Raum. «Alvin! Alvin, mein Freund, bitte entschuldige, dass ich so spät bin!»

Für einen kurzen Moment vernachlässigten Frei und ihr

Tanzpartner mit dem glänzenden Haar ihre Rotation und beobachteten, wie sich die füllige Frau und Alvin in einer heißen Umarmung vereinten. Im nächsten Moment fiel die Glastür, die sich bisher dank einer elektrischen Hydraulik immer sanft geschlossen hatte, plötzlich abrupt zu und quetschte meine Fingerkuppen ein.

Der Schmerz schoss bis in meinen Arm hinauf, und ich musste all meine Kraft und Selbstbeherrschung aufbringen, um die Tür vorsichtig so weit aufzuschieben, dass ich meine Finger wieder daraus befreien konnte. Hastig drehte ich mich um und eilte auf die Treppen zu. Tränen standen mir in den Augen, und meine blutroten Finger pulsierten wie Stielgranaten kurz vor der Explosion.

«Thorkild?»

«Oh nein!», wimmerte ich leise und blieb auf der ersten Treppenstufe stehen. Ich verbarg die schmerzende Hand unter der Jacke und drehte mich um: «Frei.» Im selben Augenblick ertönte aus dem Foyer lautes Jubelgeschrei, ehe ein aufdringlicher Wirbel aus donnernden Trommeln und afrikanischen Begleitinstrumenten aufbrandete.

«Was machst du hier?»

«Wichtige Polizeiarbeit», antwortete ich und presste meinen Oberarm gegen die schmerzenden Finger unter der Jacke. «Als verdeckter Ermittler.»

«Wirklich?»

«Na klar. Hast du es denn noch nicht gehört?»

«Was?», fragte sie, während die Trommler neue Höhen erreichten und das Publikum im Takt klatschte und stampfte.

«Der Origamimörder treibt sein Unwesen in der Stadt. Ein grausamer Fall. Wirklich furchtbar.»

Frei blickte zu der weit geöffneten Tür hinter mir, wo ein asiatischer Junge von etwa sieben Jahren mit drei älteren Mädchen und ihren Eltern Papierfiguren faltete, ehe sie sich wieder zu mir umdrehte. Sie lächelte mich an.

«Ist mit deiner Hand alles in Ordnung?», fragte sie schließlich.

«Ja, alles super.»

«Soll ich dich ins Ärztehaus fahren?»

«Nein.»

«Na gut. Machst du mit?»

«Wobei?»

«Na, tanzen.»

«Nein, ich …»

«Hast du keine Lust?»

«Doch, schon, aber ich meine, was würde denn dein Partner dazu sagen?»

«Robert?» Frei lachte. «Ich habe dir doch im Café Sting von ihm erzählt. Der Freund von Onkel Arne. Er ist ein fabelhafter Tänzer und sicher auch ein unersättlicher Liebhaber, glaubst du nicht?»

«Doch, ganz zweifellos», murmelte ich und spürte, wie der Schmerz allmählich aus meinen Fingern wich.

«Komm schon!» Sie streckte mir die Hand entgegen. «Ich weiß, dass du es willst.»

Als ich Frei in den Tanzsaal folgte, spürte ich den Schmerz nicht mehr. Das Einzige, was ich wahrnahm, war ein intensives Kribbeln dort, wo sich unsere Handflächen trafen, und den Duft ihres Haares. Hätte ich meinen Kopf näher zu ihr gebeugt, hätten ihre Locken meine Wange und meine Lippen gestreift.

17

Ich schrecke hoch, weil es unten am Eingang des Leuchtturms klopft. Als ich den Kopf hebe, starre ich direkt in den feuchten Nebel, den mein eigener Atem auf der Fensterscheibe hinterlassen hat. Mir ist kalt, meine Klamotten sind klamm und die Stiefel starr und eng, als wären sie eine Nummer kleiner geworden, während ich geschlafen habe.

Im nächsten Moment ertönt unter mir wieder ein monotones Klopfen. Hohle Schläge, die durch die Wände bis zu mir hinaufdröhnen und den Mauerputz rieseln lassen. Mit dem Jackenärmel wische ich die beschlagene Scheibe ab: Draußen ist es genauso grau wie vorher, ein ewiger Strom von wirbelnden Schneeflocken und dunklen Wellen, die auf die Insel schlagen.

Plötzlich entdecke ich einen Mann zwischen dem Geräteschuppen und der Eingangstür zum Leuchtturm. Er trägt Ölzeug und winkt mir mit der einen Hand zu, während er mit der anderen auf das Meer deutet, als wolle er mich auf irgendetwas im Schneegestöber aufmerksam machen.

Ich lehne mich näher an das Fenster, um besser hinaussehen zu können, als unten im Leuchtturm erneut ein Schlag widerhallt. Im nächsten Moment ist es wieder totenstill, als befände ich mich in einem Vakuum. Als ich wieder hinausspähe, ist der Mann im Ölzeug verschwunden.

Jetzt reißt eine Lücke im Sturm auf, zwischen dem Bootshaus und der Kaianlage, wo der Schnee wie ein Miniaturtornado über den Klippen wirbelt. Auf den zweiten Blick sehe ich etwas aus einem Tangteppich herausragen, der träge unten am Ufer auf dem Wasser schaukelt. Eine Form, Farbe und Struktur, die nicht zur Umgebung passen.

Ich stehe auf und will zur Tür gehen, als das Geräusch erneut von unten heraufdröhnt. Das Echo von Metall auf Metall singt in den Wänden und wird vom Pfeifen des Windes begleitet. Ich drücke vorsichtig die Türklinke herab.

Der kühle, salzige Polarwind schlägt mir entgegen und dringt in den Raum. Ich gehe zur Treppe, beuge mich über das Geländer und versuche, durch die Wendeltreppe bis auf den Boden des Leuchtturms zu sehen.

«Hallo?»

Ich rufe so laut, dass meine Stimme bricht und ich einen Hustenanfall bekomme.

Niemand antwortet, also steige ich die Eisenstufen hinab. Zwischendurch schlägt die Tür dort unten so heftig gegen den Rahmen, dass die ganze Treppe bebt und ich mich ans Geländer klammere und versuche, meine Ohren vor dem Lärm zu verschließen.

Der Eingangsbereich ist von Schnee bedeckt, und die Metalltür steht offen. Ich greife nach der Klinke und schiebe den Schnee mit dem Fuß beiseite, ehe ich hinaustrete und die Tür hinter mir schließe.

Die Gestalt im Südwester ist verschwunden, und im Schnee sind keine Fußstapfen sichtbar. Ich laufe die Felsenstufen hinab und kralle mich am Eisengeländer fest. Ringsherum stürmen die Flocken heran, während die Wellen den Felsen und die verrottete Kaianlage mit schäumender Gischt besprengen. Auf dem Platz vor dem Gebäude liegt eine dünne Schicht Neuschnee.

Auf halbem Weg über den Vorplatz halte ich inne. Nichts

deutet darauf hin, dass hier kürzlich außer mir noch jemand war, aber jetzt sehe ich den Gegenstand im Meer wieder. Der Wind nimmt an Stärke zu, als ich mich dem Wasser nähere, doch der Schnee fällt jetzt nicht mehr ganz so dicht, und ich kann die Lichter der Häuser drüben an Land erkennen.

Das letzte Stück kämpfe ich mich auf den Klippen voran, indem ich mich an Grasbüscheln und Felsspalten festhalte, um nicht auszurutschen oder zu stürzen. Das Licht am anderen Ufer funkelt in warmem Gelb wie die Laternen eines alten Schiffs, ehe das Schneetreiben wieder zunimmt und alles um mich herum in Weiß und Grau hüllt.

Die Luft schmeckt salzig, hier ist das Meer tief und schwarz. Die Wellen, die gegen den Fels branden, schaukeln eine Leiche vor mir im Wasser hin und her.

Sie treibt mit dem Gesicht nach unten. Nur ihr Rücken und ein paar schleimige Haarsträhnen sind sichtbar, der Rest ist unter der Wasseroberfläche und dem Tang verborgen. Als ich mich vorbeuge, um einen Absatz auf dem Fels zu finden, über den ich weiter zum Wasser hinabkomme, baut sich plötzlich eine große Welle vor mir auf. Ich kann mich gerade noch nach hinten werfen, dann erfasst der Brecher die Leiche und trägt sie bis auf den Felsabsatz, wo ich eben noch gestanden habe.

«Was zum ...» Die Leiche bleibt vor mir auf dem Rücken liegen, ehe sie auf dem glatten Untergrund langsam wieder ins Meer hinabgleitet. Schließlich rutscht sie über die Klippe und fällt platschend in die Tiefe. Kurz darauf taucht der Oberkörper wieder zwischen dem Tang auf und treibt dann mit dem Gesicht nach unten und den Armen am Körper an der Oberfläche.

Mir stockt der Atem, und ich hole tief Luft, ehe ich bäuchlings zum Wasser robbe, immer nach neuen Wellen Ausschau haltend. Von den Muscheln und Unebenheiten im Fels gebremst, schiebe ich mich langsam voran, bis ich so nah am Wasser bin, dass ich die Leiche mit den Fingerspitzen berühren kann. Mit einiger Mühe gelingt es mir, den leblosen Körper an Land ziehen. Ich komme auf die Beine und schleife die Leiche über den Felsen zum Bootshaus.

Ich verstehe das nicht, denke ich, als ich schließlich stehenbleibe und den Körper loslasse. Das ist nicht Rasmus.

Nass und erschöpft sinke ich neben dem kalten Körper auf den Boden. Nein, es ist nicht einmal ein Mann.

18

Bjørkang», meldet sich die Stimme am anderen Ende mit einer Mischung aus Neugier und übertriebener Autorität. Er klingt angeheitert, im Hintergrund spielt jemand Akkordeon.

«Thorkild Aske hier. Störe ich?»

«Es ist Samstag, Treffen im Akkordeonverein.» Er hält einen Moment inne, ehe er fortfährt: «Wer ist da, sagten Sie?»

«Der Privatdetektiv.» Ich höre, wie der Lensmann leise mit einem anderen redet, woraufhin die Akkordeonmusik verstummt. Wegen dem tosenden Wind halte ich mir mit einem Finger das andere Ohr zu. «Ich bin draußen beim Leuchtturm …»

«Aber was zum Teufel machen Sie da denn noch? Haben Sie den Wetterbericht denn gar nicht gesehen? Heute Abend soll ein schwerer Sturm aufziehen.»

«Ja, aber …»

«Sind Sie allein?»

«Nein», antworte ich und beginne, um die Leiche vor mir auf dem Boden herumzugehen. Dabei versuche ich, meinen Kreislauf anzukurbeln, um nicht zu frieren.

«Gut», sagt er und atmet schwer. «Dann seht mal zu, dass ihr schnell wieder von da wegkommt, ehe das Unwetter euch kriegt.»

«Ich habe eine Leiche gefunden», erwidere ich. «Im Meer.»

«Den Dänen?» Ich höre, wie das Gemurmel im Hintergrund verstummt.

«Vermisst ihr da oben nach andere Leute?»

«Nein», antwortet Bjørkang.

«Es ist nicht Rasmus», erkläre ich hastig. «Es ist eine Frau.»

«Können Sie das noch mal sagen? Was haben Sie im Meer gefunden?»

«Eine Frau. Sie sieht so aus, als wäre sie schon eine Weile über den Meeresboden getrieben.»

Wieder herrscht Stille, ehe die tiefe Stimme des Lensmanns wieder erklingt. «Sind Sie sicher?»

Während ich mit dem Telefon in der Hand dem schweren, gehetzten Atem des Mannes lausche, fällt mein Blick erneut auf die tote Frau vor mir.

Ihr Körper ist aufgedunsen. Die Leiche hat kein Gesicht, nur das halblange Haar und die Kopfhaut sind nach der langen Zeit unter Wasser noch vorhanden. Der eine Arm ist vom Ellbogengelenk abwärts weggerissen, und anstelle des Unterkiefers klafft ein tiefer Schlund, aus dem die weiße Luftröhre und die rötlich-lilafarbene Speiseröhre herausragen.

Sie sieht jung aus, trägt ein dünnes Nachthemd und darüber ein T-Shirt mit einem Pferdebild. Das Blut hat sich in ihren Beinen und im Hals gesammelt, beide sind tief lilafarben. Die Arme oder das, was noch davon übrig ist, sind mit dunklen Totenflecken übersät, der übrige Körper wirkt, als hätte sie eine Gänsehaut.

«Hallo, Aske? Sind Sie noch da?» Die Stimme am anderen Ende der Verbindung klingt hohl und knistert, und das Gemurmel im Hintergrund wird lauter, aufgeregter.

«Ja, ich bin hier.»

«Sind Sie sicher, dass ...»

«Können Sie nicht einfach herkommen, Bjørkang?», unterbreche ich ihn gereizt. «Dieser Ort kriecht einem unter die Haut, und ich will weg von hier. So schnell wie möglich.»

«In Ordnung. Ich werde sofort ein Boot anfordern, und dann rufe ich so bald wie möglich zurück. Okay?»

«Okay.» Es knistert noch einmal, dann legt er auf.

Mit dem Telefon in der Hand bleibe ich noch einen Moment stehen, ohne den Blick von der Frau ohne Gesicht abzuwenden. Der Schnee hat sich wie eine dünne weiße Decke über sie gelegt und verleiht ihr das Aussehen eines morbiden Schneeengels, allerdings mit nur anderthalb Flügeln.

Schließlich laufe ich zu dem Materialstapel zwischen dem

Haupthaus und dem Bootshaus und schleppe Dachziegel und Metallschrott herbei, die ich in einem Kreis um die Leiche verteile. Anschließend gehe ich ins Foyer des Hauptgebäudes, reiße die Plastikplane von der Tür des Restaurants ab und nehme sie mit.

Ich rolle die Tote in die Plane ein und befestige sie mit dem Baumaterial. Sobald ich fertig bin, gehe ich zum Leuchtturm zurück. Atemlos renne ich die Stufen hinauf, ehe ich die Tür hinter mir schließe und die Treppen im Inneren bis nach oben laufe, wo ich wieder meinen Platz am Fenster einnehme. Kurz darauf klingelt mein Telefon. Es ist Bjørkangs Kollege, der Polizeibeamte Arnt Eriksen. Auch er wirkt kurzatmig.

«Aske, sind Sie das?»

«Ja.»

«Bjørkang hat mich gerade angerufen», sagt er. Ich höre, dass er sich im Freien aufhält. Der Kies knirscht unter ihm, wenn er geht, und im Hintergrund telefoniert eine andere, weibliche Stimme.

«Wo sind Sie?»

«Auf dem Weg von Sørøytoppen hierher. Meine Freundin und ich waren gerade zu unserem Ferienhaus unterwegs, als Bjørkang angerufen hat.»

«Kommen Sie her?»

«Ja», erwiderte Arnt. «Sie können beruhigt sein. Ich werde Bjørkang abholen, sobald ich zurück bin. Er hat die Jungs aus dem Akkordeonverein nach Hause geschickt und den Cognac wieder ins Regal gestellt. Haha.» Sein Lachen wirkt gekünstelt und angestrengt.

«Aus welchem Grund rufen Sie mich eigentlich an?»

«Ich frage mich nur ...», beginnt Arnt.

«Was denn?»

«Na ja, Bjørkang hat gesagt, Sie hätten jemanden im Meer gefunden. Eine … Frau?»

«Stimmt.»

«Wie sieht sie aus?»

«Was meinen Sie? Wissen Sie, wer es ist?»

«Was? Nein!», stöhnt der Polizist. Die Stimme im Hintergrund wird jetzt leiser, als wollte seine Freundin auch hören, warum Arnt mich anruft. «Ich wollte mich nur vergewissern, dass er sich nicht verhört hat. Ich meine, hier wird ja niemand vermisst außer dem Dänen, also …»

«Also was?»

«Nein, vergessen Sie's. Und bewahren Sie die Nerven, wir kommen.»

Arnt Eriksen beendet das Gespräch, und ich richte den Blick wieder durch das Leuchtturmfenster auf die Insel. Durch den vorbeipfeifenden Schnee sehe ich tief unter mir die Plastikplane und das dunkle Bündel darunter.

Meine Wangen schmerzen, und ich drücke zwei Oxynorm-Kapseln aus dem Blister. Ich merke, dass ich keine Lust mehr habe, noch länger hier draußen allein im Sturm zu sein. Der Gedanke an die Frau unter der Plane, an Rasmus, die Bar, diesen Leuchtturm und die ganze Insel verursachen mir plötzlich einen intensiven Brechreiz. Ich hätte nie herkommen dürfen, denke ich und würge die Kapseln hinunter. Das wird nicht gut enden.

19

Ich dachte, es wäre Frei», sage ich, als Ulf endlich ans Telefon geht. Ich sitze jetzt schon seit einer Ewigkeit hier oben im Leuchtturm, ohne etwas von den Polizisten gesehen oder gehört zu haben, die mich mit dem Boot abholen wollten, nachdem ich sie alarmiert hatte.

«Wo steckst du?», fragt Ulf und zündet sich eine Zigarette an, ehe er seufzend ausatmet.

«Ich bin auf der Schäre von Rasmus. Und ich habe eine tote Frau aus dem Meer gezogen. Als ich sie da zwischen dem Tang treiben sah, dachte ich für einen Moment, es wäre Frei.»

«Warum?»

«Wie, warum? Was meinst du damit? Hörst du denn nicht, was ich dir sage? Ich habe gerade eine Frauenleiche ohne Gesicht im Meer gefunden!»

«Doch, ich höre dich», antwortet Ulf. «Aber das ist doch wohl nicht das erste Mal, dass du einen toten Menschen siehst, oder?» Er klingt angespannt, obwohl er es verbergen will.

«Schon», antworte ich. «Ich war nur nicht darauf vorbereitet.»

«Wer ist sie?»

«Keine Ahnung. Eine junge Frau, vielleicht Anfang zwanzig. Der örtliche Polizeichef sagt aber, es würde niemand vermisst werden.»

«Gut.» Ulf zieht genussvoll an seiner Zigarette. «Wie wäre es, wenn wir von etwas anderem reden, während du darauf wartest, dass man dich wieder abholt? Denn du wirst doch bald abgeholt, oder?»

«Ja, das hat der Lensmann gesagt. Sie sind unterwegs.»

«Na gut. Und wie wäre es, wenn du mir erst einmal erzählst, warum du geglaubt hast, es wäre Frei? Frei liegt auf einem Friedhof auf Tananger.»

«Ich habe einfach nur … Ich stehe unter Stress», sage ich schließlich und hole tief Luft. «Ich habe gerade zwei von den Oxys genommen, aber sie wirken noch nicht.»

«Bald», antwortet Ulf unbekümmert, während er gierig den Rauch in sich hineinsaugt. «Bald, du wirst schon sehen.»

«Nein», jammere ich, und mein Blick wandert zu der grauschwarzen Wolkendecke über mir. «Hier oben wirkt gar nichts, sogar der Himmel ist hinter einer Wand aus Dunkelheit und Schnee eingesperrt.»

«Der Himmel?» Ulf stutzt. Ich höre, wie er die Luft anhält, bevor er vorsichtig wieder den Rauch entweichen lässt. «Was ist denn mit dem Himmel, Thorkild?»

«Ach, nichts», antworte ich gereizt. Ich weiß, dass ich schon zu viel gesagt habe. «Ich habe übrigens Liz besucht, so wie du es wolltest», sage ich, um das Thema zu wechseln.

«Ach, schön», entgegnet er ruhig und mechanisch. Er lässt mich weiterreden, während er auf Pausen wartet, in denen er einhaken und das Gespräch wieder in die Richtung lenken kann, die ich vermeiden will. «Wie lief es?»

«Ich habe Arvid ins Gesicht getreten.»

«Warum?»

«Weil er ein Arsch ist.»

«Allerdings. Und, hat es was gebracht?»

«Auf jeden Fall.»

«Wie schön, Thorkild. Hattet ihr auch Zeit, ein bisschen über eure Eltern zu reden?»

«Nein.»

«Na ja, dann vielleicht ein andermal.»

«Herrgott.» Ich beiße die Zähne so fest zusammen, dass der Schmerz in meiner Wange bis zu den Augenhöhlen ausstrahlt. Während ich die Augen zusammenkneife, versuche ich die Wirkung der Präparate heraufzubeschwören, damit sie mich endlich aus diesem eiskalten Raum der Qualen wegholen. «Sie will nicht kommen», schluchze ich und klammere mich an das Handy. «Nicht bei diesem Wetter. Nichts funktioniert, das habe ich doch gesagt. Nicht einmal scheißen kann ich hier oben!»

«Hör mir mal zu, Thorkild. Wie wäre es, wenn wir jetzt einfach tief durchatmen und uns beruhigen und ein bisschen plaudern, bis die Medikamente wirken? Und gegen die Verdauungsbeschwerden kannst du dir später was kaufen, wenn du wieder an Land bist. Duphalac. Ja? Kannst du das? Schaffst du das?»

«Ja.» Ich seufze. «Das schaffe ich.»

«Gut. Ich stecke mir jetzt eine neue Zigarette an, und dann fangen wir ganz von vorn an. Einverstanden?»

«Ja.»

Ulf setzt seinen Plan in die Tat um und inhaliert, ich kann es durch die Leitung knistern hören. Er füllt die Lungen bis in den letzten Winkel der Bronchien, bevor er genussvoll ausatmet und schließlich flüstert: «Na gut, Thorkild. Lass uns reden.»

Draußen treiben weiterhin Schneeflocken vorbei, und die Wellen rollen von allen Seiten schwer auf die Insel zu. «Habe ich dir schon erzählt, wie ich sie wiedergetroffen habe?», frage ich und lege die Wange gegen das kalte Glas, das jetzt vom Tosen des Windes noch stärker vibriert.

«Schon oft, Thorkild. Schon sehr oft.»

«Plötzlich stand sie einfach da, zwischen den Wasserfontänen.» Ich muss lachen, obwohl mein Körper vor Kälte zittert. Und gleichzeitig merke ich, wie sich etwas in mir löst. Nervenstränge, die sich entwirren, Muskeln, die sich entspannen, und kleine weiße Schneeflocken, die in meinem Bauch umherwirbeln, das Oxycodon mitnehmen und durch die Adern zum Kopf und zu den Schmerzrezeptoren befördern, die dort sehnsüchtig warten. Jedes Element wird an die richtige Stelle platziert, und so werde ich Stück für Stück innerlich wieder zusammengesetzt. «Sie war es, und gleichzeitig war sie es doch nicht, verstehst du? Frei, so wie sie jetzt ist. Deshalb wusste ich, dass es kein Traum war.»

«Erzähl mir lieber, warum du in die Duschen gegangen bist, Thorkild. Erzähl mir über dein Treffen mit diesem Robert. Dem Freund von Arne Villmyr. Ich weiß, dass er dich an diesem Tag im Gefängnis besucht hat und dass ihr miteinander geredet habt. Was hat er zu dir gesagt?»

«Ich habe sie sofort wiedererkannt», fahre ich fort und ignoriere seine Frage. Es schneit, nicht nur draußen, sondern auch in meinem Inneren. Kein wildes, gehetztes Schneegestöber wie in einem chaotischen Sturm, sondern große Flocken, weich wie Entendaunen, die in meinem völlig freigeschalteten Gehirn einen perfekten Sinnesrausch erzeugen.

«Hat er dir von Frei und einem anderen erzählt?»

«Nein», antworte ich hastig. In meinem Körper breitet sich plötzlich ein Ungleichgewicht aus, und die Wut steigt in mir auf. «Ich will jetzt nicht darüber reden», entgegne ich gereizt.

«Wir haben noch nicht darüber geredet», fährt Ulf beharrlich fort. «Vielleicht wäre jetzt ein guter Zeitpunkt, uns dem gemeinsam anzunehmen, während wir auf dieses Schiff warten?»

«Nein!», belle ich ins Telefon.

Draußen bricht jetzt die wirkliche Dunkelheit herein. Letzte dünne Strahlen kalten Lichts dringen aus dem dunklen Himmel durch das Schneegestöber und treffen an einigen Punkten auf die Insel und das Meer. «Psst! Moment mal!» Ich halte die Hand vor das Mikrophon meines Handys. Mein Blick fixiert einen Punkt am Kai.

«Was ist denn?» Ich kann Ulfs Stimme sehr leise durch meine Finger hindurch hören. Das Licht bewegt sich im Rhythmus der Wellen am Kai, wo gerade eine Menschengestalt aus dem Meer auftaucht. Sobald sie an Land geklettert ist, bleibt sie stehen und sieht sich um, während sie sich mit den Händen auf den Knien abstützt.

«Ich muss los», flüstere ich im selben Moment, als sich die Gestalt zur vollen Größe aufrichtet und auf das Bootshaus zugeht, vor dem die Leiche der Frau ohne Gesicht in Plastik gehüllt liegt. «Hier ist jemand.»

20

Ich raffe meine Sachen zusammen und eile die eiserne Wendeltreppe hinab. Draußen stürmt es mit voller Kraft. Der Wind hat einen umgewehten Sendemast erfasst und zieht und zerrt ihn über das Betonfundament. Das Geräusch von Metall auf Beton schmerzt in den Ohren. Aber ich sehe keine Menschenseele. Auch kein Boot am Kai, wo schwarze Schatten vorbeihuschen, während der Schneesturm weiter wütet. Ich halte mich am Geländer fest und ziehe mich die Steinstufen zum Konferenzhotel und dem Bootshaus hinunter.

Die Leiche ist nicht mehr dort, wo ich sie abgelegt habe. Nur ein Abdruck in der fast durchsichtigen Schneeschicht zeigt, wo eben noch der Kopf und der Oberkörper geruht haben. Während ich dort stehe und den Abdruck betrachte, höre ich ein splitterndes Knacken vom Kai her.

Als ich mich umdrehe, sehe ich die Kaskaden der Wellen, die sich an der Insel brechen. Die faulige Kaikonstruktion schaukelt lärmend auf dem Wasser. Mit einem Mal erblicke ich wieder die Gestalt, mitten auf dem Kai, wo meterhohe Wellen in die Luft steigen und brechen. Es ist ein Mann, dessen Konturen in der Dunkelheit und dem Schneegestöber nur schwer zu erkennen sind. Er trägt einen Tauchanzug und eine Tauchmaske und zieht die Leiche der Frau ohne Gesicht hinter sich her zum Rand des Kais.

«Hey!» Ich winke, während ich ein paar Schritte vorlaufe. «Warten Sie!»

Der Mann hält einen Moment inne und sieht zu mir herüber. Er bleibt stehen und blickt mich an, ehe er seinen Griff wechselt und die Leiche weiter mit sich schleift.

«Warten Sie, verdammt noch mal!» Ich renne zum Kai hinab, während er den Rand erreicht hat. Vornübergebeugt steht er da und blickt ins Wasser hinab, als würde er überlegen, ob er hineinspringen soll.

Es kracht erneut in der Pfahlkonstruktion. Der ganze Kai

schaukelt heftig auf und ab, und die Metallbefestigung knarrt. Noch immer steht der Mann im Tauchanzug am äußersten Rand des Kais und hält die Frauenleiche ohne Gesicht in den Armen. Sie bewegen sich nicht, er steht nur regungslos da, während das Wasser über sie hinwegpeitscht.

Nachdem erneut ein schäumender Brecher über die wackelnde Kaianlage gedonnert ist, schaue ich wieder zu der Stelle, wo der Mann mit der Leiche gestanden hat. Sie sind weg.

«Nein!», heule ich und mache einige unsichere Schritte nach vorn, ehe ich erneut anhalte. Der Kai ist kurz davor, sich vom Fels loszureißen. Es kracht erneut, und im nächsten Moment wird die ganze Anlage aus dem Wasser gehoben, und mit einem ohrenbetäubenden Lärm splittert das Holz, und die Baueisen lösen sich. Kurz darauf steht der Kai quer vor mir in der Luft, und die letzten Verankerungen geben nach. Die Konstruktion ragt senkrecht aus dem Wasser, ehe sie schwerfällig umstürzt und von den Klippen weg ins schwarze Meer gleitet.

Plötzlich entdecke ich den Mann und die Leiche unweit der losgerissenen Kaianlage wieder. Dort ist das Wasser flacher und heller als weiter draußen, und ich kann zwei Schatten sehen, der eine treibt mit dem Kopf nach unten, sodass nur ein Teil des Rückens das Wasser durchbricht, der andere schwimmt direkt unter der Oberfläche und wirkt, als würde er mich beobachten.

Ich bleibe einige Sekunden stehen, ehe ich über die Klippen zum Wasser renne, während der Mann die Leiche weiter von der Insel wegzieht.

«Hey, wo wollen Sie hin?», rufe ich verzweifelt. «Wo ist das Boot?»

Im nächsten Moment rutsche ich aus und verliere den Halt auf dem glatten Untergrund. Ich stürze, schlage mit der Wange und dem Kopf auf dem Fels auf und lande zwischen zwei Felsbrocken, nicht mehr als eineinhalb Meter vom Wasser entfernt.

Mein Kopf liegt im Tang, und das Seewasser überspült mein Gesicht. Schauer überkommen mich, während ich versuche, mich aus dieser erniedrigenden Lage zu befreien.

«Was zum Teufel ist gerade passiert», keuche ich, als es mir endlich gelingt, mich aufzurappeln und wieder auf sicheren Boden zu kommen. Ich verharre auf allen vieren auf dem Felsen wie ein durchnässter Hund und japse nach Luft.

Der Kai ist längst in der Dunkelheit verschwunden, hinter mir sind nur noch ein paar lose Betonteile übrig. Sie klammern sich an das abgerissene, durchgerostete Baueisen, das aus dem Fels ragt. Die Schatten unter dem Wasser sind ebenfalls fort, als wären sie niemals hier gewesen, als wäre ich gerade aus einem dieser Träume erwacht, die einem so real vorkommen.

Erschöpft lege ich mich flach auf den Boden und sehe zum Himmel hinauf. Die Dunkelheit senkt sich wie ein Topfdeckel über die Insel. Während ich so daliege, höre ich nach einiger Zeit ein leises Knattern vom Bootshaus her und versuche meine Kräfte zu sammeln und die Schmerzen im Kopf zu verdrängen, ehe ich mich erneut aufrappele, um das Geräusch zu überprüfen. Vor der Tür des Bootshauses gehe ich in die Hocke und versuche, durch einen Schlitz am Boden hineinzuspähen.

Ich stehe auf und ertaste mit den Fingern den Türriegel, der mit einem neuen Hängeschloss abgesperrt ist. Im Materialstapel neben dem Haus finde ich ein Stück Metall, das flach genug ist, um es als Hebel zwischen den Riegel und die Tür zu schieben.

Es knackt im Holz, als ich das Metall ansetze, doch nach einigen Versuchen bricht das Scharnier mit vier dicken Nägeln heraus. Die Tür schnellt auf und hätte mich fast zu Boden geworfen, ehe der Wind sie erfasst und bremst. Ich schlüpfe ins Bootshaus, ohne auch nur den Versuch zu unternehmen, sie hinter mir zuzuziehen.

Im Bootshaus erkenne ich die Konturen eines nagelneuen Notstromaggregats in Kartons, nur das Abgassystem ist schon ausgepackt und liegt zusammen mit einigen Lichtmasten aus Leichtmetall und dem Becken eines Außenwhirlpools auf dem Boden. An der Längswand hängen fünf funkelnagelneue Tauchanzüge an ihren Haken.

Die Plane aus durchsichtigem Plastik, in die ich die Leiche gewickelt hatte, wurde unter der Tür hindurchgeweht und hat sich im Abgassystem des Aggregats verfangen. Der Wind zerrt am Plastik und lässt es rascheln. Ich gehe tiefer hinein in den Raum, beuge mich herab und hebe die Plane an mein Gesicht. Ein stechender Verwesungsgestank schlägt mir entgegen. Der Abdruck der Leiche ist nach wie vor sichtbar, gelbrote Fäden von Blut bilden die Umrisse eines Menschen.

Rasch falte ich die Plane zusammen und lege sie unter eines der Rohre des Aggregats. Dann rufe ich noch einmal Bjørkang an, doch er geht nicht ans Telefon.

Auch Arnt und Harvey sind nicht zu erreichen, und kurz darauf ist mein Akku leer. Ich beschließe, hier im Bootshaus zu warten, bis sie kommen, und entdecke einige Kisten an der hinteren Wand, auf die ich mich setzen kann. Ich bin bis auf die Knochen durchgefroren, und nach dem Sturz auf die Klippen plagt mich stechendes Kopfweh. Mein Körper schmerzt, meine Wange brennt, und meine Beine fühlen sich taub an.

Ich angle meine Wasserflasche aus meiner Tasche, stelle sie zwischen meine Beine und taste meine Jacke ab nach der Tüte mit den Blistern, Pillen und Kapseln. Hastig werfe ich mir die Medikamente in den Mund und lehne mich an die Wand, die Arme dicht um den Körper geschlungen. Dann schließe ich die Augen und versuche mich auf den Wind zu konzentrieren.

SONNTAG

21

Weit draußen kann ich das Tuckern eines Bootsmotors hören. Ich ziehe meine Hände aus den Jackenärmeln, stehe von der Kiste auf und gehe hinaus.

Über dem Meer hängt ein schwerer Nebel. Das Geräusch des Außenbordmotors wird lauter, und durch das Schneetreiben kann ich einen alten Mann in einem Motorboot erkennen, das Kurs auf die Insel nimmt.

«Du lebst also noch?», ruft Johannes. Er richtet das Boot parallel zur Küste aus.

«Gerade so», antworte ich mit klappernden Zähnen und bleibe vor den Resten der Kaianlage stehen, die der Sturm in der Nacht mitgerissen hat, während ich darauf warte, dass Johannes das Boot ans Ufer manövriert.

«Was zum Teufel ist denn hier passiert?», ruft er, als er die Betonstümpfe sieht. «Wo ist der Rest?»

«Irgendwann heute Nacht verschwunden.»

«Harvey hat mich über Funk kontaktiert und mich gebeten, herzufahren und dich zu holen, sobald das Wetter es zulässt. Mehrere seiner Muschelleinen haben sich während des Unwetters losgerissen und sind aufs offene Meer hinausgetrieben. Er ist seit Stunden da draußen unterwegs, um sie zurückzuholen. Sie sagen, dass der Sturm gegen Morgen noch einmal auffrischen soll, also haben wir nur wenig Zeit.»

«Hast du den Lensmann gesehen?»

«Bjørkang? Nein, warum sollte ich? Es ist erst kurz nach vier! Die Bediensteten der Sozialdemokratie stehen doch frühestens in ein paar Stunden auf.»

«Ich habe gestern Abend mit ihm gesprochen», erkläre ich und klettere an Bord, als Johannes zwischen den herausragenden Baueisen und den schweren Ketten, die unruhig am Ufer rasseln, angelegt hat. «Sie wollten herkommen, sobald sie ein Boot zur Verfügung hätten.»

«Tja, vielleicht hatten sie Wichtigeres zu tun.» Der alte Fischer setzt mit dem Boot zurück. «Du hättest ja sicher auch noch eine Zeitlang hier überlebt.»

«Ich habe eine Frau im Meer gefunden.»

«Ach was?» Johannes spuckt über die Reling. Er steuert mit der Pinne und setzt das Boot in Bewegung, woraufhin es sich in einem bedauernswert langsamen Tempo durch die unruhige See kämpft. «Bist du sicher, dass es eine Frau war?»

«Ja.»

«Und wo ist sie jetzt?», fragt er beinahe gleichgültig, als spräche er über einen ungeliebten Hamster oder einen wegen eines Herzschlags verendeten Goldfisch.

«Jemand ist aus dem Wasser gestiegen und hat sie mitgenommen.»

«Wer?»

«Ein Mann.»

Johannes nickt mürrisch vor sich hin, während er das Boot um einen großen Teppich aus Algen und Plastikmüll lenkt.

«Der Draugr ist ein Toter ohne Gesicht», sagt er plötzlich. «Ein toter Fischer, der auf dem Meer umhertreibt oder in einem halben Boot mit zerfetzten Segeln fährt. Ein böses Omen, das Tod und Verzweiflung ankündigt.»

«Kommt es auch vor, dass er in einen Tauchanzug schlüpft und an Land kriecht, um die Toten wieder ins Meer zu holen?» Ich setze zu einem Lachen an, aber es bleibt mir im Halse stecken.

«Nein», antwortet Johannes trocken. «Das macht er wohl nicht.»

«Dachte ich mir fast.»

Es ist fünf, als das Boot an den flachen Klippen in Skjellvik anlegt. Ich springe an Land und helfe Johannes dabei, das Boot in den Schuppen zu ziehen. Wir gehen den Weg bis zum Ende der Bucht, wo ein altes verwittertes Haus steht und dem Wind vom offenen Meer ausgesetzt ist.

«Hast du ein Handy, das ich mir leihen könnte?», frage ich, nachdem Johannes im Flur aus seinen Stiefeln geschlüpft ist und dicke graue Socken übergezogen hat. Im Hauseingang riecht es nach Tran und Honig. «Bei meinem ist leider der Akku leer.»

Johannes deutet mit dem Finger auf eine Tür. «Nimm das Festnetztelefon im Wohnzimmer, das ist billiger. Ein Ladegerät kann ich dir leihen.»

Der Vinylboden klebt unter meinen klammen Socken. Ich schließe mein Handy an Johannes' Ladegerät an, ehe ich mit dem Festnetztelefon Bjørkangs Nummer wähle.

Dessen Handy ist ausgeschaltet.

«Hast du die Nummer von seinem Kollegen Arnt? Oder eine andere Nummer, unter der ich sie erreichen könnte?»

«Eriksen. Arnt Eriksen. Schau doch im Telefonbuch nach.» Johannes reicht es mir, setzt sich in einen Sessel und breitet eine Patchworkdecke über seine Beine. «Aber wenn du dich noch ein bisschen geduldest, erwischen wir die beiden auch über Funk.»

«Ein Funkgerät, stimmt», murmle ich. «Rasmus hatte auch eines.»

«Wer?» Johannes sieht mich fragend an.

«Rasmus», wiederhole ich. «Der Däne vom Leuchtturm.»

«Ja, das ist auch am einfachsten. Kostet nichts, weißt du.» Er macht ein schmatzendes Geräusch mit den Lippen. «Vollkommen gratis.»

«Und steuerfrei», sage ich und nehme auf dem weinroten Fünfziger-Jahre-Sofa Platz.

Harvey antwortet auf der Kurzwelle als Erster. Er ist immer noch bei der Muschelfarm und verspricht zu kommen, sobald er seine Leinen wieder gesichert hat.

Anschließend rufe ich bei der Polizei in Tromsø an. Sie haben nichts von Bjørkang gehört, weder dass er ein Boot angefordert hätte, noch dass er in der Nacht zu einer Leuchtturminsel hätte fahren wollen. Ich berichte von der Frauenleiche, und der Beamte am anderen Ende fragt, wo sie jetzt sei. Aber als ich antworte, dass ein Mann mit Taucherausrüstung aus dem Meer gekommen sei und sie wieder mit in die Wellen gezogen habe, seufzt er schwer und bittet mich, im Lensmann-Büro anzurufen, sobald es öffnet. Dann legt er auf.

Johannes geht in die Küche und kehrt mit einer Tasse Kaffee für mich zurück, ehe er seine eigene hinausträgt und anschließend in den Flur geht und sich erneut die Jacke anzieht. «Es frischt wieder auf», erklärt er. «Ich muss kurz runter zum Wasser und die Türen vom Bootshaus zunageln, aber ich bin gleich wieder da.»

Ich ziehe die Beine auf das Sofa, weg von dem kalten Boden, lehne mich auf dem harten Fünfziger-Jahre-Möbel zurück und versuche, eine bequeme Sitzposition einzunehmen. «Glaubst du, die beiden sind heute Nacht hinausgefahren, und es könnte ihnen in dem Sturm etwas zugestoßen sein?»

«Nein. Leg dich einfach hin und entspann dich», antwortet Johannes stoisch. «Du wirkst, als könntest du ein bisschen Ruhe gebrauchen.»

Aber ich sehe seinen Augen an, dass er nicht ganz so gelassen ist, wie er tut, als er dort in der Tür steht und zu mir und dem Meer hinter dem Fenster schaut. Schließlich dreht er sich um und verschwindet nach draußen. Kurz darauf schlafe ich ein.

22

Eine örtliche Wetterstation warnt vor einem Sturm mit orkanartigen Böen, die im Laufe des Nachmittags eine Geschwindigkeit von bis zu vierzig Metern in der Sekunde erreichen können. Die Leute werden aufgefordert, in ihren Häusern zu bleiben und den Straßenverkehr im Allgemeinen und Brücken im Besonderen zu meiden. Die Langzeitvorhersage meldet ein neues Tiefdruckgebiet, das sich in nördlicher Richtung bewegt. Weil Vollmond ist, besteht die Gefahr einer Springflut mit einem Wasserpegel von bis zu anderthalb Metern über Normalnull.

«Ja, da ist was im Anmarsch», brummt Johannes, als ich die Augen aufschlage und mich umsehe. Er hat das Funkgerät auf den Tisch neben die aktuelle Ausgabe der Lokalzeitung und eine durchsichtigen Tüte mit Teigkringeln gelegt. «Bei der letzten Springflut musste ich den Keller auspumpen und die ganze Drainage freilegen. Diese Flut ist wie ein Monster. Man kann bei dem Wetter auch unmöglich Netze ausbringen, da bleibt nur der ganze Dreck drin hängen, weißt du.»

«Wie viel Uhr ist es eigentlich?» Ich setze mich auf und fahre mir mit der Hand übers Gesicht.

«Elf Uhr vormittags», antwortet Johannes. «Du warst ganz schön weit weg, Junge. Ich wollte dich aber nicht wecken. Offenbar hast du die Ruhe gebrauchen können.»

Er beugt sich vor und nimmt einen Kringel, ehe er mir die Tüte zuschiebt.

Ich schnappe mir auch einen, tauche ihn in den frischen Kaffee, den Johannes mir hingestellt hat, und beiße ab. Mein Mund fühlt sich taub an. Aber immerhin weckt der Geschmack des Kaffees die Rezeptoren auf meiner Zunge, die mir erklären, wie widerlich er schmeckt, und meinen Magen, der mich daran erinnert, dass etwas hinaus muss, bevor wieder etwas Neues hinein kann. «Hat jemand angerufen?», frage ich und lege den Kringel neben die Tasse.

«Nein», antwortet Johannes. «Aber ich habe vor einer Weile mit Harvey gesprochen. Er ist auf dem Weg hierher.»

«Und der Lensmann?»

Johannes beißt wieder in seinen Kringel. «Nein.» Er verschlingt den Rest und führt die dampfende Kaffeetasse zum Mund. «Nichts.»

Ich stelle mein Handy an und sehe, dass Ulf fünfmal angerufen hat. Außerdem habe ich eine Nachricht von Anniken Moritzen auf der Mailbox, die mich bittet, sie im Büro zu besuchen, wenn ich wieder in Stavanger bin. Ich nehme noch einen Schluck von dem Kaffee, ehe ich im Lensmann-Büro anrufe. Eine Ansage nennt die Öffnungszeiten und erklärt, außerhalb derer solle man sich in dringenden Angelegenheiten an die Polizeistation in Tromsø wenden.

Dort kann mir jedoch auch niemand verraten, wo sich der Lensmann und sein Kollege befinden, und die Frau am anderen Ende möchte auch nicht darüber spekulieren, warum die beiden nicht im Büro sind und auch zu Hause nicht ans Telefon gehen.

«Verdammte Idioten.» Ich lege das Handy auf den Tisch.

«Hm», brummelt Johannes und bewegt seine Zehen in den Wollsocken, während er sich mit der Zunge über die Zähne fährt. «Ja, davon gibt es viele», sagt er und schließt die Augen. Seine buschigen Augenbrauen stehen vom Kopf ab wie Dornengestrüpp, und seine graue Mähne ist im Nacken kurzgeschnitten und nach hinten gekämmt. Unter seiner ledrigen Gesichtshaut zeichnen sich die Äderchen wie ein Spinnennetz ab. Er sieht aus wie einer dieser Abenteurer auf alten Schwarzweißbildern, die vor dem Ersten Weltkrieg in die Welt hinauszogen, um dies und jenes zu entdecken.

«Viele wovon?», frage ich und nippe am Kaffee. «Polizisten oder Idioten?»

Als Johannes zu einer Antwort ansetzt, klopft es fest an der Tür, dann sind schwere Schritte im Flur zu hören. Im nächsten Moment taucht Harvey mit einem erschöpften Lächeln im Wohnzimmer auf.

«Da seid ihr ja.» Er reibt die Hände verfroren aneinander.

«In der Küche gibt es Kaffee.» Johannes hält die durchsichtige Tüte hoch. «Und Kringel haben wir auch.»

Harvey verschwindet in der Küche. «Dann bist du also wieder an Land gekommen», sagt er, als er zurückkommt. Er angelt sich ein Gebäckstück aus der Tüte und setzt sich zu mir aufs Sofa. Seine Kleidung ist klamm, seine Haare stehen in alle Richtungen ab, und sein Gesicht ist grauer, als ich es in Erinnerung habe, mit schmalen, blutleeren Lippen.

Ich nicke schweigend.

«Dieser Südländer sagt, er hätte heute Nacht eine Frau im Meer gefunden.» Johannes wackelt noch einmal mit den Zehen, ehe er aufsteht und das Radio ausschaltet.

«Aha», grunzt Harvey. «Bist du sicher, dass es nicht der Däne war?»

«Er sagt, jemand wäre gekommen und hätte sie wieder mitgenommen», fährt Johannes ruhig fort. «Einer, der aus dem Wasser stieg.»

Harvey sieht abwechselnd mich und Johannes an, ehe er den Kopf schüttelt und mich über den Rand seiner Tasse hinweg fixiert. «Hast du dich etwa am Barschrank bedient?»

«Hast du zufällig den Lensmann und seinen Beamten gesehen?», frage ich und ignoriere seine Anspielung auf meine mangelnde Trinkfestigkeit.

«Bjørkang? Nein. Was? Sind die jetzt unterwegs?»

«Sie wollten mich gestern Abend vom Leuchtturm abholen, sind aber nie aufgetaucht.»

«Ich muss ihnen außerdem Bescheid geben, dass sich der ganze Kai heute Nacht losgerissen hat und irgendwo im Wasser treibt», fügt Johannes hinzu. «Es kann Schiffe zerstören, wenn sie mit dem Krempel zusammenstoßen.»

«Habt ihr schon angerufen?»

«Da geht niemand ran. Weder zu Hause noch im Büro.»

«Keiner von beiden?» Harvey rutscht auf dem Sofa an die Kante vor, sein Blick ist jetzt wacher.

«Nein.»

Harvey holt sein Handy hervor und sucht nach einer Nummer. «Mailbox», sagt er und beendet den Anruf. «Habt ihr es schon im Büro auf Skjervøy versucht?» Harvey zieht die Plastiktüte zu sich heran und nimmt sich einen neuen Kringel. «Die sollten immerhin wissen, wo das Schiff ist.»

Ich schüttele den Kopf.

Harvey wählt die Nummer des anderen Lensmann-Büros und geht im Zimmer auf und ab. Nachdem er eine Weile telefoniert hat, beendet er das Gespräch und setzt sich wieder aufs Sofa. «Hast du heute Nacht keine Schiffe gehört?»

Ich schüttele den Kopf. «Nur einen Trawler, aber das war tagsüber. Wieso fragst du?»

«Der Lensmann von Skjervøy sagt, dass das Schiff in den letzten Wochen hier im kleinen Hafen von Blekøyhamn gelegen hat. Er hatte weder mit Bjørkang noch mit Arnt oder den Leuten in Tromsø Kontakt und weiß nichts davon, dass sie heute Nacht jemanden von der Leuchtturminsel abholen wollten.»

«Das gefällt mir nicht», sage ich und leere meine Kaffeetasse in einem Schluck. «Wie weit ist es denn bis zu diesem Hafen?»

Harvey steht auf. «Ich fahre dich hin.»

23

Mittlerweile regnet es in Strömen, und das Wasser peitscht auf Harveys Auto, das durch Schneematsch und über Schneewälle rast, die sich auf beiden Seiten der Reifenspuren auftürmen. Wo der Boden besonders uneben ist, muss Harvey den Fuß vom Gas nehmen und kann nur noch lenken, um den Pick-up in der Spur zu halten.

«Das wird böse enden», sagt er, während sich das Auto einen steilen Hang hinaufarbeitet, an dem die Bäume heftig im Wind schaukeln. «Wirklich böse. Und ich muss wieder zur Farm hinausfahren und die Anker im Boden festmachen, damit sich die Leinen nicht noch mal losreißen.»

«Hast du keine Angst?»

«Fuck, yeah, I'm scared», ruft Harvey aus. «Aber was soll ich tun? Wenn ich die Muschelleinen verliere, bin ich erledigt.»

«Glaubst du, Arnt und Bjørkang sind immer noch da draußen? Im Sturm?»

Die Wellen brechen sich an den Klippen, und an einem Trockenfischgestell am Ende des Wegs schlagen Seile mit getrockneten Fischköpfen gegen den Rahmen. Irgendwo in der grauen Ferne kann ich Blekholmen und das Dach des Leuchtturms erahnen.

«Keine Ahnung», entgegnet Harvey, während wir den Hügelkamm hinter uns lassen und weiter in Richtung des Zentrums von Blekøyvær und seines Hafens fahren. «Aber selbst wenn es so wäre, das Ambulanzschiff hält allen Wetterlagen Stand.»

Ich spüre, dass mir nach den Ereignissen auf den Klippen in der vergangenen Nacht immer noch unwohl ist, und gleichzeitig wachsen mit jeder Minute meine Unruhe über die Ereignisse der letzten Tage und das Gefühl, dass dies hier erst der Anfang ist.

«Wie sieht dieses Schiff denn aus?», frage ich, als wir auf eine kleinere Straße einbiegen, die einen steilen Weg hinab zu einem Baumarkt und einem Supermarkt führt.

«Knallgelb», antwortet Harvey, während er langsam an den Leuten vorbeirollt, die vornübergebeugt an Pfützen vorbei und durch Schneematsch über den Parkplatz laufen. «Mit einem weißen Kran an Deck.»

Wir fahren weiter zu einem Parkplatz vor dem Hafen, wo über einer hufeisenförmigen Steinmole ein Schild mit der Aufschrift *Blekøyvær Kystforening* hängt.

«Dann ist es nicht hier», sage ich, als Harvey auf dem Parkplatz vor dem Bootshaus hält.

«Das sehe ich auch.» Er holt sein Handy hervor. «Ich rufe noch einmal in Skjervøy an.» Er wirft mir einen kurzen Blick zu, dann meldet sich offenbar jemand, und er antwortet: «Hallo, ich bin es wieder. Das Boot liegt nicht hier im Hafen.» Harvey trommelt mit den Fingern aufs Lenkrad. «Einen Moment, ich sehe mal nach.» Er nickt mir kurz zu, ehe er aussteigt und auf das Bootshaus zugeht.

Sobald er im Regen verschwunden ist, nehme ich mein Handy heraus und rufe Anniken Moritzen an.

«Wo sind Sie?», fragt sie, als sie endlich ans Telefon geht. Sie klingt, als wäre sie gerade erst aufgewacht. Vielleicht war sie auch bei Ulf und hat sich Medikamente erbettelt, schmerzstillende, schlaffördernde Präparate, die einen gefühllos machen und dafür sorgen, dass man ein wenig Ruhe findet.

«Ich bin im Bootshafen von Blekøyvær», sage ich.

«Ich dachte, Sie wären schon wieder auf dem Heimweg.»

«Wir suchen nach dem Boot des Lensmannes und seines Kollegen.»

«Warum?»

«Ich habe eine tote Frau im Meer gefunden.» Ich stecke die Hand in die Jackentasche, öffne die Packung mit den Oxynorm und drücke zwei Kapseln heraus, die ich hastig schlucke. «Bei Rasmus' Leuchtturm. Der Lensmann und ein Beamter sollten mich gestern auf der Insel abholen, nachdem ich mit Ihnen gesprochen hatte, aber sie sind nie dort aufgetaucht.»

«Eine Frau», sagt sie zögernd, nachdem ich meine Ausführung beendet habe. «Sind Sie sicher?»

«Ja. Sie hat zwar eine Weile im Wasser gelegen, aber trotzdem, er war es auf keinen Fall, Anniken. Es war nicht Rasmus.» Jetzt bereue ich es, sie angerufen zu haben. Ich weiß viel zu wenig und habe mir vorher nicht gründlich genug überlegt, was ich sagen wollte.

«Das muss ich sehen.» Annikens Stimme hat ihre Trägheit verloren, und sie spricht jetzt schneller, ihre Worte klingen gehetzt, während sich die Panik in ihrem Körper ausbreitet. «Vielleicht täuschen Sie sich, aber eine Mutter ...»

«Ich täusche mich nicht.»

«Aber wie können Sie das so genau wissen, Sie haben doch eben selbst gesagt, die Leiche hat eine Weile im Wasser gelegen?»

«Kommen Sie nicht her», entgegne ich schnell, während ich beobachte, wie eine schwarze Gestalt aus dem Bootshaus kommt und durch den Regen auf das Auto zuhastet. «Noch nicht. Hier oben gibt es nichts zu sehen. Ich rufe Sie an, sobald ich mehr weiß.»

«Nein, warten Sie», wimmert sie verzweifelt. «Ich verstehe das nicht ...»

Ich beende das Gespräch. «Du verdammter Idiot!», murmle ich vor mich hin, während ich das Handy wieder in die Tasche stecke. «Was zum Teufel machst du hier eigentlich gerade, Thorkild?»

Harvey setzt sich ins Auto und schlägt die Tür zu. «Keiner erreicht sie. Das Ambulanzschiff hat die ganze Zeit im Hafen gelegen, aber heute Morgen, als der Erste hier ankam, war es weg.» Er stellt das Gebläse des Autos auf höchste Stufe und pustet sich auf die Hände. «Der Lensmann von Skjervøy hat schon mit der Polizei in Tromsø und mit der Zentrale gesprochen.»

«Und was nun?» Ich spüre, wie das Handy in meiner Tasche vibriert, lasse es jedoch dort.

«Sie schicken ein Schiff raus», erklärt Harvey. Seine Augen folgen dem Hin und Her der Scheibenwischer auf der Windschutzscheibe. «Sie werden sie sicher bald finden. Dieses Ambulanzboot ist unverwüstlich und hat eine einwandfreie Ausstattung. Bestimmt haben sie nur einen Motorschaden oder sind zu einer weiter entfernten Insel gefahren.»

Ich versuche an den Scheibenwischern vorbeizusehen auf die regenschwere Landschaft. «Ich habe gerade mit seiner Mutter gesprochen», sage ich. «Der Mutter von Rasmus.»

«Was hast du gesagt?»

«Ich habe Mist gebaut.»

«Inwiefern?»

«Ich habe ihr Hoffnungen gemacht.»

Harvey stützt sich auf das Lenkrad und sieht mich an. «Du», sagt er, «I have to ask ...»

«Schieß los», murmle ich und stiere weiter auf den Regen, der auf die Mole, die Boote und die Meeresoberfläche prasselt.

«Was ist eigentlich in der Nacht auf der Leuchtturminsel passiert? Mit dieser ... Frau, von der du sagst, du hättest sie gefunden?»

«Sie lag im Meer. Eine junge Frau, vielleicht in den Zwanzigern. Sie hatte kein Gesicht mehr, und der eine Unterarm hat auch gefehlt. Sie trug ein Nachthemd mit einem T-Shirt darüber und war barfuß. Es sah aus, als würde sie da auf dem Algenteppich schlafen.»

«Und du sagst, ein Mann ist aus dem Meer gekommen und hätte sie mitgenommen?»

«Ja.»

«Hast du gesehen, wer es war?»

«Nein.»

«Warst du betrunken?»

Ich wende mich ihm zu. Sein Gesicht glänzt vom Regen, das Haar ist nass. «Nein.»

«Gut», brummt Harvey und trommelt mit den Fingern aufs Armaturenbrett. «Sorry, ich musste das fragen.»

«Ich hatte vor einiger Zeit eine Art Unfall», erkläre ich tonlos. «Mein Gehirn wurde geschädigt, einige Strukturen wurden zerstört und funktionieren nicht mehr so, wie sie sollten. Manchmal nehme ich Dinge wahr, die vielleicht gar nicht da sind. Gerüche zum Beispiel. Oder ich spüre die Nähe eines Menschen, obwohl ich allein bin. Dann zweifelt man allmählich an sich selbst, an den eigenen Sinnen. Aber das war kein solcher Moment.» Den letzten Satz sage ich vor allem zu mir selbst.

«Hey», Harvey hebt für einen kurzen Moment die Hand, ehe er wieder das Lenkrad umfasst. «Mach dir keine Gedanken darüber. Ich glaube an solche Sachen, das weißt du. I do.»

Die Boote liegen vertäut in einer ordentlichen Reihe an der Mole, sie schaukeln im Regen träge von einer Seite auf die andere und zerren an ihrer Vertäuung.

«Glaubst du, es war einer von ihnen?», fragt er.

«Wer?»

«Dass du Bjørkang oder Arnt gesehen hast, die aus dem Wasser kamen und die Leiche mitgenommen haben?»

«Vielleicht war es auch Rasmus.»

«Rasmus ist tot», erwidert Harvey.

«Sicher? Alles, was ihr habt, ist sein Boot, das dort in der Bucht an Land trieb. Sonst nichts, keine Leiche, keinen Tatort.»

Harvey sieht mich verwundert an. «Na gut, da muss ich dir recht geben. Aber warum sollte er sich wie irgendein Gespenst da draußen auf der Insel verstecken?»

«Vielleicht hat das etwas mit der Frau ohne Gesicht zu tun?»

«Von der niemand etwas wissen soll», ergänzt er. Plötzlich werden die Grübchen in seinen Wangen wieder sichtbar. «Aha, I see what you're doing. This is some real detective shit you're talking about.»

«Ich brauche einen Ort, wo ich unterkommen kann.» Ich krame eine neue Oxynorm aus der Tasche und hoffe, dass sie meinen Bauchschmerzen endgültig den Garaus machen wird.

«Du bleibst also hier?»

«Ich sehe keine andere Möglichkeit.»

Harvey fährt vom Parkplatz hinter dem Bootshaus und wieder in Richtung der Hauptstraße. Mein Mund ist zu trocken, um die Kapsel zu schlucken, die an meiner Zunge festklebt. Ich muss sie mit den Vorderzähnen ablösen, ehe ich sie zerkaue. Der Geschmack ist bitter und intensiv, und ich beeile mich, genügend Speichel zu sammeln, um den Inhalt zu schlucken, ehe ich die Reste der Gelatinekapsel in meine Hand spucke und in die Jackentasche stecke.

«Kennst du eine Pension hier in der Gegend, wo ich für ein paar Tage ein Zimmer mieten kann?», frage ich, während ich mit der Zunge meine Zähne reinige. «Es ist einfach zu weit, von Tromsø hierherzupendeln, und ich würde nur ungern in meinem Mietwagen übernachten, bis ich hier oben fertig bin.»

Harvey hält an der Kreuzung zur Hauptstraße und sieht mich an. «Ich wüsste möglicherweise eine Lösung, von der wir beide profitieren würden», sagt er. «Lass uns erst deinen Mietwagen holen, und dann fährst du mir einfach nach.»

24

Ich parke den Mietwagen neben Harveys Pick-up auf dem Parkplatz vor dem Haupteingang des Pflegeheims Skjellviken.

«Machst du Witze?», frage ich, nachdem ich aus dem Wagen gestiegen bin.

«Nein», antwortet Harvey lachend und richtet den Blick auf das Gebäude gegenüber dem Pflegeheim. «Ich habe es vor sechs oder sieben Jahren gekauft, ursprünglich wurde es im Krieg erbaut, damals waren es Duschen für die deutschen Soldaten. Die Gemeinde hatte keine Verwendung dafür, also habe ich es gekauft, umgebaut und drei Wohneinheiten daraus gemacht, die ich jetzt wieder an die Gemeinde und den Sozialdienst vermiete. Ein ähnliches Projekt habe ich übrigens auch in Tromsø, wo ich sechs kleine Apartments vermiete.»

«Sehr geschäftstüchtig», murmle ich und lehne mich gegen den Kofferraum meines Mietwagens.

«Kleinvieh macht auch Mist. Wie dem auch sei – jedenfalls steht gerade eine der Wohnungen leer, und du könntest sie für, na, lass uns sagen, dreihundertfünfzig Kronen am Tag mieten.»

«Tja.» Ich werfe einen misstrauischen Blick auf das Gebäude vor mir. «Ich nehme an, dass es allemal besser ist, als im Auto zu schlafen.»

«Super.» Harvey streckt mir die Hand entgegen. «Du bezahlst doch im Voraus, oder? Und eine Quittung kann ich dir leider nicht ausstellen, ich hoffe, das ist in Ordnung.»

«Geht klar», antworte ich, und während ich ihm das Geld gebe, kommt Harveys Frau auf uns zu. Sie trägt einen offenen braunen Wintermantel mit grau gesprenkeltem Pelzkragen, eine weiße Mütze, Jeans und passende Winterstiefel mit demselben grau gesprenkelten Pelzrand.

«Hallo», sagt sie und schlingt die Arme um den Hals ihres Mannes. «Du bist von der Farm zurück! Gott sei Dank.»

Harvey nickt. «Ja. Ich musste durchs Tal fahren.»

«Bist du gerade erst gekommen?»

«Nein, ich war zusammen mit Thorkild in Blekøyvær.»

«Ach ja?»

«Bjørkang und Arnt sind verschwunden.»

«Wie, verschwunden?» Sie lässt seinen Hals los und tritt einen Schritt zurück. «Wie meinst du das?»

«Sie sind gestern Abend mit dem Ambulanzschiff rausgefahren, um Thorkild am Leuchtturm abzuholen. Er sagt aber, sie wären nie dort angekommen.»

Merethe zieht sich die Jacke fester um den Hals, sodass Kinn, Mund und Nase im Kunstpelz verschwinden. «Willst du, dass ich Mari anrufe?»

«Not yet», antwortet Harvey. «Wir wissen sicher bald mehr. Du solltest auf jeden Fall warten, bis ich wieder zurückkomme.»

«Was?» Merethe umklammert den Arm ihres Mannes. «Willst du schon wieder rausfahren?»

«Ich muss. Aber ich bleibe nur in der Bucht und komme wieder nach Hause, sobald ich die Muschelleinen gut genug befestigt habe. In der Zwischenzeit hilfst du Thorkild hier, oder? Er wird für ein paar Tage die Wohnung von Andor und Josefine übernehmen.»

«Ich weiß nicht, ob wir die Wohnung einfach so vermieten können, immerhin haben wir eine Vereinbarung mit dem Gesundheits- und Sozialdienst.»

«Relax, honey, es sind doch nur ein paar Tage. Und wenn ich es richtig verstanden habe, gibt es sowieso noch keine neuen Mieter.»

Merethe schüttelt den Kopf, lässt Harveys Arm los und geht auf mich zu. «Na gut, Thorkild, dann komm mal mit, und ich werde dir deine … Unterkunft zeigen.» Sie dreht sich noch einmal zu Harvey um und mahnt: «Sei vorsichtig.»

«Always», trällert Harvey. «Wir hören uns später, Thorkild.» Er winkt uns zum Abschied, ehe er zum Auto geht und davonfährt.

«Was macht eigentlich eine Beschäftigungstherapeutin?», frage ich, während wir über den Parkplatz gehen.

«Ich organisiere hier zusammen mit den Ehrenamtlichen ein Freizeitprogramm für die Bewohner, wie zum Beispiel Boccia, Handarbeiten oder gemeinsame Ausflüge. Jeden Sonntag arrangieren wir eine Andacht mit dem Pfarrer im Gemeinschaftssaal. Ich nehme auch Zusatzschichten hier im Pflegeheim an, wenn ich gebraucht werde. Das ist eine schöne Möglichkeit, Zeit mit meiner Mutter zu verbringen, die seit dem Tod meines Vaters allein ist. Und gleichzeitig kann ich mir ein paar Kronen dazuverdienen.»

«Deine Mutter wohnt also auch hier?»

«Ja, sie hat ein Zimmer in der Demenzabteilung.»

Bei der letzten der drei Wohnungen angekommen, holt Merethe einen Schlüssel hervor und schließt die Tür auf. «Hier», sagt sie und reicht mir den Schlüssel, ehe wir zusammen hineingehen. «Der Mann des Ehepaars, das hier bisher gewohnt hat, ist auf einer Busreise nach Schweden gestorben. Herzinfarkt.»

«Und wo ist seine Frau?»

«Sie ist in derselben Nacht gestorben. An gebrochenem Herzen. Das gibt es tatsächlich», fügt sie hinzu, als sie meinen Blick sieht. «Traurig, oder?»

«Ja, traurig», stimme ich zu.

«Ich bekomme immer einen Kloß im Hals, wenn ich an so etwas denke. Die Beerdigung ist übrigens am Donnerstag. Ihre Tochter wohnt in Südschweden und will erst dann kommen und die Wohnung ausräumen. Wir haben die Sachen vorläufig auf dem Dachboden und im Schlafzimmer untergestellt. Deshalb würde ich vorschlagen, dass du auf dem Sofa schläfst.»

Ich bereue es sofort, dass ich meine Schuhe ausgezogen habe. Der Fußboden ist eiskalt, und die Wohnung ist es auch. Keine Wärme und auch kein Licht in einem düsteren Wohnzimmer mit einem alten Sofa, einem Sessel, einer Vitrine, einem Regal und einem TV-Möbel. Die Teppiche sind zusammengerollt und liegen in einer Ecke neben zwei Umzugskisten mit der Aufschrift *Bücher* und *Bilder & Diverses.*

«Harvey hat gesagt, du wärst eine Art Medium?», frage ich, während Merethe zum Sicherungskasten geht. Sie ist höchstens einen Meter und sechzig groß und muss auf die Zehenspitzen gehen, um die Sicherungen zu erreichen.

«Ich bin das, was die Leute eine Hellseherin nennen, aber hier im Heim praktiziere ich auch manchmal Wärme-Healing und Kristalltherapie.»

«Und du bist bald im Fernsehen? *Die Jagd auf die Geister?*»

«Macht», korrigiert sie. «*Die Macht der Geister.*» Sie geht zum Fenster, zieht die Gardinen zu und dreht die Elektroheizung an. Bald riecht das ganze Wohnzimmer nach verbranntem Staub. «Nach Weihnachten fangen die Dreharbeiten an. Spannend, oder?»

Ich nicke und setze mich neben ihr auf das Sofa. Jetzt sehe ich, dass Merethe an fast jedem Finger einen Ring mit bunten Steinen trägt.

«Wir Menschen können über heilende Energien miteinander kommunizieren.» Sie fährt mit den Fingerkuppen über ihre enge Jeans. «Energien, die wir alle in uns tragen, jenseits der Grenzen unserer physischen, geistigen und psychologischen Welt.»

«Du redest mit den Geistern?»

«Ja. Immerzu.»

«Wie ... sehen sie aus?»

«Wie meinst du das?» Ihre Nägel verursachen ein ratschendes Geräusch auf dem Jeansstoff.

«Na, ob du ...»

«Ob ich tote Menschen, grauenhafte Leichen und solche Sachen sehe?»

Ich nicke langsam.

«Nein, zum Glück nicht!», ruft sie lachend aus und legt eine Hand auf meinen Oberschenkel. «Das würde ja kein Mensch ertragen.»

«Nein, oder?»

«Alles Leben ist von einem eigenen Energiefeld umgeben, das einige von uns sehen können und mit dem wir teilweise auch kommunizieren können.» Sie schließt die Augen und tätschelt leicht mein Bein. «Unsere Körper sind elektrisch, Thorkild. Wusstet du das nicht?»

«Nein.»

Merethe legt ihre Hände mit den Handflächen nach oben auf den Tisch. Die Steine ihrer Ringe klackern auf dem Holz, als sie die Finger bewegt. «Möchtest du von ihr erzählen?»

«Von wem?», stottere ich und merke, wie ich aus dem gedanklichen Abgrund gezogen werde, in dem ich gerade versunken war.

«Entspann dich.» Merethe beugt sich zu mir und nimmt meine Hände in die ihren. Sie sind warm und glatt, selbst das Metall ihrer Ringe fühlt sich warm an. «Ich habe sie schon bei unserer ersten Begegnung gespürt. Wie einen warmen Mantel, der dich einhüllt. Ich kann sie auch jetzt wahrnehmen.» Sie schließt die Augen und streicht mir mit den Daumen sanft über die Handrücken. «Wart ihr zusammen?»

«Nein.» Ich entziehe meine Hände instinktiv der Berührung. «Eigentlich kannte ich sie überhaupt nicht.»

Merethe öffnet die Augen wieder. «Du hast aber eine enge Bindung zu ihr?»

Ich antworte nicht, lehne mich aber auf dem Sofa zurück und stecke die rechte Hand in die Jackentasche, wo die Oxynorm liegen.

«Ich glaube, sie ist wütend auf mich», sage ich schließlich.

«Wütend?» Merethe sieht mich erstaunt an. «Warum sollte sie wütend auf dich sein?»

«Sie will nicht mehr zu mir kommen.» Ich merke, wie meine Stimme zittert und ich kaum Luft bekomme. «Sosehr ich mich auch anstrenge, sie will einfach nicht mehr kommen.»

«Du weißt also, dass sie da ist?»

«Natürlich. Sie ist ja zurückgekommen.»

«Zurück?» Merethe legt den Kopf ein wenig schief. «Was meinst du damit?»

«Ich saß am Steuer, und sie starb, und dann ist sie zurückgekommen», sage ich, als wäre es das Normalste auf der Welt. «Aber jetzt will sie nicht mehr kommen. Ich weiß nicht, was ich getan habe, ob es an diesem Ort hier liegt oder ob etwas mit meinen Pillen nicht stimmt. Von denen, die nicht wirken, habe ich schon einige weggeworfen.»

Merethe streckt mir wieder ihre Handflächen entgegen und bedeutet mir, dasselbe zu tun. Ich lasse die Tabletten in meiner Jackentasche los und recke meine Hände vor. «Ich will mit ihr reden», flüstere ich. «Ich weiß nicht, wie lange ich das noch aushalte.»

«Thorkild», sagt Merethe. «Als Hellseherin bekomme ich Informationen in Form von Gefühlen, Bildern, Gerüchen und Symbolen, und dann kann ich versuchen, sie zu deuten und an denjenigen weiterzuvermitteln, mit dem ich eine Seance habe. Du redest von einem Medium, das ist etwas ganz anderes. Dabei geht es darum, vorübergehend einen Teil von sich selbst der Geisterwelt zu überlassen. Das ist sehr schmerzlich, und vor solchen Séancen scheue ich zurück, weil sie eine so große Belastung darstellen.»

«Bitte», flüstere ich und klammere mich an ihre Hände. «Ich muss es wissen. Ich kann so nicht weitermachen.»

Merethe starrt mich lange flehend an, ehe sie loslässt. «Okay», sagt sie dann und klopft mir vorsichtig auf den Schenkel. «Ich muss darüber nachdenken, Thorkild.» Sie steht auf. «Gib mir ein bisschen Zeit.»

Nachdem sie gegangen ist, bleibe ich mehrere Minuten lang reglos sitzen. Irgendwann stehe ich auf, gehe zur Spüle und fülle ein Glas Wasser, um zwei Oxynorm zu schlucken, ehe ich wieder zum Sofa zurückkehre. Ich versuche an Frei zu denken, doch es gelingt mir nicht.

25

Es ist fünf vor zwei, als es an der Tür klopft. Ich stehe vom Sofa auf, wo ich vor mich hingedöst habe, seit Merethe gegangen ist.

«Siv.» Draußen steht eine Frau und streckt mir ihre unnatürlich braune Hand entgegen. «Ich bin Oberschwester hier im Pflegeheim.» Sie trägt fliederfarbene Arbeitskleidung mit Clogs und hat blondes schulterlanges Haar.

«Sehr erfreut», antworte ich und schüttele ihre Hand.

Siv ist klein und zierlich, ihre Hände sind rau und die Nägel abgekaut. Wahrscheinlich ist sie erst Mitte vierzig, und trotzdem ist ihre Haut so dünn und runzelig wie die einer Kettenraucherin mit eigenem Solarium.

«Ich soll Ihnen die Kantine zeigen.»

«Gut.» Ich nehme meine Jacke vom Haken im Gang, ziehe die Schuhe an und schließe die Tür hinter mir ab.

«Das Wohn- und Pflegeheim Skjellviktunet hat drei Abteilungen», erklärt Oberschwester Siv, während wir den kurzen Weg zum anderen Gebäude hinübergehen. Sie spricht emotionslos und mechanisch, als wäre ich ein Angehöriger, dessen seniler Vater im Auto auf dem Rücksitz wartet. Oder ein neuer Patient.

Das Heim besteht aus einem länglichen Gebäude mit drei Flügeln, von denen einer zur Straße hin liegt, während die anderen beiden auf der Rückseite jeweils schräg vom Haupttrakt abgehen. «Unser Angebot reicht von der ambulanten Tagespflege bis hin zur Dauerpflege», fährt Siv fort, als wir die Schiebetür zum Hauptgebäude erreichen. «Insgesamt haben wir neununddreißig Einzelzimmer, Plätze für die Lang- und Kurzzeit-Reha und flexible Plätze. In den beiden Flügeln auf der Rückseite sind die Krankenpflegeabteilungen untergebracht, eine davon für Demenzkranke, die andere für somatische Pflege und Palliativpflege.»

Die Kantine ist ein rechteckiger Raum mit vierzehn Tischen, zehn an den Wänden und vier in der Mitte. Von hier aus kann man die Fenster der beiden hinteren Flügel und die Notausgänge und Metalltreppen sehen.

Als wir die Kantine betreten, sitzen elf Bewohner an vier Tischen verteilt, jeweils zwei Paare an einem Tisch neben dem Eingang und eine Gruppe von vier Männern mit zurückgekämmten grauen Haaren, die sich in einer Ecke am Fenster versammelt haben. Außerdem erkenne ich an einem Wandtisch zu meiner Überraschung Johannes mit zwei älteren Damen.

«Das ist Thorkild Aske», verkündet Siv laut und mit geradezu militärischem Schneid und blickt auf die gemischte Versammlung. «Er wird einige Tage in der Wohnung von Andor und Josefine wohnen.»

«Aber wo sollen Andor und Josefine dann schlafen?», fragt eine kieksende Piepsstimme an Johannes' Tisch. Die zerbrechliche Dame sitzt zusammengesunken in einem Rollstuhl, und ihr Gebiss tanzt in ihrem Mund, während sie redet.

«Die sind doch tot!», erinnert sie die andere Frau. Sie ist mollig und trägt ein geblümtes Sommerkleid mit kurzen Ärmeln. Ihre wirren Locken sind silbergrau und stehen windschief auf der einen Seite ab, während die andere platt anliegt, als wäre die Frau gerade aufgestanden.

«Ist das der Sohn von Agnes?», fragt die Piepsstimme im Rollstuhl.

«Nein, du dummes Huhn», antwortet die andere. «Agnes' Sohn ist doch mongoloid.»

«Er ist nicht mongoloid, er ist Autist», kräht die Frau im Rollstuhl und nickt nachsichtig in meine Richtung. «Du Ärmster, hast du dich verlaufen?»

«Thorkild Aske», sage ich, so laut ich kann, und mache eine theatralische Verbeugung vor den beiden Damen, als ich ihren Tisch erreiche.

«Das ist Bernadette», erklärt Siv, die mir gefolgt ist. «Und die wunderbare Dame hier im Rollstuhl heißt Oline.»

Ich gebe beiden die Hand und nicke Johannes zu. «Und was machst du hier?», frage ich ihn und setze mich, nachdem Siv zu den anderen Tischen gegangen ist.

«Ich besuche mehrmals in der Woche meine Schwester in der Demenzabteilung und esse dann auch gern hier», entgegnet Johannes. «Außerdem wird heute im Gemeinschaftssaal eine Andacht für Andor und Josefine abgehalten.»

«Nein, wie dünn du geworden bist!» Oline beugt sich in ihrem Rollstuhl vor und streicht mir mit einer kalten Hand über den Arm. «Hat Agnes denn nichts für dich zu essen im Haus?» Sie fährt mir auch über die Hand, während sie ihr Gebiss im Mund hin- und herschiebt und mich mit betrübtem Blick betrachtet. «Mein kleiner Junge», sagt sie lächelnd und tätschelt mich noch einmal, ehe sie in der Handtasche auf ihrem Schoß herumwühlt. «Hier», flüstert sie und legt mir eine Münze in die Hand. «Kauf dir nachher ein schönes Eis.»

«Danke», sage ich und will ihr gerade erklären, dass ich keine zehn Kronen brauche und groß genug bin, mir selbst ein Eis zu kaufen, doch da meldet sich Johannes wieder zu Wort.

«Das Essen hier ist leider nicht mehr so, wie es mal war», sagt er und beobachtet einen jungen Asiaten, der mit einem Servierwagen aus der Küche kommt.

«Ach ja?», frage ich angestrengt interessiert, während ich die Münze umschließe, die ich von Oline bekommen habe. Ich spüre, wie die Essensdüfte eine Schmerzattacke in meinem Bauch provozieren.

«Der Koch.» Bernadette lehnt sich über den Tisch zu mir und Oline. «Solche Leute, wissen Sie ...» Sie schüttelt den Kopf, während sich der asiatische Mann nähert.

«Das ist Babu. Er kommt aus Burma», erklärt Oline, als der Mann unseren Tisch erreicht und das Essen serviert. «Nein, nein», fährt sie eifrig fort und zeigt auf mich, als Babu den Teller vor ihr abstellen will. «Gib es dem Jungen. Ich will dieses Zeug nicht haben.»

«Es tut mir leid.» Ich halte Babu auf, der den Teller mit dem Essen vor mir auf dem Tisch abstellen will, und streiche mir mit der Hand über den Bauch. «Ich habe leider Magenprobleme.»

«Die haben doch keine Ahnung von Fisch», fährt Bernadette unbeirrt fort. «Das ist ja das Problem. Es ist eine ganz andere Kultur, verstehen Sie!»

«Mhm.» Ich nicke verlegen, während Babu weiter das Essen verteilt und das Gespräch gar nicht zu hören scheint.

Oline hebt die Plastikglocke von ihrem Teller, den Babu ihr nun endlich doch servieren darf. Sie zieht eine Grimasse, ehe sie den Deckel wieder absetzt und sich lächelnd an Babu richtet: «Wann kommt Sofia denn wieder zurück?»

«Ihr Urlaub Mitte Januar fertig», antwortet Babu in gebrochenem Nordnorwegisch.

«Richte ihr aus, dass wir sie sehr vermissen.»

«Psst, da ist er wieder!», unterbricht Bernadette sie und stößt Oline an, als ein kleiner, kräftiger Mann mit abstehenden schwarzen Haaren in der Küchentür auftaucht. «Dieser Lappenteufel aus Lakselv!»

«Was habt ihr denn herausgefunden, Harvey und du?» Johannes beugt sich über den Tisch, während Babu in der Küche verschwindet. «Habt ihr Bjørkang und seinen Beamten im Hafen gefunden?»

Ich schüttele den Kopf. «Sie haben das Boot irgendwann gestern Abend genommen. Seither hat niemand mehr etwas von ihnen gehört. Man will ein Suchschiff aus Tromsø herschicken und im Lauf des Tages vielleicht auch einen Helikopter.»

Johannes sieht mich an, während er sich eine ganze Kartoffel auf einmal in den Mund steckt. Er kaut hastig und spült die Bissen mit einem Schluck Wasser hinunter. «Nicht gut», murmelt er, bevor er eine neue Kartoffel nimmt und sie sich in den Mund schiebt. «Das ist ganz und gar nicht gut.»

Im nächsten Moment kehrt Babu mit einer Packung Trockenpflaumen zurück, die er mir mit einem breiten Lächeln in die Hand drückt. «Für Magen.» Er verbeugt sich kurz, ehe er so schnell wieder in der Küche verschwindet, dass ich ihm gar nicht mehr danken kann.

«Das hilft», bemerkt Oline, während sie mit eiserner Miene ihr Dessert isst. «Pflaumen bringen alles in Schwung, Junge, du wirst schon sehen.»

«Ja, ich werde dann wohl mal wieder in die Wohnung gehen und es ausprobieren», sage ich.

26

Die Pflaumen haben nicht geholfen. Ich sitze auf dem Sofa und lausche dem knisternden Radio, als mein Handy klingelt. Es ist ein Polizist aus Tromsø, der mich bittet, am nächsten Tag um elf Uhr dort auf der Wache zu erscheinen. Ich frage, ob sie etwas vom Lensmann gehört haben oder Kontakt mit dem Schiff aufnehmen konnten, aber der Mann wiederholt nur, wann ich mich morgen Vormittag bei ihnen einfinden solle, und betont, wie wichtig es sei, dass ich pünktlich käme.

Anschließend legt er auf.

Ich beschließe, ein Bad zu nehmen, vielleicht hilft das ja. Im Badezimmer lasse ich heißes Wasser ein und ziehe mich aus. Ich bleibe auf dem Klodeckel sitzen und sehe zu, wie der Strahl aus dem Hahn in die Wanne schießt und der Dampf aufsteigt. Für einen Moment steigt mir der Geruch der Duschen im Gefängnis von Stavanger wieder in die Nase, und ich rufe mir die letzten Minuten am Strick in Erinnerung – denke an die Stille und durchlebe noch einmal die Schmerzen. Dann denke ich an Frei und die Hindernisse, die sie überwinden musste, um wieder zurückzukommen.

Das Badewasser plätschert. Hastig stehe ich auf und spähe erwartungsvoll über den Wannenrand, während das Handy im Wohnzimmer erneut klingelt. Ich verlasse das Bad und eile über den kalten Fußboden, um den Anruf anzunehmen.

«Ich bin es», sagt Liz atemlos. «Ich bin hier.»

Ich ziehe die Gardinen beiseite und sehe die Scheinwerfer eines Autos, das mit laufendem Motor draußen auf dem Parkplatz steht. «Was machst du hier?», frage ich verblüfft.

«Ich habe deinen Mietwagen gesehen.» Liz hustet heftig in ihr Handy. «Arvid ist mit ein paar Freunden auf eine Hütte gefahren. Da dachte ich, ich besuche dich mal.»

«Woher wusstest du, wo ich bin?»

«Ich bin durch die Gegend gefahren und ...»

«Du hättest doch einfach anrufen können.»

«Ja, ich wollte dich aber überraschen. Ich habe Cupcakes gebacken. Ich weiß nicht, wie sie schmecken, aber ich dachte, wir könnten ...»

«Von dir aus gesehen die Wohnung geradeaus», unterbreche ich sie. «Ich liege in der Badewanne.»

Ich schließe die Tür auf, gehe zurück ins Bad und drehe den Hahn ab. Die Wanne ist zu drei Vierteln gefüllt. Vorsichtig steige ich hinein und lehne mich so weit zurück, dass nur noch meine Knie und der Kopf aus dem Wasser ragen.

«Hallo?» Draußen im Flur höre ich Plastiktüten rascheln, und im nächsten Moment schlägt die Eingangstür zu. «Thorkild, bist du da?», zwitschert Liz. Ich kann hören, wie sie in einer energischen und zugleich unkontrollierten Bewegung ihre Jacke und die Schuhe auszieht.

Das emotionale Pendel meiner Schwester schwingt heftig zwischen zwei Extremen hin und her – auf der einen Seite chaotische Orgien mit Kohlenhydratzufuhr und anschließenden Selbstvorwürfen, auf der anderen Seite ein blinder Glaube an eine kosmische Güte und Gerechtigkeit, wie man sie höchstens in Disney-Filmen findet. Außerdem besitzt sie die einzigartige Fähigkeit, sich nach ihren Talfahrten jedes Mal wieder aufzurappeln, ein paar Kilo schwerer als beim letzten Mal, aber sie kommt wieder auf die Beine, verbirgt die blauen Flecken und die seelischen Verletzungen und lässt die

Güte in sich hineinströmen. Dann erfüllt sie ihre Sinne mit verzweifelten Phantasien über ihre perfekten Mitmenschen, sei es der Ehemann, ein Freund oder der Bruder.

«Ach, hier bist du», flötet sie im Türrahmen und zwängt sich ins Bad. Ihre Haare stehen in alle Richtungen ab, und ihre Wangen sind gerötet. In den Händen hält sie ein Einkaufsnetz, das sie auf dem Boden abstellt. «Du badest.»

«Ich wasche mich von meinen Sünden rein», erwidere ich und fahre mir mit den rauen Fingern über das Gesicht und die Haare.

«Na gut.» Sie krempelt ihre Ärmel hoch und kommt zu mir. «Dann darf ich dir doch bestimmt dabei helfen», sagt sie und greift nach der Shampooflasche, die ich auf den Badewannenrand gestellt habe. «Lange ist's her.» Sie füllt ihre Hand mit Shampoo und stellt die Flasche auf den Boden vor der Badewanne. «Als du klein warst, brauchtest du immer unbedingt einen Lappen vor den Augen», erklärt sie und massiert das Shampoo in mein Haar.

«Brauchen das nicht alle Kinder?»

«Nein», antwortet sie kichernd. «Ich nicht. Wir durften dir nicht einmal die Ohren abbrausen, weil du Angst hattest, das Wasser könnte in deinen Kopf laufen.» Liz hält mit den Händen in meinem Haar inne und lächelt.

«Euer Ehren», protestiere ich mit schiefem Grinsen. «Die Zeugin lügt.»

«Du hast geglaubt, du würdest einen, hahaha …», jetzt lacht sie laut und unkontrolliert, «… einen Wasserkopf bekommen! Du liebe Güte», japst sie und fährt mit der Haarwäsche fort. «Weiß der Teufel, wo du diesen Quatsch aufgeschnappt hattest.»

«Lügen und wieder Lügen.»

«Sag so was nicht, Thorkild.» Liz tätschelt mir mit der Handfläche vorsichtig das Ohr, ehe sie weiter mein Haar einseift. «Du weißt, dass es die Wahrheit ist.»

«So, jetzt aber raus mit dir», sage ich und zeige auf die Tür. «Lass einen alten Mann in Ruhe zu Ende baden.»

Liz stapft kichernd mit ihren Tüten zur Tür, und ich schließe die Augen und versinke im heißen Wasser. Kaum bin ich ganz untergetaucht, öffne ich sie wieder und sehe nach oben. Das Wasser ist trüb, und die Seife brennt mir in den Augen. Dennoch bleibe ich so liegen, bis ich keine Luft mehr bekomme. Schließlich steige ich aus der Wanne und ziehe mich an.

Als ich in die Küche komme, hat Liz mit Papptellern, Tassen und Servietten den Tisch gedeckt. In der Mitte stehen große, mit Brownies und Cupcakes gefüllte Keksdosen und eine Kanne mit frisch gebrühtem Kaffee.

«Komm, setz dich doch», sagt sie. «Ich hoffe, sie schmecken dir, ich habe alles selbst gebacken, ich weiß nur nicht, ob der Boden der Brownies vielleicht ein bisschen zu hart geworden ist, aber ...»

«Ich habe keinen Hunger», sage ich.

«Oh.» Liz wirft mir einen traurigen Blick zu.

Ich setze mich neben sie auf das Sofa und schenke mir einen Kaffee ein. «Ich habe gestern Abend eine Frauenleiche im Meer gefunden», erzähle ich und lehne mich mit der Tasse in der Hand zurück. «Sie hatte nicht einmal mehr ein Gesicht.»

«Was?» Liz lässt den halbverspeisten Cupcake mit rosa Buttercreme und silbernen Zuckerperlen auf ihren Teller fallen.

«Deshalb hatte ich den Lensmann angerufen. Er und ein jüngerer Beamter sollten mich von der Leuchtturminsel abholen, aber sie sind nie aufgetaucht.»

Liz sieht mich schweigend an.

«Und jetzt werden sie vermisst. Morgen soll ich zur Polizei in Tromsø kommen.»

«Zur Polizei?» Sie zögert, ehe sie weiterfragt: «Wissen sie, wer du bist und was in Stavanger passiert ist?»

Ich zucke mit den Schultern und trinke einen Schluck Kaffee. «Garantiert. Aber jetzt sehen die Dinge sowieso anders aus. Ich habe keine Wahl.»

Liz verschlingt den halben Cupcake mit einem einzigen Bissen. «Letztes Mal haben sie dir deinen Job weggenommen», sagt sie und kaut gegen die Härte des Lebens an. «Und dich ins Gefängnis gesteckt.» Sie schluckt und kaut, kaut und schluckt und versucht, ihren Gedanken zu Ende zu führen. «Ausgerechnet dich, der ... der ...»

Ich falle ihr ins Wort. «Sie hätten nichts anderes tun können. Was in Stavanger passiert ist, war mein Fehler.»

«Wie kannst du das sagen?» Liz legt zwei Brownies auf ihren Teller und nimmt den dritten gleich in die Hand. «Dieses Mädchen und ihr Freund haben dir alles kaputtgemacht. Alles.»

«Nein, Liz», sage ich. «Du weißt nicht, was passiert ist. Was ich getan habe.»

«Weil du es mir nicht erzählen willst, Thorkild.» Sie hat ihre Stimme gesenkt. «Nicht einmal das, was passiert ist, als du im Gefängnis saßest. Was du dir angetan hast.»

«Da gibt es nichts zu erzählen.»

«Aber wir können darüber reden, wenn du willst. Arvid ist

bis morgen weg. Ich kann hierbleiben. Vielleicht können wir einfach hier sitzen, wir beide, und miteinander reden.»

«Und worüber?», frage ich sie und zeige ihr ein widerwärtiges, herablassendes Lächeln. «Sollen wir mit mir und meinem Hirnschaden anfangen oder lieber erst mit dir und deinen blauen Flecken?»

Ich stehe am Fenster und sehe Liz nach, wie sie weinend mit ihrem Einkaufsnetz über den Parkplatz stürmt. Wie immer war ich derjenige, der zu weit gegangen ist. Es ist zu leicht, dieselbe Seite zu wählen wie all diejenigen, die sie klein halten, anstatt ihr der Bruder zu sein, den sie sich erträumt.

Draußen ist es dunkel, kahle, verkrüppelte Zweige hängen über den Autodächern. Etwas weiter in der Ferne sehe ich ein Licht, es blinkt und glitzert schwach vor dem kohlschwarzen Himmel, der über der Bucht und dem Leuchtturm hängt. Kurz darauf breitet sich das Licht über der ganzen Insel aus, und ein dumpfes Hämmern dringt aus den Wolken.

Das monotone Geräusch folgt dem Rhythmus des Lichts, das über die Berge und die Meeresoberfläche tanzt. Ein Kollege hat mir einmal erzählt, dass dieses vibrierende Geräusch durch den aerodynamischen Druck entsteht, den die Rotoren eines Hubschraubers erzeugen, wenn sie Schallgeschwindigkeit erreichen.

Die Suchscheinwerfer schwanken leicht hin und her, während der Sea-King-Helikopter langsam in nördliche Richtung schwebt und das Schiff mit dem vermissten Lensmann und seinem Beamten sucht.

«Ich habe mich entschieden», flüstere ich, während ich stehenbleibe, nach dem Metallvogel Ausschau halte und auf seine gehetzten Flügelschläge horche. «Wenn du nicht zu mir kommen willst, komme ich eben zu dir.» Die Suchscheinwerfer des Helikopters verschwinden allmählich aus meinem Blickfeld, und das Geräusch verhallt. «Ich muss nur noch etwas erledigen.»

27

Der vorletzte Tag mit Frei, Stavanger,
25. Oktober 2011

Frei rief mich am Tag nach dem Tanzkurs auf dem Sølvberg an. Ich saß in einer Besprechung mit dem Vize-Polizeipräsidenten und dem Polizeidirektor, wir gingen die Dokumentenliste im Fall des angeklagten Polizeibeamten durch.

«Was machst du gerade?»

«Ich sitze in einer Besprechung.»

«Und wann bist du fertig?»

«Tja», ich sah auf die Uhr und wandte mich von den anderen ab. «Worum geht es denn?»

«Kommst du heute auch?»

Ich konnte sehen, wie der Polizeidirektor zu mir herüberspähte, während er wahllos die Dienstpläne durchblätterte. Der Vize-Polizeipräsident tippte gelangweilt auf seinem Handy herum, wie er es schon die ganze Sitzung über getan hatte. «Äh», stammelte ich. «Ja, warum nicht.»

«Schön. Holst du mich ab, wenn du fertig bist?»

«Und wo?»

«Bei Onkel Arne.»

«Na gut.»

Ich legte auf und lächelte dem Polizeidirektor halbherzig zu, der mir kurz zunickte, ehe er seine Sachen zusammensuchte und dem Vize-Polizeipräsidenten nacheilte, der bereits ohne ein Wort den Konferenzraum verlassen hatte.

Frei saß auf der Treppe vor der Villa auf dem Storhaug und blätterte in der Karte eines thailändischen Take-Away-Services, als ich kam. Sie steckte den Zettel zurück in den Briefkasten, und wir gingen zusammen in Richtung Stadtzentrum.

«Was hast du heute so gemacht?», fragte sie, als wir die Frue Terrasse überquerten und in die Hjelmelandsgata einbogen.

«Besprechungen, Papierkram und ein Interview vorbereitet, das ich morgen durchführe», antwortete ich. Wir gingen mit einer Armlänge Abstand nebeneinander her. Der Himmel war wolkenlos, es war warm und beinahe windstill. Aus einer Baumgruppe am oberen Ende der Hjelmelandsgata erklang das lärmende Zwitschern kleiner Vögel, die zwischen den kahlen Bäumen hin- und herflatterten.

«Ein Interview?» Frei trug eine weites weißes Oberteil mit hochgekrempelten Ärmeln und enge graue Jeans mit einer niedrigen Taille, dazu weiße Turnschuhe und eine Schultertasche. Ich hatte, wie üblich bei der Arbeit, ein einfaches Hemd in einer neutralen Farbe ohne Krawatte an und eine dunkle Anzughose. Dieses Outfit trug ich auch im kältesten Winter, weil ich mich schon mit Mitte zwanzig zu alt für Jeans gefühlt hatte. Wenn es um Kleidung ging, kaufte ich auch gern mehrmals dieselben Sachen, allenfalls mit leichten Farbvariationen. Ich sah aus wie ein Model der Firma Dressman, nur ohne das Lächeln und das nötige Charisma.

«Nennt man das denn nicht mehr Verhör?»

«Interview ist wohl eine geschickte Umschreibung für die Vernehmungen von Kollegen. Außerdem wird so unsere Arbeit in der Spezialeinheit von der alltäglichen Polizeiarbeit abgegrenzt», antwortete ich lächelnd.

«Und das wirkt?»

«Wenn du wüsstest.»

Frei sah mich an. Ihr Blick war offen und neugierig, aber es lag auch etwas anderes darin, eine unterschwellige Spannung. «Und wen *interviewst* du dann morgen?»

«Einen Beamten von der hiesigen Polizeistation.»

«Und worum geht es in dem Fall?»

«Schweres Dienstvergehen.»

«Und das bedeutet?»

«Ich dachte, du studierst Jura?»

Frei blieb stehen. «Planst du vorher genau, was du fragen wirst?»

«Natürlich. Es ist wichtig, vorab ein Szenario zu entwerfen, um die taktisch richtigen Fragen zu stellen und deren Chronologie festzulegen.»

«Wie kannst du schon vorher wissen, was du fragen musst?»

«Vor dem Interview hat der Beschuldigte immer schon eine Erklärung abgegeben. Außerdem gibt es Beweise, Zeugenaussagen und die Vorwürfe desjenigen, der den Beschuldigten angezeigt hat. All das bildet die Grundlage für meine Befragung. Und meine Recherchen. Aber das Wichtigste ist eigentlich, den taktisch richtigen Zeitpunkt für das Gespräch zu finden. Ich muss genug wissen, um den Beschuldigten überrumpeln zu können.»

«Wer hat ihn angezeigt?»

«Habe ich gesagt, dass er angezeigt wurde?» Ich lächle und schüttle den Kopf.

«Ihr habt also bereits mit demjenigen gesprochen, der ...», sie zögerte und grinste schief, «... den Beamten eventuell angezeigt hat?»

«Natürlich. Es ist wichtig, so früh wie möglich zu klären, ob es sich um einen Klagefall handelt, die Angelegenheit also als internes Disziplinarverfahren vor die Polizeikammer kommt, oder ob eine Straftat begangen wurde. Für die meisten Fälle, die bei uns landen, sind wir von der Spezialeinheit gar nicht zuständig, weil kein Gesetzesverstoß vorliegt. Die sieben wir aus, ohne dass ein Interview nötig ist.»

«Aber in diesem Fall jetzt ist es nicht so?»

«Nein. Der Beschuldigte, den ich morgen vernehme, ist auch in einen anderen Fall verwickelt, mit dem wir uns früher befasst haben, der jedoch eingestellt wurde. Vielleicht ändert sich die Anklage im Verlauf der Ermittlung noch. Wir werden sehen.»

Wir gingen weiter in Richtung Zentrum und passierten eine schmale Straße, in der sich auf beiden Seiten in den Bäumen wieder Vogelschwärme versammelt hatten.

«Wie sollte sie sich denn ändern?»

«Du weißt, dass ich darauf nicht antworten darf», entgegnete ich und lächelte vor mich hin. Der Spaziergang über die mit Stein- und Holzhäusern bebaute Halbinsel, der von Vogelgezwitscher und raschelndem Herbstlaub begleitet wurde, tat mir gut. Ich fühle mich wie ein neuer Mensch, nicht mehr wie Thorkild Aske mit all seinen Gebrechen und all seinen Referenzen, Anhaltspunkten und Orten, an denen er sein musste, mit all den Menschen, die er treffen und nach ausgewählten Kriterien charakterisieren musste, sondern ich war nur dieses namenlose Individuum, das das Geräusch von Schritten im Laub und den Duft von Herbst und der Frau neben sich wahrnahm und sonst nichts.

Plötzlich blieb Frei stehen und sah mich an, diesmal länger als zuletzt.

«Steckt er in Schwierigkeiten?»

«Wie meinst du das?» Wir standen im Schatten eines riesigen Baums mit algengrünem Stamm, und ich betrachtete Frei verwundert.

«Ach, nichts.» Sie blinzelte hastig, ehe sie meinen Arm packte und mich weiterziehen wollte.

Ich hielt sie zurück. «Was ist denn? Kennst du ihn?»

Frei wollte mir nicht in die Augen sehen. «Nein, es ist nichts», antwortete sie schnell. Diesmal glitt ihr Blick hastig über mich hinweg. Sie hakte sich bei mir unter und lehnte sich an mich, sodass ihr Haar mein Kinn berührte. «Reg dich ab. Ich bin nur neugierig, das ist alles.»

Ich atmete lautlos und mechanisch durch die Nase, aus Furcht, jede Bewegung könnte diese Wasserspiegelung vor mir zerstören.

Frei sah zu mir auf, und ohne nachzudenken, beugte ich den Kopf zu ihr herunter. Meine Lippen berührten ihre Oberlippe und ihre Nasenspitze.

Hastig schreckte sie zurück und wich nach hinten zu einer Steinmauer aus, die entlang der Straße verlief. «Was machst du da?» Ihre Augen waren weit aufgerissen, und sie legte ihre Hände über ihren Oberkörper, als wollte sie sich vor mir schützen.

«Es … tut mir leid.» Ich trat einen Schritt zurück, als wollte ich den Abstand, der plötzlich zwischen uns entstanden war, zusätzlich vergrößern. «Herrgott, ich hatte gedacht, ich …»

«Nein», flüsterte Frei atemlos und schüttelte resigniert den Kopf. «Wir beide sind nicht … Du und ich, wir können niemals …»

Sie vollendete den Satz nicht, drehte sich nur um und rannte die Straße hinab, ohne sich umzusehen.

Ich blieb stehen und sah ihr nach, bis sie außer Sicht war. «Du lügst», zischte ich zwischen zusammengebissenen Zähnen. «Die ganze Zeit.»

Nach einer Weile drehte ich mich um und nahm denselben Weg zurück, den wir gekommen waren, ehe ich vom Storhaugveien abbog und in Richtung des zentralen Busbahnhofs eilte. Mein Gesicht brannte, ein Feuer aus Wut und Schmerz, das in meinem Inneren loderte, während ich durch die Straßen der Stadt zu meinem Hotel hastete.

Ich wusste, dass ich zu weit gegangen war. Dies war nicht mehr Teil des Spiels gewesen, und ich war dabei, die Kontrolle über die Situation zu verlieren.

MONTAG

28

Ich erreiche Tromsø erst um ein Uhr. Die Fähre von Olderdalen nach Lyngseidet ist eingestellt worden, und ich musste einen Umweg fahren. Mein ganzer Körper schmerzt nach der langen Autofahrt über Schneematsch und zerfurchte Dreckswege.

Das Meer reicht bis oben an die Kaikante, und als ich in Richtung Zentrum auf die Grønnegata biege, sehe ich, dass auch die Straße überschwemmt ist. Auf beiden Seiten stehen Leute von der Straßenverkehrsbehörde, während Bagger schaufelweise Schneematsch in wartende Lastwagen kippen. Ein kalter Schneeregen trifft mich ins Gesicht, als ich die Autotür öffne.

In der Polizeistation melde ich mich am Empfang. Eine kräftige Frau Mitte zwanzig bittet mich zu warten, und ich setze mich auf eine unbequeme Bank zwischen zwei Blumenkästen mit Plastikpflanzen und Blähton. Nach fünf Minuten kommt ein Mann aus einer Tür und fragt, ob ich Thorkild Aske sei. Er winkt mir, ihm zu folgen, und verschwindet wieder hinter der Tür, noch bevor ich sie erreicht habe. Ich entdecke ihn vor einer weiteren, halbgeöffneten Tür wieder. Sie liegt am Ende eines schmalen Korridors, an dessen Wänden die Bilder der früheren Dezernatsleiter hängen.

«Hier entlang», sagt der Polizist, der einen Kaffeebecher

in der Hand und eine Akte unter dem Arm trägt. Er hält mir die Tür auf. «Wir haben schon auf Sie gewartet.»

In dem mit Raufasertapete und Linoleumfußboden ausgestatteten Raum ist es kalt. Ein rechteckiger Tisch mit zwei gepolsterten Bürostühlen auf der einen Seite und einem harten, unbequemen Stuhl auf der anderen ist alles, was das Zimmer an Mobiliar zu bieten hat. Ich könnte ihnen erzählen, dass man bei Befragungen heutzutage eigentlich auf Augenhöhe nebeneinandersitzt, auf gleichen Stühlen mit einem kleinen Tisch davor und nicht dazwischen. Jedenfalls besagen die aktuellen Forschungsergebnisse in der Zeugenpsychologie, dies stimuliere die Kommunikation am besten.

«So, ja.» Der Polizeibeamte ist groß, durchtrainiert, hat hellblaue Augen und einen schmalen Mund. «Nehmen Sie Platz.» Er zeigt auf den harten Stuhl.

«Danke schön.» Ich bleibe vor dem Tisch stehen. «Aber sagen Sie mal, könnte ich einen der anderen Stühle nehmen? Dieser sieht so schrecklich unbequem aus?»

«Der Stuhl ist in Ordnung, er …», fängt er an.

«Wunderbar! Vielen Dank!», flöte ich, tausche die Stühle aus und nehme auf meiner Seite des Tisches Platz. «So. Worum soll es denn heute gehen?»

«Einen Moment bitte noch», murmelt er und späht in den Flur. Niemand scheint ihm zu Hilfe zu kommen, also schließt er die Tür und setzt sich auf den anderen gepolsterten Stuhl.

«Na gut», sagt er und öffnet die Mappe. «Während wir warten, können wir ja schon einmal das hier ausfüllen.»

«Super.» Plötzlich merke ich, wie der Widerwille gegen diese Vernehmung, über die ich nicht die Kontrolle habe, an mir zehrt und unter meiner Haut kribbelt. So war es auch bei den Verhören nach der Sache mit Frei. Ulf würde sagen, ich hätte eine unangemessene Berufsehre, die einen kindischen Drang in mir auslöst, Situationen wie diese zu sabotieren. Aber ich kann einfach nicht anders.

«Lassen Sie uns mit den Personalien anfangen», fährt der Beamte fort.

«Habt ihr hier oben denn keine Computer?»

«Doch, natürlich.»

«Na gut. Thorkild Aske, geboren am 6. Januar 1971.»

«Wo?»

«In Skuflavik auf Island.»

«Norwegische Staatsbürgerschaft?»

«Ja. Die Entlassungsurkunde müsste irgendwo zu finden sein, falls das erforderlich ist.»

Der Beamte winkt ab, ohne von seinem Formular aufzusehen. «Ledig?»

«Geschieden.»

«Beruf?»

«Derzeit arbeitssuchend. Da fällt mir ein: Brauchen Sie noch Leute?»

«Wenn ich es richtig verstehe, waren Sie früher als Vernehmungsleiter bei der Spezialeinheit für interne Ermittlungen in Bergen tätig?»

«Korrekt. Aber da bin ich nicht mehr.»

«Nein, ich weiß.»

«Natürlich.»

Der Mann zögert einen Moment, ehe er fortfährt, ohne mich anzusehen. «Sie wurden wegen fahrlässiger Tötung rechtskräftig verurteilt und haben gerade eine Gefängnisstrafe abgesessen. Erzählen Sie über …»

«Können wir uns nicht einfach darauf einigen, dass ich weiß, dass ihr es wisst, und dann zu dem kommen, worum es hier eigentlich geht?»

Endlich sieht der Mann zu mir auf. «Was können Sie über die Ereignisse sagen, die sich auf ...», er blättert in seiner Akte, «der Leuchtturminsel Blekholmen ...», er macht sich eine Notiz auf dem Papier, ehe er weiterspricht, «von Samstag, dem 24. Oktober, bis einschließlich Sonntagmorgen, dem 25., abgespielt haben?»

«Das heißt, ihr habt die beiden noch nicht gefunden?»

«Nein», antwortet er kurz, ohne aufzublicken. «Von wann bis wann haben Sie sich genau auf der Insel aufgehalten?»

«Von 6.00 Uhr morgens am Samstag bis 5.00 Uhr morgens am Sonntag. Und das Schiff? Konnten Sie das orten?»

Ein weiterer Polizist betritt den Raum. Er ist schlank, älter als der andere und auch als ich, und hat silbergraues Haar und eine Adlernase, die ihm ein vornehmes Aussehen verleiht. Er bleibt einen Moment zögernd vor dem harten Holzstuhl stehen und setzt sich dann, da keiner von uns Anstalten macht, mit ihm zu tauschen.

«Oberwachtmeister Martin Sverdrup», sagt er und streckt mir die Hand entgegen. Er kommt aus Nordnorwegen, benutzt aber diesen Hybriddialekt, den man manchmal bei Politikern und anderen Leuten aus diesem Landesteil hört, wenn sie im Fernsehen oder unter zivilisierten Menschen sind.

Sein Händedruck ist hart und vertrauenseinflößend. «Thorkild Aske», erwidere ich und lehne mich wieder auf dem Stuhl zurück.

Martin Sverdrup reibt die Handflächen aneinander und zuckt mit den Schultern, als seien wir einfach nur drei gute Freunde, die sich vor dem Kamin versammelt hätten, um über das Wetter zu plaudern. Jetzt ist es also an der Zeit, durch trivialen Smalltalk eine Beziehung aufzubauen. Eine Methode, die dazu dient, den Übergang zu den schwierigeren Fragen reibungsloser zu gestalten. Mit anderen Worten lernen auch die Beamten in Nordnorwegen KREATIV.

«Kaffee?», fragt Martin Sverdrup und nickt jovial in Richtung Tür.

«Was haben Sie gesagt?» Ich beschließe, heute nicht anzubeißen.

«Kaffee ... Tee ... Möchten Sie etwas?»

«Nein, danke.»

«Cola? Oder Wasser?»

«Na gut, Wasser.»

«Wir haben hier nicht das teure Mineralwasser in Flaschen, aber aus dem Hahn schmeckt es auch ausgezeichnet.» Martin Sverdrup schielt kurz zu dem Kollegen hinüber, der mit dem Stift in der Hand und einem leeren Gesichtsausdruck dasitzt, ehe er sich wieder mir zuwendet. «Das ist doch in Ordnung?»

«Nein, vergessen Sie's», sage ich. «Ich hätte lieber eine Tasse Kamillentee.» Ich sehe den anderen Polizisten an, der immer noch vor sich hinstarrt. «Oder Saft. Haben Sie Orangensaft da?»

«Äh, ich weiß nicht, ob ...» Martin Sverdrup wirft seinem Kollegen einen fragenden Blick zu.

«Steinar? Haben wir welchen?»

«Äh, was?» Der Mann lässt seinen Stift auf den Tisch fallen, als wäre er gerade aus einem geradezu komatösen Tagtraum geweckt worden.

«Saft. Weißt du, ob der …»

«Ach, vergessen Sie's», werfe ich ein. «Dann nehme ich Kaffee. Schwarz, bitte.»

«Gut. Ausgezeichnet.» Wieder sieht Martin Sverdrup den Kollegen an. «Gehst du ihn holen?»

Steinar schiebt mürrisch den Stift, die Akte und das Formular, das er gerade ausfüllen wollte, zu seinem Chef hinüber, ehe er aufsteht und den Raum verlässt.

«Okay, Aske.» Martin Sverdrup überfliegt die Felder, die bereits ausgefüllt wurden. «Dann also wieder zu Ihnen. Sie wissen, warum Sie hier sind?»

«Vermutlich ja.»

«Schön.»

«Ja. Wunderschön.»

«Ausgezeichnet. Gut, dann lassen Sie uns direkt zur Sache kommen.»

«Ja, lassen Sie uns das tun.»

«Erzählen Sie mir doch erst einmal ein bisschen darüber, warum Sie hier sind und warum Sie sich draußen beim Leuchtturm aufgehalten haben?»

«Die Eltern des jungen Mannes, der irgendwann im Laufe des vorigen Wochenendes von der Insel verschwunden ist, haben mich dafür bezahlt, hierherzukommen und ihn zu suchen. Seine Mutter hat ihm die Insel mit den Gebäuden im Sommer gekauft, und er war dabei, sie zu renovieren und eine Art Erlebnishotel daraus zu machen. Als ich herkam, habe ich den Lensmann kontaktiert und ihn und seinen Kollegen getroffen. Anschließend haben sie mich nach

Skjellvik gefahren, und von dort habe ich mich am nächsten Morgen mit dem Boot zum Leuchtturm bringen lassen.»

«Und wann haben Sie das nächste Mal mit Bjørkang oder seinem Beamten, Arnt Eriksen, gesprochen?»

«Am selben Abend. Nachdem ich eine Frau im Meer gefunden hatte.»

«Die Frau, ja. Was können Sie uns über sie erzählen?»

«Jung, Anfang bis Mitte zwanzig, etwa einen Meter sechzig groß, dunkles, halblanges Haar. Mit einem Nachthemd und einem T-Shirt bekleidet.»

«Können Sie das Gesicht beschreiben?»

«Sie hatte keins.»

«Hatte keins?»

«Das Gesicht war weg, genau wie der eine Unterarm. Es sah so aus, als hätte sie schon eine Weile im Wasser gelegen. Die Leiche befand sich in einem frühen Stadium der Hydrolyse und hatte schon dieses seifenartige Aussehen, das ...»

«Und dann ist sie verschwunden?»

«Ja.»

«Ganz plötzlich?»

«Jemand ist aus dem Wasser gestiegen und hat sie mitgenommen.»

«Können Sie die Person beschreiben?»

«Ein Mann im Tauchanzug.»

«Haben Sie ein Schiff gehört oder gesehen?»

«Nein.»

«Er kam also geradewegs aus dem Wasser.»

«Geradewegs aus dem Wasser. Wie eine Rakete.» Ich zeichne mit der Hand eine Flugbewegung über den Tisch zwischen uns. «Swoosh. Swoosh.»

Die Mundwinkel des Oberwachtmeisters sinken ein Stückchen nach unten, während er sich bemüht, die alberne Handbewegung und die ebensolchen Laute zu ignorieren. «Haben Sie eine Vermutung, wer es gewesen sein könnte oder was mit der Leiche passiert ist?»

«Ich spekuliere nicht gern.»

Martin Sverdrup blättert zu einer neuen Seite. «Was haben Sie dann getan?»

«Ich hatte Bjørkang ja bereits angerufen, nachdem ich sie an Land gezogen hatte, und ihn gebeten, uns auf der Insel abzuholen.»

«Wie viel Uhr war es da?»

Ich hole mein Handy hervor und suche das Gespräch. «Halb sechs am Samstagabend. Ein paar Minuten später habe ich auch mit dem anderen Beamten gesprochen.»

«Und wann haben sie die beiden das nächste Mal gesehen oder gesprochen?»

«Gar nicht mehr.»

«Sicher?»

«So sicher wie das Amen in der Kirche.»

«Nehmen Sie derzeit Medikamente ein?»

«Einen ganzen Haufen.»

«Okay.» Sverdrup kratzt sich an der Hand. «Entschuldigen Sie die Frage. Lassen Sie uns beide kurz durchatmen, ehe wir weitermachen. Oder was meinen Sie?»

«Gut», antworte ich und senke die Schultern. «Haben Sie die beiden gefunden?»

Martin Sverdrup schüttelt langsam den Kopf.

«Keine Spur?»

Er schüttelt erneut den Kopf. Diesmal noch langsamer.

«Wir suchen das Gebiet ab, von dem wir vermuten, dass dort die Havarie stattgefunden hat. Mit Hilfe eines Echolots durchkämmen wir es systematisch und halten die Chance für relativ groß, sie zu finden. Früher oder später.»

«Besser früher als später», bemerke ich.

«Haben Sie eine Idee, warum die beiden Tauchausrüstungen mit an Bord genommen haben?»

«Wie bitte?»

«Tauchausrüstungen. Aus dem Bootshaus im kleinen Hafen wurden Tauchausrüstungen entnommen. Wir glauben, Bjørkang und sein Beamter haben sie mit auf das Schiff genommen.»

Warum um alles in der Welt sollten sie Tauchanzüge anziehen und zum Leuchtturm hinausschwimmen, um die Leiche abzuholen, und mich wie einen Trottel dort sitzenlassen? Und wenn es wirklich einer von ihnen war, wo sollten sie dann jetzt stecken? Wenn das der mögliche Tathergang ist, von dem die Polizei im Moment ausgeht, dann könnte es für mich böse Konsequenzen haben, wenn die beiden nicht wieder auftauchen, und zwar sehr böse, wie mir mit einem Mal klar wird.

«Wer geht im Sturm tauchen?», frage ich schließlich.

«Tja, wie Sie selbst sagten, hat die betreffende Person genau das getan, während sie die Frauenleiche stahl, die Sie gefunden zu haben behaupten.»

«Vielleicht habe ich das nur geträumt», antworte ich mürrisch.

«Wäre das möglich?», fragt Sverdrup zögernd.

«Nein.»

«Sicher?»

«Was mache ich hier, Svendrup?», frage ich gereizt und hebe die Arme. «Wie wäre es, wenn Sie mir erzählen, wie mein Status in diesem Fall lautet?»

«Zeuge», antwortet der Oberwachtmeister schnell.

«Vorläufig zumindest», ertönt es plötzlich von der Tür, in der ein Mann steht und mich ansieht. Er schreitet eilig heran, schnappt sich den freien Stuhl, dreht ihn vom Tisch weg und setzt sich rittlings auf ihn, mir schräg gegenüber. Mein früherer Chef bei der Spezialeinheit nickt mir kurz zu, während er mich von oben bis unten mustert. «Sag mal, Martin», beginnt Gunnar Ore glucksend, während er die Arme auf die Stuhllehne legt und sich vorbeugt, «wie vernimmt man eigentlich einen ehemaligen Vernehmungsleiter? Hast du eine Ahnung?»

29

Wie geht's, Gunnar?», frage ich.

«Hervorragend», antwortet Gunnar Ore. Seine kräftigen, behaarten Unterarme sind kräftiger und stärker gebräunt als bei unserem letzten Treffen, damals, als er noch mein Chef war. «Und dir?»

«Könnte nicht besser sein.»

«Nein, wie schön.»

«Ja, nicht wahr?»

Wir sitzen da und sehen einander schweigend an.

«Was machst du hier?», frage ich schließlich. «Bist du immer noch bei der Spezialeinheit?»

«Nein, wieder bei der Delta.»

«Bei der Bereitschaft?»

«Richtig.» Gunnar Ore nickt, ohne eine einzige Sekunde den Blick von mir abzuwenden.

«In der Materialverwaltung, nehme ich an?»

Seine schmalen Lippen bilden einen geraden Strich in seinem sonnengebräunten Gesicht. Gunnar ist dreiundfünfzig Jahre alt, und trotzdem ist jeder einzelne Muskel seines Körpers straff, wenn er sich bewegt. Als er den Job als unser neuer Chef in der Spezialeinheit Abteilung West bei der Bereitschaftstruppe antrat, kursierten im Haus bereits Gerüchte, dass er vor zehn Jahren bei der legendären Geiselbefreiung von Torp dabei gewesen sei, bei der einer der Geiselnehmer erschossen worden war, und er «ein hervorragender Schütze» sei. Gunnar Ore verlangte Respekt, wo auch immer er auftauchte, und die Leute empfanden es als natürlich, ihm diesen entgegenzubringen, unabhängig davon, ob sie ihn bereits kannten oder nicht. Man konnte sich seiner Ausstrahlung nicht entziehen.

«Immer noch aktiv», antwortet er und muss zum ersten Mal lächeln. «Scharfe Aufträge, so wie in guten alten Zeiten. Ich brauche das Adrenalin, weißt du, auch wenn es anstrengender ist als früher, im Fitnessstudio Gewichte zu stemmen. Die Jahre gehen an keinem von uns spurlos vorüber.»

«Warum bist du hier, Gunnar?»

Gunnar hebt seine Mundwinkel zu einem kurzen Lächeln, ehe der Strich wieder erscheint: «Das will ich dir gern erzählen, Thorkild. Vor ein paar Tagen bekam ich einen Anruf von einem Lensmann namens Bjørkang. Er wollte wissen, was ich ihm über meinen früheren Untergebenen bei der Spezialeinheit erzählen könne, einen gewissen Thorkild Aske, der ausgerechnet dem gastfreundlichen Norden einen Besuch abstatte, um auf einer Leuchtturminsel nach einem verschwundenen Dänen zu suchen. Ich erzählte dem erwähnten Lensmann, dass ich gehofft hätte, den Namen Thorkild Aske nie wieder hören zu müssen. Dass diese schändliche Figur, die all ihre Freunde bei der Truppe und mich persönlich im Stich gelassen und unserem Ansehen großen Schaden zugefügt hat, in einem neuen Fall auftauchen würde, war wohl das Letzte, womit ich gerechnet hatte.»

Ich kann sehen, wie seine Kiefermuskulatur arbeitet, während er sich vorbeugt und durch seine zusammengebissenen Zähne spricht: «Hast du eine Ahnung, wie verdammt peinlich es war, einen Fall von Drogen am Steuer in meinem eigenen Team zu haben? Na? Drogen am Steuer, fahrlässige Tötung? Was, glaubst du, hat das mit unserem Ansehen gemacht? Hast du jemals darüber nachgedacht?»

«Manipulation und Information», sage ich nach einer unbehaglichen Pause, in der wir uns alle nur schweigend angesehen haben.

«Was zum Teufel hast du da gerade gesagt?» Gunnar Ore rückt mit dem Stuhl näher an mich heran. «Was hast du gesagt?»

«Du wolltest wissen, wie man einen Vernehmungsleiter vernimmt. Tja, in allen Befragungen geht es doch im Grunde genommen um zwei Dinge: Manipulation und Information. Selbst wenn man jemanden befragt, der eigene Erfahrungen auf dem Gebiet hat und die Methoden kennt. Das Wichtigste ist doch das, was man ablegt, bevor man einen Vernehmungsraum betritt.»

«Und das wäre?» Martin Sverdrup lässt den Kugelschreiber zwischen seinen Fingern tanzen, als würde er gerade einen Kurs für interne Polizeikommunikation besuchen. Gunnar Ore dagegen sitzt vollkommen reglos da und starrt mich an. Er ist mir so nah, dass ich sein Aftershave von Hugo Boss und sein Erdbeerkaugummi riechen kann.

«Sich selbst. Der Vernehmungsleiter betritt den Raum wie ein unbeschriebenes Blatt Papier oder frisches Wasser in einem Glas, keine Vorurteile, keine Wut oder andere störende Faktoren. Man wünscht sich lediglich, das Objekt auf seine eigene Verantwortung in der Situation aufmerksam zu machen, in der es sich gerade befindet, während man unterdessen herausfindet, ob der Straftatbestand erfüllt ist. Und dafür muss man eine Art Vertrauen aufbauen.»

«Mit anderen Worten, man macht sich zur Hure», sagt Gunnar Ore verächtlich und ballt die Fäuste um die Stuhllehne.

«Wenn du meinst», antworte ich ruhig. «So beginnt das Spiel: Manipulation und Information. Täuschung ist ein guter Anfang, wenn man es mit jemandem zu tun hat, der die Taktik selbst beherrscht. Fiktion und Fakten zu vermischen, den Eindruck zu erwecken, man wüsste mehr, als tatsächlich der Fall ist, das Objekt verwirren und verunsichern.»

«Also nicht KREATIV?» Gunnar Ore hat wieder ein halbes Lächeln aufgesetzt.

«Liebe Güte, nein», antworte ich kopfschüttelnd. «Nicht für solche Leute. Hier muss man zu härteren Bandagen greifen. Ausschließlich empfehle ich psychologische Manipulationstechniken, wenn du mich fragst. Mein Vorschlag wäre, in die Intimsphäre des Objekts vorzudringen, es einzuschüchtern. Damit rechnet es sicherlich nicht.»

«So in etwa?» Gunnar Ore rückt noch näher an mich heran, bis sich unsere Gesichter beinahe berühren.

«Hervorragend. Wenn ich du wäre, würde ich jetzt noch eine Runde *good cop* und *bad cop* spielen, wobei Druck und Belohnung einen Anreiz bilden.» Ich nicke Sverdrup zu. «Die Personalstärke wäre ja vorhanden.»

«Aha», sagt Gunnar Ore heiser. «Was noch?»

«Die Ego-Falle? Ein gezielter Angriff auf das Selbstwertgefühl des Objekts, um es auf diese Weise dazu zu bringen, dass es sich selbst und seine Handlungen rechtfertigt, indem es redet. Sich erklärt. Die Reid-Methode oder den Lügendetektor halte ich für eher zweifelhafte Mittel, aber einen Versuch wären sie wert, besonders in Kombination mit einem oder mehreren der bereits erwähnten Verfahren.»

«Ist das alles?», flüstert Gunnar Ore verkniffen.

«Nein», antworte ich gelassen. «Es gäbe ja auch noch die … *Verschärfte Vernehmung*.»

«Ja.» Gunnar nickt schwer. «Jetzt sprechen wir die gleiche Sprache.»

«Was ist das denn?», fragt Sverdrup neugierig.

«Vernehmungsmethoden, wie sie die Gestapo während des Kriegs angewendet hat und im Großen und Ganzen dasselbe, was die Amerikaner auch heute noch praktizieren. Ist das nicht amüsant?»

«Was sonst?» Gunnar Ore trommelt ungeduldig auf

die Stuhllehne. «Ist das alles? Oder kennst du noch mehr Tricks?»

«Mehr? Tja, man sollte natürlich auch nicht die Anwendung von psychoaktiven Stoffen vergessen. Aber damit sind wir schon ziemlich tief in die Welt der Verschärften Vernehmung vorgedrungen.»

«Die Gerüchte besagen, dass du dich darum bereits selbst kümmerst.» Ich höre, wie seine Zähne mahlen.

«Allerdings», fahre ich fort, ohne auf seine Bemerkung einzugehen, «besteht immer auch die Möglichkeit, dass das Objekt an einer Persönlichkeitsstörung leidet, und in diesem Fall ändern sich die Spielregeln ziemlich schnell.»

«Warum das?» Martin Sverdrup klickt mit seinem Kugelschreiber.

«Passen Sie ganz genau auf», mahnt Gunnar Ore. «Das beherrscht er wirklich. Jetzt ist er in seinem Element.»

«Rund sieben Prozent der Bevölkerung leiden unter irgendeiner Form der Psychopathie. Ebenso die Hälfte aller Insassen in amerikanischen Gefängnissen, die wiederum für achtzig Prozent aller Gewaltverbrechen verantwortlich ist. Menschen ohne Empathie und persönliche Einsicht, chronische Lügner ohne Reue und Impulskontrolle.»

«Weißt du was, Martin.» Gunnar Ore wendet sich Sverdrup zu. «So einen hatten wir tatsächlich einmal in unserer Abteilung. Menschlicher Abschaum.» Dann dreht er sich wieder zu mir. «Da haben wir ihn. Den Psychopathen, ja.»

«Und was macht man in einem solchen Fall?», fragt Sverdrup in dem tapferen Versuch, das Gespräch nicht entgleisen zu lassen. Gunnar Ore verstummt erneut, er bleibt einfach nur sitzen und sieht mir direkt in die Augen.

Ich fahre fort: «Nun, es wäre sinnlos, wenn man versuchen würde, einen Psychopathen zu irgendeiner Einsicht oder Reue zu bewegen. Diese Menschen sind nicht in der Lage, den physischen oder psychischen Schmerz nachzuempfinden, den sie anderen Menschen zufügen. Ihr Verhalten wird ausschließlich von dem narzisstischen Bedürfnis bestimmt, das eigene Ego zu befriedigen. Das Verhör eines Psychopathen kann nur gelingen, wenn sich der Vernehmungsleiter dieser Tatsache bewusst ist und sich nicht bemüht, an das Mitgefühl, das Gewissen oder die sozialen Beziehungen des Betreffenden zu appellieren.»

«An dieser Stelle wird es lustig», wirft Gunnar Ore ein. «Hör gut zu, Martin, jetzt kannst du etwas lernen.»

Ich nicke, denn ich weiß, worauf Gunnar mit diesem Gespräch hinauswill, finde aber keinen Weg, ihn aufzuhalten. Deshalb rede ich einfach weiter und wappne mich gegen das, was kommt. «Im Gegenteil, der Vernehmungsleiter sollte sogar lieber so tun, als wäre er ein wenig beeindruckt von der Selbständigkeit, dem Erfindungsreichtum und der Stärke, die das Objekt durch seine Handlungen bewiesen hat, indem er Fragen stellt wie: *Wie ist es Ihnen gelungen, auf diese Weise zu morden? Und so viele Opfer? Über einen so langen Zeitraum, ohne gefasst zu werden?* Und so weiter. Ein Geständnis kann man nur herbeiführen, solange der Psychopath selbst das Gefühl hat, er würde eines oder mehrere seiner egozentrischen Bedürfnisse erfüllen.»

«Woher wissen Sie das alles?», fragt Sverdrup.

«Thorkild hat mehrere solcher Irrer interviewt, als er mit diesem Dr. Ohlenborg in den Staaten zusammengearbeitet hat, nicht wahr? Und einige von ihnen waren sogar Polizisten?»

Zu diesem Punkt wollte Gunnar Ore das Gespräch von Anfang an hinlenken. Jenem Punkt, auf dem er alles zentrieren kann, was ich bin und war, diese allumfassende Wahrheit, die ich für den Rest meines Lebens um den Hals tragen soll wie einen Mühlstein. Der endgültige Beweis für meinen Verrat gegen ihn persönlich, das Team und unsere gesamte Zunft. Der Stempel, der mitteilt, dass ich jetzt und für alle Zeiten einer von jenen bin, die wir beide vor langem einmal mehr gehasst und verachtet haben als alles andere.

«Sogenannte *cops gone bad*», fährt Gunnar Ore fort. «Polizisten, die die Seite gewechselt haben. Die töten, rauben, vergewaltigen und alles zerstören, was ihnen in die Quere kommt.»

«So ungefähr, ja.»

«Männer wie du, oder etwa nicht?»

«Scher dich zum Teufel, Gunnar!»

Endlich stößt Gunnar Ore den Stuhl, auf dem er eben noch saß, zu Boden, packt meinen Hals mit der linken Hand und zieht mich hoch. «Wieso kannst du nicht einfach verrecken!», faucht er, ehe er mir seine freie Faust ins Gesicht donnert, sodass ich rückwärts gegen die Wand taumle und zu Boden sinke.

«Was um alles in der ... », höre ich den Oberwachtmeister rufen. Ich hebe den Kopf und sehe, wie er mit beiden Händen Gunnars Arm festhält, als wäre der ein wütender Stier, den er von mir weghalten wollte.

«Das war fürs Team.» Gunnar presst die geballten Fäuste gegeneinander, ehe er sich von Martin Sverdrup losreißt, ein paar Schritte vorstürmt und mir einen Tritt in den Magen versetzt. Er trifft mich so brutal, dass ein stechender Schmerz meinen Bauch durchzuckt und ich mich übergeben muss. Eine Mischung aus Wasser, Kaffee und frischem Blut rinnt über meinen Hemdkragen und auf den Boden. «Und der war von mir persönlich.»

«Verdammt noch mal, Mann!» Jetzt umklammert Sverdrup von hinten Gunnars Brustkorb, der so groß ist, dass seine Arme knapp herumreichen. Trotzdem gelingt es ihm seltsamerweise, Gunnar nach hinten und zu dem Tisch zu ziehen, wo er sich schwer auf einen der Stühle fallen lässt. Sverdrup stellt den Stuhl, den Gunnar zu Boden gestoßen hat, wieder auf, ehe er zu mir kommt. «Alles in Ordnung?», fragt er, als stünde er vor einem armen Tropf, der gerade von einem rasenden Elefanten plattgetrampelt worden ist.

«Mir geht es ausgezeichnet», antworte ich und spucke einen Flatschen Blut zwischen uns auf den Boden. «Wie an einem lauen Sommertag.» Ich spucke erneut aus und lehne den Kopf gegen die Wand. Gunnar sitzt am Tisch, hat den Kopf in den Händen begraben und schielt zu uns hinüber.

Der Oberwachtmeister geht auf ihn zu und schwenkt den Zeigefinger wie ein Schwert vor ihm in der Luft. «Hör mal zu», sagt er mit einer Stimme, die vor Zorn bebt. Plötzlich spricht er ungefiltertes Nordnorwegisch: «Ich weiß nicht, was ihr für ein Problem habt, aber ein solches Verhalten ist vollkommen inakzeptabel. Ich werde ...»

«Raus mit dir», flüstert Gunnar Ore. Seine Augen blicken den Oberwachtmeister durch die Hände hindurch argwöhnisch an. Sverdrup bleibt für einen Moment wie angewurzelt stehen, den Zeigefinger noch immer erhoben, als wollte er die Windrichtung prüfen. «Ich will unter vier Augen mit ihm reden.»

«Nein, verdammt. Ich bin hier derjenige, der ...»

«Raus», wiederholt Ore, diesmal mit einem tieferen Unterton, einer Vibration in der Stimme, die Martin Sverdrup dazu bringt, sofort seinen Windmesser zu senken und einen Schritt zurückzuweichen.

«Ist schon in Ordnung», sage ich und will mich aufrappeln, doch es gelingt mir nicht.

«Verdammich», brummt der Oberwachtmeister genau in dem Moment, als der Kollege, der losgegangen ist, um den Kaffee zu holen, endlich wieder den Kopf zur Tür hereinstreckt. Er will etwas sagen, doch Sverdrup ist schneller: «Komm mit, Steinar. Diese beiden Verrückten brauchen kurz Zeit für sich.»

Ich drehe mich auf den Bauch und spucke noch mehr Blut, ehe ich über den Boden krieche, bis ich den Stuhl neben Gunnar erreiche und mich daran hochziehe.

«So», sage ich hustend, als ich endlich die Sitzfläche erklommen und eine Haltung eingenommen habe, mit der ich leben kann. «Worüber wollten wir sprechen, Chef?»

30

«Du siehst einfach erbärmlich aus, Thorkild», bemerkt Gunnar Ore, nachdem die beiden Männer gegangen sind und die Tür hinter sich geschlossen haben.

«Warum bist du hier?», will ich wissen.

«Dasselbe könnte ich dich auch fragen.» Gunnar lehnt sich auf dem Stuhl zurück, während er sich die schmerzenden Fingerknochen reibt.

«Hat Ann-Mari dich geschickt?»

Dass meine Exfrau Ann-Mari und Gunnar zueinandergefunden hatten, als ich in den USA war, störte mich nicht. Die Scheidung war bereits abgeschlossen gewesen und unsere Ehe schon viele Jahre vor ihrem formalen Ende in die Brüche gegangen.

«Sie weiß nicht, dass du wieder draußen bist.»

«Doch, das weiß sie», erwidere ich, ehe ich ein Blatt aus dem Dokumentenstapel ziehe, der noch immer auf dem Tisch liegt. Ich falte es einmal und wische mir damit das Blut vom Gesicht ab. «Sie hat wieder angefangen, mir diese ausgeschnittenen Kinder mit der Post zu schicken. Ich habe den Brief bekommen, kurz bevor ich in den Norden gefahren bin, ein H&M-Werbefoto von einem Jungen und einem Mädchen. Du musst sie bitten, damit aufzuhören.»

«Verdammt.» Gunnar Ore schlägt sich erneut die Hände vors Gesicht. «Sie ist derzeit nur etwas durch den Wind», erklärt er. «Wir versuchen schon so lange, ein Kind zu bekommen, und …»

«Wollt ihr eines adoptieren?»

«Nein, was? Glaubst du etwa, ich könnte keine …»

«Du liebe Güte, Gunnar.» Ich zerknülle das blutbefleckte Blatt und werfe es zwischen uns auf den Tisch. «Du weißt aber schon, dass sie keine Kinder bekommen kann?»

«Was?!» Gunnar Ore ist erneut kurz davor, mit geballten Fäusten aufzustehen, besinnt sich aber in der Bewegung und sinkt wieder auf den Stuhl zurück. «Was zum Teufel redest du da?», flüstert er müde.

«Die Ärzte haben in ihren Eierstöcken einen bösartigen Tumor gefunden. Das ist jetzt bald fünfzehn Jahre her. Deshalb schickt sie mir diese Ausschnitte. Ich wollte keine Kinder, und sie will mir zeigen, was ich ihr genommen habe, als sie noch welche hätte bekommen können. Verdammt, Mann», sage ich und spucke erneut aus, während Gunnar Ore wie gelähmt vor mir auf dem Stuhl sitzt. «Sie mussten alles entfernen, weil die Gefahr bestand, dass der Krebs streut. Die Eierstöcke, die Gebärmutter und die Lymphknoten. Was glaubst du, woher die Narbe an ihrem Bauch stammt?»

«Ich dachte, sie hätte sich selbst verletzt», flüstert Gunnar, ohne mich anzusehen. Und nach einer Weile fährt er fort: «Was glaubst du, wie sehr sie das mitgenommen hat, als ich ihr von dir und dem Mädchen im Autowrack bei Sandnes erzählt habe. Ein betrunkener Fahrer, der die Freundin des Beschuldigten totfährt, für dessen Vernehmung er in die Stadt gekommen ist? Kannst du dir vorstellen, was für einen Medienrummel das gegeben hätte, wenn wir nicht so schnell gewesen wären?» Gunnar schlägt erneut mit der Handfläche auf den Tisch und schüttelt den Kopf. «All die Arbeit, die wir uns gemacht haben, um die Bluthunde von deinem Mist fernzuhalten. Sowohl bei dir in der Einheit als auch im Polizeipräsidium in Stavanger. Es tut mir fast leid, das sagen zu müssen, aber vielleicht wäre es besser gewesen, wenn ihr beide ...»

Es klopft an der Tür, und kurz darauf steht Steinar erneut in der Tür, diesmal mit zwei dampfenden Kaffeetassen. «Äh, der Kaffee ist da», beginnt er zögernd. Ich richte mich auf dem Stuhl auf und nehme meine Tasse entgegen.

«Nicht für mich, danke.» Gunnar reibt sich mit den Daumen die Knöchel. «Wasser, bitte.»

«Wir haben kein Mineralwasser, nur aus dem Hahn ...»

«Scheißegal, Kumpel. Ein großes Glas mit kaltem Wasser. Das schaffst du schon.»

Der Mann nickt. «Zwei Sekunden.»

«Eins, zwei!», zählt Gunnar, ohne von seinen Händen aufzusehen. Der Blick des Polizisten fällt erst auf mein Gesicht, dann auf Gunnars Fingerknochen. Dann dreht er sich rasch um und geht.

«Glauben die wirklich, ich hätte etwas mit dem Verschwinden der beiden Polizisten zu tun?», frage ich und puste in meinen Kaffee.

«Natürlich nicht», antwortet Gunnar. «Wobei, im Grunde habe ich keinen Schimmer. Ich bin nur auf der Durchreise. Nächste Woche soll ich hier oben einen Lehrgang für eine Gruppe Offiziere geben. Ich wollte nur vorbeischauen, um zu sehen, ob du es wirklich bist. Und hier bist du.» Er grinst.

«Und da bist du», antworte ich. «Das ist so gemütlich, dass wir fast eine Tasse heiße Schokolade zusammen trinken könnten.»

Steinar kommt mit einem großen Glashumpen mit Wasser und Eiswürfeln zurück, den er auf dem Tisch abstellt. Gunnar nimmt einen tiefen Schluck, eher er den Humpen wieder absetzt und aufsteht. «Und noch etwas.» Er hält mir seinen Zeigefinger vor die Nase: «Komm bloß nicht auf die Idee, bei uns anzurufen, verstanden?»

«Abgemacht.»

Er dreht sich um und will gehen, bleibt dann aber direkt vor dem Polizeibeamten stehen, der in Habtachtstellung verharrt und auf den Tisch und das blutverschmierte Papier aus seiner Akte starrt. Gunnar wendet sich wieder mir zu. «Ach, und noch was: Schreib Ann-Mari keine SMS und ruf sie nicht an, komm nicht in meinem Büro vorbei, schick uns keine Postkarten aus dem Urlaub, keine Mails, keine Freundschaftsanfragen bei Facebook, keinen linkischen Gruß von der anderen Straßenseite. Nichts. Und halt dich von unseren Kollegen in Bergen fern. Kriech wieder zurück in dein Autowrack, verschwinde wieder unter der Gefängnisdusche, mich kümmert es nicht. Du sollst einfach nur wegbleiben. Du existierst nicht mehr, Thorkild Aske, hast du das verstanden?»

«Verstanden.»

«Und übrigens: Du solltest auch von hier verschwinden. Dich von diesem Fall fernhalten, wie auch immer er sich entwickeln mag. Du hast hier nichts verloren.»

«Bald», antworte ich.

«Nicht bald. Sofort!»

«Adieu, Gunnar!»

«Scher dich zum Teufel!»

Gunnar verschwindet durch die Tür, und zwei Sekunden später taucht auch Sverdrup wieder auf und steckt den Kopf durch die Tür wie ein geprügelter Hund. Sobald er sich vergewissert hat, dass die Luft rein ist, schlüpft er in den Raum und schließt die Tür hinter sich. Beide Männer setzen sich, der Polizeibeamte zieht ein neues Formular aus dem Papierstapel, das er vorsichtig über das zusammengeknüllte, blutbespritzte Blatt in der Mitte des Tisches hinweghebt, dann schnappt er sich den Stift und beginnt zu schreiben.

«Na schön», sagt Sverdrup und legt seine Handflächen zu einer andächtigen Geste zusammen, die vermutlich Ruhe und Achtsamkeit vermitteln soll. «Dann hätten wir das ja endlich hinter uns gebracht», fährt er in seinem Fernsehnorwegisch fort und klopft die Fingerkuppen gegeneinander. «Lassen Sie uns noch einmal von vorn anfangen. In Ihren eigenen Worten.»

Nachdem die Vernehmung beendet ist und ich gebeten wurde, mich aus allem rauszuhalten, aber nicht zu weit zu entfernen, während sie die Suche nach den beiden vermissten Beamten fortsetzen, fahre ich wieder in das Einkaufszentrum, das ich schon einmal besucht habe. Erst schaue ich in der Apotheke vorbei und besorge mir Duphalac, dann schaue ich in der Parfümerie vorbei und kaufe das gleiche Parfüm bei derselben Verkäuferin. Sie lächelt nicht, sondern versucht lediglich, ruhig zu bleiben, wie man es bei einem bewaffneten Raubüberfall tun würde, bis er überstanden ist.

Vom Parkplatz vor dem Einkaufszentrum aus kann ich sehen, wie das Meer große Schaumflocken an den Schnellbootkai schleudert. Ich setze mich in den Wagen und fahre aus der Stadt hinaus Richtung Norden, vorbei an schweren Felsbrocken, morschen Trockenfischgestellen und zerstörten Scheunen, die der Sturm von ihrem ursprünglichen Platz geweht hat, vorbei an Treibholz, Pfosten und anderem Material, das am Ufer aus den Tangwällen ragt, während der Wind zerfetzte Sturmwolken vom offenen Meer herantreibt.

31

Es ist schon nach fünf, als ich wieder am Pflegeheim in Skjellvik ankomme. Der Wind hat abgeflaut. Der Helikopter und das Patrouillenboot sind verschwunden, der Fjord liegt wie eine wogende, blauschwarze Masse unter dem drückenden Nachmittagsdunkel. Ich hole mein Handy hervor und rufe Harvey an.

«Yes», ruft Harvey munter. «Mr. Aske, is it not?»

«The very one», antworte ich, und Harvey lacht. Ich kann ihn mir genau vorstellen, wie er an seinem Küchenfenster steht und mir mit einer Tasse Kaffee mit Schuss zuprostet.

«Sie haben das Boot gefunden», sagt er dann ernst.

«Was, bist du sicher?»

«Ja. Johannes hat es gerade erzählt. Er hat es über Funk gehört. Ein Fischer hat das Schiff heute Morgen gesichtet, der

Sturm hatte es auf Reinøya an Land gespült. Außerdem habe ich heute im Laufe des Tages ein Polizeiboot draußen beim Leuchtturm bemerkt. Es sah aus, als würden sie dort Spuren sichern. Alle hatten diese weißen Overalls an, sie sind gerade erst wieder abgefahren.»

«Diese Dreckskerle», flüstere ich.

«Was ist denn?»

«Ach, vergiss es. Ich habe nur heute in Tromsø einen alten Bekannten wiedergetroffen.»

«In Tromsø?»

«Ich bin gerade vernommen worden.»

«Sieh an. Und sie haben nichts gesagt?»

«Nein.»

«Und warum nicht?»

«Polizeitaktik», antworte ich und lehne mich gegen meinen Mietwagen. «Es hat keinen Sinn, einem Zeugen oder Verdächtigen zu erzählen, was man weiß, ehe es taktisch sinnvoll wäre.» Ich spiele im Kopf noch einmal das Gespräch mit Gunnar Ore und Sverdrup durch. Es hätte schon mit dem Teufel zugehen müssen, wenn Gunnar wirklich zufällig hier in der Gegend aufgetaucht wäre, nachdem zwei Polizisten verschwunden sind, die mich auf einer Insel abholen sollten. Also haben sie schon angefangen, einen möglichen Tathergang zu rekonstruieren. Einen Verlauf, in dem ich etwas mit dem Verschwinden von Bjørkang und Arnt zu tun habe … «Verdammter Mist», stöhne ich und krümme mich zusammen, als ich einen stechenden Schmerz im Bauch verspüre.

«Oje, das klingt aber nicht gut, Thorkild», sagt Harvey.

«Nein, auf keinen Fall», stöhne ich und zwinge meinen

Körper, sich wieder aufzurichten. «Sag mal, wo liegt denn Reinøya?»

«Ein Stück im Süden. Richtung Tromsø. Sprich mal mit Johannes, er kennt wohl den Fischer, der das Schiff gefunden hat. Ich muss jetzt wieder zur Muschelfarm, ehe es Nacht wird.»

«Bjørkang und Arnt haben Tauchanzüge mitgenommen, als sie in der Nacht rausgefahren sind.»

«Woher weißt du das?»

«Das hat die Polizei gesagt.»

«Das klingt eigentlich nicht nach Bjørkang», erklärt Harvey. «Er würde nie bei so einem Wetter tauchen, er mag das Meer sowieso nicht besonders.»

«Meinst du, sie könnten in irgendwelche kriminellen Machenschaften verwickelt sein?»

«Warum fragst du?»

«Weil die Person, die an dem Abend auf die Leuchtturminsel kam, einen Tauchanzug trug. Außerdem hat mich die Polizei explizit danach gefragt, ob Bjørkang und Arnt meines Wissens nach einen Grund gehabt hätten, eine Tauchausrüstung mitzunehmen, als sie mit dem Schiff hinausgefahren sind. Und last, but not least: Keiner außer den beiden wusste zu diesem Zeitpunkt, dass ich eine Leiche gefunden hatte. Der einzig logische Schluss ist, dass sie etwas mit dem Tod der Frau zu tun haben und nicht wollen, dass jemand von ihr erfährt. Oder etwa nicht?»

«Und warum sollten sie dann jetzt verschwunden sein?», fragt Harvey.

«Ja, und genau an dieser Stelle hakt es», stöhne ich. «Warum zur Hölle sind sie noch nicht zurückgekommen?

Wenn sie nicht bald wieder auftauchen, stecke ich in Schwierigkeiten. In einer ganzen Mistkarre voll Schwierigkeiten, verstehst du?»

«Und warum?»

«Ich habe das Gefühl, dass die Polizei mittlerweile davon ausgeht, die beiden Beamten wären an dem Abend, als ich auf der Insel war, dort angekommen, und anschließend verliert sich jede Spur von ihnen. Und ich bin der letzte Mensch auf Erden, der etwas mit einem Fall zu tun haben sollte, bei dem zwei Polizisten verschwinden.» Ich seufze schwer. Meine Bauchschmerzen nehmen wieder zu, und ich muss mich erneut zusammenkrümmen, bis die Attacken vorüber sind.

«Alles in Ordnung?»

«Mein Bauch», stöhne ich. «Ich habe auf dem Heimweg von Tromsø schon drei Einheiten Duphalac geschluckt, ohne dass sich da unten irgendetwas tun würde.»

«Tough shit.»

«Im wahrsten Sinne des Wortes.»

«Sprich mal mit Merethe. Ich weiß, dass sie auch schon einigen Bewohnern im Pflegeheim geholfen hat, die sich mit Verstopfung herumgeschlagen haben.»

«Ist sie denn gerade bei der Arbeit?», frage ich und winde mich vor Schmerz.

«Ja, bis heute Abend um neun. Nach ihren Therapiesitzungen findest du sie garantiert in der Kantine», erklärt Harvey. «Ach, übrigens», fügt er hinzu, «die Tochter der beiden, die vor dir dort gewohnt hat, kommt am Mittwoch wegen der Beerdigung her. Sie wollten die Wohnung leer räumen und die Sachen mitnehmen. Könntest du vielleicht …»

«Ja, natürlich.» Ich gehe in die Knie, weil mich erneut

der Schmerz durchfährt. «Wir hören uns wieder», sage ich abschließend und steuere auf den Haupteingang des Pflege- und Wohnheims Skjellviktunen zu. Es wird höchste Zeit, Harveys Frau zu finden.

32

Auf dem Flur herrscht völlige Stille. Keine Rollstühle oder Rollatoren sind zu hören, nur das Geräusch meiner eigenen Schuhsohlen, während ich über den frisch geputzten Linoleumboden gehe.

Die Kantine ist voll Menschen. Man hat zusätzliche Stühle herangeschafft, und um die Tische sind zahlreiche Heimbewohner versammelt. Aus irgendeinem Grund ist der Raum von einem gespannten Schweigen erfüllt, alle sind mucksmäuschenstill.

Am einen Ende des Speisesaals wurden mehrere Tische zusammengeschoben, und zwei Personen sitzen der versammelten Menge zugewandt dahinter. Die eine ist Oberschwester Siv, die ein Mikrophon in der Hand hält. Die andere ein alter Herr mit einem graubraunen Toupet, einem kurzärmligen Hawaiihemd und einer goldenen Armbanduhr, die im Licht der Neonröhren funkelt.

«Thorkild», höre ich eine Stimme flüstern und entdecke Johannes am selben Tisch wie zuletzt, wieder gemeinsam mit Bernadotte und Oline im Rollstuhl.

«Und wer sind Sie?», flüstert Bernadette, als ich mich zu einen leeren Stuhl an ihrem Tisch schleiche. Im nächsten Moment legt Oline ihre kalte Hand auf die meine.

«Du bist aber groß geworden. Ich erinnere mich noch, wie du ganz klein warst und Agnes dich immer mit in den Laden genommen hat, um dir ein Eis zu kaufen. Du liebe Güte, was hast du immer geschrien, wenn du nicht bekommen hast, was du wolltest!»

«Hier eintragen.» Johannes schiebt mir einen seiner vier Bingo-Blöcke und einen roten Filzstift zu. «Zwei Reihen», sagt er und deutet mit dem Kopf auf die Coupons, ehe ich protestieren kann.

«Die nächste Zahl lautet sieben. Sieben. Sieben.» Es knistert im Lautsprecher, der auf einem Tisch an der Längswand steht.

«Was hat sie gesagt?», flüstert Bernadette. «Hat sie dreißig gesagt?»

«Nein», antwortet Oline leicht genervt. «Sieben. Die dreißig war eben schon dran.»

Wir hören den Metallkäfig mit den vielen Kugeln scheppern, ehe eine neue Kugel herausrollt.

«Die nächste Zahl lautet dreiundvierzig. Vier drei. Dreiundvierzig.»

«Habt ihr Merethe gesehen?», frage ich, während Johannes mit dem Filzstift etwas auf seinem Coupon markiert. Er ist völlig von dem Spiel gefesselt, sitzt mit der Brille auf der Nasenspitze da und fixiert seine drei Coupons.

«Wenn drei Reihen dran waren, ist Pause», antwortet er, ohne von seinen Zetteln aufzusehen.

«Die nächste Zahl ist die einundzwanzig. Zwei eins. Einundzwanzig.»

«Bingo!», ruft Oline und packt meinen Arm.

«Was?» Ich starre sie erschrocken an, während sie ihre Finger in meinen Unterarm krallt und mit der freien Hand über meinem Kopf wedelt. «Bingo, Bingo!» Dann will sie mich nach oben ziehen. «Nun steh doch auf, Junge. Du hast Bingo!»

Siv setzt sich die Brille auf und späht durch die Kantine, während es Oline gelingt, mich vom Stuhl hochzustemmen. «War das Bingo?»

«Ja», antworte ich mit belegter Stimme und wedle mit dem Couponblock, als wäre er ein toter Fisch. «Das stimmt wohl.»

Ich bleibe stehen und warte auf den Mann mit der Golduhr, der sich zu uns vorarbeitet. «Gut», sagt Siv ins Mikrophon, als er uns endlich erreicht hat. «Du kannst anfangen.»

Der Mann schnappt sich den Coupon und fährt mit dem Finger über die Zahlenreihen, bis er zu den zwei ausgefüllten kommt: «5-21-32-66-82.»

«Das ist korrekt», Sivs Stimme scheppert durch den Lautsprecher. «Dann die nächste.»

«7-43-57-72-90.»

«Auch das ist korrekt», stellt Siv fest. «Dann machen wir uns jetzt alle bereit für drei Reihen. *Full house.*»

Der Mann mit der Golduhr gibt mir den Block wieder und kehrt zum Prämientisch zurück, wo er sich viel Zeit nimmt, jeden einzelnen Gegenstand zu betrachten, ehe er das Richtige gefunden hat und zu unserem Tisch zurückkehrt.

«Hier.» Er reicht mir eine Fünfzigerpackung Weihnachtsservietten, auf denen Zwerge Schlitten fahren.

«Herzlichen Dank.» Ich verbeuge mich tief und sinke wieder auf meinen Stuhl, nachdem der Mann mir die Hand geschüttelt hat. Plötzlich spüre ich auch wieder Olines Hand auf meiner. Ihr Kopf wackelt leicht. «Guter Junge», sagt sie, ehe sie sich erneut über ihre Coupons beugt.

«Dann geht es jetzt weiter», verkündet Siv über den Lautsprecher, gefolgt von neuerlichem Kugelklirren und dem Verlesen von Zahlen: «Siebenundsiebzig. Sieben sieben. Siebenundsiebzig.»

Ich schiebe die Packung mit den Weihnachtsservietten zu Johannes hinüber, der den Kopf schüttelt und sie wieder zu mir zurückbefördert. «Was du gewinnst, musst du auch behalten.»

«Neunundfünfzig. Fünf neun. Neunundfünfzig.»

«Bingo!», jubelt Oline und packt erneut meinen Arm. «Er hat schon wieder Bingo!»

«Da wird doch der Hund in der Pfanne verrückt!», schimpft ein alter Mann, haut mit der Hand auf den Tisch und schleudert seinen Stift weg.

Ich starre auf meinen Coupon und sehe, dass Oline wieder mal recht hat. Jetzt ist auch die dritte Reihe komplett. Widerwillig stehe ich auf und blicke ein wenig verloren über die Versammlung, während der Bingo-Inspekteur erneut den Weg durch den Raum antritt. Siv wirft mir einen anerkennenden Blick zu und streichelt versonnen ihr Mikrophon.

Die Prozedur des Verlesens der Zahlenreihe wird wiederholt, ehe der Mann wieder nach vorn geht, am Prämientisch stöbert und mit einer Tortenhaube zurückkehrt, die er andächtig vor mir abstellt.

«Die Trüffeltorte?» Johannes grinst. «Ich dachte, wenn man drei Reihen hat, bekommt man die Sahnetorte?»

«Versuch es gar nicht erst, Johannes», entgegnet der Mann mit der Golduhr. «Die Sahnetorte kommt erst nach der Pause, das weißt du ganz genau.»

Oline beugt sich zu mir hinüber: «Da wird sich Agnes aber freuen!»

«Dann machen wir jetzt eine kurze Kaffeepause, ehe wir mit dem letzten Spiel für heute Abend anfangen», verkündet Siv. Sie steht auf und geht zu einem länglichen Tisch, wo das Personal gerade große Silberkannen mit Kaffee, Schälchen mit Zuckerwürfeln und Sahnekännchen aufbaut.

«Ich glaube, ich gehe dann jetzt», sage ich und schiebe Johannes den Coupon und die Tortenhaube über den Tisch zu. Merethe ist nicht da, also beschließe ich, in die Wohnung zu gehen und einen neuen Abführversuch mit den Duphalac zu unternehmen. «Danke für das Spiel.»

«Die Torte gehört dir.» Johannes schiebt sie zurück. «Ich kann Trüffel nicht ausstehen.»

«Und die Damen?» Verzweifelt sehe ich Bernadette und Oline an, die beide eifrig den Kopf schütteln.

Oline klopft mir auf die Schulter und sagt: «Geh vorsichtig, mein Junge. Und richte Agnes schöne Grüße von mir aus.»

Ich nehme die Packung mit den Servietten und die Tortenhaube und begebe mich eilig zum Ausgang. Hinter mir knistert die Lautsprecheranlage, ehe eine Drehorgelmusik wie aus der Zeit der Bethäuser erklingt und ein Mädchen aus Sørlandet zu singen beginnt. *Tante hat gesagt, die Engel hätten sie heimgeholt. In den Himmel. Zu Jesus. Stell dir vor, ich wär jetzt bei ihnen. Oh, du, ich will mich fortträumen …*

«Auf der Flucht?», fragt eine Frauenstimme hinter mir, als ich endlich die Tür zur Kantine schließe.

«Ich habe dich gesucht», sage ich zu Merethe, die mir mit einem Netzbeutel voll funkelnder Steine in verschiedenen Farben entgegenkommt.

«Na, hier bin ich ja», entgegnet sie und greift nach meinem Arm. «Was hattest du denn auf dem Herzen?»

33

Hast du das schon lange?» Wir gehen zum Ausgang des Pflegeheims. Merethe hält noch immer meinen Arm, als wäre ich ein Bewohner, der wieder in sein Zimmer gebracht werden muss, um sich auszuruhen.

«Seit etwas über einer Woche», antworte ich. «Seit ich aus der Haft entlassen wurde.»

«Aus der Haft?» Ich merke, wie der Griff um meinen Arm nachlässt. «Aber ich dachte, du wärst …»

«Das ist eine lange Geschichte. Du kannst Harvey bei Gelegenheit danach fragen.»

«Es spielt keine Rolle.» Sie drückt meinen Arm wieder fester. «Ich mag dich.»

«Danke», murmle ich und sehe auf den Beutel mit den Steinen herab. «Wozu benutzt du die?»

«Das sind meine Kristalle», antwortet Merethe. «Für die Therapiesitzungen. Harvey kauft sie in Russland. Billig.»

«Verkaufst du sie auch?»

«Ja, klar. Jaspise, Quarze, grüne Aventurine, wir nennen sie Wunschsteine. Rosa Rhodochrosite. Tiefblaue Lapislazuli aus Afghanistan, Amethyste, Rhodonite, Fluorite in allen Farben, weiße, schwarze, lilafarbene, blaue, grüne und gelbe, ja, manche sind sogar fast durchsichtig. Smaragde, Malachite, Onyxe, Karneole, Rubine, Achate, Apatite, Beryllе, Topase, Sugilithe, Rosenquarze und Mondsteine.»

«Teuer?»

Merethe zwinkert mit beiden Augen. «Mit Gewinn natürlich.»

«Und die verwenden wir jetzt, um ... um ...»

«Ganz genau», sagt Merethe, als wir die Wohnung betreten.

«Torte?», frage ich, während wir ins Wohnzimmer gehen, wo ich die Tortenhaube und die Serviettenpackung auf der Arbeitsfläche ablege.

«Nein, danke», sagt Merethe. «Ich habe mitbekommen, dass du die Trüffeltorte gewonnen hast. Berit hat sie gebacken, eine Bewohnerin in der offenen Reha.» Merethe öffnet das Netz mit den Edelsteinen und steckt die Hand hinein. «Aber sie vergisst vieles. Ihre Torten sind nicht mehr das, was sie mal waren, um es vorsichtig auszudrücken.»

«Na toll», antworte ich und stütze mich auf die Arbeitsfläche, weil es erneut in meinem Bauch sticht.

«Bist du bereit?» Merethe hält zwei Steine aus dem Netz in der Hand und reibt sie knirschend gegeneinander. Sie winkt mich zu sich. «Du brauchst keine Angst zu haben. Die Kristalltherapie ist vollkommen ungefährlich. Nimm dir einfach die Decke und leg dich hier vor mich auf den Boden.»

Das Zimmer ist warm, ich ziehe meinen Pullover aus, sodass ich nur noch ein T-Shirt anhabe, und lege mich vor Merethe auf den Rücken.

«Nimmst du Medikamente?»

Ich nicke.

Merethe reibt weiter die Steine aneinander und blickt mich an. «Das sehe ich.»

«Ach ja?»

«Miose. Verengte Pupillen.» Sie nickt. «Schon in Ordnung. Vielleicht helfen sie dir ja. Brauchst du noch etwas anderes, um zur Ruhe zu kommen?»

«Das Radio», antworte ich mit rauer Stimme.

Während ich ausgestreckt auf dem Boden liege, stellt Merethe das Radio an.

«Und die Kaffeemaschine. Mach sie auch an.»

«Ist es so gut?», fragt sie, nachdem sie die Kaffeemaschine in Gang gesetzt und einen Radiosender gefunden hat, der leichte, tänzerische Klaviermusik bringt.

Ich nicke. «Nein, warte», rufe ich dann, ehe ich aufspringe, mir die Einkaufstüte vom Tisch schnappe und ins Bad renne. Dort angekommen, nehme ich den Parfümflakon heraus, schließe die Augen und den Mund und sprühe mir eine leichte Dusche direkt ins Gesicht. Anschließend nehme ich noch zwei Oxynorm und kehre ins Wohnzimmer zurück.

Merethe sitzt auf dem Rand des Couchtischs und wartet. Sie rümpft die Nase angesichts des starken Parfümgestanks, kommentiert ihn jedoch nicht. Nachdem ich mich wieder auf den Boden gelegt habe, kniet sie sich neben mich. «Der menschliche Körper hat ja sieben Chakren», erklärt sie und erwärmt einen roten Stein in ihrer Hand. «Das sind

Energieräder oder Zentren, die entlang der Wirbelsäule liegen. Die Chakren bestimmen, verteilen und regulieren den körperlichen Verbrauch von Energien und Impulsen. Wir verteilen die Steine jetzt auf diesen Punkten, sodass die Vibration der Steine dieselbe Vibration erreicht wie die der Chakren.»

Merethe beginnt, Steine in verschiedenen Farben und Formen auf einer geraden Linie von meiner Körpermitte bis zur Stirn auszulegen, wo sie einen tieflilafarbenen, ovalen Stein platziert. Anschließend nimmt sie einen länglichen und durchsichtigen Kristall, den sie in einem seltsamen Muster über meinen Bauch und den Unterleib bewegt, während sie leise vor sich hinmurmelt, so leise, dass ich sie nicht verstehe.

Ich spüre, wie meine Gedanken in schwere, schwelende Wolken gehüllt werden, während mich ein euphorisches Gefühl von Ruhe und Wohlbefinden überkommt. Endlich wirken die Medikamente.

«Ich habe eine tiefe Trauer wahrgenommen», sagt Merethe plötzlich durch die weiße, körnige Haut hindurch, die sich zwischen uns gebildet hat. «Als wir uns das erste Mal trafen und du mir zu Hause bei uns die Hand gegeben hast. Deshalb hatte ich sie so schnell zurückgezogen.»

«Was?», lalle ich. Meine Augenlider sind so schwer, dass ich sie kaum offen halten kann.

Ich spüre die Steine auf meinem Bauch, der Brust, dem Hals, der Stirn. Es kommt mir so vor, als würden sie sich schnell im Kreis drehen und sich gleichzeitig in mein Gewebe fressen, Runde um Runde, und mich so sehr zu Boden drücken, dass ich mich kaum mehr bewegen kann.

«Später habe ich sie draußen auf dem Parkplatz zwischen Harvey und dir gesehen.»

Ich versuche etwas zu flüstern, doch meine Lippen scheinen sich nicht zu bewegen.

«Es sah aus, als würde sie zwischen euch umhertreiben.»

«Frei», stöhne ich. «Endlich.»

«Jetzt kann ich ihre Energie auch wieder spüren», fährt Merethe fort und gerät ins Stocken, als würden die Worte schmerzen. «Stärker, beharrlicher, als wollte sie sich hereindrängen.»

«Kannst du sie sehen?»

«Ja.»

«Sag, dass ich mit ihr sprechen will. Sag, dass ich mich entschieden habe. Ich komme, wenn sie das will.»

Plötzlich höre ich, wie Merethe die Zähne so fest zusammenbeißt, dass sie knirschen.

«Sie friert.» Merethes Zähne beginnen zu klappern, und ich spüre, wie der Raum mit einem Mal kälter wirkt, als hätte jemand eine Tür geöffnet und die Winterkälte hereingelassen. «Dunkelheit, sie will mir etwas im Dunkeln zeigen», sagt Merethe bibbernd und dreht sich zum Fenster. «Da draußen.»

«Wo? Am Leuchtturm?»

Merethe antwortet nicht. Sie sitzt einfach nur zitternd neben mir auf dem Boden.

«Frag sie nach mir», lalle ich weiter. «Frag sie, warum sie nicht mehr kommen will.»

«Sie schwebt.»

«Ja», sage ich träumerisch und blinzle. «Wir schweben beide.»

«So dunkel.»

«Siehst du den Mond? Siehst du ihn?»

«Es knarrt», flüstert Merethe. «Es rumpelt, und ich höre Metall aneinanderschlagen. Meine Güte, wie ich friere.»

«Der Unfall», flüstere ich. «Oh Gott, der Unfall.»

«Wasser. Ich höre es überall, ich schmecke die salzige Flüssigkeit, die in mir aufsteigt.» Plötzlich fängt Merethe an, in langen keuchenden Zügen zu atmen, als würde sie ersticken. «So kalt», sagt sie fröstelnd und ringt nach Atem.

«Lass sie herein. Du musst sie hereinlassen, damit ich mit ihr reden kann.»

«Oh Gott!» Jetzt fasst sich Merethe an die Brust, als bekäme sie nur schwer Luft. Ihre Stimme hat sich verändert, es schwingt etwas darin mit, was vor einigen Sekunden noch nicht da war. «Irgendetwas stimmt nicht», stöhnt sie und sieht sich gehetzt um, als würde sie nach etwas suchen.

«Nein, warte», sagte sie dann. «Ich verstehe nicht, was du sagst?»

«Frei?», rufe ich aufgeregt. «Frei, bist du da?»

«Nein, nein.» Merethe wimmert. «Ich verstehe dich nicht.» Ich spüre, wie ihre Hand hastig meinen Unterarm berührt. Sie ist so kalt, als wäre sie aus Eis.

«Frei?» Ich versuche mich aufzurichten, aber mein Körper scheint an den Boden gekettet zu sein, und ich kann mich nicht bewegen. Meine innere Ruhe ist verflogen, und eine schwelende Panik breitet sich in mir aus. «Warum antwortest du nicht?»

«Ruhe!» Plötzlich spüre ich Merethes frostkalte Hand erneut auf meinem Arm. «Du musst still sein, Thorkild.»

«Was? Nein, lass mich los. Frei! Warte auf mich, ich bin bereit. Ich bin bereit, zu dir zu kommen.»

Merethes eiskalte Hand gleitet den Arm bis zu meiner Schulter hinauf, ehe sie die Hand auf meinen Mund presst. «Das ist nicht Frei. Es ist eine andere ...»

34

Merethes Hand ist von meinen Lippen abgeglitten und liegt schwer auf dem Boden, wo sie noch immer vor mir kniet. Irgendwann gelingt es mir, aus dem medikamentösen Traumzustand zu erwachen und mich aufzusetzen.

Merethe sieht mich mit fernem Blick an, ehe sie auf die Beine kommt. Sie dreht sich zu den Gardinen hinter dem Sofa um und flüstert in die Dunkelheit: «Wer bist du?» Dann streckt sie die Hände vor sich wie eine Blinde, die gerade einem Fremden begegnet. «Warum bist du hier?»

Aus ihrem Mund und ihrer Nase entweicht eine weiße Atemwolke, Merethe wankt hin und her und kneift die Augen zusammen. «Ich verstehe es nicht.» Sie öffnet die Augen wieder

«Was sagt sie?»

Merethe schüttelt erneut den Kopf. «Ich weiß nicht. Ich verstehe es nicht.»

Ich will aufstehen, aber Merethe streckt die Hand aus, um mir ein Zeichen zu geben, dass ich sitzen bleiben soll. Die

Luft im Zimmer ist frostig, beinahe kristallisch schwebt sie zu den Gardinen und dem Fenster dahinter.

«Sie zeigt auf dich», sagt Merethe. «Ich verstehe nicht, was sie sagt. Als würde sie Kauderwelsch sprechen oder irgendeine fremde Sprache.»

«Frei.» Ich starre auf die Gardinen hinter dem Sofa, auf die Merethes Blick gerichtet ist. «Bist du es?» Ich erhebe mich vom Fußboden und gehe um den Tisch herum zum Fenster. «Bitte, sag doch was. Ich kann nicht mehr warten. Ich brauche eine Antwort. Willst du, dass ich komme?»

Plötzlich breitet sich der Geschmack von Salzwasser in meinem Mund aus und gleitet meine Kehle hinab, während ich mich nähere. Als ich die Gardinen zur Seite ziehe, erfasst mich ein kalter Hauch, und im selben Moment höre ich Merethe hinter mir aufschreien.

Ich drehe mich um und sehe, wie sich ihre Brust heftig hebt und senkt, während sie erneut nach Luft ringt. Ihre Augen sind schwarz vor Angst, und sie zittert am ganzen Körper.

«Was geht hier vor?», frage ich verzweifelt. «Ich verstehe nicht, was hier gerade passiert!»

Im nächsten Moment bäumt sie sich wieder auf, streckt die Brust vor und breitet die Arme zur Seite aus. *«Mne chólodno.»*

«Wie bitte?» Ich lege die Hände auf ihre Schultern. «Was sagst du?»

«Mne chólodno!», wiederholt Merethe immer lauter. *«Mne chólodno! Mne chólodno! Mne chólodno!!»*

Ich versuche, meine Hand auf ihren Mund zu legen, aber sie schlägt sie weg und fängt an, sich die Finger in den Hals zu stecken, als würde dort etwas festhängen, das sie verzweifelt entfernen möchte. Ihr Gesicht ist klatschnass, sie schwitzt aus jeder Pore.

«Was machst du da?»

«Hlf!», stammelt Merethe. Ihr Blick ist finster und wird von dem unheimlichen Gurgeln begleitet, das aus ihrer Kehle dringt. Merethe keucht und japst, als würde sie in ihrem eigenen Speichel ertrinken.

«Aufhören!», flehe ich und versuche, ihr die Finger aus dem Mund zu ziehen.

«*Mne chólodno! Mne chólodno!!*»

Und plötzlich sehe ich sie. Es ist nicht Frei, sondern eine Frau ohne Gesicht und Kiefer, nur ein Haarkranz um einen nackten, algengrünen Schädel. Sie windet sich und zappelt in der Schwärze von Merethes angsterfüllten Augen.

«Ich kann sie sehen!», rufe ich erschrocken und taumle einen Schritt zurück. «Oh Gott, ich kann sie sehen. In deinen Augen. Sie ist hier. Die Frau ohne Gesicht. Sie ist hier!»

Plötzlich verstummen die Schreie. Merethe sieht mich an, ihr Blick ist immer noch panisch. Sie nimmt die Finger aus dem Mund und lässt die Hände sinken. Es sieht so aus, als wolle sie noch etwas sagen, doch dann steht sie nur schweigend da. Ihr Körper schwankt von einer Seite zur anderen, und im nächsten Moment fällt sie plötzlich um.

Mit einem dumpfen Schlag trifft ihr Kopf auf die Tischkante, und sie sackt auf dem Boden zusammen.

Ich eile zu ihr und will sie hochziehen, da sehe ich, dass etwas mit ihrem Kiefer nicht stimmt. Sie liegt vor mir auf dem Boden, und ich will ihren Mund schließen, aber ihr Unterkiefer klappt immer wieder in diese unnatürliche Stellung herab.

Im nächsten Moment entdecke ich einen Riss in ihrer Haut direkt neben dem Ohr, aus dem ein weißer, glänzender Knochen hervorragt.

«Warte kurz, Merethe», flüstere ich und will gerade aufstehen und Hilfe holen, als es energisch an der Tür klopft.

Oberschwester Siv öffnet die Tür und kommt zusammen mit einem jüngeren Pfleger herein. «Was ist passiert? Die Bewohner aus der Nachbarwohnung haben angerufen und sich über den Lärm beschwert.»

«Holen Sie sofort einen Arzt!», flehe ich, während Merethe auf dem Boden vor Schmerzen jammert, als ich ihren Kiefer loslasse, um mich aufzusetzen. «Sofort!»

«Was haben Sie getan?», schreit Siv, während der Pfleger nervös an seinem Handy herumfingert.

«Sie ist gestürzt und hat sich den Kiefer ausgerenkt», erkläre ich. Siv rennt zu mir und hilft mir dabei, Merethe in die stabile Seitenlage zu bringen.

«Sie kommen sofort», sagt der Pfleger, nachdem er das Gespräch beendet hat, und steckt das Handy wieder ein. Dann geht er zu uns und kniet sich neben Merethe und Siv. Ich stehe auf und gehe zum Sofa hinüber, um Harvey anzurufen.

35

«Harvey, du musst herkommen!», rufe ich, als Harvey sich an seinem Handy meldet. «Merethe ist etwas zugestoßen.»

«Merethe?» Ich höre, wie ein Bootsmotor gedrosselt wird, ehe seine Stimme wieder da ist, diesmal lauter und schärfer: «Was meinst du?»

«Sie ist hier in der Wohnung gestürzt. Wir haben den Krankenwagen gerufen, er ist schon unterwegs. Beeil dich.»

«Ich bin gerade auf dem Weg zur Muschelfarm. Fahrt nicht los, ehe ich da bin», ruft Harvey, dann brüllt der Motor wieder auf, und Harvey beendet das Gespräch.

Ich lege das Telefon auf den Couchtisch, bleibe sitzen und betrachte Siv und den Pfleger, die rechts und links von Merethe hocken. Siv hat eine Decke geholt und sie über Merethe ausgebreitet und ihr ein Handtuch unter den Kopf geschoben, damit der Kiefer auf einer weichen Unterlage ruht. Es sieht aus, als hätte sich der Unterkiefer gänzlich ausgerenkt, als sie auf die Tischplatte gefallen ist, sodass der Gelenkkopf aus der Gelenkpfanne geglitten ist und nur noch von der dünnen Kapsel gehalten wird.

Ich höre Merethes Atem bis zu mir, ein heiserer, röchelnder Missklang. Manchmal bewegt sie sich und wimmert leise. Siv hält ihre Hand, und der Pfleger streicht ihr vorsichtig über das Haar. Nach zehn Minuten hören wir draußen ein Auto vorfahren und direkt vor der Wohnung bremsen. Kurz darauf stürmt Harvey mit einem verbissenen Gesichtsausdruck und Panik in den Augen ins Zimmer.

Für einen Moment bleibt er mitten im Raum stehen, ehe

er vor Merethe auf die Knie stürzt und sich zu ihr hinunterbeugt.

«Wie ist das passiert?», fragt er mit dem Rücken zu mir.

«Wir hatten Kristalltherapie», erkläre ich. «Merethe wollte mir mit meinen Magenproblemen helfen, wie du vorgeschlagen hattest, als sie, also wir, plötzlich jemanden sahen, einen Menschen, der, der …»

«Eine Séance?» Harvey dreht sich jäh zu mir um. «Habt ihr eine Séance abgehalten?»

«Jj … ja, ich glaube schon», antworte ich verzweifelt. «Es tut mir leid, Harvey. Ich wusste nicht, dass … Sie ist gestürzt. Plötzlich ist sie einfach umgefallen und mit dem Kopf auf der Tischkante aufgeschlagen.»

Harvey bleibt sitzen und starrt mich lange an, bis er sich schließlich ein Lächeln ohne Grübchen abringt. «Beruhige dich, Thorkild.» Er dreht sich wieder zu seiner Frau um, beugt sich über sie und flüstert: «Es wird schon gutgehen. Hörst du? Das stehen wir auch noch durch, Honey.»

In der Ferne ertönt eine Sirene, und kurz darauf ist der Parkplatz in Blaulicht getaucht. Der Pfleger läuft hinaus und nimmt die Sanitäter in Empfang. Er kommt mit einem Mann und einer Frau zurück, die eine Trage und einen Koffer hereinbringen. Der Mann kniet sich neben Merethes Kopf.

«Der Kiefer ist ausgerenkt», sagt Siv. «Hier können Sie sogar den Gelenkkopf herausragen sehen.» Sie deutet auf die Wunde neben dem Ohr, und der Mann nickt, ehe er Merethe vorsichtig die Hand auf die Schulter legt.

«Hallo, sind Sie wach?», fragt er und drückt vorsichtig ihre Schulter.

Bei der Berührung jammert Merethe kurz auf, ehe sie wieder verstummt.

«Gut», sagt der Mann und zieht die Hand zurück, ehe er sich wieder Siv zuwendet. «Wann ist das passiert?»

«Vor knapp zwanzig Minuten.»

«Und sie war die ganze Zeit bei Bewusstsein?»

Siv wirft mir einen kurzen Blick zu, ehe sie nickt.

«Okay.» Der Sanitäter beginnt, Merethes Kopf und Nacken zu untersuchen, während die Frau ihre Brust, den Bauch, ihre Arme und die Beine abtastet. An jedem Punkt halten sie inne und fragen Merethe, ob sie Schmerzen habe, und die antwortet mit einem schwachen Wimmern, ehe die beiden fortfahren.

Sobald sie fertig sind, legen sie behutsam eine Kompresse auf die Wunde am Ohr, woraufhin der Mann Merethe in den Mund leuchtet, um die Blutung zu begutachten. Schließlich überprüft er noch die Reaktion ihrer Pupillen, dann setzt er sich auf und sieht uns an.

«Wir müssen ihr ein schmerzstillendes Mittel geben, bevor wir sie auf die Trage heben können. Es ist wichtig, dass sie die ganze Fahrt über in der stabilen Seitenlage bleibt und wir die Blutung im Mund kontrollieren, damit sie nicht erstickt. Wegen des Kiefers sollte man eigentlich nicht intubieren, aber es kann sein, dass wir es trotzdem tun müssen, falls sich ihr Zustand unterwegs verschlechtern sollte.»

Nachdem die Sanitäterin Merethe die Spritze mit dem Schmerzmittel verabreicht hat, wendet sich der Mann an Siv und fragt: «Sind Sie Krankenschwester?»

Siv nickt.

«Können Sie den Kiefer halten, während wir sie auf die Trage heben?»

Sie nickt erneut.

«Okay.» Die Frau holt zwei flache Bretter, die sie vorsichtig zwischen den Boden und Merethes Oberkörper schiebt, sodass sie die Verletzte in einem Schwung auf die Trage befördern können.

Als sie Merethe anheben, zieht sich ein Faden aus geronnenem und frischem Blut aus ihrem Mund. Auf dem Handtuch und auf dem Boden, wo Merethe gelegen hat, sehe ich einen dunklen Blutfleck. Die Rettungssanitäter vereinbaren, dass Siv Merethe im Wagen nach Blekøyhamn und von dort aus weiter ins Universitätskrankenhaus in Tromsø begleiten soll, während der Pfleger das Personal im Pflegeheim darüber informieren wird, was passiert ist.

«Ich werde vom Krankenwagen aus die Polizei anrufen», sagt Siv und fixiert abwechselnd Harvey und mich. «Ich weiß nicht, was dieser Typ …», sie zeigt mit einem kurzen, stöckchenartigen Finger auf mich, «hier angestellt hat, aber er hat ganz offensichtlich irgendetwas eingenommen, und … und …»

«Was soll ich Ihrer Meinung nach getan haben?», frage ich.

«Sehen Sie sie doch einmal an!», ruft Siv aus. Die Rettungssanitäter bleiben ebenfalls für einen Moment stehen und starren mich an. «Wollen Sie mir wirklich erzählen, sie wäre einfach nur gestürzt?»

«Reg dich ab», sagt Harvey und stellt sich zwischen mich und Siv. «Ich habe ihm geraten, Merethe um Hilfe zu bitten. Er hat Magenprobleme, das ist alles.»

Siv holt tief Luft und fängt erneut an. «Vor dem Hintergrund, was hier in letzter Zeit alles passiert ist, habe ich beschlossen, trotzdem anzurufen. Und dir kann ich es gerne noch einmal sagen, Harvey: Wir können die Patientenwohnungen nicht aus eigener Initiative an alle möglichen Leute vermieten. Das habe ich dir schon einmal erklärt. Sorge dafür, dass der Typ hier verschwindet. Und zwar schnell.»

Damit marschiert Siv die wenigen Schritte zur Trage, während die Sanitäter Merethe vorsichtig anheben und zur Tür hinausbugsieren. Sobald sie die Wohnung verlassen haben, tritt Harvey auf mich zu.

«Ich … ich», beginne ich und stehe auf.

«Lieber Gott, hast du sie gesehen», flüstert Harvey, zieht mich in seine Arme, packt mich im Nacken und drückt zu. «Hast du gesehen, was für eine Angst sie hatte?»

Ich bringe kein Wort heraus, hänge nur apathisch in seinen Armen und versuche zu verdrängen, was gerade passiert ist. Nach einer Weile lässt er mich los und bleibt schwankend vor mir stehen. «Jetzt haben sie mich angerufen.» Seine Stimme ist heiser, und er flüstert.

«Wer?»

«Die Polizei in Tromsø. Sie wollen, dass ich morgen früh zu ihnen fahre. Erst haben sie mich gefragt, ob ich heute Abend kommen könnte, aber ich konnte sie zum Glück auf morgen vertrösten.»

«Tja», schniefe ich und wische mir mit dem Unterarm übers Gesicht.

«Sie haben mich über dich ausgefragt, Thorkild. Wann du hergekommen bist, wo du gewohnt hast, was für einen Eindruck du gemacht hast, als ich dich zur Leuchtturminsel hinausgefahren habe.»

«Sie glauben also immer noch, dass Bjørkang und Arnt an

jenem Abend auf die Insel gekommen sind. Und ihnen dann etwas zugestoßen ist.»

«Was für ein verdammter Mist», brummelt Harvey.

«Ja, nicht wahr …»

«Du», sagt er. Draußen knirscht der Kies, als sie das Tragegestell mit Merethe über den Parkplatz zum Rettungswagen rollen. «Eigentlich wollte ich es gar nicht erzählen, aber jetzt habe ich das Gefühl, ich muss es tun.»

«Was denn?»

«Letztens, als du mich angerufen hast. Ich war gerade auf dem Weg zur Farm und hatte den Leuchtturm einen knappen Kilometer hinter mir.» Er zögert. «Na ja, als ich auf dem Rückweg wieder an der Insel vorbeikam, habe ich etwas gesehen.»

«Und was?»

«Eine Gestalt. Oder vielleicht auch zwei, ich bin mir nicht sicher. Es war so dunkel, und ich war ein Stück entfernt. Aber sie saß …»

«Sie?» Ich merke, dass ich mich zusammenreißen muss, um nicht zu zittern.

«Ich weiß nicht wer, aber es war eine Frau, da bin ich mir sicher. Ihr Gesicht habe ich nicht gesehen, nur ihre Haare, die haben im Wind geflattert. Ich habe sie bloß für einen kurzen Moment gesehen, dann hat mir das Bootshaus die Sicht versperrt. Ich bin mir nicht einmal sicher, ob ich wirklich eine Frau gesehen habe oder ob es nur Gerümpel war, das an einer Wand lehnte, aber die Tür zum Bootshaus stand offen, und als ich hineinsah, hatte ich dieses unbehagliche Gefühl, als würde dort drinnen jemand stehen. Irgendjemand, der sich da in der Dunkelheit versteckt hielt und wartete, bis ich vorbeigefahren war.»

Draußen wird die Tür des Rettungswagens zugeschlagen, und kurz darauf entfernen sich die Scheinwerferlichter, und der tiefblaue Abendhimmel breitet sich wieder aus. «Ich muss los», sagt Harvey, während er dem Auto nachsieht. Offenbar ist er aus seiner Erstarrung erwacht. «Ich muss den Jungen holen und ihr nachfahren.»

Harvey geht, ohne sich umzudrehen. Er eilt über den Parkplatz und springt in den Pick-up. Sowie das Auto abgefahren ist, ziehe ich die Gardinen ganz auf und lasse das Abenddunkel herein. Ich bleibe am Fenster stehen und denke darüber nach, wie schnell die Dinge zum Teufel gehen können, wenn man einmal den falschen Weg eingeschlagen hat – sei es am Küchentisch mit einem geliebten Menschen, in einem Verhör oder auch im Leben generell, wenn man auf seinen eigenen Untergang zusteuert, ohne imstande zu sein, die Bremsen zu ziehen oder den Kurs zu ändern.

«Diesmal ist wirklich alles zur Hölle gegangen», sage ich zu den Schneeflocken, die im Licht der Straßenlaterne über dem Parkplatz schweben. Irgendwo weit draußen beim Leuchtturm kreist eine Vogelschar unter einer Öffnung in der Wolkendecke, und ein dünner Mondstrahl fällt hindurch und trifft die Insel. Plötzlich erkenne ich in einem der Fenster des Hauptgebäudes ein Licht, ein viereckiges Leuchtfeuer inmitten all der Schwärze und Kälte.

Harvey hat recht. Ich presse das Gesicht gegen die Scheibe. Sie wartet da draußen auf mich. Es wird Zeit, von hier wegzukommen.

36

Als ich den Mietwagen auf dem Parkplatz erreiche, bin ich außer Atem. Ich fahre zu den Bootsschuppen am Ende der Bucht und halte dort, wo der Lensmann und sein Beamter standen, als ich mir zum ersten Mal das Boot von Rasmus in Harveys Schuppen angesehen habe. Nachdem ich aus dem Auto gesprungen bin, haste ich im Zickzack zwischen Torfwällen und glatten Felsen vorwärts.

Die Vögel am Himmel über der Leuchtturmwärterwohnung erinnern an Stabfiguren im Schattentheater, wie sie sinken und wieder steigen, langsam schwebend mit beinahe unbewegten Flügeln. Ich sehe auch Vögel im Meer, schwarz mit weißen Halsfedern schaukeln sie auf den Wellen vor den Klippen wie chinesische Lampions.

Der Schuppen ist in zwei Hälften geteilt, im hinteren Teil ist die Fischereiausrüstung untergebracht, grüne Glaskugeln, Kübel mit Fischerleinen und Kisten sowie eine grüne Plastikjolle an der Wand. Sie hängt an zwei Haken und ist so leicht, dass ich sie problemlos herabheben und zu Wasser lassen kann.

Ich springe hinein und stoße mich ab. Die ganze Insel und das Meer ringsherum sind in einen klaren Silberschein gehüllt. Die weißen Vögel haben sich am Himmel zu einer Fächerformation ausgebreitet, aber der Leuchtturm und die anderen Gebäude sind in ein grelles Mondlicht gehüllt, das aus einem Riss in der Wolkendecke strömt – eine Linie zwischen zwei kalten Punkten, die in einer Art Rotation miteinander verbunden sind.

«Wie wir, Frei», rufe ich und beginne plötzlich Rotz und Wasser zu heulen. «Wie wir.»

Mein Rücken schmerzt, als ich endlich an den Resten des zerstörten Kais ankomme. Ich werfe meine Tasche an Land, ehe ich aus der Jolle klettere und mich auf die Klippen hinaufziehe. Dann laufe ich zum Bootsschuppen und öffne die Tür. Dort ist niemand, und ich setze meinen Weg über die Insel fort. Am Fuß der Steintreppe halte ich erneut inne und spähe zum Leuchtturm empor. Die kalten Silberstrahlen des Mondes lassen das Bauwerk schimmern. Ich hole tief Luft und laufe weiter.

Vereinzelte Regentropfen schlagen mir entgegen, ohne dass ich mich darum kümmere, die Jacke zuzuknöpfen oder das T-Shirt in die Hose zu stopfen. Die Tür zum Hauptgebäude ist mit rot-weißem Polizeiabsperrband versehen. Ich reiße es ab und werfe es auf den Boden. Sobald ich im Haus bin, renne ich zur Bar.

«Verdammt!», fluche ich und bleibe vor dem Bartresen stehen. Ein schwacher Zwiebelgeruch hängt im Raum, es ist ein Geruch, der beim letzten Mal nicht da war, den ich aber von irgendeinem anderen Ort her kenne. Alle Fenster bis auf eines sind mit schwarzen Plastiksäcken abgehängt, und mitten im Raum steht ein eingeschalteter Bauscheinwerfer, der auf das einzige freie Fenster gerichtet ist.

Ich gehe hinüber und öffne es. Draußen ist es vollkommen dunkel, der Riss in der Wolkendecke hat sich geschlossen. «Zu spät», stelle ich atemlos fest.

Eine Weile bleibe ich am Fenster stehen und betrachte die Wolkendecke, während ich darauf hoffe, dass sich der Riss dort oben wieder öffnen wird, doch nichts geschieht, es legen sich bloß noch dunklere Wolken über die bisherigen, kein Mond, kein Licht, keine Frei. Nur eine tiefschwarze Mauer, die nichts hindurchlässt. Nach einigen Minuten schließe ich das Fenster wieder und verlasse die Bar.

Ich spüre, dass es Zeit ist, einen neuen Versuch zu unternehmen, das loszuwerden, was sich in meinem Unterbauch verhärtet hat, und gehe die Treppe zur Diskothek hinab, wo sich den Schildern zufolge eine Toilette befinden soll.

Doch die Tür unten ist mit einem Hängeschloss verriegelt, und ich habe natürlich keinen Schlüssel. Also jogge ich die Treppen hinauf ins Foyer und weiter in die nächste Etage. Die Luft hier oben ist schwer und feucht und riecht säuerlich nach verbranntem Holz und feuchten Textilien.

Ich gehe zu einer der Türen, die angelehnt ist. Der Raum dahinter befindet sich in jenem Flügel des Hauses, der am schwersten von dem Brand beschädigt wurde. Sowohl im Hauptsaal als auch in den angeschlossenen Bädern wurden das Dach und die Seitenwände abgerissen. Auf dem Boden liegen mehrere Werkzeuge, eine Arbeitsleuchte und einige Rollen Isolierband. Der Raum ist der einzige in diesem Stockwerk, in dem Rasmus schon mit den Restaurierungsarbeiten angefangen hat. Der Rest ist seit den achtziger Jahren unverändert.

Im nächsten Raum stehen zahllose Möbel, mehrere alte Ausziehsofas stapeln sich ebenso an den Wänden entlang wie diverse Schränke und Trennwände und sogar einige Etagenbetten, alle aus gebeizter Kiefer. Die Innenwände sind rußig, der Teppich ist nass, mit ovalen Flecken, wo das Material bis auf die Spanplatten darunter verbrannt ist.

Ich schließe die Tür und gehe zurück zur Treppe und dem Flur auf der entgegengesetzten Seite. Das erste Zimmer, zu dem ich gelange, ist mit einem Schild mit der Aufschrift *Gruppenraum 1* versehen. Darin sind die Gardinen von den Fenstern gefallen, und die Fenster sind mit Spinnennetzen und unzähligen toten Insekten bedeckt. Die Stühle stehen in einem Hufeisen um einen Tisch mit einem alten Computer, daneben liegt eine alte Gebrauchsanweisung für WordPerfect.

Hinter der nächsten Tür finde ich einen Fitnessraum mit Hometrainern und anderen Geräten, Gewichten und staubbedeckten Spiegeln. Ein Belüftungsventil fehlt, an seiner Stelle klafft ein Loch in der Außenwand. Nicht weit davon entfernt entdecke ich ein Vogelskelett. Von einer der Seitenwände geht eine Tür ab. Dahinter liegt eine winzige Toilette mit einem einfachen Waschbecken. Ich lasse die Hose herunter und schaudere, als ich mich auf den eiskalten Klodeckel setze. Nachdem ich die Tür so weit zugeschoben habe, dass nur noch durch einen kleinen Spalt Licht hereinfällt, versuche ich meine Muskeln zu entspannen und die Schwerkraft wirken zu lassen.

Aber nichts passiert. Irgendwann habe ich keine Lust mehr, dort zu hocken und zu pressen, während der Wind durch die Ritzen pfeift und mir der Hintern abfriert. «Verdammter Mist», zische ich und ziehe die Hose wieder hoch. Ich verlasse den Raum und gehe wieder die Treppe zur Hauptetage hinab. Es ist an der Zeit, endlich das zu vollenden, weshalb ich gekommen bin.

Wieder in der Bar, nehme ich aus den Glasregalen hinter dem Tresen eine Flasche Smirnoff. Dann krame ich die Blister und einige lose Pillen hervor und fülle die Handfläche mit Tabletten und Kapseln in verschiedenen Farben und Formen. Ich hoffe, dass das reicht, und spüle sie mit einem großen Schluck aus der Flasche herunter.

Während ich dort stehe, fällt mein Blick auf einen Müllsack und einen leeren Karton neben der Tür, die ich vorher nicht gesehen hatte. Ich gehe hinüber und öffne den Sack. Darin liegen mehrere gebrauchte Einweghandschuhe und einige leere Sprühfläschchen, die dem Geruch nach zu urteilen Luminol enthalten haben.

Luminol ist eine chemische Verbindung, die man in Natronlauge löst und dann mit einer verdünnten Wasserstoffperoxid-Lösung vermischt. Wenn man diese Flüssigkeit auf eine Fläche sprüht, kann man mit Hilfe von UV-Licht nach Blutflecken suchen. Daher waren die Fenster wohl auch mit den Plastiksäcken verhängt. Das Eisen im Blut löst einen bläulichen Lumineszenz-Effekt aus, wodurch man selbst kleinste Blutspuren entdeckt, sogar jene, die man mit Chemikalien zu entfernen versucht hat.

Ich hocke mich auf den Tresen, suche eine Nummer im Adressbuch meines Handys und drücke auf den grünen Hörer auf dem Display.

«Gunnar Ore», meldet sich die Stimme am anderen Ende halb neugierig, halb irritiert.

«Ich bin es.»

«Thorkild? Was zum Teufel … Noch vor ein paar Stunden habe ich dir doch klar und deutlich gesagt, du sollst dich …»

«Warum habt ihr hier draußen am Leuchtturm eine Tatortuntersuchung durchgeführt?»

«Wie bitte?»

«Ihr habt hier eine Tatortuntersuchung gehabt», wiederhole ich. «Warum?»

«Wir? Ich bin jetzt in der Delta, weißt du das nicht mehr? Oder bist du so schon so tief in deinem geistigen Nebel versunken, dass du es vergessen hast? Spurensicherung zählt nicht zu meinen Aufgaben.»

«Aber du weißt davon.»

Eine kurze Pause entsteht. Ich kann hören, wie Gunnar Ore tief ein- und ausatmet.

Dann holt er noch einmal tief Luft. «Die Polizeistation in Tromsø hat die Kripo um Unterstützung gebeten, und man hat ihnen empfohlen, wegen der verschwundenen Kollegen die Insel auf Spuren zu untersuchen, das ist alles.»

«Aber warum?»

«Das müsstest du dir doch selbst denken können?»

«Du hängst da also mit drin?», sage ich mehr zu mir selbst, ehe ich wieder Gunnar Ore höre.

«Jetzt komm schon, wach doch mal auf, Mensch! Was glaubst du denn? Zwei vermisste Polizisten, ein verschwundener Zivilist, und jetzt kommst auch noch du ins Spiel, rennst dort oben herum und faselst etwas von Seeungeheuern, Leichenräubern und Frauen ohne Gesicht. Verdammt, Mann, was denkst du, was da los ist? Und wen, glaubst du, rufen die Leute an, wenn sie den Namen Thorkild Aske hören?»

Ich schweige und umklammere mein Handy, bis ich schließlich flüstere: «Warum glaubt ihr, dass die beiden vermissten Polizisten in derselben Nacht, in der sie verschwunden sind, auf der Insel an Land gegangen sind?»

«Komm schon, Thorkild. Was willst du eigentlich?»

Ich spähe ins Halbdunkel und zwinge einen weiteren Schluck Schnaps in mich hinein.

«Ihr habt Blut gefunden, stimmt's?», frage ich.

Gunnar will etwas erwidern, verkneift es sich aber.

«Wo?», frage ich weiter.

Erneutes Schweigen.

«Komm schon, wo?» Ich springe vom Tresen und wandere auf und ab. «Hat es etwas zu bedeuten, wo sie es gefunden haben? Kannst du es deshalb nicht sagen?»

«Sie hatten eine Luminol-Reaktion bei der Bar im Hauptgebäude», antwortet Gunnar schließlich.

«Kontaktspuren oder Spritzspuren?»

«Nein. Transferspuren zwischen einigen Bodenfliesen bei einer Sitzgruppe.»

Während Erstere darauf hindeuten würden, dass derjenige an dem betreffenden Ort getötet oder zumindest durch Schläge verletzt wurde, geben Letztere lediglich darüber Auskunft, dass die betreffende Person geblutet hat, während sie sich am Fundort befand. Ich gehe zu dem Veloursofa und knie mich davor. Der Boden ist ganz glatt, als wäre er frisch gewischt worden. «Wisst ihr, von wem?»

«Nein.»

«Was veranlasst euch dann zu der Vermutung, sie würden von Bjørkang oder seinem Kollegen stammen?»

«Wir müssen erst die Laborergebnisse abwarten.»

«Du willst mir also erzählen, dass ihr vorläufig, rein intuitiv, wisst, dass das Blut von den beiden Beamten stammt und nicht von Rasmus oder der Frau ohne Gesicht? Oder auch von einer ganz anderen Person. So arbeitet ihr neuerdings? Komm schon, Gunnar. Ihr habt doch etwas gefunden. Irgendetwas, das einem der Polizisten gehört, mit Blutspuren. Oder täusche ich mich etwa?»

«Wie ich gerade gesagt habe …» Gunnar Ore hebt seine Stimme ein wenig, ohne sich jedoch aus der Ruhe bringen zu lassen. «Wir warten noch auf die …»

«Ich habe heute einen Geist gesehen», unterbreche ich ihn schnell, ehe er sein verdammtes Machthaber-Mantra vollenden kann. Ich weiß, dass er lügt, und ich will nicht, dass dieses Gespräch ausschließlich nach seinen Bedingungen abläuft.

«Wirklich? Mal im Ernst, Thorkild. Einen Geist, ist es schon so weit gekommen?»

«Ich habe sie in den Augen einer anderen Frau gesehen. Sie war es. Die Frau ohne Gesicht. Die ich hier auf der Insel gefunden habe, ohne dass sich irgendjemand dafür zu interessieren scheint.»

«Tja, wie gesagt.» Seine Stimme klingt jetzt schärfer. Mehr Bass, ein schnellerer Takt. «Niemand im ganzen Polizeipräsidium glaubt daran, dass diese Frau, von der du sprichst, überhaupt existiert. Dagegen sind die Leute wütend, weil du zwei angesehene Kollegen, die verschwunden sind, beschuldigst und beleidigst. Das ist wirklich unterste Schublade, selbst für dich.»

«Und du», wispere ich. «Was glaubst du?»

«Ich? Tja, das kann ich dir sagen, Thorkild. Ich glaube, dass du eine kaputte Maschine bist und schnellstens von hier verschwinden solltest, ehe du noch mal abstürzt und nie wieder repariert werden kannst.»

«Ene, mene, muh, und futsch bist du.»

«Ja, ganz genau», antwortet Gunnar Ore, aber er scheint meinen Reim nicht besonders lustig zu finden.

«Also, was ist die Theorie? Welchen Tathergang vermutet ihr?»

«Du weißt, dass ich nicht …»

«Okay, aber was soll ich in dem Ganzen für eine Rolle spielen? Kannst du mir nicht wenigstens das sagen?»

Gunnar Ore lacht heiser. «Mach dich locker, Thorkild. So ein Typ bist du nicht, das habe ich auch Sverdrup gesagt, als wir zum ersten Mal telefoniert haben. Trotz der Sache mit dem Mädchen auf dem Flyplassvegen. Du bist eher ein Fluchtmensch, einer, der ausweicht und aufgibt, wenn er unter Druck steht. Ich habe ihm gesagt, dass es besser wäre für alle Beteiligten, wenn du möglichst heil aus der Sache herauskommst.» Er zögert. «Du bist einer, der sich immer für die einfachste Lösung entscheidet, wenn du auf Widerstand triffst, und diesmal warst du eben zur falschen Zeit auf der falschen Insel, das ist alles.»

«Was willst du mir damit sagen?» Der harte Stein in meinem Bauch macht plötzlich wieder auf sich aufmerksam, und ich beiße die Zähne zusammen und warte darauf, dass der Schmerz vorübergeht.

«Du weißt schon, was ich meine.»

«Spielst du auf meinen kleinen Versuch an, vorzeitig aus der Haft zu entkommen?»

«Wenn du so willst.»

«Ich habe dir ja noch gar nicht erzählt, was da genau in den Duschen unten passiert ist», stichle ich weiter. «Willst du es hören?»

«Nein», antwortet Gunnar Ore grimmig. «Spar es dir für jemanden, den es interessiert. Und sieh endlich zu, dass du von da wegkommst ...» Er hält inne, dann fährt er mit etwas heiserer Stimme fort: «Du hast gerade *hier* gesagt.»

«Bitte?»

«Du hast *hier auf der Insel* gesagt, als du von der Frau gesprochen hast. Du bist gerade dort, habe ich recht?»

Diesmal ist es an mir, nicht zu antworten.

«Zum Teufel, Thorkild.» Ich höre, wie am anderen Ende der Verbindung ein Sturm heraufzieht, aber das spielt keine Rolle. Endlich spüre ich die Wirkung der Pillen und des Alkohols, die über mich hereinschwappt, hohe Wellenkämme oder tiefe Täler.

«Bald ist es so weit», flüstere ich und klemme mir die Smirnoff-Flasche in die Armbeuge, ehe ich mich neben den Kartons mit den Murano-Lampen auf den Boden lege und die Augen schließe.

«Habe ich dir denn nicht klargemacht, dass du unter keinen Umständen ...»

«Tut mir leid, Chef», flöte ich, so munter es geht. «Wie du ja selbst schon gesagt hast: Ich bin ein Fluchtmensch, und jetzt muss ich weiterfliegen. Kraaa! Kraaa!»

37

Ich kann nicht genau sagen, wie lange ich nach dem Telefonat mit Gunnar Ore dort gesessen habe. Doch plötzlich kehren meine Sinne wieder zurück. Mir wird bewusst, dass ich Musik hören kann, quietschende, schneidende, gläserne Töne, erschaffen von Drumcomputern und Synthesizern. Als wäre ich gerade mitten auf einer Party wachgeworden.

Ich stelle die Flasche mit dem Smirnoff neben mir auf dem Boden ab. Sie fällt um und rollt davon. Mein Nacken ist steif und schmerzt, als ich den Kopf hebe und die Augen öffne. Die Bar liegt dunkel und kalt da, dunkler und kälter als vorhin.

Nach einer Weile stehe ich auf und folge der Musik in den Flur, wo sie lauter zu sein scheint. Als ich beim Treppenabsatz vor der verschlossenen Diskothek im Keller ankomme, beginnt eine schrille Frauenstimme zu den anmaßenden Synthiepop-Tönen zu singen: *… I feel the night explode when we're together. Emotion overload in the heat of pleasure …*

Ich gehe die Stufen hinab und stelle fest, dass die Eisentür, die zuvor verschlossen war, ein Stückchen offen steht. Dahinter sehe ich Streifen von gelbem, grünem und blauem Licht über die Wand huschen. Mehrere durchsichtige Glasvitrinen hängen in einer symmetrischen Reihe mit weißen Plaketten darüber, doch ich kann nicht erkennen, was darauf steht und was die Glaskästen beinhalten.

… Take me I'm yours. Into your arms. Never let me go. Tonight I really need to know …, singt die Frau weiter, während ich mich durch die Tür zwänge und in eine Garderobe gelange, an deren Ende eine Flügeltür offen steht. Er riecht muffig, und seit dem Tag, an dem die Yuppies vor mehr als dreißig Jahren hier ihren letzten Tanz getanzt haben, scheint alles unverändert zu sein.

Ich gehe zu der ersten Vitrine, die auf Gesichtshöhe an die Wand geschraubt ist, während sich die Beats durch den Refrain hämmern: … *Tell it to me heart. Tell my I'm the only one. Is it really love or just a game?*

In der Vitrine ist ein Vogelnest. *Trottellumme (Uria Aalge)* steht auf der Plakette darüber. Auf einer nackten Steinplatte liegen zwei Eier. Ihre Schale ist tiefgrün mit dunklen, unregelmäßigen Flecken, Sprenkeln und Flammen. Daneben hängt eine Vitrine mit zwei grau-weißen Alkeneiern mit schwarzbraunen Flecken.

Ich laufe an der Wand mit den Nestern, Eiern und Vögeln vorbei durch die Flügeltür in die Diskothek. Schachbrettmuster am Boden und Pastelltöne an Decken und Wänden. Die Einrichtung ist aus Stahl und Glas. Über der Tanzfläche hängt eine Discokugel und dreht sich im Takt der Musik, inzwischen ein Evergreen, an den ich mich vage aus meiner Jugend erinnere. Auf dem Boden neben dem DJ-Pult stehen zwei Nebelmaschinen und spucken hin und wieder eine diffuse Wolke auf die leere Tanzfläche. Im DJ-Pult ist ebenfalls ein Stroboskop befestigt, das mit schneller Frequenz Lichtblitze aufzucken lässt. Dazu singt eine Männerstimme: *never gonna give you up, never gonna let you down. Never gonna run around and desert you …*

Die Akustik, der Staub und der Nebel verleihen dem Raum eine schwefelgelbe Aura, dazwischen wirbeln Staubwolken über den Boden.

Was ist das nur für ein Ort?, denke ich, strecke die Hand vor und sehe, wie sie sich bewegt, ruckartig, mechanisch. Ich habe das Gefühl, als würde ich in einem meiner medikamentösen Träume umherwandeln.

Mit einem Mal halte ich mitten in der Bewegung inne, während eine neue Nebelwolke in den Raum gestoßen wird. Die glitzernden, bunt beleuchteten Staubpartikel tanzen um mich herum wie Nordlichter, aber ich habe etwas weiter hinten im Raum entdeckt.

Etwas, was dort nicht sein dürfte.

38

Die Pillen und der Alkohol verursachen in mir bereits ein ätherisches, entrücktes Gefühl, als ich zu der Frau hinüberwanke, die in der hintersten Sitzecke nicht weit vom Notausgang an der Wand lehnt. Aber ich weiß, dass ich noch mehr brauchen werde, für das, was ich vorhabe. Diesmal sollen weder ein rostiges Wasserrohr noch andere defekte Requisiten das große Finale dieser Vorstellung beeinträchtigen.

Vor ihr auf dem Tisch flackern zwei Teelichter in einem Marmeladeglas. Sie hält sich die Hand vor das Gesicht, als würde sie schlafen oder als hätte sie sich einfach nur von der Musik, dem Rauch und den hektischen Lichtern abgewandt.

Die Frau ohne Gesicht trägt noch immer das dünne Nachthemd mit dem T-Shirt darüber. Ihr Körper und ihr Kopf sind grau und von einer dünnen Schicht Asche bedeckt, die ihr das Aussehen einer Mumie verleiht, wie man sie manchmal in Dokumentarfilmen über Pompeij sehen kann.

Den Teelichtern im Glas geht der Sauerstoff aus, und sie qualmen und erlöschen schließlich ganz, als ich den Tisch erreiche. Glimmende Staubkörner steigen aus dem Glas auf und schweben an meinem Gesicht vorbei wie Glühwürmchen, ehe sie verschwinden.

«Wartest du auf jemanden?»

Sie antwortet nicht, und ich lasse mich schwer auf das Sofa auf der anderen Seite des Tischs fallen. Die Wand fühlt sich kalt und klamm an, als befänden wir uns in einem Haus auf dem Meeresgrund und das Seewasser würde von außen gegen die Betonwände pressen. Ich beuge mich vor und streiche ihr vorsichtig das dichte, algengrüne Haar vor das nicht vorhandene Gesicht. Ihre Haare sind kalt und steif und knistern wie gefrorener Stoff. Als ich vorsichtig den Staub von ihr abbürste, sehe ich, dass ihr Körper von einer Glasur bedeckt ist. Sie ist gefroren wie ein Stück Fisch oder Fleisch, das man gerade aus der Tiefkühltruhe genommen hat.

«Was machst du hier drinnen?» Über den Tisch gebeugt, wische ich weiter den Staub von der steifgefrorenen Leiche. Das hat denselben Effekt, als würde man Ruß von einem alten Schneemann reiben, der Dreck hinterlässt grauschwarze Schlieren auf der blanken Eisschicht. Darunter sehe ich ihre bläulich-violette Haut mit den dunklen Totenflecken.

Ich streiche mit der Hand über den Tisch und fege eine jahrzehntealte Staub- und Schmutzschicht auf den Boden, sodass das Glas darunter zum Vorschein kommt. Ich habe das Gefühl, als befände ich mich an einem Ort, der nur für die Toten und Sterbenden reserviert ist, eine Transitstation, wo ich und die Frau ohne Gesicht darauf warten, endlich weiterzureisen, von einer Daseinsform in eine andere überzugehen.

Plötzlich verstummt die Musik abrupt, als hätte die Anlage den Geist aufgegeben, und im Raum breitet sich eine unbehagliche Stille aus, die nur vom Brummen des Motors unterbrochen wird, der die Discokugel dreht, und von den heiseren, beinahe japsenden Geräuschen der Nebelmaschinen.

«Kann irgendwo ein Fehler passiert sein?» Ich reibe mit dem Ärmel über die Glasplatte, bis sie sauber genug ist. «Eine Querverbindung zwischen dir und Frei?» Ich leere meine Taschen von Blistern, Schachteln und dem Tablettendosierer, nehme mir die gewünschten Pillen und lege sie auf den Tisch. «Verstehst du, ich wollte mich hier mit einer anderen treffen.»

Ich arrangiere die Pillen und Kapseln in Reihen auf dem Tisch zwischen uns, bis sie schließlich ein Wort bilden. Dann zeige ich auf den Namen, den ich aus vier Tablettenbuchstaben geschrieben habe, und sehe zu der Eisfrau auf. «Und zwar mit ihr.» Lächelnd sehe ich mich um. «Für uns beide haben sie diese Party veranstaltet.»

Im Raum staubt es nicht mehr so sehr, jetzt, da die Musik schweigt. Ich schnappe mir einige der Pillen aus dem Buchstaben F, sauge ein wenig Spucke aus meinen Wangen und schlucke sie. Als ich noch mehr nehmen will, erklingt die Musik plötzlich wieder. Die Lautsprecher scheppern, als die Beats und die tiefe Männerstimme einsetzen: ... *Ooh, give you up, oh, give you up. Oh, never gonna give, never gonna give ...*

Wieder schwebt der Staub im Takt der dröhnenden Lautsprecher durch den Raum. Ich hole mein Handy hervor und wähle eine letzte Nummer. Es gibt noch jemanden, mit dem ich sprechen muss, ehe ich bereit bin.

«Thorkild?» Liz' Stimme ist sanft, warm und wie immer von der ambivalenten Unsicherheit geprägt, mit welchem Thorkild sie wohl diesmal spricht.

«Hallo, Liz», lalle ich, während ich versuche, meinen Mund vor dem Staub zu schützen.

«Wo bist du?»

«In der Disco», sage ich schniefend und schnappe mir weitere Pillen vom Tisch.

«Wie bitte?»

«Ich sagte, ich bin in der Disco», wiederhole ich, während ich meinen Blick zu der motorisierten Kugel hochschweifen lasse, die knirscht und sich immer weiter dreht und dreht. Den Nebelmaschinen scheint der Nebel ausgegangen zu sein, sie stoßen nur noch sporadisch ein Husten aus, gefolgt von grauen Staubwolken, die sich mit dem anderen alten Dreck in diesem Raum vermischen. «Draußen auf der Leuchtturminsel.»

«Aber … aber?»

«Jemand hat hier für uns eine Party arrangiert.»

«Für wen?», fragt Liz angespannt. «Ich verstehe nicht ganz?»

«Ein Fest für die Toten.» Ich fege den Rest vom F und das ganze R vom Glastisch in meine Hand. «Und für die, die ihnen bald folgen wollen.» Dann fülle ich meinen Mund mit weiteren Pillen, während mein Blick durch das surrealistische Tanzlokal mit den blinkenden Lichtern wandert.

«Bist du böse auf mich?»

«Nein, Liz. Ich bin nicht böse.» Mein Körper hat aufgehört zu schmerzen, und ich spüre ein merkwürdiges Gefühl in mir, dasselbe, das ich auch hatte, als ich an Bord des Flugzeugs ging, das mich in die USA bringen sollte. Das war nur wenige Tage nachdem Ann-Mari und ich die Scheidungspapiere abgeschickt hatten.

Weder die Schlichtung noch die räumliche Trennung hatten geholfen, nichts hätte geholfen, das wussten wir schon lange. Der Abstand zwischen uns nahm weiter zu. Während ich dort am Fenster saß und sah, wie das Flugzeug in eine Wolkenschicht nach der anderen aufstieg, wurde mir schlagartig bewusst, dass der alte Thorkild elfeinhalb Stunden später, wenn das Flugzeug in Miami landen würde, nicht mehr mit aussteigen würde. Genau wie es ein neuer Thorkild war, den man eineinhalb Jahre später aus den Duschen unten im Keller des Gefängnisses von Stavanger trug, und wieder ein anderer, der vor einer knappen Woche durch die Gefängnistore ging.

Eigentlich gab es wohl viele Thorkilds. Zu viele. Auch schon Jahre davor. Damals verließ der zweite den ersten zu Hause in Island und reiste mit seiner Mutter und Liz nach Norwegen, nach Oslo, vor langer, langer Zeit. Aber dies wird der letzte sein. Die Zeit der Thorkilds ist vorbei.

«Habe ich dir von dem Rohr erzählt, Liz?» Der wirbelnde Staub kitzelt mich in der Nase und juckt in den Augen. Irgendwo tief in meinem Bauch übt der Backstein weiter Druck aus, ohne sich bewegen zu wollen.

«Nein», flüstert sie. «Du hast nie davon erzählt, was im Gefängnis mit dir passiert ist.»

Ich lege den Kopf zur Seite, sodass ich halb aufrecht sitze und das Gesicht der Wand und der Frau auf der anderen Seite des Tisches zuwende. «Tja, dann ist es wohl an der Zeit», nuschle ich und schließe die Augen. «Bevor der Vorhang fällt und die Band nach Hause geht.»

39

Gefängnis Stavanger, 13. Februar 2012

Robert, Arne Villmyrs Freund und Freis Tanzpartner, der mir beim Tanzkurs in Sølvberget begegnet war, hatte mir einen Brief geschrieben, in dem er um ein Treffen bat, nachdem ich meine Haft angetreten hatte. An dem Tag, an dem er kam, konnte ich ihn draußen im Auto mit Arne sehen. Sie küssten und umarmten sich lange, ehe er ausstieg.

In der Abteilung NORD, so hieß die Gemeinschaftsabteilung, waren wir neunzehn Gefangene. Das Gefängnis hatte vier Besucherräume, drei waren belegt, weil gerade Winterferien waren, und der letzte freie Raum diente normalerweise für Familienbesuch. An den Wänden hingen Kinderzeichnungen, es gab IKEA-Kisten mit Spielzeug und einen Zeichentisch für die Kleinen. Auf einem Ledersofa saßen auf jeder Seite zwei große Teddys mit geöffneten Armen, als warteten sie darauf, jemanden an sich drücken zu können.

«Sind Sie bereit?», fragte der für mich zuständige Vollzugsbeamte, als wir in der Tür zum Besucherraum standen, und spähte hinein. Am entgegengesetzten Ende des Gangs sah ich Robert zusammen mit einem weiteren Beamten kommen. Er hatte die Hände vor dem Körper verschränkt und ließ den Kopf hängen, als wäre er ein neuer Insasse auf dem Weg zu seiner ersten Begegnung mit seinen Mithäftlingen. «Sie haben eine halbe Stunde zur Verfügung», fuhr der Beamte fort. «Anschließend kommt eine Mutter mit einem kleinen Jungen, der zum ersten Mal seinen Vater treffen wird.»

«Schon in Ordnung», erwiderte ich, ehe der Beamte die Tür schloss, und warf einen Blick in die Kinderecke. Unter dem Tisch mit den Zeichensachen lag ein gelb-blauer Teppich mit einem Bild von zwei Giraffen, die Äpfel von einem unnormal hohen Baum fraßen.

Ich ging zum Sofa und setzte mich neben einen der Bären. Im nächsten Moment ging die Tür wieder auf, und mein Vollzugsbeamter ließ Robert herein. «Okay, Jungs. Eine halbe Stunde. Ich warte draußen.»

Robert blieb einen Moment mitten im Raum stehen. Er war genauso gut gekleidet wie bei unserer letzten Begegnung, trug eine Anzughose, ein weißes Hemd unter dem Parka und ein Halstuch. Nur seine Gesichtszüge waren jetzt, von nahem betrachtet, gröber, als ich sie in Erinnerung gehabt hatte.

«Bleib doch sitzen», sagte er, als ich aufstehen wollte. Er knüpfte sein Tuch auf, zog es vom Hals und legte es zusammen mit seinem Mantel auf dem Zeichentisch ab. Dann fuhr er sich mit den Händen durch das dichte schwarze Haar und setzte sich ans andere Ende des Sofas. Auch ihm fiel es offenbar schwer, den Teddy auf den kalten Boden zu setzen, also nahm er ihn auf den Schoß.

«Wir haben uns wohl nie richtig kennengelernt», begann er, ohne ein Anzeichen, mir die Hand geben zu wollen.

«Nein», sagte ich. «Wir sind uns damals im Tanzkurs begegnet, das ist alles. Weshalb bist du gekommen?»

Robert nickte stumm, ohne auf meine Frage zu antworten. In seinem Brief hatte er nur geschrieben, es gäbe etwas, worüber wir reden müssten. Nach dem Unfall war ich nach Bergen in die Einzimmerwohnung zurückgekehrt, wo ich bis zu meinem Prozess hockte. Sowie die Ergebnisse meiner Blutproben festgestanden hatten, war ich vom Dienst suspendiert worden. Der Einzige, von dem ich etwas gehört hatte, war mein Chef Gunnar Ore, der mich anrief, um mir zu sagen, dass ich mich vom Büro und den Kollegen fernhalten und auf keinen Fall mit der Presse sprechen solle, ehe er das Gespräch mit der Bitte abschloss, ich möge mich in den nächsten Straßengraben legen und krepieren.

«Wie geht es ...» Robert zog die Nase kraus, ehe er fortfuhr. «... deinem Gesicht?»

Instinktiv fasste ich an die halbmondförmige Narbe an meinem Auge. Mein Finger glitt über die Wange, wo die Haut zu einem sternenförmigen Muster aufgerissen war und die Tränendrüsen darunter zerstört hatte.

«Wächst alles», antwortete ich und zog die Hand wieder zurück, als ich mir meines Fingertanzes bewusst wurde.

«Alles wächst, ja.» Robert wechselte die Position, setzte sich schräg ans Ende des Sofas und streckte die Beine ein wenig aus. «Wir haben Frei zu Hause in Tananger beerdigt. Wenn du willst, kannst du hinfahren, sobald du hier raus bist. Arne und seine Familie haben nichts dagegen.»

«Danke.» Ich kniff dem Teddy brutal ins Ohr.

«Ihre Eltern sind wieder abgereist. Arne sitzt draußen im Auto, er will nicht mit dir sprechen.»

Ich nickte, ohne das Teddyohr loszulassen.

«Ich war derjenige, der Frei das GHB gegeben hat.» Robert presste die Hände auf den Teddybauch. «Deshalb wollte ich mit dir sprechen. Um es dir zu erzählen.»

«Warum?», fragte ich kalt.

Robert sah mich mit einer merkwürdigen Miene an. «Weißt

du das wirklich nicht?» Er schüttelte den Kopf. «Doch. Ich glaube, du weißt es.»

Ich zuckte mit den Schultern, ohne das Teddyohr loszulassen. «Spielt das eine Rolle?»

«Nein, vielleicht nicht.» Robert blieb ruhig sitzen und sah mich eine Weile an, ehe er fortfuhr. «Deshalb bin ich gekommen. Weil ich es dir erzählen musste.»

«Hast du es auch deinem Freund draußen im Auto erzählt, und ihren Eltern?»

«Sie wissen es», antwortete er mit diesem seltsamen Lächeln, das eigentlich mehr eine Grimasse war. «Du wusstet, dass sie einen Freund hatte», fuhr er fort. «Einen Polizisten hier auf der Polizeistation in Stavanger.»

Wieder zuckte ich bloß die Achseln. Aber ich fror innerlich, und mein Magen krampfte sich zusammen.

«Simon Bergeland», sagte ich schließlich.

«Ja, genau. Der Beamte, in dessen Fall du hier ermittelt hast. Ein Dieb, ein Gewaltverbrecher und überhaupt ein Arschloch in Polizeiuniform, dessen Welt mit deiner Ankunft in dieser Stadt zusammenzubrechen drohte.»

Ich knetete das Teddyohr und war nicht imstande, etwas zu sagen, ich saß einfach nur da, während es in meinem Bauch rumorte. «Warum?», wiederholte ich.

«Wie, warum, Thorkild?» Roberts Halblächeln hatte sich in einen schmalen Strich verwandelt, der nur noch Ekel und Verachtung ausdrückte, nicht mir gegenüber, sondern der Tatsache, dass wir beide hier saßen, dass wir noch am Leben waren, während Frei kalt in einem Sarg irgendwo bei Tananger lag. Robert presste sein Kinn auf den Teddykopf und biss sich in die Unterlippe.

«Warum hat sie das getan?»

«Erst war sie wohl einfach nur neugierig, wer du bist. Ich glaube, sie wollte auch etwas über Simon herausfinden, was er eigentlich so trieb. Am Tag, nachdem ihr euch im Café Sting getroffen hattet, kam Frei nach Hause und fragte, ob ich ihr das GHB besorgen konnte.»

«Was war der Plan?»

«Was heißt schon Plan», antwortete Robert. «Ich weiß nicht alles, ich wollte es auch nicht wissen, aber anscheinend solltet ihr beide im GHB-Rausch in eine Polizeikontrolle geraten, damit Simon ein bisschen mehr Zeit gewinnen konnte. Und sein Fall vielleicht sogar eingestellt werden würde.»

«Eine Polizeikontrolle.» Plötzlich hatte ich wieder den bitteren Geschmack des Ciders im Mund. «Wirklich?» Ich versuchte zu schlucken. «Wie originell.»

«Simon hatte ihr eine SMS geschickt, dass an diesem Abend auf dem Tanangervegen eine Kontrolle stünde, und sie gebeten, dafür zu sorgen, dass du unter Drogen stehst und hineingerätst. Das hat sie mir erzählt, als ich ihr die Ciderflasche brachte. Oh Gott», stöhnte er und schlug sich die Hände vors Gesicht. «Du kannst dir nicht vorstellen, wie ich es bereut habe, dass ich überhaupt …»

«Auf dem Tanangervegen?» Ich dachte einen Moment nach, dann richtete ich mich auf. «Bist du sicher?»

«Ja», sagte Robert und sah mich an, das halbe Lächeln erschien wieder. «Die Polizeikontrolle war am Ende des Tanangervegen.»

«Nein», flüsterte ich. «Nein, nein, nein!» Ich sah zu Robert auf und bemühte mich zu kontrollieren, was in mir zu wachsen begann. «Du irrst dich. Sie kann nicht auf dem Tanangervegen gewesen sein. Sie ...»

«Nein, Thorkild.» Robert blieb ruhig sitzen und blickte mich über die Ohren des Riesenteddys hinweg an. «Ich irre mich nicht.» Er setzte den Teddy auf den Boden und rückte näher zu mir heran. «Aber ihr seid nicht nach Tananger gefahren, oder?», sagte er und legte mir sanft die Hand auf den Arm.

Ich erwiderte nichts. Ich fühlte mich innerlich kalt und durchsichtig. Mein Körper war erstarrt, die kleinste Bewegung tat weh. Aber dies war eine neue Art von Schmerz, von dessen Existenz ich nichts gewusst hatte. Ein Schmerz, der nicht wieder vergeht, der niemals vergehen wird.

Robert wollte noch etwas hinzufügen, als es plötzlich an der Tür klopfte. Einer der Vollzugsbeamten steckte den Kopf herein und sagte: «Die Zeit ist bald abgelaufen.»

Ich blieb sitzen, ohne einen einzigen Muskel zu bewegen. Robert stand auf und zog seinen Parka und das Tuch an. «Ich glaube, das war alles.» Er nickte vor sich hin, während er den Reißverschluss seiner Jacke hochzog. «Oder würdest du mir da nicht zustimmen?» Er drehte sich zur Tür, dann wandte er sich wieder mir zu. «Adieu, Thorkild. Ich glaube, wir beide müssen uns nicht wiedertreffen.»

Und damit ging er.

Nachdem mich der Vollzugsbeamte zurück in die Zelle gebracht hatte, nahm ich mir ein Handtuch und meinen Kulturbeutel und ging in Richtung der Sporthalle. Wie konntest du nur?, dachte ich, während ich durch den Saal eilte, an zwei Männern vorbei, die gerade ein Volleyballnetz wegräumten. Wie konntest du mir das antun? Ich blieb vor einem der Schränke stehen und nahm ein Springseil heraus, ehe ich meinen Weg zu den Umkleiden und den Gemeinschaftsduschen am anderen Ende fortsetzte.

Die Umkleide war leer. Eine graue Dampfwolke hing zwischen den Duschen und dem Umkleideraum, und auf dem Boden zwischen den Bänken hatten sich Pfützen gebildet.

Wasserstreifen rannen die Wände hinab, und unter der Decke, an der entlang die Rohre von den Duschen zum anderen Ende des Raums führten, waberte ein dichter Nebel. Ich ging zur Tür, öffnete sie einen Spaltbreit und spähte hinaus. Die beiden Männer in der Sporthalle waren verschwunden, das Licht war gelöscht worden. Ich schloss die Tür wieder und zog eine der Bänke aus der Umkleide in die Dusche.

Sobald ich sie an den richtigen Platz gestellt hatte, drehte ich alle Duschen so heiß wie möglich auf. Dann sprang ich auf die Bank und warf das Seil über ein dickes Rohr an der Decke. Diese Prozedur wiederholte ich zweimal, ehe ich das eine Ende oben verknotete und am anderen Ende eine Schlinge knüpfte.

Schließlich sprang ich von der Bank und ging zu den Duschen zu meiner Rechten, die sich automatisch nach einer Minute abgestellt hatten, und drehte sie wieder auf.

Die älteren Duschen auf der anderen Seite hatten diese Automatik nicht und spien weiterhin heißes Wasser auf den Boden, während der Dampf immer dichter wurde.

Schnell stellte ich mich wieder auf die Bank, griff die Schlinge mit beiden Händen und zog sie mir über den Kopf. Das Geräusch des Wassers, das auf den Boden und die rostigen Abflussgitter prasselte, war ohrenbetäubend.

Ich packte das Seil mit beiden Händen über der Schlinge, dann presste ich meine Zehen gegen den Rand der Bank unter mir und stieß mich ab. Da siehst du, Thorkild, dachte ich, als mein Kopf hochgerissen wurde, während sich das Seil um meinen Hals zuzog. Das Schlimmste ist schon überstanden.

Mein Körper drehte sich langsam im Kreis. Meine Beine zuckten krampfartig in der Luft.

Plötzlich erblickte ich durch den Wasserdampf hindurch eine Uhr an der Wand des Umkleideraums. Eine runde Metallscheibe mit dicken Zeigern. Drei Minuten nach fünf.

Warum sind wir an diesem Abend nicht nach Tananger gefahren, Frei? Oh Gott, warum hätten wir nicht einfach nach Tananger fahren können …

40

Sie hat dich nur ausgenutzt.»

Liz' Stimme reißt mich aus dem vernebelten Halbschlaf, in den ich mich hineingeredet habe. Ich schlage die Augen auf, und im selben Moment gibt der Motor der Discokugel über der Tanzfläche endlich den Geist auf. Es scheint, als wäre ihre innere Mechanik in tausend kleine Plastik- und Metallstückchen zerfallen, die nun in ihr herumrasseln.

«Sie hat dich manipuliert und wollte, dass du deinen Job verlierst. Ich hasse sie. Ich hasse sie, auch wenn ich sie nie kennengelernt habe, hasse ich sie.» Liz weint bitterlich.

«Du verstehst das nicht», nuschle ich und versuche mich wieder aufzurichten. «Aber das ist nicht dein Fehler. Wir sind ja beide so. Deshalb suchen wir uns Menschen wie Arvid und Ann-Mari, kaputte Distanzmenschen, die nie etwas erkennen, die nie in dein Inneres vordringen wollen. Aber das ist nicht normal, Liz. Ich wusste die ganze Zeit über Frei und ihre Beziehung zu Simon Bergeland Bescheid. Ihr Name stand auch in der Fallakte. Frei hat mit mir gespielt, aber ich habe es zugelassen. Manipulation und Information, weißt du? Damit arbeiten wir, Leute wie ich. Wir manipulieren Gedanken.»

«Ich verstehe nicht ...»

«Ist dir noch nie aufgefallen, dass dein Bruder ein Illusionist ist? Ich bin verdammt noch mal ein Meister von *smoke and mirrors* und so sehr von meiner Rolle eingenommen, dass ich ... dass ...» Plötzlich habe ich vergessen, worauf ich mit meinem Gefasel hinauswollte, und fege die letzten Pillen vom Tisch zwischen mir und der Frau ohne Gesicht. Ich kann meine Hände gerade noch kontrollieren, während ich mit der Handfläche über die Tischplatte fahre. Mehrere Pillen und Kapseln fallen dennoch auf den Boden oder in meinen Hemdkragen, als ich sie mir in den Mund schieben will.

«Hast du ihn denn getroffen?» Ich höre, wie Liz versucht, die Kontrolle über das Gespräch zu erlangen und ihm eine andere Richtung zu geben. «Ihren Freund?»

«Nein. Er ist an jenem Tag nicht zu der Befragung erschienen. Später habe ich gehört, dass die Spezialeinheit eine Zeitlang nach ihm gesucht hat, aber sie haben ihn nie gefunden. Puff», sage ich lachend. «Spurlos verschwunden.»

Ich nicke der gefrorenen Frau ohne Gesicht auf der anderen Seite des Tisches zum Abschied zu, ehe ich aufstehe und über die Tanzfläche wanke, wo die Musik erneut verstummt ist. Bis auf das asthmatische Keuchen der Nebelmaschinen und das Rasseln der kaputten Discokugel ist es vollkommen still im Raum.

Ich muss mich an einem der Pfosten festklammern, mit denen die Tanzfläche vom übrigen Bereich abgetrennt wurde, bleibe einen Moment stehen und versuche, mich aufrecht zu halten. Gleichzeitig bemühe ich mich, etwas durch die Staubwolken hindurch zu sehen. Nach einer Weile entdecke ich das weiße Männchen auf dem grünen Notausgangsschild, hole tief Luft, nehme Anlauf und taumle zum Ausgang.

Dort angekommen, will ich langsamer werden und mit der freien Hand nach der Klinke greifen, verfehle sie jedoch und falle mit dem Gesicht voran gegen die Tür und dann auf den Boden, ohne etwas zu spüren.

«Du darfst das nicht tun», höre ich Liz flüstern, während ich das Handy aufhebe und mich an die Tür lehne. «Ich schaffe es nicht allein, Thorkild.»

«Hab keine Angst.» Ich huste und räuspere mich. «Das kalte Metall wird mich einschmelzen, und dann, schwupps ... » Ich reibe mir mit den Händen die Augen, bringe aber nur noch mehr Ruß und Schmutz hinein, und mir laufen die Tränen über das Gesicht, ohne dass ich einen Schmerz in der Wange spüre. «Dann ist es vorbei. Keine weiteren Thorkilds.»

Ich höre Liz' Atem im Hörer, schwer und regelmäßig zwischen den Worten, von denen sie glaubt, ich würde sie hören wollen, und dem Schluchzen, das sie nicht zurückhalten kann. Aber hier geht es nicht um uns beide. Nicht um mich und Liz. Es geht nur um mich und um diejenige, die jenseits der Flüsse auf mich wartet.

Ich rapple mich wieder auf, drehe mich um und stemme mich mit meinem ganzen Gewicht gegen die Tür. Endlich gibt sie nach und öffnet sich knarrend.

Kalte Seeluft weht mir ins Gesicht und beißt in meinen Lungen, als ich sie einatme. Über mir reißt der Himmel auf. Ich gehe auf die Klippen zu und bleibe vor einem großen Stein stehen. Mein Blick schweift über die Landschaft. «Dass ich es nicht gesehen habe», sage ich und schmatze, weil ich den Geschmack von Salzwasser auf der Zunge spüren will. «Oder gehört habe, was du mir sagen wolltest …»

Ich versuche zu lachen, doch das Lachen bleibt mir im Halse stecken. Stattdessen muss ich mich wieder und wieder übergeben, während ich auf den glatten Steinen zu den Klippen hinablaufen will. Vor mir rollen die Wellen heran, darauf schwimmen Tangklumpen, die platschend gegen den Grundstein schlagen.

«Wie schön», singe ich, während ich über die glatten Felsen torkle. Mein Gesicht ist dem Himmel zugewandt, und ich kann die tiefen Gräben im Mond sehen. Aus seinen Wunden rinnen silberne Flüsse und färben die Himmelskuppel in verschiedenen Metalltönen, an den Rändern dunklere, unregelmäßige Flecken, in der Mitte eher flammende Muster, die sich in spiralförmigen Milchstraßen ineinanderschlingen.

«Thorkild», schluchzt Liz. Ich kann sie gerade noch hören, das Tosen des Meeres übertönt ihre Stimme. «Leg nicht auf. Bitte. Ich verspreche dir, dass ich eine bessere Schwester sein werde, ich will dich nie wieder bedrängen und belästigen, ich …»

Jetzt nehme ich das Handy vom Ohr und bleibe am Rande der Klippen stehen. «Wir sind an diesem Abend nicht nach

Tananger gefahren», murmle ich dem schwarzen Wasser vor mir zu. Weiter draußen mischen sich die Himmelsflüsse mit dem Meeresdunkel und erleuchten es von innen, eine intensive, silberschwarze Biolumineszenz. Bald werde auch ich meine Form verändern und zu einem Teil dieser mächtigen Energie werden. «Wir haben einen anderen Weg genommen, nicht wahr, Frei? Einen ganz anderen Weg.»

Ich breite die Arme zur Seite aus und setze den einen Fuß vor den anderen, dann muss ich mich wieder übergeben, das Erbrochene rinnt mir das Kinn und die Kleidung hinab, aber das spielt keine Rolle mehr, das Wasser wird alles wegwaschen. Diesmal wird das Wasser alles wegwaschen.

Über mir ist der Himmel endlich ganz offen, kalte Farben verbinden die beiden Punkte. Das Schlangennest ist bereit. Ich schließe die Augen, presse die Lippen zusammen und zwinge meinen Körper nach vorn.

Mit einem gedämpften Platschen treffe ich auf die Dunkelheit vor mir und drehe mich auf den Rücken, wo ich liegen bleibe und im Takt des Meerespulses hin- und hergeschaukelt werde, vor und zurück, während ich von den Klippen fort und in den Silberregen hineingezogen werde. «Das ist der letzte», keuche ich, während mir das Salzwasser über Körper und Gesicht schwappt. «Der allerletzte Thorkild.»

41

Der letzte Tag mit Frei, Stavanger,
26. Oktober 2011

Frei lehnte draußen neben der Tür der Polizeistation in Stavanger, als ich vom Büro im zweiten Stock herunterkam, das man mir zur Verfügung gestellt hatte. Der Empfang hatte angerufen und mitgeteilt, dass Besuch für mich da sei. Ich hatte erst geglaubt, es wäre Simon Bergeland, der endlich zu seiner Vernehmung käme, und gebeten, ihn hochzuschicken.

«Was machst du denn hier?», fragte ich, als ich hinaustrat. Ich ging auf Frei zu und krempelte mir die Ärmel bis zu den Ellbogen hoch. Eine milde Brise strich mir über die Unterarme und raschelte durch die Bäume vor dem Revier.

Frei trug einen kurzen, schwarz-weiß gemusterten Rock, schwarze Joggingschuhe und einen weißen und weiten Strickpullover aus feiner Wolle mit langen Ärmeln. Ihre Augen waren schwarz umrandet, und um den Hals hatte sie etwas, das an ein Hundehalsband erinnerte. In den Händen hielt sie eine Flasche mit Apfelcider, und als sie sich vorbeugte und mich kurz und linkisch umarmte, konnte ich riechen, dass sie etwas getrunken hatte.

«Ich habe keine Zeit», sagte ich, als sie wieder zurücktrat. Ihre Augen waren gerötet, als hätte sie gerade geweint. «Ich warte auf jemanden.»

Frei versuchte sich ein Lächeln abzuringen und wankte ein wenig. «Er kommt nicht», sagte sie und presste sich wieder so fest an mich, dass ich ihre Brüste an meinem Oberkörper spürte.

«Woher weißt du das?»

«Ich weiß alles», antwortete sie, jetzt lachend, und glitt wieder von mir weg. Sie trat ein paar Schritte zurück und lehnte sich an einen Laternenpfahl, während sie die Flasche mit dem Cider umklammerte.

«Das bezweifle ich nicht.» Ich blieb stehen, sah sie an und genoss einfach nur den Geruch von Parfüm und Shampoo, der jetzt an meiner Kleidung hing. Am liebsten hätte ich mich wieder der Illusion hingegeben, auf die Konsequenzen gepfiffen und wäre zu ihr gegangen, hätte sie in meine Arme geschlossen und hochgehoben und mein Gesicht in ihrem Haar vergraben.

«Kommst du mit?»

«Hör auf, Frei.»

«Bitte.»

Ich machte eine resignierte Geste und sah auf die Uhr. Es war bald sechs. Die Vernehmung von Simon Bergeland hätte schon vor drei Stunden beginnen sollen. Ich wusste, dass er auch heute nicht kommen würde, außer wir würden jetzt losfahren, um ihn zu treffen.

«Wo willst du hin?»

«Nach Tananger.» Frei warf mir den Cider zu.

Ich schraubte die Flasche auf und trank einen Schluck. Der Cider schmeckte bitter, fast wie Säure.

«Was wird in Tananger passieren?», fragte ich und gab ihr die Flasche zurück.

«Warte es ab.»

Erneut sah ich auf die Uhr, ehe ich schließlich antwortete: «Na gut. Aber ich fahre.»

Ich klingelte an der Tür, und der Mann am Empfang stand auf und ließ mich wieder ins Revier. Rasch lief ich in mein Büro hinauf, räumte meine Sachen auf und packte die Aufnahmegeräte ein, die ich dort aufgebaut hatte. Dann versuchte ich ein letztes Mal, Simon Bergeland zu erreichen, aber sein Telefon war immer noch ausgeschaltet.

Frei stand neben dem Auto und rauchte. Wir stiegen wortlos ein, und ich fuhr auf den Lagårdsveien.

«Bin ich hübsch?», fragte sie plötzlich, ohne mich anzusehen. Sie hatte das Gesicht zum Seitenfenster und den Lichtern der Stadt draußen gewandt.

«Extrem. Was ist denn in Tananger?»

«Du weißt ja überhaupt nichts über mich», fuhr Frei fort, ohne auf meine Frage einzugehen.

«Und wer bist du?» Ich folgte Freis Anweisungen und bog in den ersten Kreisverkehr ein, der uns auf die E39 führte und weiter hinaus aus der Stadt. In meiner Brust spürte ich plötzlich ein seltsames Kribbeln, das sich langsam auf die Schultern und das Gesicht ausbreitete.

«Ich hätte dein sein können», sagte sie plötzlich und drehte sich zu mir um. Ihre Augen waren dunkel und wirkten beinahe so, als hätte sie Angst. «Im Ernst.»

«Nein, das glaube ich nicht», antwortete ich und versuchte zu lächeln, aber irgendetwas schien an den Muskeln unter meiner Gesichtshaut zu zerren und es zu verhindern.

«Warum nicht?» Frei nahm die Flasche mit dem Cider aus der Mittelkonsole und rollte sie nervös zwischen ihren Händen. «Du hast doch gerade gesagt, dass du mich hübsch findest.»

«Extrem hübsch», ergänzte ich.

«Und?»

«Das ist doch nur ein Spiel, oder etwa nicht?» Die Straßenlaternen waren bereits angegangen.

Frei hielt in ihrer Bewegung inne und ließ den Blick aus dem Fenster schweifen. «Was wäre, wenn es nur uns beide gäbe?», flüsterte sie der Scheibe zu.

«Sind hier denn noch mehr Leute?» Übertrieben reckte ich den Hals zur leeren Rückbank. «Hier ist schon mal niemand. Siehst du auf deiner Seite jemanden?»

Ich hatte Lust, ihr zu erzählen, dass ich alles über dieses korrupte Bullenschwein wusste, dessen Karriere sie retten wollte, und dass ich den Dreckskerl an die Wand klatschen würde, ganz egal, wozu sie sich erniedrigen ließ, um ihn zu schützen. Doch ich tat es nicht. Noch immer gab es etwas, was mich zurückhielt. Die lächerliche, naive Hoffnung, dass es hier um echte Gefühle gehen könnte, solange keiner von uns beiden das Spiel unterbrach.

«Ja», sagte ich schließlich. «Wenn es nur uns beide gäbe.»

«Obwohl du weißt, dass ich nicht diejenige bin, für die du mich gehalten hast. Und dass ich oft lüge ...»

«Ja, trotzdem», fiel ich ihr ins Wort. «Und um genau zu sein, lügst du immer.»

Ich konnte sehen, wie sie das Seitenfenster anlächelte, während sie weiter die Flasche zwischen ihren Händen rollte. «Danke.»

«Danke?» Mit einem Mal überkam mich eine leichte, spielerische Wärme, die bis in meinen Bauch wanderte. Das Kribbeln brachte mich zum Lachen, und ich konnte nicht mehr aufhören. «Was meinst du mit *danke*?»

«Ich wollte es einfach nur wissen.»

«Aber es gibt nicht nur uns beide, oder?»

Frei setzte sich auf, endlich sah sie mich direkt an. Sie deutete auf meine Brust. «Eins», sagte sie, ehe sie den Zeigefinger auf sich selbst richtete: «Zwei.»

«Oh, wie lustig», entgegnete ich lächelnd, während meinen Bauch noch mehr kribbelnd leichte Wärme erfüllte. Ich packte das Lenkrad fester. Das kühle Leder verstärkte das Kitzeln in meinen Handflächen, es wurde intensiver, als wollte etwas aus meiner Haut hinausdringen.

«Wow.» Sie blieb sitzen und sah mich mit halbgeöffnetem Mund an.

«Was?» Ich umklammerte das Lenkrad und hatte das Gefühl, als wollte mein Körper vom Fahrersitz abheben und davonschweben, als wären wir zwei Raumfahrer auf einem Parabel-Flug der NASA.

«Hatten wir gerade einen gemeinsamen Moment?»

«Hatten wir?»

«Ich glaube schon.» Sie lacht.

«Ach, übrigens, sag Bescheid, wenn wir abbiegen müssen. Ich …»

«Du bist schon vorbeigefahren», erklärte Frei. «Vor langer Zeit.»

«Verdammt», murmelte ich und hielt nach einer neuen Abfahrt oder einem Kreisverkehr Ausschau, während ich mich konzentrieren musste, ruhig zu sitzen. «Soll ich umkehren?»

«Nein.»

«Wollten wir nicht nach Tananger?»

«Dreh nicht um.» Frei legte den Kopf auf meine Schulter. «Ich will weiterfahren.»

Plötzlich bemerkte ich über mir ein dunkles Loch in den Regenwolken. Daraus drang ein grelles Licht. Aber es war nicht das stahlblaue Himmelslicht, wie man es zu dieser Zeit des Jahres kennt, sondern ein wärmeres, irdischeres Licht, als würde ich in eine glühende Silberscheibe blicken. Als sich die Wolken weiter zurückzogen, erkannte ich, dass es der Mond war.

Ich wollte Frei erzählen, dass es aussah, als würde der Mond bluten. Als würde dickflüssige, silberne Lava aus dieser glitzernden Oberfläche strömen, doch ehe ich etwas sagen konnte, hörte ich irgendwo unter mir einen dumpfen Schlag. Dann flog ich tatsächlich, ich schwebte über dem Autositz und klammerte mich ans Lenkrad. Frei flog ebenfalls, ich konnte sehen, wie sie ihr schreckerfülltes Gesicht von mir abwandte und ihr Haar wie eine Glorie um ihren Kopf stand. Im nächsten Moment krachte es, und ich spürte, wie mein Kopf gegen das Lenkrad geschleudert wurde.

Das Letzte, woran ich mich erinnerte, war der bittere, metallische Geschmack des Ciders in meinem Mund. Er war immer noch da, als ich am nächsten Tag aufwachte und sie mir erzählten, dass Frei tot war.

DIENSTAG

42

Dies ist kein neuer Thorkild. Das ist mein erster Gedanke, als ich erwache. Der nächtliche Himmel hängt kalt und dunkel über mir, mit toten Sternen, die mich anblitzen wie Katzenaugen. Um mich herum höre ich das Wasser glucksen und platschen, während ich im Takt der Wellen auf- und abschaukle.

Ich liege auf einer Art Floß, das mit Tang, Einkaufstüten, Seilstücken, Plastikkanistern und anderem Dreck bedeckt ist und mitten auf dem Meer treibt. Als ich den Kopf bewege, sehe ich, dass mein Floß der zerstörte Kai ist, den der Sturm am ersten Tag von der Leuchtturminsel losgerissen hat.

«Du liebe Güte», stöhne ich, als ich ein paar Meter entfernt ein Vogeljunges entdecke, das sich ebenfalls auf dieser schwimmenden Müllinsel niedergelassen hat. Es kommt mir riesig vor, ist dunkelbraun mit weißen Sprenkeln und hat einen schwarzen Schnabel. Es sieht aus wie ein Adler und starrt mich mit seinen großen Raubvogelaugen an, ehe es sich wegdreht, die Flügel dichter an den Körper presst und den Kopf auf die Brust legt.

«Hilfe», flüstere ich und wende mich dem Vogeljungen zu. «Kannst du mir helfen?» Im nächsten Moment kommen die Schmerzen, erst im Hals, dann an der Wange, dann in meinem Bauch. Dieser pochende, schwere Druck aus dem Inneren meines Verdauungstrakts ist wieder mit voller Kraft zurück.

Ich richte meinen Blick zum Himmel hinauf und kneife die Augen zu, während die Schmerzattacken durch meinen Unterleib jagen. Als ich die Augen wieder öffne, kann ich sehen, dass eines der blinkenden Katzenaugen vom Himmel gefallen ist und wie eine Sternschnuppe auf die Erde zufliegt.

«Uuuuh», jaule ich, und das Adlerjunge schlägt mit den Flügeln.

Als die Sternschnuppe näher kommt und den ganzen Himmel mit Licht erfüllt, gibt das Adlerjunge seine Fluchtversuche auf. Es legt die Flügel wieder dicht an, streckt den Kopf nach oben und öffnet den Schnabel, in einem letzten Versuch, sich zu verteidigen, oder vielleicht denkt es auch, es würde gefüttert werden.

Ich will meine Hände heben, um mein Gesicht gegen das kalte Licht abzuschirmen, doch es gelingt mir nicht. Meine eine Hand hängt an etwas fest. Ich drehe den Kopf zur Seite, um zu sehen, was es ist, und erblicke eine graue Hand, die direkt neben mir aus dem Tang- und Müllberg aufragt. Ihre steifen Finger umschließen die meinen, als würden wir uns gerade begrüßen. Sie fühlen sich kalt an, wie die Finger einer Schaufensterpuppe. Ich versuche, meine Hand aus diesem seltsamen Griff zu befreien. Da erblicke ich wieder den fallenden Stern.

Er hängt jetzt wie ein feuerspeiender Drache direkt über meinem Floß, bläst schäumendes Seewasser in alle Richtungen und bringt die Müllinsel kräftig zum Schaukeln. Ich halte mich mit der freien Hand an meinem Untersatz fest und stoße aus Furcht und Schmerz einen Schrei aus, während Plastikteilchen, Schaum und eiskaltes Seewasser auf uns herabregnen.

Kurz darauf ertönt unweit von mir ein Platschen, und ich sehe, wie eine dunkle Gestalt im Wasser auf mich zuhält. Das Adlerjunge hat sich zu einem Ball aus braunen und weißen Federn zusammengekauert, aus dem nur noch der Schnabel herausragt. «Lassen Sie los», brüllt eine Stimme, und kurz darauf taucht direkt neben mir ein Mann auf.

Ich schüttle den Kopf und klammere mich fester an das Floß und die eiskalte Menschenhand.

«Lassen Sie los», wiederholt der Mann und zeigt auf eine Metalltrage, die neben ihm im Wasser liegt. «Ich kann sie nicht an Bord des Helikopters bringen, wenn Sie nicht loslassen!»

Ich drehe mich wieder zu dem Adlerjungen um und kann seine Augen unter den Federn erahnen. Es faucht mich an, kurz darauf verschwindet sein Kopf wieder unter dem Flügel, und der Mann in Schwarz neben mir öffnet gewaltsam meine Finger und löst mich von dieser Hand, mit der ich verbunden bin.

«Lassen Sie los! Hören Sie? Sie müssen loslassen, sonst bekomme ich Sie nicht auf die Trage.»

Nach einer Weile gebe ich auf, ich habe keine Kraft mehr, und der Mann packt mich unter den Armen und zieht mich von der Müllinsel. Dabei taucht plötzlich ein ganzer Mensch aus dem Tang auf, den ich durch das Treibgut hinter mir herziehe, auf die Metalltrage zu.

«Du wirst zuerst nach oben gezogen», sagt er ruhig, «Dann kümmere ich mich anschließend um den hier. In Ordnung?»

Endlich lasse ich ganz los, und der Retter rollt mich auf die Trage und befestigt mich mit Riemen. Er winkt ins Licht, während er selbst mit der Leiche wartet. Im nächsten Moment spüre ich, wie ich aus dem Wasser gezogen werde, dem Licht entgegen, mit klappernden Zähnen und bibbernden Lippen.

Während die Trage in den Helikopter geholt wird, erhasche ich einen letzten Blick auf das Adlerjunge dort unten auf dem Kaifragment. Jetzt ist es auf die Füße gekommen und schlägt mit den Flügeln, während Schaum und Wasser, die von den Rotoren aufgepeitscht werden, auf es niederregnen.

«Hallo! Können Sie mich hören?», fragt einer der Männer im Helikopter, der mich in Folien und Decken hüllt, während die Trage wieder herabgelassen wird.

Ich will etwas antworten, spüre jedoch, dass ich nicht genug Luft in den Lungen sammeln kann, um zu sprechen. Der Mann legt mir die Hand auf die Wange, und erst jetzt merke ich, wie kalt ich bin. Ich spüre die Wärme seiner Hand leicht durch meine Haut dringen. «Hey, Sie dürfen jetzt nicht die Augen zumachen», fährt er fort und kneift mir ins Gesicht. «Nicht einschlafen!»

Um uns herum knattern die Rotorblätter und kapseln uns in eine Lärmhülle ein. Kurz darauf kommt die Seilwinde wieder hinauf. Die Gestalt wird von der Trage gezogen, neben mich gelegt und ebenfalls in Folien und Decken gehüllt, ehe auch der Rettungshelfer an Bord kommt und die Tür zuzieht.

«Hast du das gesehen?», fragt er, öffnet den Riemen seines Helms und setzt ihn ab.

«Was?» Der Arzt dreht sich zu ihm um. «Ist das einer der vermissten Polizisten?»

«Nein», antwortet der Rettungshelfer. «Garantiert nicht.»

Der Arzt zieht die Decke von dem Körper, sodass der Kopf der Leiche neben mir zur Seite sackt und wir uns ansehen. Der Kopf des Toten ist geschwollen. Das Gesicht ist mit Seesternen bedeckt, und die Augen sind nur mehr zwei Höhlen, in denen kleine Tiere schwelgen. Leere Gedanken, keine Worte oder Erklärungen, all das, was Anniken und Villmyr so verzweifelt vermissen, während sie in Stavanger sitzen und warten.

«Da ist noch mehr», sagt der Rettungshelfer.

Der Arzt packt Rasmus' Kopf und dreht ihn von mir weg. Dann sieht er zu seinem Kollegen auf. «Mehr? Was meinst du?»

«Siehst du?», antwortet der andere. «Das da ist an der Leiche festgebunden.»

«Du liebe Güte!» Der Arzt hält verblüfft den Atem an, ehe er sich wieder zu mir umdreht. «Hey, du!» Er schnipst mehrmals hitzig vor meinen Augen mit den Fingern. Dann beugt er sich so zur Seite, dass ich den Unterarm sehen kann, den sein Kollege hochhält. Ich kann die Elle und die Speiche aus dem grauen Fleisch herausragen sehen, und die abstehenden Finger sehen aus wie ein aufgeblasener Gummihandschuh. «Wessen Arm ist das?», fragt er hitzig. «Hören Sie? Was ist das hier für eine absurde Geschichte?»

Ich habe keine Kraft, ihm zu antworten. Das Geräusch der Rotoren umhüllt mich, die Kälte, den Schmerz und alles andere. Kurz darauf ist es vollkommen dunkel.

43

Als ich wieder aufwache, liege ich auf einer Trage festgezurrt, die aus dem Helikopter und über den Asphalt des Landeplatzes gerollt wird, durch eine Tür hindurch und weiter einen schmalen Korridor entlang. Meine Fahrt endet in einem Raum, der steril riecht und in dem sich alle möglichen Geräte, Kabel, Schläuche und anderes Zeug befinden – und Menschen, die alle auf mich zu warten scheinen.

Das Bett wird zwischen den Geräten abgestellt. Ein Mann kommt zu mir und beugt sich über mich, während zwei andere meine Kleidung aufschneiden. Der eine vom Hals abwärts, der andere von den Beinen aufwärts.

«Hallo! Können Sie mich hören?»

Ich schaffe es mühsam, meinen Mund zu öffnen, bekomme jedoch keinen Ton heraus.

«Wissen Sie, wo Sie sind?» Der Mann zieht mit zwei Fingern meine Lider hoch und leuchtet mir in die Pupillen.

Ich schüttele den Kopf.

«Mein Name ist Dr. Berg. Ich leite die Notaufnahme hier am Universitätsklinikum in Tromsø. «Wenn Sie etwas sagen können, immer raus damit. Versuchen Sie sich wach zu halten. Okay?»

Ich bemühe mich zu nicken, während ich darum kämpfe, die Augen offen zu halten.

Dr. Berg wechselt einige Worte mit einem Mann, der neben ihm steht, ehe er sich wieder mir zuwendet. «Wissen Sie, warum Sie hier sind?» Er legt zwei Finger auf meine Brust und klopft mit der anderen Hand darauf, dann wiederholt er die Prozedur mehrfach. Anschließend wendet er sich an eine dritte Person, die vor einem Whiteboard am Kopfende meines Bettes steht. «Lungenödem: fraglich.» Der Mann schreibt es hastig auf die Tafel. «Pneumothorax: negativ, aber wir sollten trotzdem röntgen.» Dr. Berg widmet seine Aufmerksamkeit wieder mir. «So», sagt er mit einer ruhigen, fast einschläfernd tiefen Stimme. «Wo sind Sie jetzt?»

«Rasmus», flüstere ich. Ein junger Mann mit kurzgeschorenem Haar zieht die nassen, aufgeschnittenen Kleider unter mir weg und befestigt Elektroden an meinem Körper. «Wo ist Rasmus?»

«Martin!», kommandiert Dr. Berg, ohne von meinem Gesicht aufzusehen. «Hypothermie?»

«Leicht bis mäßig.»

«Temperatur?»

«32,2 Grad. Ansteigend.»

Dr. Berg greift meine Hand und kneift nacheinander in alle Fingerkuppen. «Spüren Sie das?»

Ich nicke, und er nimmt die andere Hand und wiederholt den Vorgang. «Tut das weh?»

Ich nicke erneut.

Er lässt meine Hand los und beugt sich näher zu mir heran. «Wissen Sie, wie Sie heißen?»

«Thorkild», flüstere ich und versuche mich aufzusetzen, um mir einen Überblick zu verschaffen, wo ich bin und was die ganzen Leute um mich herum eigentlich machen. «Thorkild Aske.» Der Mann am Whiteboard notiert den Namen in Großbuchstaben oben auf der Tafel.

«Katheter?», fragt der Pfleger neben mir, der jetzt mit den

Elektroden fertig ist und den Leitungen zu einem Gerät folgt, das plötzlich Töne von sich gibt.

Dr. Berg nickt, ehe er sich zu einer jungen blonden Frau umdreht, die auf das Bett zukommt. Sie stellt sich neben den Pfleger mit den Elektroden. In der Hand hält sie einen langen, dünnen Gummischlauch, dann packt sie meinen Penis.

«Entspannen Sie sich einfach», sagt der Pfleger mit den Elektroden. «Es ist gleich vorbei.»

«Was? Das Leben?», will ich fragen, aber meine Worte ertrinken in Speichel und Schleim.

Um mich herum ist das Notaufnahmeteam in vollem Gang, den Sauerstoffgehalt in meinem Blut, den Puls, den Blutdruck und die Temperatur zu messen, wobei sie die Werte an den Mann am Whiteboard berichten. Die blonde Frau hat den Schlauch so tief in meine Harnröhre geschoben, dass nur noch ein dünnes Teilstück herausragt. Sie pumpt Luft oder Flüssigkeit hinein, ehe sie zur nächsten Station weitergeht.

«Wie sind Sie im Meer gelandet?» Dr. Berg ist wieder über mir, während ein schwerer Röntgenapparat über meinen Brustkorb gezogen wird. «Sind Sie gefallen?»

«Die Flüsse.»

«Fluss? Sind Sie in einen Fluss gestürzt?»

Ich schüttle den Kopf und versuche mich abzuwenden, aber Dr. Berg dreht mich wieder zurück. «Hallo, hören Sie mir zu! Wie lange haben Sie im Wasser gelegen?»

Wieder schüttele ich den Kopf.

«Haben Sie irgendwo Schmerzen?»

«Bauch», antworte ich. Dr. Berg tastet meinen Bauch ab.

«Hier?», fragt er und blickt mich stirnrunzelnd an.

Ich nicke, als er den Backstein erfühlt hat. «Sitzt fest», flüstere ich.

«Verstehe.» Dr. Berg richtet sich an den Mann am Whiteboard. «Obstipiert.»

Ich versuche die Augen zu schließen und mich abzukapseln, doch sofort ist Dr. Berg wieder mit seinen Fingern da und drückt sie in mich hinein, während er neue Fragen stellt. Ich merke, wie das Gefühl in meinem Körper langsam, aber sicher wieder zum Leben erwacht, nur die Schmerzrezeptoren stehen noch auf null.

Nachdem der Röntgenapparat wieder hinausgeschoben wurde, kommt ein Labortechniker mit einem großen Foto wieder. Sie bleiben beisammen stehen und flüstern einige Sekunden etwas, ehe der Techniker sich zurückzieht. Dr. Berg geht zu meiner Kleidung und fängt an, die Taschen zu durchsuchen. Nach einer Weile kommt er wieder zu mir zurück, legt mir die Hand auf die Stirn und zieht meine Lider erneut nach oben.

«Haben Sie davon welche eingenommen?» Er hält mir die leeren Packungen, Blister und den Tablettendosierer entgegen. «Haben Sie?»

Ich versuche die Augen zu schließen, aber Dr. Berg hält sie mir wieder auf, während er dem Mann mit dem Stift die Namen vorliest. «Welche? Sobril? Oxycontin? Oxynorm? Wie viele?»

Es gelingt mir doch, meine Augen kurz zusammenzukneifen, ehe Dr. Bergs Finger wieder da sind. «Wie viele?»

«Alle», antworte ich mit dem Ausatmen.

Er lässt meine Lider los, tritt einen Schritt zurück und winkt den Labortechniker durch die Tür wieder zu sich.

«Okay, Leute», sagt er. «Ich glaube, wir haben jetzt alle wichtigen Punkte der Anamnese auf der Tafel.» Ich habe meine Augen schon wieder geschlossen und kneife sie diesmal so fest zusammen, dass Dr. Berg beide Hände nehmen müsste, um sie zu öffnen. «Dies ist ein Suizidversuch. So!», er klatscht in die Hände, ehe er fortfährt: «Lasst uns deshalb die Röntgenbilder noch einmal genau auf Blutungen und eventuell auch auf eine Perikardtamponade hin überprüfen. Dann machen wir für heute Schluss, und ihr bringt ihn hoch auf die Intensiv.»

Ich nehme wahr, wie sich die Leute um mich herum zurückziehen, höre das Klirren der Geräte und das Quietschen von Gummisohlen auf dem Boden. Dann ertönt Dr. Bergs Stimme erneut: «Sind alle fertig? Martin, Referenztemperatur? Teemu, Janne, ihr übernehmt die Übergabe und schiebt den Patienten hoch. Die anderen machen sich bereit für die nächste Schicht. Die Nacht hat gerade erst angefangen, Leute.»

44

Ich verliere mich oft in diesen Trugbildern, in denen ich mit einer Frau zusammen bin. Ich weiß nicht, wer sie ist, denn ich kann ihr Gesicht nicht sehen. Wir befinden uns in einer Wohnung, ich bin ich, im Hier und Jetzt, nur ohne das kaputte Gesicht. Wir sitzen, nein, gehen umeinander herum, in einem hellen Raum mit hohen Fenstern. Sie trägt eines meiner Hemden und trippelt barfuß über die warmen Holzdielen, als befänden wir uns in einer kitschigen Joghurtreklame. Diese Traumszene wirkt so echt, so intensiv, dass ich, wenn ich daraus erwache und wieder in die Realität zurückkehre, das Gefühl habe, ich wäre gerade durch eine falsche Tür gegangen, und mein Körper von Panik befallen wird. Ich drehe mich um und will nach der Klinke greifen, aber es gibt keine Tür. Nur mich, allein, in irgendeinem kalten Wartezimmer.

Ulf bezeichnet das als meinen Altar. Er sagt, ich würde mich zur Phantasie hinwenden, wenn mich die Lust zu sterben überkommt, zu meinem Paradies, meinen zweiundsiebzig Jungfrauen. Das Alibi, das ich mir selbst gebe, wenn das Leben zu schwierig wird. Ulf hat in vielen Dingen recht. Damit sicher auch. Das Problem ist nur, dass er es nicht versteht. Er versteht nicht, wie schwierig es ist. Er versteht nicht, dass der Abgrund nichts ist, wo man Zuflucht sucht, sondern etwas, vor dem flüchtet. Die Leere wird nicht von einem kalten Körper in einem Sarg hinterlassen. Die Leere, das bin ich, Thorkild Aske, in dieser Wohnung mit den hohen Fenstern. Allein.

Ich werde davon wach, dass sich ein junger blonder Pfleger über mich beugt und an meinem Geschlecht herumnestelt. «Entspannen Sie sich», sagt er ruhig, als ich zusammenzucke und hastig versuche, die Bettdecke wieder über meinen Unterleib zu ziehen. «Ich werde den Katheter leeren und herausnehmen. Sie werden gleich weiter zur Nierenuntersuchung gebracht. Und dann werden wir Ihnen einen Einlauf machen und zusehen, dass wir Ihre Verdauung wieder in Schwung bringen.»

Es ist Morgen, jedenfalls ist es draußen hell. Der Raum,

in dem ich mich befinde, ist quadratisch und hat vier Betten, zwei auf jeder Seite. Mein Körper fühlt sich taub an, und die Abwesenheit von Schmerz macht mir Angst.

«Geben Sie mir bitte einen Spiegel», sage ich zu dem Pfleger, der gerade den Schlauch aus meiner Harnröhre zieht und in eine Metallschale legt, die aussieht wie eine Sauciere.

«Einen Spiegel?» Der Pfleger blickt misstrauisch auf mich herab, während er sich die Handschuhe abzieht. «Wozu brauchen Sie einen Spiegel?»

«Ich muss mein Gesicht sehen.»

«Wir können Ihnen keinen Spiegel geben.»

«Warum?»

«Darum», antwortet der Pfleger, bis ihm anscheinend ein Kompromiss einfällt, der unsere gemeinsame Zeit möglichst kurz gestaltet. «Ich kann Sie zum Spiegel am Waschbecken schieben, wenn Sie mir versprechen, keinen Unsinn zu machen.»

«Unsinn? Was sollte das sein?»

«Ich glaube, Sie wissen, was ich meine», antwortet er und drückt die Fernbedienung, mit der sich das Kopfteil heben lässt. Dann bugsiert er das Bett durch das Zimmer.

Die Narbe, die vom Auge nach unten verläuft, ist kaum zu sehen, von der grauen Gesichtshaut getarnt. Selbst meine Lippen und die Bartstoppeln sind anämisch, durchsichtig, wie bei einem toten Fisch. «Dasselbe», flüstere ich und drehe mich weg.

«Was meinen Sie?», fragt der Pfleger, während er das Bett jetzt durch die Tür manövriert.

«Das Gesicht», antworte ich seufzend. «Es ist noch dasselbe.»

«Was hatten Sie denn erwartet?»

«Einen neuen Thorkild», murmle ich und will mich auf die Seite wälzen, als mich ein neuer Schmerz im Bauch an der Bewegung hindert. Ich bleibe auf dem Rücken liegen und starre auf die Lichter an der Decke, während der Pfleger mich durch den Korridor und in den Fahrstuhl schiebt, der uns zur nächsten Station bringt.

«Sie müssen sich das Zimmer mit einem weiteren Patienten teilen», erklärt der Mann und bleibt vor einer Tür stehen. «Jedenfalls bis heute Nachmittag. Versuchen Sie, sich zu entspannen.»

In einem Bett am Fenster sitzt ein haarloser Mann über siebzig. Sein Gesicht ist blass, seine Hände sind sehnig, und seine Finger liegen wie knorrige Zweige auf seinem Schoß. Er starrt auf irgendetwas auf der anderen Seite der Scheibe.

«Wie lange muss ich hierbleiben?», frage ich. Da dreht sich der Mann am Fenster um. Sein Blick gleitet langsam und apathisch über uns, ehe er wieder nach draußen sieht.

«Wir halten Sie hier unter Beobachtung, bis Ihre Nieren- und Leberfunktionen wieder im normalen Bereich sind.» Der Pfleger deutet mit dem Kopf zur Badezimmertür. «Also, wenn Sie schon mal hineingehen würden, ich komme dann gleich und helfe Ihnen», sagt er.

Ich setze mich auf den Klodeckel und warte. Kurz darauf klopft es vorsichtig, und der Pfleger steht in der Badezimmertür, mit einem Grinsen im Gesicht und einer Klistierspritze in der einen Hand und einem Schlauch, der an eine ausgewachsene Kreuzotter erinnert, in der anderen.

«Bereit?»

«Ich kann es kaum erwarten», antworte ich schaudernd,

als er das Klistier auf den Waschbeckenrand legt und Handschuhe anzieht. Anschließend breitet er ein Handtuch auf dem Boden zwischen der Dusche und der Toilette aus.

«Sie können sich einfach auf die Seite und mit dem Rücken zu mir hier drauflegen.»

Ich knie mich auf das Handtuch und ziehe den Einmalslip aus, ehe ich mich auf den warmen Badezimmerboden lege und die Hände unter meiner Wange platziere.

«Ich heiße übrigens Jens», sagt er und klingt ein wenig angestrengt. «Anfangs fühlt sich das vielleicht etwas unangenehm an», erklärt er, und führt das Ende des Schlauchs ein. «Aber ich werde so behutsam wie möglich vorgehen.»

«Mhm», stöhne ich, kneife die Augen fest zusammen und presse die Knie an meinen Bauch. Das Gefühl zu sterben, jedenfalls sozial, war noch nie stärker als in genau diesem Moment.

Jens spricht mit einer merkwürdigen, geradezu absurden Selbstverständlichkeit. Er hält das Klistier in der einen Hand und den Schlauch in der anderen, und manchmal drückt er ein wenig auf die Flasche, um noch mehr Flüssigkeit in mich hineinzupressen, manchmal kratzt er sich am Kopf, während er von völlig banalen Dingen erzählt wie dem derzeitigen Wasserstand in der Stadt oder dem bevorstehenden Winter und ich einsilbig antworte. Man könnte meinen, wir wären zwei alte Bekannte, die zufällig zu dieser seltsamen Interaktion zusammenkommen.

«Das war's!» Jens senkt den Arm mit der Klistierspritze und legt sie hinter meinem Rücken auf dem Boden ab. «Jetzt ist es wichtig, dass Sie so lange wie möglich fest zusammenkneifen. Am besten noch fünf bis sechs Minuten, nachdem ich den Schlauch entfernt habe, damit die Öle in Ruhe wirken können.

Jens gibt mir einen leichten Klaps auf den Hintern, ehe er die Klistierspritze, den Schlauch und die Einweghandschuhe in eine weiße Plastiktüte legt und sie verknotet. Dann öffnet er den Klodeckel und sagt: «Ja, dann bleiben Sie jetzt erst mal hier liegen und halten ein. Und wenn es nicht mehr geht, springen Sie auf die Toilette und lassen die Naturkräfte wirken. Ich warte so lange draußen.»

«Ja», flüstere ich angestrengt.

Kaum hat Jens die Tür geschlossen, höre ich, wie im Zimmer das Radio auf volle Lautstärke aufgedreht wird: ... *I am ashamed 'cause I don't know myself right now. And I am fourty-three,* singt eine Männerstimme, während sich die Musik Ton für Ton dramatisch aufbaut, in Erwartung des Sturms, der nun kommen soll.

Erst passiert nur wenig, ich spüre lediglich, dass das Öl gegen den Ziegelstein auf der einen Seite und die Öffnung auf der anderen drückt.

Der Impuls, die Muskeln zu entspannen, steigt mit dem inneren Druck. Ich fühle mich wie ein Ballon, in den immer mehr Luft hineingepumpt wird, habe aber beschlossen, so lange auszuhalten, bis das Lied zu Ende ist, nicht zuletzt, weil ich jedes Zeitgefühl verloren habe, während ich mich auf diese Kneifübung konzentriere.

... *They say that I should go outside more and drink lots of water all the time, but that does not seem to be working, 'cause you still have not come back to me.*

Endlich passiert etwas. Ein Grollen breitet sich in meinem Unterleib aus, das ich sowohl hören als auch fühlen kann.

Dann gibt etwas nach, wie wenn ein mehrere Millionen Jahre alter Gletscher dem Druck nicht mehr standhält und einige Millimeter näher an den Fjord heranrückt.

Why don't you love me anymore?, singt der Sänger herzzerreißend, während ich meine Muskeln entspanne, sodass ich die Beine ein wenig strecken kann, um den Schmerz zu spüren. *Tell me, why don't you love me anymore? Just in case you didn't hear me ask before ... Tell me why don't you love me anymore?*

Erneut spüre ich, wie sich der Gletscher bewegt. Ich hebe den Kopf, um die Toilette zu lokalisieren.

Als der Refrain zu Ende ist und der Synthesizer übernimmt, halte ich es nicht mehr länger aus. Hastig rolle ich um die eigene Achse, ziehe mich an der Toilette hoch und lasse mich genau in dem Moment auf die Klobrille plumpsen, als das Öl aus mir hinausschießt.

Im nächsten Moment löst sich der Gletscher. Die uralten Eisschichten gleiten langsam, aber sicher auf glatten, frischgeölten Wegen zum Ausgang. Das Crescendo ist erreicht, die Reinigung ist im Gange, und der Song aus dem Radio endet mit einem Schrei. Ich presse die Ellbogen fester auf die Oberschenkel.

45

Alles gutgegangen?» Jens steckt den Kopf durch die Badezimmertür, sieht mich mitfühlend an und trommelt mit den Fingern gegen den Türrahmen.

«Ich lebe noch», sage ich atemlos, während ich vor dem Spiegel stehe und mir kaltes Wasser ins Gesicht klatsche. «Und was kommt jetzt?», frage ich, als ich wieder in das Zimmer komme, wo das Radio jetzt abgestellt ist.

«Wie wäre es mit ausruhen? Sie müssen doch ziemlich erschöpft sein nach allem, was Sie in den letzten vierundzwanzig Stunden durchgemacht haben.»

«Und dann?»

«Dann kommt ein Arzt, der mit Ihnen darüber sprechen wird, wie es weitergeht», antwortet Jens lächelnd und wendet sich zum Gehen.

«Meine Medikamente!», rufe ich und spüre, wie die Panik in mir wächst, als mir aufgeht, dass er mich ohne meine Pillen zurücklassen will.

«Ja?»

«Ich brauche etwas zum Einschlafen. Ich …»

«Lassen Sie mich das eben mit dem wachhabenden Arzt absprechen», entgegnet Jens und geht.

Ich setze mich aufs Bett und presse die Hände wie Scheuklappen an die Schläfen. Nach ein paar Minuten kommt Jens mit zwei Zehn-Milligramm-Pillen Oxynorm Analgetikum wieder.

«Hier», sagt er. «Damit können Sie schlafen.»

Nachdem er wieder gegangen ist, bleibe ich im Bett liegen,

ohne mich zu bewegen. Trotz meines dösigen, apathischen Zustands fällt mir auf einmal ein Geräusch auf, zweimal hintereinander piepst es kurz, gefolgt von einem tieferen, schärferen metallischen Geräusch, das vom Boden unter meinem Bett heraufdringt.

Kurz darauf ist wieder das Piepsen zu hören.

Ich rolle mich auf die Seite und luge über den Rand meines Bettes, wo ein kleines grünes Licht in der Plastiktüte mit meinen zerschnittenen Klamotten blinkt. Als ich näher herankrieche, kann ich die Tüte erreichen und den Inhalt auf den Boden ausleeren. Die Luft wird plötzlich von dem säuerlichen Geruch von Salz, Meer und nassem Stoff erfüllt. Mein Handy hat die Zeit im Wasser jedoch auf wundersame Weise überlebt.

Ich lehne mich wieder zurück und ziehe das Telefon zu mir unter die Decke. Das Batteriesignal blinkt hastig und zeigt an, dass sich das Telefon gleich verabschieden wird. Anscheinend hatte das zweifache Piepsen eine SMS angekündigt und das zweite Geräusch davor gewarnt, dass das Handy bald keinen Strom mehr hat. Die Nachricht stammt von Gunnar Ore. Sie ist so kurz, dass ich sie lesen kann, ehe das Display schwarz wird.

Vernehmung morgen um drei. Der Vernehmungsleiter von der Kripo ist unterwegs.

Mit anderen Worten: Die Polizei hat ein Laborergebnis der Proben, die bei der Tatortuntersuchung auf der Leuchtturminsel genommen wurden. In diesem Fall müssen sie abgleichen, ob das gefundene Blut von Bjørkang oder seinem Kollegen stammen kann. Dass sie schon einen Vernehmungsleiter bestellt haben, bedeutet auch, dass sie einen zufriedenstellenden Tathergang rekonstruiert haben und der Meinung sind, nun wäre der strategisch beste Zeitpunkt gekommen, um weitere Gespräche mit dem Tatverdächtigen zu führen.

Ich lasse das Telefon auf den Boden fallen, ziehe mir die Decke über den Kopf und drehe mich auf die Seite. Jetzt geht das schon wieder los. Aber diesmal werden sie mich lynchen, wenn ich nichts unternehme.

Als ich die Augen schließen will, trifft eine neue Welle von Oxycodon die Rezeptoren in meinem Gehirn und will mich einlullen. Doch ich verweigere mich, schlage die Decke beiseite und setze mich auf. Vorsichtig steige ich aus dem Bett und gehe zu dem Mann am Fenster. Das Kribbeln in meinen Händen und Zehen verrät mir, dass die Schmerzrezeptoren wieder zum Leben erwachen.

«Entschuldigen Sie, haben Sie zufällig ein Handy, das ich mir mal leihen könnte?»

Der Mann sieht mich lange schweigend an, ehe er schließlich auf die Jacke deutet, die über dem Fußende seines Bettes hängt. «Danke. Es wird ein kurzes Gespräch», sage ich und nehme das Telefon mit zu meinem Bett, wo ich mich wieder hinsetze, ehe ich die Nummer von Anniken Moritzen wähle, die ich zur Sicherheit auswendig gelernt habe.

«Ich habe ihn gefunden», flüstere ich, kaum dass sie sich meldet. «Ich habe Rasmus gefunden.»

«Ja», erwidert sie tonlos. Es klingt, als wäre sie im Büro, obwohl sie die Nachricht schon erhalten haben muss. «Heute Morgen hat ein Mann angerufen», bestätigt sie jetzt auch. «Wo sind Sie gewesen? Ich habe den ganzen Tag versucht, Sie anzurufen.»

«Hat er gesagt, wie er heißt?»

«Wie er heißt? Was meinen Sie?»

«Wie hieß der Mann, der Sie heute angerufen hat?»

«Äh», stammelt Anniken.

«Hieß er vielleicht Gunnar Ore?»

«Nein, ich meine, sein Name war Sverdrup oder so ähnlich. Vielleicht Martin. Wieso fragen Sie?»

«Vergessen Sie es. Es spielt keine Rolle. Was hat er Ihnen gesagt?»

«Dass sie eine männliche Leiche im Meer gefunden haben und glauben, es ist mein Sohn.»

«Was noch? Haben sie noch etwas gesagt?»

«Sie haben gefragt, ob Rasmus Besuch hatte, während er auf der Insel war.»

«Und, hatte er?»

«Ja, ein paar Freunde waren Anfang Herbst da, aber sie sind schon lange wieder abgereist.»

«Haben sie eine Frau erwähnt?»

«Ja. Sie wollten wissen, ob ein Mädchen dabei war oder ob er dort oben jemanden kennengelernt hat. Ich habe ihnen gesagt, dass er allein war.»

Ich höre Anniken Moritzen am anderen Ende leise schluchzen. Ihre Stimme ist gedämpft, als würde sie sich am Hörer festklammern und die Hand auf die Sprechmuschel legen.

«Was passiert hier eigentlich gerade?»

«Es tut mir leid», sage ich. «Dass ich nicht mehr tun konnte.»

«Nein, warten Sie», wimmert Anniken Moritzen.

Ich beende das Gespräch. Jetzt kann ich nichts mehr für sie tun. Den Rest des Wegs muss sie allein zurücklegen.

Der Alte am Fenster sieht mich an, ohne den Kopf zu bewegen. Ich stehe auf und gehe zu seinem Bett. «Ich kann doch wohl nicht die Toten wieder zum Leben erwecken?», sage ich und stecke sein Handy wieder zurück in die Jackentasche. «Ich kann ja nicht einmal auf mich selbst aufpassen.»

Anschließend lege ich mich hin und starre an die Decke, während ich versuche, den Mann und die Frau in der Wohnung mit den hohen Fenstern heraufzubeschwören. Stattdessen taucht ein kleiner Raubvogel vor meinem inneren Auge auf, und kurz darauf reckt sich eine Hand zwischen uns empor. Sie packt mich und will mich nicht mehr loslassen, ganz gleich, wie laut ich schreie und kämpfe, um mich zu befreien.

Ich öffne die Augen und setze mich keuchend im Krankenbett auf. Der Mann sitzt immer noch auf seinem Fensterposten und starrt träumend durch die Scheibe.

«Mist», zische ich und schiebe die Bettdecke weg. «Mist, Mist, Mist!» Ich reiße das Pflaster ab, mit dem die Kanüle an meiner Hand befestigt ist, ziehe sie heraus und werfe sie auf den Boden. Dann wanke ich zur Tür.

Ich muss wissen, was ich da draußen gefunden habe.

46

Ich öffne die Tür und spähe in den Gang hinaus. Mein gesamter Körper zittert unkontrolliert, ich habe eine Gänsehaut und spüre den eiskalten Boden unter meinen Füßen. Alles, was ich am Leib trage, ist ein einfaches, vorn geknöpftes Krankenhaushemd.

Zu meiner Überraschung stellte ich fest, dass die Leichenhalle keineswegs im Keller des Krankenhauses liegt. Stattdessen befindet sie sich im siebten Stock, nur zwei Etagen unter mir.

Der Aufzug hält, und die Türen gleiten rumpelnd auf. Ich gehe zu einer Abteilung mit dem Schild *A7. Klinische Pathologie.* Hinter der Glastür sehe ich einen Gang mit einem Empfang und einem Dienstzimmer. Dahinter liegen auf beiden Seiten mehrere Türen. Aus dem Dienstzimmer dringen Stimmen und Gelächter, die Rezeption ist nicht besetzt.

Ich schleiche mich hinein und laufe den Gang entlang, bis ich zu einer Tür gelange, hinter der sich gemäß der Aufschrift der Obduktionsraum und die Leichenhalle befinden. Sie führt in eine Garderobe und einen Umkleideraum mit Dusche. Eine weitere Tür führt in den Obduktionssaal und zu den Kühlfächern.

Ich bleibe vor den offenen Schränken in der Garderobe stehen. Neben den Spinden befindet sich ein großes Schuhregal mit drei Paar Stiefeln. Ich nehme mir einige grüne Kleidungsstücke und fange an, sie über das Hemd zu ziehen: eine Hose, ein Hemd und einen Kittel. Dann schlüpfe ich in ein

Paar Stiefel, ehe ich zur Tür des Obduktionssaals gehe und sie einen Spalt weit öffne.

Der Raum ist hell, die Wände sind weiß gekachelt und die Werkzeuge aus glänzendem Metall. In verschiedenen Fächern liegen Sägen, Schalen, Schüsseln, Waagen, Zangen, Scheren und Messer. In der Mitte steht ein Grüppchen von zehn bis zwölf Menschen mit dem Rücken zu mir im Halbkreis um einen der Obduktionstische versammelt.

Ich will mich gerade wieder zurückziehen und die Tür schließen, als ich hinter mir eine Stimme höre: «Auch spät dran?»

Als ich herumfahre, sehe ich in das Gesicht einer jungen Frau mit widerspenstigem blondem Haar, das sie am Hinterkopf hochgesteckt hat. Sie steht mit einer Kamera über der Schulter in der Tür der Umkleide und ist gerade dabei, ihren Kittel zuzuknöpfen.

«Ich bin Astrid», sagt sie. «Die Kriminaltechnikerin von der Polizei.»

«Hallo», stottere ich und fasse an den Türrahmen, damit ich etwas habe, woran ich mich festhalten kann.

«Ja, ich werde bei der Obduktion dabei sein.»

«Schön», erwidere ich, während ich damit kämpfe, nicht vor Kälte zu zittern.

«Du bist einer der Studenten, stimmt's?» Nachdem sie sich die Schuhe angezogen hat, kommt sie zu mir. «Oje, du siehst aber gar nicht gut aus», sagt sie und gibt mir die Hand. «Meinst du, du stehst das durch?»

«Tut mir leid», sage ich. «Ich bin heute nicht ganz in Form.»

«Liegt es am Geruch?»

Ich nicke übertrieben deutlich, und Astrid beugt sich zu mir und flüstert: «Ich fürchte, da muss ich dich gleich warnen. Diese Wasserleichen sind immer am schlimmsten.» Dann öffnet sie die Tür zum Obduktionssaal und führt mich zu der Gruppe, die dort zwischen den Metalltischen steht und wartet.

Sie schnappt sich zwei Haarnetze, Mundschutz, Handschuhe und Schuhüberzieher aus Körben direkt neben der Tür und reicht mir das eine Set. Dann geht sie an den Studenten vorbei und stellt sich zusammen mit dem Pathologen und einem Laboranten auf die andere Seite des Metalltischs. Ich geselle mich zu dem Grüppchen Studenten und reihe mich ganz hinten ein. Seit der Polizeischule habe ich schon viele solcher Obduktionen erlebt. Der Geruch ist immer derselbe, und normalerweise stellen sich die Sinne auf das ein, was sie erwartet, und man findet die nötige Distanz, bevor man den Saal betritt.

Diesmal bereue ich es jedoch, hier zu sein, kaum dass ich den schwarzen Leichensack auf dem Obduktionstisch vor uns sehe. Ich merke, wie ich unter dem Haarnetz und an den Schläfen zu schwitzen beginne. Ich muss mich anstrengen, um mich aufrecht zu halten. Der säuerliche, strenge Geruch, der von der Leiche im Kunststoffsack ausgeht, erfüllt mich mit dem absurden Gedanken, unter dem Reißverschluss würde gleich mein eigenes vernarbtes Gesicht zum Vorschein kommen.

«Oh Gott», stöhne ich und remple einen Studenten vor mir an. Er zuckt mit den Schultern und tritt ein Stück beiseite, was ich zumindest als Zeichen deuten kann, dass ich immer noch ein Mensch bin und nicht nur eine ätherische Schmerzsubstanz ohne Sinn und Ziel.

«Sind alle da?» Der Pathologe gibt der Kriminaltechnikerin die Hand, ehe er unserem Grüppchen einen mürrischen Blick zuwirft. «Astrid ist von der Polizei. Sie ist hier, weil dieser Mann möglicherweise keines natürlichen Todes gestorben ist und die Polizei eine rechtsmedizinische Untersuchung angeordnet hat.» Er kratzt sich an der Nase, ehe er weiterspricht: «Und Sie werden auch gleich sehen, warum.»

«Darf ich etwas fragen?», meldet sich ein junger Mann asiatischen Ursprungs mit einem sehr städtischen Trondheimer Dialekt zu Wort.

«Auf jeden Fall», antwortet der Pathologe trocken. «Schießen Sie los. Deshalb sind Sie ja hier.»

«Ich habe gelesen, dass es bald Roboter gibt, die Obduktionen durchführen können, und die ersetzen dann die traditionelle …»

Der Pathologe hebt die Hand zum Zeichen, dass der Student schweigen soll, und legt den Kopf schief, als würde ihn die Frage amüsieren: «Sehen Sie mal, lieber Student.» Er macht eine Kunstpause, ehe er fortfährt: «Der Geruch- und der Tastsinn verhelfen uns zu einer medizinischen Einsicht, die keine Maschine ersetzen kann. Aber ich gehöre nicht zu denen, die sich der modernen Entwicklung verweigern, also, wer weiß.» Er sieht zu Astrid hinüber, die ihre Kamera vorbereitet. «Vielleicht hast du dem noch etwas zuzufügen?»

Astrid blickt von ihrer Kamera auf und schüttelt kurz den Kopf.

«Na gut.» Der Pathologe fasst an den Reißverschluss am Leichensack. «Dann legen wir los. Und denken Sie dran: Wenn irgendjemandem schlecht wird, soll er sich einfach hinsetzen oder auch hinausgehen. Die Kantine ist ein hervorragender Ort, um seine Berufswahl noch einmal zu überdenken, vielleicht wollen Sie ja doch lieber Einzelhandelskaufmann werden oder Elektriker.»

Der Gestank strömt uns entgegen, kaum dass der Pathologe am Reißverschluss zieht. Der Kunststoff knistert, mehrere Studenten wanken leicht oder atmen durch den Mund, während sie sich aufeinander stützen, um das Gleichgewicht zu halten. Das Gesicht, das nun zum Vorschein kommt, ist gelblich, fast farblos, und noch mehr aufgedunsen, seit ich es zum letzten Mal gesehen habe. Die Haut ist dick und teigig mit Pusteln an den Wangen und rund um den Mund.

«So», sagt der Pathologe, nachdem er gemeinsam mit dem Laboranten den Sack entfernt hat, sodass der Körper ausgestreckt vor uns auf dem Metalltisch liegt. Rasmus Moritzen trägt einen Neoprenanzug, der an mehreren Stellen gerissen ist und sich am Bauch und den Oberschenkeln ausbeult. Anniken hatte also recht: Er war hinausgefahren, um zu tauchen, bevor er verschwand.

Die Studenten stehen vollkommen ruhig da und starren auf dasselbe wie ich: den abgerissenen Unterarm, der an Rasmus' Handgelenk festgebunden ist.

«Dazu kommen wir noch», erklärt der Pathologe, während der Laborant mit einem Duschkopf, der am Obduktionstisch befestigt ist, den Sack ausspült. Er faltet ihn zusammen und legt ihn auf einen anderen Metalltisch. «Was sind die beiden kritischsten Fragen, die man sich stellen muss, wenn man einen Menschen untersucht, der im Wasser gefunden wurde?» Der Pathologe blickt uns an, während Astrid die ersten Bilder macht.

Eine Studentin reckt die Hand hoch. «Man muss herausfinden, ob der Betreffende schon tot war oder noch gelebt hat, als er ins Wasser kam.»

«Man muss also feststellen, ob die Todesursache Ertrinken war. Gut. Und wie finden wir darauf eine Antwort?»

«Indem wir die Umstände des Todesfalls näher betrachten», antwortet die Studentin. «Das heißt den Zeitpunkt, als er ins Wasser kam, und die Ergebnisse, die die Obduktion erbringt.»

«Kluges Mädchen», antwortet der Pathologe freudlos und dreht sich zur Kriminaltechnikerin um, die ihre ersten Oberflächenaufnahmen beendet hat. «Hast du etwas hinzuzufügen? Vom kriminaltechnischen Standpunkt aus?»

«Wir sehen uns die faktischen und die technischen Funde an, und anschließend vergleichen wir diese mit den Obduktionsbefunden, um zu sehen, ob sie übereinstimmen.»

«Und wie ist der bisherige Stand der Ermittlungen?»

Astrid hängt sich die Kamera wieder über die Schulter. Ihre Lippen sind in einem schwachen Pfirsichton geschminkt und glänzen leicht im grellen Deckenlicht. «Der Betreffende ist letztes Wochenende verschwunden», fängt sie an. «Es wurde vermutet, dass er bei einem Unglück ertrank. In der letzten Nacht wurde die Leiche dann auf dem Meer in einem Teppich aus Tang und Treibgut gefunden, und zwar zusammen mit einem anderen Menschen, der jetzt auf der Intensivstation dieses Krankenhauses liegt.»

«Der war nach so langer Zeit noch am Leben? Wie ist das möglich?», fragt der Pathologe.

«Nein, der andere Mann sagt selbst aus, dass er erst gestern Nacht ins Meer gesprungen ist, es handelt sich um einen Suizidversuch. Noch wissen wir nicht, ob eine Verbindung zwischen den beiden besteht.»

Ich trete einen Schritt von der Gruppe zurück und suche einen Platz, wo ich mich hinsetzen kann. Meine zitternden Muskeln sind immer unberechenbarer, ich spüre einen intensiven Druck auf meinen Schläfen und meinen Magen, und mir ist schwindelig. Leise ziehe ich einen Hocker heran und will mich setzen, als ich wieder die Stimme des Pathologen höre. «Und dann hätten wir noch diesen hier.»

Ich hole tief Luft und stehe wieder auf, diesmal stelle ich den weißen Hocker direkt hinter meine Beine, sodass ich mich sofort setzen kann, wenn es geboten ist. Die Augen des Pathologen wandern über die versammelte Gruppe, ehe sie bei mir innehalten. «Wie Sie sicher alle schon mitbekommen haben, ist an dem Toten eine fremde Extremität festgebunden.» Vorsichtig schneidet er mit der Schere die Bänder durch und hebt den graugrünen Unterarm hoch, der dicht neben Rasmus Moritzens kaltem Körper liegt. «Er sieht aus, als hätte er einer jungen Frau gehört, und auf den ersten Blick würde ich schätzen, dass er schon länger im Wasser gelegen hat.»

Der Pathologe winkt mit dem Arm, sodass das Handgelenk feminin angewinkelt ist, als Astrid es fotografieren will. Anschließend legt er es wieder an seinen Platz neben Rasmus auf den Metalltisch. «Ein Suizidkandidat, der lebend geborgen wurde, die Leiche auf diesem Tisch, die seit einer Woche tot ist, und der Unterarm einer unbekannten dritten Person, der vermutlich mindestens einen Monat lang im Wasser gelegen hat. Erklären Sie mir das bitte», fasst der Pathologe triumphierend zusammen, ehe er Astrid zuzwinkert, die sich das Grinsen ebenfalls nicht verkneifen kann.

«Wissen Sie, wer die Frau ist?», frage ich.

«Nein», antwortet Astrid. «Die Polizei hat keine Vermissten in ihrem Register, die zu diesem …», sie schaut für einen Moment auf den Arm herab und dann wieder zu mir, «… Profil passen.»

«War der Selbstmordkandidat mit denselben Bändern an die beiden anderen gefesselt?», fragt der asiatische Student.

«Nein. Der Mann und die Leiche wurden mitten auf dem Meer auf einem Bootsanleger gefunden, den der Sturm losgerissen hatte. Hätte die Polizei nicht schon einen Rettungshubschrauber in das Gebiet geschickt, um nach zwei vermissten Kollegen zu suchen, würde der Suizidversuch jetzt auch hier bei uns auf dem Tisch liegen.»

«Okay, ich hab's», fährt der Student fort. «Der Selbstmörder ist ins Meer gesprungen, hat dann aber die Leiche gefunden und es sich anders überlegt.»

«Es gibt Verbindungen zwischen dem Überlebenden und dem Toten», entgegnet Astrid. «Aber darauf kann ich hier nicht näher eingehen.»

«Ich weiß es!», ruft ein großer Student vor mir, der gelbrote Pickel im Nacken hat. «Der Selbstmörder hat erst die Besitzerin des Arms umgebracht und dann ihn hier und sie dann beide ins Meer geworfen.»

«Oho, eine Mordgeschichte, noch bevor die pathologischen Untersuchungen überhaupt begonnen haben.» Der Pathologe grinst. «Tja, irgendjemand muss immer am falschen Ende anfangen.»

Ich atme erleichtert aus, als ich mich endlich auf den Hocker sinken lassen kann, und begrabe meinen Kopf zwischen den Händen, während der Pickelnacken zur Freude aller seine völlig beschränkte Schlussfolgerung vollendet.

«Er konnte nicht mit dem leben, was er getan hat, und ist hinter ihnen ins Meer gesprungen.»

«Genug gescherzt», greift der Pathologe ein, ehe er sich wieder an Astrid wendet. «Was sagt der Suizidkandidat selbst dazu? Weißt du das?»

«Der Betreffende wurde noch nicht befragt», antwortet Astrid. Ich bohre meine Finger in die Gesichtshaut und spüre, wie die Schmerzrezeptoren in der Wange reagieren, bis die Wärme mein ganzes Gesicht brennen lässt. «Aber wie Sie sich sicher denken können, wird er eine Menge zu erklären haben», fährt sie an alle gewandt fort.

«Gut, liebe Kinder. Jetzt ist es aber mal genug mit dem Gerätsel und Geschwätz.» Der Pathologe klatscht in die Hände. Ich hole ein letztes Mal tief Luft und stehe wieder auf, während der Mann sich über Rasmus Moritzens Leiche beugt. «Lassen Sie uns mit der Obduktion anfangen.»

47

Zu Beginn stellen wir immer fest, was derjenige anhat.» Der Pathologe beugt sich erneut über Rasmus Moritzen. «In diesem Fall ist es einfach. Er trägt einen Neoprenanzug, aber ohne die Schwimmflossen oder die übrige Ausrüstung, die normalerweise dazugehören würden.»

Der Anzug hat überall Risse. Die Kriminaltechnikerin macht Fotos und zwischendurch auch Notizen, während der Pathologe misst und untersucht. Am Hinterkopf ist eine Ansammlung blasser, lebloser Seesterne in einer Vertiefung im Schädel zu erkennen. Die Haut ist dort gräulicher, beinahe braun, und das Haar weggerissen oder abgeschabt.

«Was ist das?» Der Pickelnacken deutet auf die Einbuchtung.

Der Pathologe sieht zu ihm auf. «Eine Kopfverletzung», antwortet er säuerlich und fixiert den Studenten für einige Sekunden mit dem Blick. «Dazu kommen wir noch.» Er wendet sich wieder den Verletzungen am Rücken zu und bespricht sich währenddessen mit seinen Kollegen. Nachdem sie zufrieden scheinen, wird die Leiche erneut auf den Rücken gedreht, ehe sie anfangen, ihr den Tauchanzug auszuziehen.

Der Tote sieht aus wie eine Stoffpuppe, deren Glieder mit Sand gefüllt sind, die Arme und Beine schlenkern und baumeln, während sich der Pathologe und der Laborant mit dem Tauchanzug abmühen. Als sie die Leiche in die Sitzposition bringen, fällt Rasmus' Kopf schwer in den Nacken, der Mund ist weit geöffnet.

Nachdem sie die Leiche wieder hingelegt haben, hebt der Pathologe vorsichtig den Kopf an und bringt ihn in dieselbe Position wie zuvor, ein wenig nach vorn gerichtet. Vorsichtig werden der Tauchanzug und auch die Unterwäsche entfernt, bis Rasmus vollkommen nackt ist. Eine neue Runde mit Messungen und Fotos von oben bis unten beginnt. Jeder einzelne Fleck und jede Schramme werden registriert.

Als sie beim Kopf angelangen, zupft der Laborant mit einer großen Pinzette die letzten Seesterne aus der Verletzung am Hinterkopf und lässt sie einzeln in den Mülleimer fallen. In der offenen Wunde kommt der nackte Schädel zum Vorschein.

«*Ante-mortem*-Verletzung?» Astrid beugt sich mit der Kamera über die Stelle und macht in rascher Folge drei Fotos aus drei unterschiedlichen Winkeln.

«Möglich.» Der Pathologe spült die Wunde mit dem Duschkopf aus, ehe er sie mit einem Schwamm reinigt. «Das lässt sich in solchen Fällen nur schwer unterscheiden, vor allem bei Kopfverletzungen. Wir müssen sehen, was die Gewebeproben ergeben.»

«Könnte das von einem Bootsmotor verursacht worden sein?»

«Nein», antwortet der Pathologe. «Das hätte zu mehreren und größeren Schnittwunden an Kopf und Nacken geführt.»

«Was verrät dir die Schädigung des Gewebes?»

Er betastet die Wunde. «Fast gleichmäßige Oberfläche, das deutet auf eine einfache, kurze Krafteinwirkung hin. Eventuelle Coup- oder Contrecoup-Mechanismen werden uns mehr darüber verraten, ob die Verletzung von einem Sturz stammt oder ob sich der Körper während der Gewalteinwirkung im Stillstand befunden hat.»

«Erster Eindruck?»

«Schlagverletzung», antwortet der Pathologe leise. «Aber wenn wir uns das Gehirn angesehen haben, können wir mehr sagen. Gut, Jungs und Mädels, dann wollen wir ihn mal öffnen. Zuerst entnehmen wir die Brustorgane und dann die Verdauungsorgane.»

Der Laborant greift zu einem scharfen Skalpell und stellt sich dicht neben Rasmus' Oberkörper. Er beginnt mit einem tiefen Schnitt entlang des Schlüsselbeins von einer Schulter zur anderen. Anschließend packt er die Haut und zieht sie nach oben, sodass der Hals und die Kinnpartie freigelegt werden und Streifen von graugelbem Unterhautfett und hellbraunem Fleisch zum Vorschein kommen.

Er fährt fort, indem er auf beiden Seiten des Körpers einen Schnitt von der Achselhöhle bis zum Hüftkamm setzt. Dann durchtrennt er die Rippen mit einer speziell gebogenen Schere und hebt das gesamte Brustbein ab. Aus dem offenen Brustkorb schlägt uns ein stechender Gestank entgegen.

Ich sehe, wie der Mann die großen Blutgefäße abbindet, ehe die Organe herausgenommen werden. Lungen, Herz, Leber und Gallenblase, Bauchspeicheldrüse, Milz und Nieren landen auf einem Brett, ehe Oberflächen, Schnittflächen, Strukturen, Arterien, Lymphe und fibröses Gewebe und Nerven eingehend untersucht und die Organe gewogen werden. Anschließend werden Proben zur Kultivierung entnommen.

«Okay», sagt der Pathologe schließlich, hebt die Lunge hoch und hält sie mit beiden Händen vor sich. Das dunkelblaue Organ ist aufgedunsen. Seine Oberfläche ist marmoriert und teigig, mit dunkelroten Flecken, und wir können eine klare Flüssigkeit heraussickern sehen, als der Pathologe leicht hineinkneift. «Was ist Ertrinken?»

«Ein Ersticken, bei dem sich Nase und Mund unter Wasser befinden», antwortet eine fleißige Studentin mit hoher Piepsstimme in der ersten Reihe.

«Wasser?»

«Alle Flüssigkeiten», korrigiert ein anderer.

«Erklären Sie die Mechanismen beim Ertrinken», fordert der Pathologe und hält einigen Studenten in der ersten Reihe die Lunge hin, damit sie mit den Fingern über die Oberfläche fahren können.

Der pickelige Student antwortet: «Wenn sich Nase und Mund unter Wasser oder unter einer anderen Flüssigkeit befinden, versucht der Körper, wieder nach oben zu gelangen und zu atmen. Irgendwann lassen die Kräfte nach, und das Ertrinken beginnt, sobald man die Luft nicht mehr anhalten kann: Dann wird die Flüssigkeit inhaliert, oft folgen Husten oder Erbrechen, was zur Bewusstlosigkeit führt und nach einigen Minuten zum Tod.»

«Es gibt kein Patentrezept fürs Ertrinken», erwiderte der Pathologe. «Deshalb ist es wichtig, nach Anzeichen dafür zu suchen, ob der Betreffende noch am Leben war, als er unter Wasser gelangte, und andere natürliche Todesursachen auszuschließen. Also, Leute: Anzeichen für Ertrinken. Wonach sollen wir suchen?»

«Ein feiner weißer Schaum in den Atemwegen, im Mund und in den Nasenlöchern kann uns verraten, ob der Verstorbene noch gelebt hat, als er unter Wasser geriet», antwortet der Pickelnacken stolz.

«Na dann, lieber Student.» Der Pathologe machte eine auffordernde Handbewegung in Richtung des Toten. «Wären Sie so gut, nach vorn zu kommen und uns das zu zeigen?»

Der Student tritt einen Schritt vor und beugt sich über Rasmus' Leiche, die mit geöffneter Brust, leeren Augenhöhlen und offenem Mund daliegt. Ich kann nur schwer den Jungen in Liverpool-Shorts darin erkennen, der gemeinsam mit seiner Mutter und den Großeltern grillt. Das ist er nicht, das ist jemand anderes, denke ich, während der Pickelnacken erst in den Mund der Leiche sieht und deren Kopf und Nacken anschließend so nach hinten beugt, dass er bis in die Nasenlöcher blicken kann.

«Nun», meint der Pathologe nach einer Weile, «es ist wohl einleuchtend, dass diese Prozedur reine Zeitverschwendung ist. Der Verwesungsprozess zerstört den besagten Schaum in den Atemwegen, stattdessen bildet sich eine beißende, rotbraune Substanz mit Gasbläschen, eine Art Pseudoschaum, den unser Freund hier gerade inhaliert, während er sich vor uns blamiert.»

Der Pickelkopf richtet sich hastig auf und weicht verschämt in die Reihen seiner Kommilitonen zurück.

«Man könnte nach Fremdkörpern in den Atemwegen, der Lunge und im Magen suchen», schlägt ein anderer Student vor.

«Das würde durchaus auf Ertrinken hindeuten, aber das Wasser kann auch nach dem Ertrinken eingedrungen sein. Allerdings nicht bis ganz in die Alveolen, oder?» Der Pathologe kneift in die Lunge, die er in der Hand hält, als würde er sich durch das Gewebe zu etwas vortasten, was tief dort drinnen sitzt. «Hier», sagt er schließlich. «Fühlt mal hier.»

Die Studenten in der ersten Reihe beugen sich vor und streichen mit den Fingern über die Flächen, die der Pathologe ihnen zeigt. «Und was sind die Alveolen?», fragt er.

«Die Luftbläschen in den Lungen, von denen aus der Sauerstoff ins Blut übergeht», antwortet ein Student.

«Manchmal lässt sich eine Abnormität erfühlen, aber besser noch, man untersucht einen Abschnitt der Lunge unter dem Mikroskop, um den Fund zu bestätigen. Ich habe da einen Verdacht», sagt der Pathologe listig, ehe er die Lunge in einer Schale ablegt. «Gut, dann weiter zum Magen-Darm-Bereich.»

Der Obduktionslaborant setzt die notwendigen Schnitte, ehe er einen schwabbelnden Geleeberg, bestehend aus Magen und Gedärmen, in die Luft hebt und auf einen langen Arbeitstisch neben die Leiche legt. Ein schwerer, süßlicher Gestank von Blut und Exkrementen mischt sich mit dem Geruch von Meer und Algen, sodass ich selbst durch den Mund nur noch schwer atmen kann.

«Dies ist der sensibelste Teil einer Obduktion», erklärt der Pathologe. «Wenig Wasser im Magen kann darauf hindeuten, dass derjenige schnell gestorben ist oder bereits tot war, als er ins Meer gelangte.»

Er greift zum Skalpell, trennt den Magen vom Gedärm und verschließt die Schnittflächen mit Klemmen. Dann schneidet er den Magen auf und entleert den restlichen Inhalt in eine Schüssel. Es ist eine grünlich-bronzefarbene Flüssigkeit mit winzigen Weichtieren, die noch immer am Leben sind und sich dort in der Schüssel um die eigene Achse drehen. «Hier sprechen die Funde wohl für sich», sagt der Pathologe, bevor er mit der Untersuchung der weiteren Organe vor sich auf dem Tisch fortfährt, denen er sich mit derselben Präzision widmet wie jenen aus dem Brustbereich.

«Wie geht es Ihnen?»

«Gut», antworten die Studenten im Chor, ehe der Pathologe einen Schritt zur Seite geht und mich direkt ansieht.

«Und Ihnen da, in der letzten Reihe? Hat es Ihnen die Sprache verschlagen?» Er deutet mit seinem blutigen Finger auf mich. «Alls in Ordnung?»

Ich nicke.

«Irgendwelche Fragen bisher?»

Ich schüttele den Kopf.

«Unwohlsein? Müdigkeit? Kater? Oder nur einer dieser Tage?»

«Einer dieser Tage.»

«Tja, in unserem Beruf können wir uns die aber nicht leisten. Sie existieren schlichtweg nicht. Verstanden?»

Ich nicke, ehe der Pathologe sich wieder der ganzen Gruppe zuwendet. «Erst das Hirn, dann Mittagessen.»

Er gibt dem Laboranten ein Zeichen, der seine Hände in den gelben Gummihandschuhen gründlich unter dem Wasserhahn abspült. Anschließend zieht er eine Schutzbrille auf, nimmt eine elektrische Säge von der Wand und stellt sich ans Kopfende des Obduktionstisches.

«Halten Sie genug Abstand, wenn er sägt», rät der Pathologe, und die Gruppe weicht einige Schritte nach hinten zurück.

Der Laborant legt die Säge neben sich und führt mit dem Skalpell am Hinterkopf einen langen Schnitt aus. Er packt die Haut und reißt sie vom Knochen ab, dann schneidet er bis zur Stirn, sodass der gesamte Schädel freigelegt wird, legt das Skalpell zur Seite und wirft erneut die Säge an.

Das Geräusch ist schneidend, und der Geruch sticht in der Nase. Der Laborant sägt gleichmäßig und präzise, bis er durch den Schädelknochen hindurchgedrungen ist. Ich presse mir die Nasenlöcher zu, während der Laborant die Nerven durchtrennt, die das Gehirn an seinem Platz halten, ehe er es heraushebt und auf einem Brett platziert.

Astrid tritt wieder vor und macht Fotos. «Coup-Verletzung im *Lobus occipitalis*», erklärt der Pathologe und deutet mit der Skalpellspitze auf jenen Punkt, an dem der Schädel eingedrückt gewesen war. «Was würde uns ein eventueller

Contrecoup-Mechanismus am Frontallappen oder aber die Abwesenheit desselben erzählen?»

«Bei einem Sturz findet man oft eine entsprechende Contrecoup-Verletzung im Frontallappen», sagt der Pickelnacken kleinlaut und tritt hinter dem Rücken eines Mitstudenten vor. «Wenn die Person während der Gewalteinwirkung auf den Kopf stillsteht, bleibt der Frontallappen unverletzt.»

«Gut. Na, sind Sie jetzt gespannt?» Der Pathologe teilt das Gehirn in zwei gleiche Teile und legt sie mit den Innenseiten nach oben vor sich hin. Er zeigt mit der Skalpellspitze auf das geäderte Muster im Frontallappen. «Fein und rein. Keine Anzeichen einer Verletzung.» Plötzlich deutet er mit dem Skalpell in meine Richtung. «Sie da, Schlafmütze. Wie hießen Sie noch mal?»

«Aske», antworte ich verzagt und versuche möglichst normal durch meinen Mundschutz zu atmen.

«Okay, Aske. Was haben wir heute gelernt? Oder nein, was haben Sie bisher gelernt? Erzählen Sie es uns.»

Ich räuspere mich, während die Studenten ringsherum ein paar Schritte von mir wegtreten, als wüssten sie, dass diese Aufforderung in einer weiteren verbalen Demütigung enden wird. «Dass die Polizei recht hatte. Es handelt sich um einen verdächtigen Todesfall.»

«Aha? Wie kommen Sie darauf?» Der Pathologe legt sein Skalpell beiseite und verschränkt die Arme. Astrid blickt ebenfalls von ihren Notizen auf und sieht mich neugierig an. «Warum kein Tauchunfall? Ein Sturz und anschließendes Ertrinken?»

«Die Verletzung deutet darauf hin, dass er stand. Das schließt einen Sturz aus», antworte ich und räuspere mich.

«Und wenn man die Umstände bedenkt und die Tatsache, dass ein Frauenarm an seinem Arm festgebunden war …»

«Wollen Sie damit sagen, dass wir einen Dekompressionsunfall, ein akutes Lungenödem, einen Pneumothorax und eine Luftembolie als Todesursache ausschließen können?»

Ich nicke, ohne zu wissen, was das alles bedeutet.

Der Pathologe steht still da und sieht mich lange an, ehe er am Ende bemerkt: «Seltsamer Gedankengang für einen Medizinstudenten. Na gut, Aske.» Er legt den Kopf schief und spielt mit seinen Fingern in der Luft. «Dann können wir hier ja einfach einpacken und Astrid losschicken, um diesen armen Selbstmordkandidaten oben auf der Nierenstation wegen Mordes zu verhaften, oder?»

«Ich bezweifle, dass das etwas helfen würde», flüstere ich, ehe er mir ins Wort fällt.

«Es scheint, als hätte unser Aske hier zu viele *CSI*-Folgen gesehen, anstatt sein Pensum zu lernen. Wie so viele andere von Ihnen versteht er nicht, dass unser Job lediglich darin besteht, die pathologischen Funde vor uns zu untersuchen und zu dokumentieren, ehe wir die Körper wieder zusammennähen und zurück in die Kühlung schieben. Arbeit erledigt. Pathologen, die Kriminalfälle lösen, können wir höchstens im Fernsehen bestaunen, wenn wir nach Hause kommen und mit unserer Katze oder unserer Stabheuschrecke auf dem Sofa Popcorn essen. Hier geht es um Routineabläufe und Prozeduren. Fleisch und Blut. Kadaver, in denen man herumschneidet. Das Geschenk des Todes an das Leben ist Wissen, Aske. Wissen und nicht vage Ratespiele oder dämliche Spekulationen.»

Endlich unterbricht er sein Fingerspiel, zieht die Handschuhe aus und wirft sie zusammen mit seinem Mundschutz in den Müll. «Gut, meine Damen und Herren. Lassen wir es vorerst dabei bewenden. Wir gehen jetzt essen. Die Histologie folgt dann nach der Pause.» Er beugt sich zu Astrid, die gerade dabei ist, ihre Kamera einzupacken, und flüstert leise: «Aus irgendeinem Grund habe ich nach solchen Veranstaltungen immer dieses dringende Bedürfnis nach Toblerone. Wie steht es mit dir?»

48

Ich wanke aus dem Obduktionssaal und reiße mir in der Umkleidekabine den Kittel vom Leib und trete die Stiefel von den Füßen. Noch bevor der Nächste hereinkommt, bin ich schon wieder zur Tür hinaus. Im Aufzug ziehe ich die Handschuhe, das Haarnetz, die Hose und den Mundschutz aus, rolle sie zu einem Ball zusammen und verstecke sie in einem Wagen mit Schmutzwäsche, der neben dem Warenaufzug vor der Nephrologie steht.

Der alte Mann am Fenster ist verschwunden, aber seine Kleidung liegt noch da, und das Bett wurde nicht frisch bezogen. Ich gehe ins Bad und stelle mich vor den Spiegel. Mein Gesicht ist blass und gräulich, meine Augen sind stumpf, beinahe leblos. Mein Haar gleicht einem verlassenen Vogelnest, und die Bartstoppeln stechen aus meiner fahlen Haut heraus wie die Stacheln eines Tiefseefischs.

Ich versuche zu lächeln, ich strenge mich an, einen der grundlegendsten Gefühlausdrücke überhaupt hervorzuzwingen, den der Mensch in seinem Repertoire hat, doch nichts geschieht. Meine Gesichtsmuskeln wollen sich nicht so bewegen, wie die Mimik es verlangen würde. Mir schießt der Gedanke in den Kopf, dass ich aussehe wie eine Totenmaske. Der Gipsabdruck eines Gesichts. Die physische Erinnerung an einen, der ich einst war, etwas, das ich mit mir herumtragen muss, wohin ich auch gehe.

Auf dem Waschbeckenrand liegt ein Einwegrasierer, ich fange an, mich zu rasieren, entferne sorgfältig die Bartstoppeln aus jeder Furche und Narbe, erst auf der zerstörten Gesichtshälfte, dann auf der anderen. Als ich fertig bin, ziehe ich mich aus und gehe unter die Dusche.

Das Wasser ist kalt. Ich stelle mich mitten unter den Strahl und schließe die Augen, während ich meinen Körper, mein Gesicht und die Haare einseife, um den aufdringlichen Geruch aus dem Obduktionssaal von mir abzuwaschen.

Währenddessen sehe ich die ganze Zeit Rasmus Moritzen vor mir. Nicht den Schädel ohne Gehirn und den Körper ohne Eingeweide, wie ich ihn gerade auf dem Metalltisch liegen sah, sondern eine Mischung aus dem jungen Mann von Anniken Moritzens und Arne Villmyrs Foto und dem leblosen Körper neben mir im Rettungshubschrauber. Rasmus Moritzen wurde umgebracht. Rasmus Moritzens Schicksal hing, sogar an Fesseln, mit der Frau zusammen, die ich draußen auf der Insel fand. Bjørkang und sein Kollege sind noch immer verschwunden, und die Polizei glaubt, auch sie seien zum Leuchtturm gekommen. Und das bedeutet, dass alle, die von der Frau wissen, die ich im Meer gefunden habe, oder die Kontakt mit ihr hatten, entweder tot oder verschollen sind.

Als ich fertig geduscht habe, gehe ich wieder zum Spiegel und male mit dem Zeigefinger einen Kreis in den Wasserdampf. Dann füge ich Augen, Nase und einen Strichmund hinzu und beuge mich vor.

«Abgesehen von mir», sage ich zu dem Spiegelgesicht, das mich ausdruckslos ansieht. An seinen Rändern bilden sich kleine Tropfen von kondensiertem Dampf. «Und dir.»

Ein Täter. Damit lagen Gunnar Ore und die Spurensicherung immerhin richtig – es gab einen Täter. Der Mann, der aus dem Wasser kam und die Frauenleiche mitnahm, ist vermutlich derselbe, der auch Rasmus getötet hat.

Ich lehne mich näher an das Glas. Jetzt sind die Wassertropfen vor mir auf dem Spiegel so groß, dass sie von Augen, Nase und Strichmund des Kreisgesichts herunterlaufen wie Tränen. «Hast du die Frau ohne Gesicht in die Diskothek gebracht, weil du dachtest, dass ich diesen Ort nie lebend verlassen würde?», frage ich das Gesicht vor mir, das allmählich verschwindet. «Ist das ein Spiel? Information und Manipulation? Ist es das, worum es hier geht?»

Ich bleibe vor dem Spiegel stehen, bis die Lüftungsanlage alle Feuchtigkeit aus dem Raum gesogen hat und das Glas wieder trocken ist. «Na dann», fahre ich fort, ohne den Blick vom Spiegel abzuwenden. «Dann lass uns spielen.» Ich drehe mich um und gehe aus dem Bad.

49

Ich gehe zum Fußende des Nachbarbetts, wo noch immer die Jacke des alten Mannes hängt, und krame in den Taschen nach dem Handy. Dann kehre ich wieder zu meinem Bett zurück und wähle Ulfs Nummer.

«Hallo, Ulf. Ich bin's. Dein Lieblingspatient.»

«Ist dir eigentlich klar, wie viel Scheiß ich mir …»

«Wie ist die Lage in Stavanger?», unterbreche ich den aufziehenden Schimpfwörtersturm.

«Wie wäre es, wenn du einen dicken Stock nehmen würdest und ihn dir …» Sein sonst so therapeutisch gestimmtes Bergener Vibrato schwillt zu einem Crescendo an, «… direkt in den Arsch schiebst, du verdammter Hornochse! Ruth ist stocksauer, dass ich mich überhaupt habe überreden lassen, dich unter meine Fittiche zu nehmen und …»

«Ruth? Wer ist Ruth?»

Ulf hält für einen Moment in seiner Tirade inne, ehe er ein wenig ruhiger antwortet. «Na, Ruth, meine Freundin. Sie ist eine Kollegin, die ich vor einiger Zeit auf einer Konferenz in Drammen kennengelernt habe.»

«Ich dachte, deine Freundin heißt Solveig.»

«Nein», presst Ulf hustend hervor. «Solveig ist am selben Tag ausgezogen, als du Richtung Norden gefahren bist. Sie hat Frida mitgenommen und ist wieder nach Bergen abgedampft.»

«Das tut mir leid.»

«Daran lässt sich nichts ändern, es hilft auch nichts, darüber zu reden. So was passiert nun mal. Sogar Psychiatern.»

Er füllt seine Lunge mit Zigarettenrauch. «So. Was ist los, Thorkild Aske? Wärst du so nett, mir das einmal zu erzählen? Was hast du getan?»

«Was meinst du?»

«Jetzt hör mir mal zu!» Wieder ist Ulf kurz davor, an die Decke zu gehen, verkneift es sich jedoch, atmet tief durch und sagt etwas ruhiger: «Vor einigen Minuten hatte ich einen Anruf von einem gewissen Dr. Weidemann von der Nephrologie der UNN, der etwas mehr über einen Patienten wissen wollte, der heute Nacht dort in die Notaufnahme kam. Es handelte sich um meinen Thorkild Aske, von dem sie behaupten, er hätte sich mit Medikamenten vollgestopft und ins Meer gestürzt. Mit meinen Medikamenten?»

«Streng genommen waren es meine eigenen Medikamente», korrigiere ich ihn. «Außerdem habe ich das Meer verfehlt.»

«Wie bitte?! Wie bitte?! Was um alles …» Diesmal kann Ulf seine Wut nicht mehr zurückhalten. Nach einer donnernden Standpauke, bei der er mir alles von Mord über die geschlossene Abteilung bis hin zu einer Rosskur aus Paracetamol und Chlorprothixen androht, beruhigt er sich endlich wieder und ist zu einem normalen Gespräch bereit.

«So.» Er schnauft. «Was ist los?»

«Ich habe Rasmus im Meer gefunden. Er wurde ermordet.»

«Ermordet?»

«Die Obduktion hat ergeben, dass man ihm einen Schlag auf den Kopf verpasst hat und er dann ertrunken ist. An seiner Leiche war ein Frauenarm festgebunden, ich gehe davon aus, dass er derselben Frau gehört, die ich draußen am Leuchtturm gefunden habe.»

«Obduktion? Frauenarm? Was zum …» Ulf hält inne und holt tief Luft. «Okay, okay, okay», sagt er dann, zieht den Rauch ein und bläst ihn wieder hinaus. «Lass uns später darüber reden. Erst zu dir. Was ist los?»

«Ich habe gerade einen Einlauf bekommen.»

«Schön, schön», murmelt Ulf und steckt sich eine neue Zigarette an.

«Ulf», sage ich. «Ich habe nicht daran gedacht, wie das alles …»

«Halt! Nicht jetzt. Das besprechen wir, wenn du nach Hause kommst. Denn du kommst doch nach Hause?»

«Noch nicht.»

«Was? Du hast sofort nach Stavanger zu kommen! Die ganze Sache ist völlig aus dem Ruder gelaufen, du hast nichts in einem Kriminalfall zu suchen. Ich werde jetzt Anniken anrufen und ihr sagen, dass du ihr nicht weiter helfen kannst. Und dann fährst du heute noch nach Hause.»

«Geht nicht», entgegne ich schnell. «Ich habe morgen eine polizeiliche Vernehmung, die ich nicht schwänzen darf.»

«Vernehmung?» Ulfs Stimme wird eine Oktave tiefer. «Warum?»

«Sie haben bei einer Tatortuntersuchung auf der Leuchtturminsel Blut von einem der vermissten Polizisten gefunden. Und vermutlich haben sie auch etwas anderes dort gefunden, was direkt mit einem der beiden Männer zusammenhängt.»

«Aber was hat das mit dir zu tun?»

«Der Fund deutet darauf hin, dass Bjørkang und sein Kollege auf der Leuchtturminsel waren, und ich war am selben Abend auch dort.»

«Und?»

«Hörst du nicht, was ich sage? Zwei Polizisten werden vermisst, nachdem sie zu einem Leuchtturm gefahren sind, um dort einen psychisch labilen, suizidalen, hirngeschädigten Expolizisten zu treffen, der gerade aus dem Gefängnis entlassen wurde.»

«Verdammter Mist.»

«Diesmal wird alles an die Öffentlichkeit gelangen», fahre ich fort. «Frei, der ganze Dreck, egal ob ich schuldig bin oder nicht.» Ich zögere einen Moment, ehe ich weiterrede: «Sie war wieder da, als ich das letzte Mal draußen auf der Insel war. Nicht Frei, sondern die Frau ohne Gesicht. Sie saß unten in der Diskothek. Zumindest glaube ich das, und deshalb muss ich noch einmal dorthin. Ich muss nachsehen, ich muss wissen, wo die Grenze verläuft. Die Grenze zwischen Phantasie und Wirklichkeit. Bevor ich zu dieser Vernehmung gehe.»

«Jetzt verstehe ich», sagt Ulf, und ich höre, wie er energisch seine Zigarette ausdrückt und unzufrieden den letzten Rauch hinausbläst. «Gibt es etwas, was ich für dich tun kann?»

«Ja. Hol mich hier raus.»

Ulf räuspert sich. «Okay. Wo bist du?»

«Immer noch auf der Nephrologie. Sie wollen mir nicht sagen, wann ich entlassen werde.»

«Gut, gut», brummt er vor sich hin, als wolle er sich selbst beruhigen. «Wenn sie denken, dass du suizidgefährdet und psychotisch bist oder andere Zeichen für eine ernsthafte psychische Erkrankung finden, werden sie dich zur Beobachtung auf eine Akutstation verlegen.»

«Und wie lange muss ich dort bleiben?»

«Bis zu zehn Tage», antwortet Ulf.

«Dafür habe ich keine Zeit.»

«Ich fürchte, das ist nicht deine Entscheidung.»

«Hilf mir, Ulf», flehe ich, während ich plötzlich auf dem Gang Schritte höre, die auf mein Zimmer zusteuern. «Bitte hilf mir doch, verdammt.»

«Es ist zu spät, Thorkild», sagt Ulf seufzend. «Diesmal hast du dich zu tief in das System hineingeritten, als dass ich dir helfen könnte. Nimm die zehn Tage, Thorkild, ich glaube, du brauchst sie, wenn man bedenkt, was alles passiert ist. Vielleicht kann ich etwas tun, um die Zeit zu verkürzen, das ist nicht unmöglich, wenn du nur ...»

«Die Zeit ist schon abgelaufen, Ulf», flüstere ich und will auflegen, als die Tür aufgeht und ein Arzt den Kopf hereinsteckt.

«Thorkild!», höre ich Ulf rufen.

«Ja.» Ich halte das Handy wieder ans Ohr. «Was ist?»

«Mach jetzt bloß keinen Quatsch.»

«Quatsch?»

50

Da sind Sie ja wieder», sagt der grauhaarige Arzt und kommt herein. Er hat einen braunen Umschlag in der Hand, den er sich vors Kinn hält wie einen Fächer. Er spricht einen Østlands-Dialekt und ist etwa in meinem Alter.

«Was meinen Sie?»

«Wir waren vorhin schon einmal hier.»

«War auf der Toilette», antworte ich. «Verdauungsprobleme.»

Der Arzt rümpft die Nase, während ich versuche, die nötige Gesichtsgymnastik aufzubringen, damit das Ganze peinlich und glaubwürdig zugleich wirkt. Es kommt mir so vor, als würde der Geruch aus dem Obduktionssaal noch immer im Raum hängen, als hätte er sich schon im Bettzeug und in den Wänden festgesetzt.

«Wo ist Ihre Kleidung?»

«Die wurde in der Notaufnahme zerschnitten und liegt hier irgendwo in einer Tüte.»

«Haben Sie jemanden, der Ihnen etwas zum Anziehen bringen könnte?»

«Nein.»

Der Arzt blickt auf seine Schuhe herab. «Na gut», sagt er nach einer Weile. «Ich werde sehen, ob wir in unserem Fundus etwas für Sie haben.» Er setzt sich auf den Stuhl neben meinem Bett. «Wie fühlen Sie sich?»

«Alt», antworte ich lakonisch.

«Doktor Weidemann.» Er reicht mir eine sehnige, sonnengebräunte Hand mit perfekt gepflegten Fingernägeln.

«Patient Aske», erwidere ich und sinke aufs Bett zurück. Ich fühle mich plötzlich so schwer, als wäre ich völlig erschöpft. «Also», sage ich, nachdem wir die Höflichkeitsfloskeln hinter uns gebracht haben. «Dann bin ich jetzt geheilt? Das ging aber schnell.»

«Es ist folgendermaßen», Dr. Weidemann seufzt, «wir haben beschlossen, Sie zur Beobachtung nach Åsgard in die psychiatrische Abteilung der Uniklinik zu überweisen. Vor dem Hintergrund …»

«Nein, danke», antworte ich und lächle so breit, wie meine Gesichtsmuskeln es zulassen. «Wie sagt man: Habe nur mal bei euch reingeschaut, um zu sehen, wie es mir eigentlich so geht. Muss jetzt weiter.»

«Das Gesetz steht auf unserer Seite.»

«Welches Gesetz?»

«Die Einweisung erfolgt nach dem Paragraphen 3.2 des Gesetzes über psychisch Erkrankte und kann Ihnen eine Zwangsüberwachung von bis zu zehn Tagen auferlegen.»

«Warum?»

Er sieht mich müde an, und erst jetzt entdecke ich die roten Äderchen in seinen Augen. «Vor dem Hintergrund der Ereignisse müssen wir befürchten, dass Sie sich selbst Schaden zufügen könnten.»

«Ach ja?»

«Hier.» Er reicht mir den Umschlag. Ich wiege ihn in meiner Hand, während ich den Mann neben mir betrachte, der so tief auf seinem Stuhl nach unten sinkt, dass man ihn fast zusammenfalten könnte. «Darf ich das lesen?»

«Äh, ja, selbstverständlich. Darin finden Sie ein Schreiben über die Anwendung des Zwangsparagraphen für die Einweisungen in die psychiatrische Akutstation und auf welcher Rechtsgrundlage dieser Beschluss getroffen wurde.»

Draußen setzt die Dämmerung ein. Der Wind rüttelt an den Fensterläden, und im nächsten Moment erblicke ich zwei Männer, die in der Tür aufgetaucht sind. Der eine ist jung und hat raspelkurzes Haar, der andere ist eher alt und seine Frisur wirkt selbstgeschnitten. Beide sehen aus, als hätten sie ein lebenslanges Abo in der Muckibude und einen Doktor im Fach körperliche Auseinandersetzung.

«Wer ist das denn?»

«Die beiden sind hier, um zu helfen.»

«Ihnen?»

Weidemann schüttelt den Kopf. «Ihnen, falls Sie es brauchen.»

«Bei was?»

«Was auch immer.»

«Wann muss ich dorthin fahren?»

«Jetzt. Oder sobald Sie sich dazu in der Lage fühlen.»

«Kann ich mich weigern?»

«Ja.»

«Schön. Dann weigere ich mich.»

«Aber …» Weidemann hebt seine Hand wie eine weiße Flagge. «Aber …», sagt er mit neuer Willenskraft: «Dann wird die Polizei Sie hinbringen.»

«Gut. Dann fahre ich selbst.»

«Taxi oder Ambulanz? Jørn und Jørgen hier werden Sie begleiten.»

«Ich habe kein Geld.»

«Darum kümmern wir uns.»

Ich mache eine resignierte Geste. «Sieht so aus, als bliebe mir keine Wahl.»

«Gut.» Dr. Weidemann erhebt sich mühsam vom Stuhl und schlurft zur Tür, während die beiden Pfleger ins Zimmer treten und sich lächelnd vor mir aufbauen. Aber das ist nicht dieses warme, entgegenkommende Lächeln, wie man es einem Menschen entgegenbringt, den man kennt, sondern eher eine Aufforderung von der Art: «Selbst jetzt, wo wir hier vor dir stehen, dir halbnackten Zwangseinweisung, die nichts zu verlieren hat, lächeln wir noch.»

Ich falte andächtig meine Hände über dem braunen Umschlag und lächle zurück, so freundlich, wie es in Anbetracht der äußeren Umstände nur möglich ist.

«Hey, Sie», rufe ich Weidemann hinterher, als er durch die Tür verschwinden will.

«Bitte?» Er bleibt stehen und dreht sich um.

«Können Sie mir nicht noch eine halbe Stunde Zeit geben?» Vorsichtig lege ich die Hand auf meinen Unterbauch und schneide eine Grimasse. «Ich habe das Gefühl, dass ich nach meiner Darmspülung noch nicht ganz fertig bin auf der Toilette.»

«Natürlich», antwortet er. «In der Zwischenzeit schaue ich mal, ob ich nicht etwas zum Anziehen für Sie finde.»

Jørn und Jørgen bleiben dicht hinter der Tür stehen, während ich mich aus dem Bett stemme und mit gebeugtem Rücken über das Linoleum zum Bad humple, wo ich die Tür hinter mir schließe und den Wasserhahn voll aufdrehe.

Ich setze mich auf den Klodeckel und ziehe das Handy des Alten hervor, das ich immer noch in meiner Hand verborgen habe. Es ist Zeit, ein bisschen Verantwortung zu übernehmen und Eigeninitiative zu zeigen, wie Gunnar Ore zu sagen pflegte, wenn unsere Betriebsmannschaft im Fußball gegen die Sanitärtechniker oder die Anwaltskanzlei im Rückstand lag.

«Thorkild?», fragt Liz atemlos, als sie meine Stimme hört. «Oh, ich habe mir solche Sorgen gemacht!»

«Später, Schwester», flüstere ich so leise wie möglich ins Handy. «Ich brauche deine Hilfe. Jetzt. Sofort.»

51

Der Fundus mit den vergessenen Sachen auf der Nephrologie muss entweder die traurigste Altkleidersammlung sein, in der ein Mensch je gewühlt hat, oder Dr. Weidemann hat eine besonders boshafte Form des Arzthumors, die ich nicht verstehe.

Jedenfalls trage ich eine enge Jogginghose aus Elasthan mit dunkelblauen und grünen Streifen an der Seite, wie man sie nur von Junkies, Hard-Rockern und Jugendlichen aus den Vororten kennt. Am Oberkörper trage ich einen dicken, grau-weißen Rollkragenpullover, der nur fast bis zum Bund der engen Hose reicht, sodass ein Stück Bauch bis zum Nabel freibleibt, wenn ich aufrecht stehe.

An den Füßen habe ich ein Paar zerschlissene und in jeder Hinsicht abgelaufene Joggingschuhe. Meine eigene nasse und zerschnittene Kleidung hat man mir in einer gelben Discounter-Plastiktüte überreicht. Ich fühle mich wie das wandelnde Aushängeschild irgendeiner nordnorwegischen Anti-Drogen-Kampagne, während ich mit meinen lächelnden Wächtern Jørn und Jørgen den Gang der Nephrologie entlang in Richtung Aufzug gehe. Sie sollen mich hinab zum Haupteingang eskortieren und weiter im Taxi nach Åsgard, zur psychiatrischen Abteilung der Uniklinik Nordnorwegen auf der Westseite von Tromsøya.

Ich habe den Eindruck, dass meine Reisebegleiter die peinliche Stille zwischen uns im Aufzug genießen, keine Blickwechsel, kein Wort, nur dieses kaltes Lächeln, als würden wir an einem Wettbewerb teilnehmen, bei dem derjenige, der zuerst spricht oder andere Zeichen von Menschlichkeit an den Tag legt, sofort verloren hat.

«Duuu? Hallo du!» Ich lehne mich zu Jørn oder Jørgen oder welcher von ihnen auch immer gerade rechts von mir steht. Er erwidert nichts, sieht mich jedoch an, als würde er auf eine Fortsetzung warten.

«Was ist rot und macht blubb-blubb?», flüstere ich, ohne den Blick von den Schiebetüren vor uns abzuwenden. Der Aufzug hält, die Tür geht auf, aber niemand steigt zu. «Weißt du das nicht?» Die Tür schließt sich wieder, und wir gleiten weiter hinab. «Na gut, dann will ich dich nicht länger auf die Folter spannen. Es ist nämlich ein …» Ich halte einen Moment inne, ehe ich fortfahre: «Letzte Chance. Du bekommst noch eine Chance zu erraten, was es ist.»

Jørn oder Jørgen zu meiner Rechten antwortet noch immer nicht, und Jørn oder Jørgen zu meiner Linken konzentriert sich auf sein versteinertes Aussehen, während er mir lauscht. «Na gut. Jetzt kommt's: Ein rotes Blubb-Blubb!», brülle ich und knuffe ihn leicht in die Schulter, während ich mit der anderen Hand mit meiner Plastiktüte herumwedle.

Der Aufzug hält erneut, und Jørn und Jørgen bedeuten mir stumm, dass wir im richtigen Stockwerk angekommen sind. Wir treten hinaus in eine helle Abteilung und gehen einen breiten Gang entlang zu einem größeren Raum, der wohl der Eingangsbereich ist, auch wenn ich im Menschengewimmel keine Tür erkennen kann.

«Und du?» Ich stupse den anderen Jørn oder Jørgen an. «Weißt du denn, was rot ist und blubb-blubb macht?»

Auch er antwortet nicht, sondern bahnt sich gezielt seinen Weg vorbei an Rollstuhlfahrern, schwangeren Teenie-Müttern, Menschen mit Gips und Bandagen und deren Angehörigen.

«Ja, nicht wahr», sage ich und nicke, während wir an zwei Männern auf einer Leiter vorbeigehen, die gerade damit beschäftigt sind, eine Leuchtstoffröhre an der Decke auszutauschen. «Dasselbe, würde man denken. Das habe ich nämlich auch gedacht. Aber es ist falsch. Und das ist das Lustige daran. Es ist nämlich kein rotes Blubb-Blubb. Nicht diesmal. Es sind Preiselbeeren mit Außenbordmotor! Verstehst du? Die Antwort ändert sich jedes Mal.» Ich stoße ihn erneut an. «Du kannst einfach nicht gewinnen.»

«Hey», flüstert Jørn oder Jørgen von rechts. «Wie wäre es, wenn wir uns jetzt mal ein bisschen beruhigen. Alles klar?» An einer Seite des Foyers stehen eine Reihe roter Stühle und dahinter ein Raumteiler von etwa einem halben Meter Höhe mit Plastikpflanzen und Blähton. Dahinter verbirgt sich ein größeres, abgegrenztes Areal, in dem Patienten und Angehörige in Grüppchen um Tische sitzen, einige lesen Zeitung, andere essen etwas oder telefonieren mit dem Handy.

«Jaja, natürlich», antworte ich. «Ich wollte nur erklären, warum dasselbe Rätsel …»

«Ja, das ist uns schon klar geworden.» Jørn oder Jørgen zu meiner Linken hebt seine Stimme ein wenig. «Man kann nicht gewinnen, weil es sich jedes Mal ändert.»

«Genau», sage ich lachend und stupse ihn wieder ganz zart an. «Du kannst einfach nicht gewinnen. Egal, wie oft du es versuchst.» Ich beuge mich erneut in seine Richtung, als würde ich ihm einen harmlosen kleinen Schubs verpassen wollen, doch stattdessen richte ich meine ganze Kraft gegen seine Schulter und stoße ihn in die Sitzgruppe mit Patienten und Angehörigen, sodass er mit dem Kopf voran über den Raumteiler fliegt und in die Esstische auf der anderen Seite. Anschließend schleudere ich die gelbe Plastiktüte mit meinen zerschnittenen Klamotten direkt ins Gesicht von Jørn oder Jørgen, der den Schulterkontakt mit mir verliert, einen Schritt zur Seite taumelt und in die Leiter fällt, die einer der Männer soeben mit einer neuen Leuchtstoffröhre in der Hand bestiegen hat. Sie gleitet ihm aus der Hand und zerschellt klirrend am Boden.

Ich renne los, links um die Sitzgruppe herum, dann stürme ich auf einige Menschen in Mänteln und Jacken zu, die neben dem Eingang einer Apotheke stehen oder auf einen Gang zulaufen, der nach einer leichten Kurve ins Freie zu führen scheint. Leider erweist sich meine Annahme als Fehler, der Gang mündet lediglich in einen neuen, kleineren Gang.

Abrupt drehe ich mich und will zurückspurten, doch da läuft der jüngere Jørn oder Jørgen von der Seite in mich hinein, sodass wir beide auf den Boden stürzen und in einen Pappkarton mit herabgesetzten Produkten fallen, der neben dem Eingang der Apotheke aufgestellt ist.

Ich rudere mit den Armen, um wieder hochzukommen, und schmettere eine Flasche mit Sonnencreme zum halben Preis auf den jüngeren Jørn oder Jørgen, als der sich auf mich werfen will. Anschließend rappele ich mich schnell auf und haste weiter in Richtung der Informationstheke, wo ich ein großes Schild und einen Pfeil entdecke, die mir den Weg zum Ausgang weisen.

Im selben Moment sehe ich Jørn oder Jørgen, den Älteren, der genau in der Mitte zwischen mir und einer Säule steht. Hinter ihm liegt der Ausgang. Er stemmt die Hände in die

Seiten und prustet wie ein wütender Stier, während er mich zornig ansieht. Bei seinem Anblick muss ich das Tempo senken und an eine Duellszene aus einem alten Western denken, wo die Einwohner, in diesem Fall eine wilde Mischung aus Schlaganfallpatienten und Krebspatienten auf dem Weg in die Raucherpause, verzweifelt in alle Richtung davonstieben, bis nur noch die beiden Duellanten auf der verstaubten Hauptstraße stehen. Das Problem ist nur, dass keiner von uns eine Waffe besitzt, außer wir rauben einen Rollator aus dem Publikum oder eine Tube mit Warzencreme aus der Apotheke.

Ich renne erneut los, aber nicht in die Arme des wartenden Stiers vor mir, sondern stattdessen schräg nach rechts, durch die Sitzgruppe und zurück zu dem Flur, aus dem wir gerade kamen. Im Augenwinkel sehe ich den älteren Jørn oder Jørgen auf mich zusteuern, um mir den Weg abzuschneiden.

Ich überwinde den Raumteiler und renne zu den Aufzügen in der Hoffnung, dass einer davon auf mich wartet und mich schnell von hier wegbringt. Als ich mich kurz umdrehe, stelle ich jedoch fest, dass sowohl Jørn als auch Jørgen nur wenige Meter hinter mir liegen. Ich werde es nie schaffen, rechtzeitig die Türen zu schließen, ehe sie mich im Fahrstuhl erwischt haben. Also reiße ich eine Glastür neben den Aufzügen auf, schlage sie hinter mir wieder zu und halte sie einen Moment geschlossen, während meine Lungen pfeifen und der Schweiß mein Gesicht herabrinnt.

Auf der anderen Seite stemmen sich Jørn oder Jørgen gegen das Glas und prusten und keuchen. Hinter mir verstummt das Gemurmel mehrerer Menschen, die sich um einen Empfangsschalter versammelt haben.

«Können wir Ihnen helfen?», fragt eine junge Frau in

Weiß und lehnt sich über den Schalter, doch ich habe weder Lust noch Zeit, ihr zu antworten.

Stattdessen lasse ich die Tür los und renne an einer kurzen Wand entlang, während hinter mir mit einem Schlag die Glastür aufgestoßen wird. Am Ende des Zwischenraums reiße ich eine identische Tür auf und bin wieder im selben Korridor, nur auf der anderen Seite der Aufzüge, und passiere die erste Glastür genau in dem Moment, indem der jüngere Jørn oder Jørgen sie wieder aufstößt. Ich schlage einen Haken, als er mir nachhechtet, und spüre, wie seine Fingerspitzen über den glatten Stoff meiner Elasthanhose gleiten, ohne Halt zu finden. Vielleicht ist dieses Kleidungsstück deshalb bei Hard-Rockern, Junkies und Vorort-Jugendlichen so beliebt. Diesen Stoff festzuhalten ist ebenso einfach wie eine zwei Meter große, fettige, fliegende Wurst einzufangen.

«Bleib stehen, verdammt!», japst der ältere Jørn oder Jørgen hinter mir, während ich meine Tüte umklammere und wieder zum Ausgang sprinte.

Die kalte Luft trifft mich wie ein Schlag im Gesicht und schneidet sich durch den Wollpullover, ohne dass ich dadurch langsamer werde. Rechts von mir stehen drei Taxis auf dem Bürgersteig, und gegenüber lärmen einige schwere Baumaschinen in einem abgesperrten Bereich.

Dann erblicke ich das Auto.

Ich spucke aus, um den Blutgeschmack in meinem Mund loszuwerden. Mein Magen brennt, meine Wangen auch, und trotzdem darf ich nicht eine Sekunde zögern, denn schon im nächsten Moment geht auch diese Tür hinter mir auf, und ich brauche mich nicht einmal umzudrehen, um zu wissen, dass mir die beiden Pfleger dicht auf den Fersen sind und noch dazu fest entschlossen, ihr Können in Schaukampfdisziplinen wie Überkopfwurf, Würgegriff, Armhebel und Beinbruch zu beweisen.

«Warte, verdammt noch mal!», rufen sie im Chor, während ich an den Taxis vorbei zu dem alten Ford Mondeo keuche, der mit laufendem Motor wartet.

«Fahr los, Liz!», schreie ich, reiße die Tür zum Beifahrersitz auf und werfe mich in den Wagen.

«Wwww … as?», stottert meine Schwester und starrt mich schockiert an. Ihr Gesicht ist weiß, und sie hat Schweißperlen auf Stirn und Oberlippe, als wäre sie diejenige, die gerade um ihr Leben gerannt ist.

«Fahr, verdammt noch mal!», wiederhole ich und schlage die Tür zu, während Liz endlich das Gaspedal durchdrückt.

52

Das Auto rast durch den Tromsøysund-Tunnel, der uns von Breivika auf Tromsøya und dann hinüber nach Tomasjorda auf dem Festland führt. «Ich habe mir solche Sorgen um dich gemacht», jammert Liz und umklammert das Lenkrad. Sie ist so weit auf dem Fahrersitz vorgerutscht, dass die Windschutzscheibe von ihrem Atem beschlägt. «Seit wir das letzte Mal miteinander telefoniert haben, habe ich kaum geschlafen. Ich dachte, du hättest …»

«Denk nicht daran, Schwester.»

Sie sieht mich von der Seite an. «Was ist passiert?» Ihr Blick streift meinen grässlichen Aufzug. «Und warum hast du so komische Sachen an?»

«Ich bin ins Meer gefallen», antworte ich, hole mein Handy aus der Plastiktüte und schließe es an Liz' Ladekabel am Zigarettenanzünder an. «Meine Klamotten wurden in der Notaufnahme zerschnitten.»

«Aber …»

«Fahr einfach.»

Liz zieht ein schiefes Lächeln. «Ich verstehe nicht.»

«Da gibt es nicht viel zu verstehen, Liz. Manche Dinge passieren einfach, oder? Dinge, über die wir nicht immer sprechen wollen.»

Liz schmollt und fragt nicht weiter. Sie hat gelernt, wann sie am besten schweigt. Ihr unterwürfiger, windelweichgeprügelter Überlebensinstinkt stellt in solchen Momenten auf Automatik um, was von den vielen Gewaltlektionen herrührt, die dieser Widerling von Ehemann ihr in all den Jahren erteilt hat.

«Warum mussten wir uns beeilen?», fragt sie kleinlaut, als sie es schließlich erneut wagt, ihren Mund zu öffnen. «Hast du wieder Ärger?»

«Nein», antworte ich und hole tief Luft. «Ich hatte nur keine Zeit, mit dorthin zu kommen, wohin sie mich hinbringen wollten.»

«Ich erinnere mich noch genau an unseren Vater.» Jetzt lächelt Liz wirklich. Wir verlassen gerade den Unterseetunnel. «Wie sie mit ihm nach Hause kamen, als wir noch klein waren.»

«Was meinst du?»

«Nachdem er in der Anstalt war. Das war ein paar Jahre bevor Mutter und er sich trennten. Du warst damals noch so klein, du erinnerst dich sicher nicht mehr.»

«Nein», antworte ich mürrisch. Vom Rennen bin ich noch immer erhitzt, und mir ist schwindelig, mein Körper bebt und schmerzt und verlangt nach Ruhe, Essen und angstdämpfenden Medikamenten.

«Bist du sicher?», fragt sie lächelnd. «Weißt du nicht mehr, wie ... »

«Hast du nicht gehört, was ich gesagt habe?», brülle ich sie an, und mein Wutausbruch lässt die Schmerzen in meinem Gesicht fast explodieren. «Ich habe gesagt, dass ich mich nicht erinnere!»

«Nein, nein!», jault Liz. «Du erinnerst dich nicht, du erinnerst dich nicht.» Mein Ausfall bringt sie dazu, am Lenkrad zu reißen, und das Auto schlingert, ehe sie wieder die Kontrolle über sich und das Fahrzeug erlangt.

«Entschuldige, Thorkild. Entschuldige.» Sie umfasst das Lenkrad noch fester und beugt sich wieder zur Scheibe vor, als wollte sie sich jetzt wirklich anstrengen und mir und dem Rest der Welt zeigen, dass Elizabeth auch Auto fahren kann, anstatt immer nur Kuchen zu essen und sich selbst zu bemitleiden.

Ich erinnere mich noch gut an die Male, die sie mit Vater nach Hause kamen, nachdem er fortgewesen war, um sich wieder von den Talfahrten zu Hause bei uns zu erholen. In der Regel setzten sie ihn auf einem Stuhl am Küchentisch ab, wo er stundenlang hocken und leer in den Regen und auf das Meer starren konnte. Er machte den Eindruck, als wäre er gerade von einem anderen Planeten nach Hause gekommen und bräuchte Zeit, um sich zu akklimatisieren. Im Lauf der Jahre beruhigte ich mich, indem ich dachte, dass in seinem Inneren ein Zersetzungsprozess stattfand, der ihn auch äußerlich verwittern ließ und der alles zerfraß, was aus ihm hätte werden können, und ihn durch dieses erdfarbene Wesen ersetzte, das herumlief und um Island weinte, um ein paar Moosstreifen oder eine Milbe in einem Fluss inmitten einer Steinwüste unterhalb eines Vulkans.

«Wohin sollen wir fahren?», fragt Liz, als sie sich wieder gefasst hat.

«Ich muss nach Skjellvik zurück, ein paar Sachen erledigen und den Mietwagen holen, ehe ich morgen vernommen werde.»

«Eine Vernehmung? Schon wieder?»

«Gunnar Ore ist in der Stadt.»

«Gunnar? Was macht der da?»

«Das weiß ich immer noch nicht genau», antworte ich. Der Himmel ist fast wolkenlos und die Luft kälter, auf den kleinen Pfützen am Wegrand hat sich eine dünne Eisschicht gebildet. Ich werfe einen Blick auf mein Handy und sehe, dass es wieder ausreichend aufgeladen ist. Nachdem ich es eingeschaltet habe, rufe ich Anniken Moritzen an.

«Wo sind Sie?», fragt sie.

«Immer noch im Norden.»

«Sie wollen, dass ich komme und ihn identifiziere. Ich fahre morgen.» Sie zögert ein wenig, ehe sie fortfährt: «Könnten Sie mich begleiten, wenn ich dort hineingehe, um ihn … zu sehen?»

Ich starre auf die Umrisse meines Gesichts im Seitenfenster. Instinktiv zieht es meine Hand zu den Unebenheiten auf meiner Wange, die Fingerkuppen gleiten über die Linien und Narben, ehe sie die Druckpunkte finden. Ich presse die Nägel fest in das zerstörte Gewebe.

«Was ist, Thorkild?», fragt Anniken, da ich ihr nicht antworte.

«Rasmus wurde ermordet», flüstere ich.

«Was?»

«Er ist nicht bei einem Unglück gestorben. Jemand hat ihn umgebracht.»

«Ich …», sie hält inne, verkneift sich die Worte und verstummt dann ganz. Liz schielt besorgt zu mir hinüber, sagt aber nichts.

Ich nehme den Druck von meiner Wange und blicke über die Landschaft und das Meer, wo ein Plastikboot am Ufer liegt und an seiner Vertäuung zerrt. «Könnte er hier oben jemanden kennengelernt haben, eine Frau?»

«Das habe ich doch schon beantwortet.»

«Ich weiß», sage ich. «Aber hätte er es Ihnen erzählt, wenn er jemanden kennengelernt hätte?»

«Rasmus hatte keine Freundin», antwortet Anniken Moritzen. «Wenn überhaupt, hätte er einen Freund gehabt. Er war schwul. Wie sein Vater.»

«Also kannte er sie nicht», sage ich vor mich hin.

«Wie bitte?»

«Ich versuche nur gerade, all diese Fäden zu entwirren, um zu sehen, wie die Spuren zusammenhängen.» Ich reibe mir mit der freien Hand über das zerstörte Gewebe. Das Stechen in meinem Magen wird wieder schlimmer. «Hat Rasmus Drogen genommen?», frage ich und beiße die Zähne zusammen.

«Was?»

«Könnte er in irgendwelche illegalen Machenschaften verwickelt gewesen sein?»

«Es reicht.» Ich höre, wie sie darum kämpfen muss, sich unter Kontrolle zu halten. «Ich möchte, dass Sie aufhören, so zu reden», sagt sie und verstummt selbst. Jetzt kann ich nur noch ihren gleichmäßigen, gedämpften Atem hören. «Können Sie nicht einfach da sein?», bittet sie nach einer Weile. «Wenn ich ankomme.»

«Na gut», antworte ich, «Rufen Sie mich an, wenn Sie gelandet sind. Ach, wie ist das, kommt Arne mit?»

«Nein.»

«Weiß er es?»

«Ja, er weiß es.»

«Hat er gesagt, ob …»

«Nein. Er möchte nicht mit Ihnen sprechen. Noch nicht.»

«Gut, Anniken. Ich werde hier oben bleiben, bis Sie kommen.»

«Auf Wiederhören.»

«Herrgott», flüstert Liz, nachdem ich aufgelegt habe. Während meines Telefonats ist sie ganz still gewesen. «In was bist du da eigentlich hineingeraten?»

Ich lehne mich zurück und blickte zum Meer hinüber. «Bei der Befragung am Nachmittag werden Ore, die Typen auf dem Revier und der Vernehmungsleiter von der Kripo mir erzählen, sie hätten Beweise dafür, dass Bjørkang und sein Kollege an dem Abend auf die Leuchtturminsel kamen, als ich auch dort war.»

Für einen Moment halte ich die Luft an und beobachte die

Baumwipfel draußen, ehe ich wieder ausatme und fortfahre: «Sie werden mir einen Tathergang präsentieren, bei dem ein tablettenabhängiger Expolizist einen Mord begeht, bevor er von Reue und Selbsthass überwältigt ins Meer springt. Dann werden sie mich bitten, meine Version der Ereignisse darzulegen. Sie werden mucksmäuschenstill dasitzen, während ich von der Frau erzähle, die ich im Meer fand, und von dem Mann, der aus dem Wasser kam, um sie zu holen, sowie von der Party in der Disco. Von allem. Anschließend werden sie sagen, dass sie mir nicht glauben, und mich inständig bitten, die richtige Geschichte zu erzählen. Die Wahrheit.»

«Woher willst du das wissen?»

Ich wende mich ihr zu. «Weil ich genau dasselbe täte, Liz, angesichts der Spuren am Tatort und meiner merkwürdigen Aussage. Sie können mich sogar verhaften, ganz unabhängig davon, wie die Vernehmung läuft, wenn sie nur fest genug daran glauben, dass ich irgendwann zusammenbrechen werde, auch ohne Leichen.»

«Aber was ist mit Rasmus und der Frau, die du gefunden hast? Du warst doch nicht einmal dort, als sie getötet wurden.»

«Man wird sie als separaten Fall behandeln, der ungelöst bleiben wird, sofern die Frau nicht wieder auftaucht. Und das wird sie niemals tun.» Ich wende mich wieder zum Fenster, wo jetzt Schneeflocken zwischen den Bäumen tanzen. «Jetzt geht es um die beiden Polizisten.»

«Wie meinst du das?»

Ich lasse die Frage zwischen uns in der Luft hängen, während ich versuche, mir die Gesichter von Bjørkang und Arnt in Erinnerung zu rufen, so wie ich sie von unserer ersten

Begegnung in ihrem Büro vor Augen habe. Es gelingt mir nicht, sie bleiben zwei konturlose Schatten, die im Hintergrund wabern. «Ich muss sie vor der Vernehmung finden. Das ist meine einzige Chance …»

53

Liz stellt das Auto auf dem Parkplatz des Wohn- und Pflegeheims Skjellviktunen ab. Es ist fast halb neun am Abend, und draußen herrscht völlige Dunkelheit. Als wir aussteigen und auf die Wohnungen zugehen, ist die Luft frostig.

«Niemand darf merken, dass wir hier sind», flüstere ich Liz zu, während wir über den Kies und zum Eingangsbereich der Wohnung schleichen, die ich von Harvey gemietet habe. Ich schiele zum Eingang des Pflegeheims hinüber und fürchte, Oberschwester Siv könnte jeden Moment mit einer Polizeieskorte ankommen, um mich nach Åsgard in die Psychiatrie zu bringen. Doch es ist niemand zu sehen, und um uns herum ist es vollkommen still, die ganze Bucht scheint im Tiefschlaf versunken zu sein.

Ich krame den Schlüssel zur Eingangstür aus der Tüte mit meinen zerschnittenen Sachen, schließe lautlos auf und schiebe Liz in die Wohnung, ehe ich hinter uns abschließe.

«Kein Licht», flüstere ich.

Der Trüffelkuchen steht noch immer unter der Tortenhaube in der Küche, und Merethes Kristalle liegen über den

Küchentisch und den Boden verstreut. Liz setzt sich aufs Sofa, während ich saubere Kleidung aus meiner Reisetasche hole und ins Bad gehe.

Vor dem Spiegel bleibe ich im Halbdunkel stehen und betrachte mein Gesicht. So erschöpft, so grau. Fast eins mit der Dunkelheit. «Hier ist außer uns niemand mehr, oder?», frage ich meinen Schatten im Spiegel heiser. Keine weiteren Thorkilds, die man hervorholen könnte, wenn die Dinge zu kompliziert werden oder die Gelegenheit günstig ist. Dieses grau gescheckte Knochengerüst ist alles, was noch von mir übrig ist. Du liebe Güte.

Nach einer Weile finde ich einen Waschlappen und säubere mich im Gesicht und unter den Achseln, bevor ich meine Tracht aus dem Fundus des Universitätskrankenhauses ablege und meine eigenen Sachen wieder anziehe.

«Ist alles in Ordnung?», fragt Liz, als ich mich wieder ins Wohnzimmer schleiche. Auf der Arbeitsfläche in der Küche blubbert die Kaffeemaschine, die Tortenhaube liegt offen daneben. Liz sitzt mit einem großen Stück Trüffelsahne im Dunkeln. Von den Straßenlaternen und dem beleuchteten Haupteingang des Heims fällt gelbes Licht durchs Fenster herein und taucht die Wohnung in einen fahlen Schein. «Ich habe dir auch ein Stück abgeschnitten.» Sie schiebt mir einen Pappteller hin.

«Nein, danke, iss du nur. Ich muss noch mal telefonieren.» Als ich mich gerade setzen will, nähern sich draußen zwei Scheinwerfer auf der Straße. Durch den Spalt der halbgeöffneten Gardinen sehen wir ein Polizeiauto über den Hügelkamm kommen und langsam in Richtung des Zentrums von Skjellvik vorbeifahren.

«Suchen die nach dir?», fragt Liz, den Mund voll Torte.

Ich nicke und ziehe die Gardinen ganz vor. «Sie haben sicher einen Wagen aus Skjervøy geschickt.»

Liz hört auf zu kauen und sieht mich an.

«Beruhige dich», flüstere ich und hole mein Handy. «Hier werden sie uns bestimmt nicht finden.»

Ich setze mich in einen Sessel und rufe Gunnar Ore an, der sich schon nach dem ersten Klingeln meldet.

«Auf der Flucht?», fragt er säuerlich. «Geschickter Schachzug, Aske. Wirklich sehr durchdacht.»

«Ja, ich flüchte gerade durchs Gebirge über die schwedische Grenze», antworte ich. «Und anschließend werde ich irgendwo in den andalusischen Steppen Asyl finden. Als Schafhirte oder Matador verkleidet, je nachdem. Das könnte klappen, Gunnar. Es könnte klappen.»

«Du Idiot», schimpft er heiser. «Die Polizei fahndet nach dir. Du weißt, dass es das Krankenhaus sofort an die Polizei meldet, wenn ein Psychiatriepatient flüchtet?»

«Lass sie nur suchen.»

«Dann hast du sicher auch mitbekommen, dass sich einiges verändert hat, während du im Knast gesessen hast. Die Polizei ist mittlerweile bewaffnet.»

«Was?»

«Ja, die Jungs fahren jetzt mit scharfer Munition durch die Gegend. Und in deinem Fall suchen sie einen verdächtigen Polizistenmörder auf der Flucht. Muss ich noch deutlicher werden, damit du verstehst, wie das enden wird?»

«Ich wollte eigentlich nur sagen, dass ich morgen komme. Zu der Vernehmung.»

«Zu spät», kontert mein früherer Chef. Ich war mir darüber im Klaren, dass die Polizei in Tromsø sofort Gunnar Ore informiert, wenn sie erfährt, dass ich aus dem Krankenhaus entflohen bin. Trotzdem muss ich mit ihm reden, auch wenn mich der Gedanke, als Trophäe irgendeines frischgebackenen, schießwütigen Polizisten zu enden, durchaus erschreckt. Ich habe niemanden sonst, mit dem ich reden könnte.

«Wo bist du?», fragt Gunnar, als ich schweige.

«Bei Liz», antworte ich.

«Deine Schwester? Dann war sie es also, die dich vor dem Krankenhaus abgeholt hat. Jetzt verstehe ich. Warum? Darf ich das fragen? Warum bist du abgehauen?»

«Die Vernehmung», antworte ich, während Liz mit einer Tasse heißem Kaffee für mich und einem neuen Kuchenstück für sich aus der Küche zurückkehrt. «Ich kann nicht zu dieser Vernehmung erscheinen, bevor ich es weiß.»

«Bevor du was weißt?»

«Wo ich stehe. Worum es bei dieser Sache eigentlich geht.»

«Also bist du wieder in Skjellvik?», folgert Gunnar Ore.

«Ich komme zur Vernehmung», flüstere ich. «Ich verspreche es. Gib mir Zeit bis morgen. Aus alter Verbundenheit. Würdest du das tun?»

«Diese Chance hast du vor vier Jahren verspielt, Thorkild», erwidert er. «Aber ich werde dieses Gespräch bis morgen, fünfzehn Uhr vergessen. Aus alter Verbundenheit, wie du es nennst.»

«Danke.»

«Scher dich zum Teufel. Bis dahin kannst du nur hoffen, dass die beiden Polizisten wieder auftauchen. Wenn nicht …»

«Wird das Ganze ein schlimmes Ende nehmen?»

«Hat es schon», sagt er und legt auf.

Ich lege das Handy auf den Tisch und will die Tasse zum Mund heben, aber ich muss auf halbem Wege innehalten und sie mit beiden Händen umfassen, um sie nicht fallen zu lassen.

«Was ist los?», fragt Liz besorgt. Ich kann ihre Gesichtszüge in dem schummrigen Licht nicht erkennen, obwohl sie direkt neben mir sitzt. Ihr Atem riecht nach bitterer Trüffelcreme und Kaffee. «Ist dir schlecht?»

«Vergiss es», sage ich und weiche zurück, um dem Geruch zu entkommen. «Das ist nur mein Körper, der mir sagen will, dass ich schon längst meine Medikamente hätte nehmen müssen.»

«Ich habe Paralgin forte in meiner Tasche», erklärt Liz. «Sie gehören Arvid, er nimmt sie gegen die Rückenschmerzen. Ich habe sie immer dabei, wenn wir unterwegs sind, falls er sie plötzlich braucht.»

Ich nehme das Blister entgegen, drücke ein paar rosa Pillen in meine Hand und werfe sie mir in den Mund, um die Schreie in meinem Inneren zu dämpfen.

«Was machen wir jetzt?», fragt Liz, als ich mich endlich bereit fühle, mit neuer Kraft die Kaffeetasse zu heben. Wieder kommt ein Auto, das aber ebenfalls weiterfährt. Der Himmel über dem Ufer der Leuchtturminsel ist blauschwarz.

«Wir bleiben heute Nacht hier, und morgen fährst du wieder nach Hause.»

«Und du?»

«Ich komme dann im Mietwagen nach. Ich muss nur erst noch einmal auf diese Insel.» Langsam lehne ich mich zurück, schließe die Augen und massiere meine Wangen mit den Fingerspitzen. «Oh Gott», stöhne ich. «Wo zum Teufel können die denn nur stecken?»

«Die beiden Polizisten?»

«Und die Frau, die ich im Meer gefunden habe. Alles hat mit ihr angefangen, da bin ich mir sicher. Sie ist als Erste verschwunden, vor bald einem Monat. Wer kann so lange verschwunden sein, ohne dass man ihn vermisst?»

«Jemand, der nicht von hier kommt?», fragt Liz.

«Ja.» Ich öffne die Augen und richte mich auf. Dann drücke ich zwei weitere Tabletten aus der Packung und spüle sie mit Kaffee herunter. «Aber nicht allein das. Es muss eine Person sein, die hergereist ist und die man dort, wo sie herkommt, noch nicht zurückerwartet. Oder?»

«Eine Touristin?»

Ich sehe sie an. Liv hat sich an das Ende des Sofas zurückgezogen, die Hände auf dem Schoß. «Ja. Kann sein. Aber wer fährt im Spätherbst als Tourist hierher?», frage ich.

«Vielleicht ist sie gekommen, um hier zu arbeiten. Aus einem anderen Land?»

«Und ruft über einen Monat lang nicht bei ihrem Mann, bei ihrem Freund, den Kindern oder ihrer Familie an?»

«Wahrscheinlich hat sie niemanden», antwortet Liz.

«Überhaupt niemanden?» Ich trinke noch mehr Kaffee. «Jung, alleinstehend, aus einem anderen Land, und niemand vermisst einen. Auf welche Frau trifft das zu?»

«Auf eine Prostituierte?»

«Was?»

«Ja, sie kommen auch nach Tromsø, gehen für ein paar Monate in Hotels oder Apartments, bevor sie weiterreisen», erklärt Liz. Sie redet schneller, weil sie bemerkt, dass es mich interessiert. «Ich habe in der Zeitung darüber gelesen ...»

«Gut, Liz», sage ich und spüre, dass die Pillen endlich wirken. «Wirklich gut. Vielleicht bist du da einer Sache auf der Spur. Eine junge Frau, eine Prostituierte, aber was hat sie mit Rasmus zu tun?»

«Vielleicht hat er sie mit zu seinem Leuchtturm genommen, um …»

«Nein.» Ich schüttele den Kopf. «Rasmus war schwul. Außerdem wurde er ermordet. Ich glaube, er hat sie durch einen Zufall gefunden, als er draußen beim Tauchen war. Und dann, was geschah dann?»

«Ich weiß es nicht», sagt Liz.

«Doch, du weißt es», jage ich sie. «Er hat bei der Polizei angerufen.»

«Ja!», entgegnet Liz, reibt sich die Hände und sieht mich an. Ihre Augen leuchten aufgeregt im Halbdunkel. «Ja, das hat er getan.»

«Gut. Er hat bei der Polizei angerufen, um zu erzählen, was er gefunden hat. Dann lass uns das Szenario mal zu Ende denken. Bjørkang und Arnt sind zu Rasmus gefahren und haben ihn umgebracht, weil niemand von seiner Entdeckung wissen sollte? Willst du das damit sagen?»

Liz schüttelt den Kopf. «Ich … ich», stottert sie, ehe ihr Blick hilfesuchend zu ihrem Pappteller wandert. «Ich weiß es nicht, Thorkild», sagt sie schließlich.

«Nein, das stimmt. An dieser Stelle hakt es. Ich meine, warum sind sie anschließend nicht zurückgekommen und haben ihr Spiel weitergespielt, nachdem sie die Leiche geholt hatten? Warum sollten sie sich verstecken?»

Liz sieht mich so merkwürdig an. Sie lächelt, und ihre Augen glänzen, als würden sie gleich überlaufen.

«Was ist?»

«Ich beobachte dich so gern, wenn du so bist.»

«Wie denn?»

«So wie jetzt, wenn wir uns unterhalten, nur wir beide. Weißt du noch, wie Papa und seine Freunde immer an unserem Küchentisch saßen und diskutiert haben, was getan werden müsste, um Island vor der Industrie zu schützen?»

Ich lehne mich wieder zurück und schaue Liz an. «Das letzte Mal, dass ich ihn gesehen habe, war in den frühen Neunzigern», sage ich. «In Reyđarfjörđur, einem kleinen Dorf, wo das staatliche Energieunternehmen Landsvirkjun eine Aluminiumfabrik bauen wollte. Ich hatte gerade erfahren, dass ich auf der Polizeischule aufgenommen worden war.» Ich schließe die Augen und presse meine Lippen zusammen, während ich an das graue, regenverhangene Dorf denke. «Dieses weiße Haar und der Bart, Herrgott, wie er aussah.» Jetzt muss ich lachen.

«So sieht er immer noch aus.» Liz lacht ebenfalls und kneift die Augen zusammen, sie hält sie mehrere Sekunden geschlossen, als wolle sie sich seine Erscheinung in Erinnerung rufen.

«Das Aluminiumwerk sollte von einer ausländischen Firma betrieben werden. Papa und seine Umweltschützerfreunde waren dorthin gereist, um zu sehen, ob sie den Bau sabotieren konnten. Es war mitten im Sommer, und wir saßen da und tranken Wein rund um ein Feuer, während Papa über unser Land sprach.»

«Ich wünschte, ich wäre dabei gewesen.» Liz faltet die Hände vor der Brust.

«Ich weiß noch, wie ich dasaß und auf den richtigen Moment wartete, um ihm zu erzählen, dass ich Polizist in

Norwegen werden würde. Unser Vater hielt gerade eine Handvoll Heidekraut und Erde hoch, und die Tränen rannen ihm über die Wangen und in den Bart hinein, er heulte hemmungslos, während er dieses kleine Stückchen Island an seine Brust drückte.»

«Also hast du es ihm nicht erzählt?»

«Nein. Wir saßen einfach nur da, alle zusammen, und hörten Papa zu, der über das Erbe und unser Land redete. Anschließend leerten wir unsere Weingläser, fuhren zum Fjord, wo wir den ganzen Container und die Bauwagen, die die ersten Ingenieure dort aufgebaut hatten, über die Klippen ins Meer schoben. Als wir wieder zurückgekommen waren, habe ich das Zelt eingepackt und bin nach Norwegen gefahren. Einen Monat später habe ich auf der Polizeischule angefangen.»

Wir schweigen lange. «Kannst du mir nicht ein bisschen über Frei erzählen?», flüstert Liz nach einer Weile. Ihre Stimme ist sanft und klingt schüchtern. So spricht sie sicher auch, wenn sie mit ihrem prügelnden Ehemann allein ist. «Wer sie war, und warum du … nicht von ihr loskommen konntest.»

«Ich hatte verloren», sage ich. «An jenem letzten Abend im Auto wusste ich, dass ich sie liebe, das Spiel war vorbei, und es gab nichts, was ich hätte tun können, um das zu ändern.» Ich hole tief Luft. «Im nächsten Moment war sie weg.»

«Willst du deshalb sterben?» Behutsam legt Liz ihre Hand auf die meine. Ihre Berührung gibt mir eine Wärme, die den Arm hinauf ausstrahlt, bis zu meinem Gesicht.

«Ich habe so viel in diesen Augenblick gelegt», flüstere ich.

«Aber wer kann schon so leben? Von einem einzigen Augenblick?»

«Du darfst das nicht noch mal machen», schluchzt Liz jetzt und wirft sich auf mich, dass der Sessel ächzt. «Hörst du, Thorkild? Du darfst das nicht noch mal machen!»

«Herrgott», japse ich, während ich versuche, sie von mir zu schieben.

«Versprich mir das.» Ihr Gesicht ist direkt vor mir, und sie hält mich in einem Eisengriff.

«Ich kann nicht …»

«Doch», heult sie, ohne mich loszulassen. «Wenn du es mir versprichst, kannst du es nicht tun. Dann hättest du es nie getan. Das weiß ich. Ich weiß …»

Ich unternehme einen neuen Versuch, mich zu befreien, aber Liz will mich nicht freigeben, sie klammert sich an mich, als wäre ich ein Rettungsboot, und schließlich gebe ich auf. «Okay, Schwester», sage ich, «ich verspreche es …»

MITTWOCH

54

Am nächsten Tag wache ich im Sessel sitzend davon auf, dass Liz in der Küche Geschirr spült. Sie hat Merethes Steine vom Boden eingesammelt und in einem Haufen auf den Wohnzimmertisch gelegt. Ich schalte mein Handy ein und sehe, dass ich massenhaft Nachrichten auf der Mailbox habe. Darunter sind auch eine Reihe Schimpftiraden von Ulf, der offenbar inzwischen ebenfalls erfahren hat, dass sein Lieblingspatient auf der Flucht ist. Ich stelle das Handy aus, gehe zu Liz und hole mir eine Tasse Kaffee.

«Die Polizei ist letzte Nacht wieder zurückgefahren, nachdem du eingeschlafen warst. Seither habe ich sie nicht mehr gesehen», sagt sie lächelnd. Ihre grau-blonden Locken stehen wirr zu Berge, sie sieht aus wie ein Troll, wie sie da mit der Spülbürste hantiert und vor sich hinsummt.

«Gut», entgegne ich und umarme sie kurz, ehe ich mit dem Kaffee zum Sofa gehe und zwei der rosa Pillen aus dem Blister drücke. «Dann können wir ja zu meinem Mietwagen unten bei den Bootshäusern gehen, wenn wir hier fertig sind.»

«Und wie willst du zum Leuchtturm kommen?», fragt Liz, während sie den Stöpsel aus dem Spülbecken zieht.

«Ich kenne jemanden, den ich fragen kann», antworte ich und massiere mir den Nacken. «Anschließend fahre ich nach Tromsø zu der Vernehmung.»

«Und dann, was passiert dann?»

«Tja, das liegt leider nicht in meiner Hand, Liz», sage ich mit einem schiefen Lächeln. «Ist es nicht so?»

«Aber wenn du die Polizisten findest, dann können sie ja nicht …»

«Ja, ich weiß», unterbreche ich sie seufzend und spüle die Pillen mit einem Schluck Kaffee herunter.

«Ich bin mir sicher, dass du sie finden wirst», sagt sie und lächelt wieder, jetzt beinahe selig. «Und dann wird alles gut. Ich glaube fest daran. Ich hatte das im Gefühl, als ich heute früh aufgewacht bin. Dass dies ein guter Tag wird.»

«Ach ja?», brumme ich und schüttele den Kopf. «Na, wenn du das sagst, muss es ja stimmen …»

Nachdem wir in der Wohnung alles zusammengepackt haben, bringen wir meine Sachen zum Auto und fahren den Hang hinab zum Parkplatz oberhalb der Bootshäuser in Skjellvik. Liz bleibt im Auto sitzen, während ich zum Mietwagen eile und den Motor starte. Dabei werfe ich ständig wachsame Blicke zum Hügel hinüber, weil ich fürchte, jeden Moment könnte die Polizei mit Blaulicht über die Kuppe rollen.

«Wünsch mir Glück, Schwester», rufe ich durch die geöffnete Autotür und gebe ihr ein Zeichen, dass sie losfahren soll.

Liz sieht mich eindringlich an. «Denk dran, dass du es versprochen hast», sagt sie mit bebender Stimme.

«Ja, Liz. Ich habe es versprochen.»

Im nächsten Moment startet sie den Mondeo, setzt schwungvoll zurück und braust den Hang hinauf, ohne sich die Zeit zu nehmen, das Fenster wieder hochzukurbeln.

Kaum ist sie verschwunden, entdecke ich plötzlich Johannes im Rückspiegel. Er kommt direkt auf das Auto zu und sieht aus, als hätte er sich schick gemacht. Sein dünnes graues Haar ist glatt nach hinten gekämmt, bis der Wind es erfasst und einzelne Strähnen über seinem Kopf tanzen lässt.

«Ach», sagt er und begrüßt mich, nachdem ich den Motor abgestellt habe und aus dem Auto steige. «Du bist noch da?»

«Ja, ich bin hier oben noch nicht ganz fertig mit allem.»

«Ich habe gehört, die Polizei hätte nach dir gefragt.»

«Ja, die Polizei ist immer so wahnsinnig hilfsbereit, nicht wahr?»

Johannes brummelt irgendetwas vor sich hin und fährt sich mit einer zerfurchten Hand durchs Haar. Er versucht, es wieder zurückzustreichen, doch es wird sofort wieder vom Wind erfasst. Er trägt eine schwarz-grau-gestreifte Anzughose, die einige Zentimeter zu kurz ist und einige Male zu oft in der Waschmaschine war, weshalb die Farben verblasst sind und der Stoff flusig ist. Immerhin sind seine Schuhe mit den groben Sohlen schwarz poliert. Dazu trägt er ein ungebügeltes Hemd und einen grauen, ausgeleierten Pullover mit V-Ausschnitt und darüber einen feinen dunklen Mantel, der ihm bis zu den Knien reicht.

«Harvey hat erzählt, dass ein Bekannter von dir das Schiff von Bjørkang und Arnt gefunden hat», sage ich.

«Ja, es ist auf Reinøya an den Strand gespült worden. Es ist in einem guten Zustand, es gibt keine Hinweise darauf, dass es im Sturm gekentert wäre. Das Einzige, was fehlt, ist die Navigationsausrüstung.»

«Wie meinst du das?»

«Jemand hat sie herausgerissen», antwortet Johannes. «Nur die Kabel sind noch da.»

«Rasmus' GPS war auch weg», sage ich. «Es scheint so, als wollte jemand verhindern, dass wir erfahren, wo sie hinwollten oder wo sie gewesen waren.»

Johannes nickt nachdenklich.

«Ich muss noch mal zum Leuchtturm», sage ich. «Kannst du mir helfen?»

«Tja.» Johannes bohrt mit der Schuhspitze im Kies. «Ich bin gerade auf dem Weg zu Andors und Josefines Beerdigung.» Er weiß nicht, wohin mit den Händen, die anscheinend nicht in seine Hosentaschen passen.

«Ich kann warten.»

Er seufzt schwer. «Na, dann. Anschließend kann ich dich wohl rüberbringen.»

«Spring rein, ich fahre dich zur Kirche.»

Johannes steigt in den Wagen, knallt die Tür zu und schnallt sich an. Kaum habe ich den Zündschlüssel umgedreht, zieht er ein Päckchen Tabak aus der Innentasche seines Mantels und legt es auf seinen Schoß. Innerhalb von Sekunden hat er eine gerade und perfekte Zigarette gedreht, die er sich zwischen die Lippen steckt und mit einem Streichholz anzündet.

«Glaubst du, Merethe kommt auch zur Beerdigung?», frage ich, während ich vom Parkplatz fahre und den Hügel ansteuere.

Johannes klemmt die Zigarette zwischen seinen Lippen fest, faltet seine rauen Hände andächtig im Schoß und dreht Däumchen. «Ich weiß es nicht», sagt er, während der Rauch aus seinen Nasenlöchern und seinem Mund quillt. «Ich weiß es wirklich nicht.»

55

Ich komme mir vor, als wären wir gerade auf brennenden Reifen vor die Kirche gerast, als wir aus dem Auto steigen und auf die schleichende Kolonne aus grauhaarigen, dünnhaarigen, glatzköpfigen, gebeugten, schiefen und humpelnden Männern und Frauen zugehen, die sich im Spätherbst ihres Lebens befinden. Sie starren mich fassungslos an.

Im Kirchenschiff ernte ich dann erneut Blicke von jenen, die schon auf den harten blauen Plastikbänken Platz genommen haben. Johannes deutet auf eine der hinteren Reihen, wo bereits zwei alte Damen, beide mit Fuchsboa und Federhütchen, sitzen.

Ich will mich gerade niederlassen, da entdecke ich Harvey. Er sitzt mit seinem Sohn einige Reihen weiter vorn auf der anderen Seite des Kirchenschiffs. Merethe ist nicht bei ihnen.

Als ich mich zum Ausgang umdrehe, hält draußen vor der Tür ein Großraumtaxi. Zwei Krankenpfleger steigen aus und gehen zusammen mit dem Fahrer zum Heck, wo er die Hintertüren öffnet und eine Rampe ausklappt.

«Merethe», flüstere ich erschrocken, als ich das Gesicht der Frau sehe, die in einem Rollstuhl aus dem Auto und vor die Kirchenpforte gefahren wird.

«Wo?» Johannes dreht sich um, und eine der Damen in unserer Reihe umklammert ihren Fuchsschwanz, stößt die andere indiskret mit dem Ellbogen an und zeigt zum Ausgang.

Ein Raunen geht durch die Kirche. Viele stecken die Köpfe zusammen, drehen sich um und schielen verstohlen zu der

Frau hinüber, die gerade hereingeschoben wird. «Oh Gott, wie sie aussieht.»

«Grausam.» Johannes richtet den Blick erneut auf den Altar und die beiden Särge. Irgendwo in der Menge hat ein Junge zu kreischen begonnen, er stößt laute, schmerzliche Schluchzer aus, und seine Eltern versuchen ihn durch Flehen und Drohungen zu besänftigen.

Das Metallgestell, das aus Merethes Kopf ragt, besteht aus drei Schrauben auf jeder Seite, einer im Oberkiefer, einer im Unterkiefer und einer, die beide miteinander verbindet.

Ihr Haar ist zu einer eleganten Frisur hochgesteckt, und sie trägt einen schicken schwarzen Hosenanzug mit einer weißen Bluse. Die Pfleger schieben sie zu der Bank, wo Harvey und der Junge warten.

«Ich muss mit ihr sprechen», flüstere ich. Die Pfleger stellen die Bremsen des Rollstuhls fest und verlassen die Kirche.

«Nach der Beerdigung», sagt Johannes.

Der Mittelgang füllt sich jetzt an beiden Rändern mit Rollstühlen und Rollatoren, sodass sich diejenigen, die ganz nach vorn wollen, einen Weg durch dieses geriatrische Labyrinth aus Plastik und Metall bahnen müssen. Johannes zieht eine durchsichtige Tüte mit etwas heraus, das an rot-weiße Mottenkugeln erinnert. Er öffnet sie und hält sie mir hin: «Polkagris?»

«Wie bitte?»

«Polkagris», wiederholt er ein wenig lauter und raschelt mit der Tüte, als würde ich schlecht hören. «Bonbons. Aus Schweden.»

Ich nehme mir eines und stecke es in den Mund. Durch eine Seitentür taucht der Pfarrer auf. Leichtfüßig schwebt er an den Hindernissen vorbei und steigt auf die Kanzel, wo er die Handflächen zur Decke streckt und über den Saal blickt.

«Alles hat seine Zeit», proklamiert er freundlich, aber zugleich tieftraurig. Sein Blick schweift über die Versammlung, von Reihe zu Reihe, ehe er bei den nächsten Angehörigen innehält. «Auch der Tod.»

Nach dem Präludium beginnen die Menschen zu singen. *Die Nacht ist vorgedrungen, der Tag ist nicht mehr fern ...* Dann spricht der Pfarrer einen Nachruf auf die Verstorbenen. «Sie haben sich ganz einander geweiht – und der Liebe, und so sind sie nun auch gemeinsam bei unserem Herrn, im Paradies.»

Elegant schreitet der Pfarrer von der Kanzel hinab und tritt zu den Särgen. Eine Familie schickt zwei Mädchen nach vorn, beide tragen hübsche dunkle Kleider mit passenden Schuhen. Der Pfarrer und die Mädchen lesen die letzten Grüße von den Kränzen vor, die Mädchen die schwedischen und der Pfarrer die norwegischen, und die Trauergäste kommen nach vorn und entzünden die Kerzen in den schmiedeeisernen Ständern.

«Jetzt möchten Selma und Christine ein Lied für ihre Großeltern singen.» Der Pfarrer faltet die Hände und tritt neben den Kirchenchor. Kurz darauf ertönt Musik von einem CD-Player, und die Stimmen der Mädchen erklingen.

Das kreischende Kind ist verstummt, plötzlich ist es still geworden, alle lauschen, und nur hin und wieder hört man das leise Röcheln oder sporadische Husten einer zerschlissenen Lunge.

Weiter vorn kann ich Merethes Hinterkopf sehen. Sie sitzt mit hängenden Schultern da und bewegt sich nicht. Die

Metallschrauben stehen von ihrem Kopf ab wie die Fühler eines Insekts. Harvey sitzt neben ihr, die Hände auf dem Schoß, das Gesicht zu Boden gewandt.

Es sieht aus, als würde er frieren, seine Schultern zucken unkontrolliert, zwischendurch schüttelt er den Kopf. Er weint leise in sich hinein. Als die Musik verklungen ist und die beiden Mädchen den Chor verlassen haben, ist plötzlich auch sein Schluchzen zu hören.

56

Was, glaubst du, war mit ihm los?», frage ich Johannes, nachdem der Pfarrer den Segen gesprochen hat und alle aufstehen. Die Träger gehen nach vorn und stellen sich rechts und links der Särge auf. Doch erst, als sie sie schon hochgehoben und sich hintereinander aufgestellt haben, wird ihnen klar, dass sie so auf keinen Fall durch den vollgestellten Mittelgang kommen. Sie bleiben stehen und sehen einander ratlos an.

Einige Altenpfleger erfassen den Ernst der Lage und geben dem übrigen Personal Zeichen. Sofort beginnen sie damit, die Heimbewohner nach draußen zu schieben, und greifen sich die Krücken und Rollatoren derjenigen, die noch sitzen. Die beiden Pfleger, die Merethe gebracht haben, sind auch wieder da und schieben sie im Pulk der Alten vor die Kirchenpforte.

«Er hat in letzter Zeit viel durchgemacht», sagt Johannes, nachdem der Mittelgang frei ist und die ersten Sargträger kommen. Er nickt andächtig, als sie uns passieren.

«Du warst ja selbst dabei, als seine Frau diesen Anfall bekommen hat. Das war bestimmt nicht einfach.»

«Es war kein Anfall.» Ich warte darauf, dass wir uns in die Menschenmenge einreihen können, die langsam zum Ausgang geht.

«Wie dem auch sei», murmelt Johannes und nickt erneut, als Harvey unsere Bankreihe erreicht hat. Der sieht uns nicht, starrt nur leer vor sich hin und geht mechanisch mit seinem Jungen an der Hand vorüber.

Johannes umklammert fest seinen Tabakbeutel, als wir uns endlich in den Trauerzug einfügen können. Sein Blick flackert über die Leute vor uns, die vor der Kirche links abbiegen und in Richtung Friedhof gehen.

Draußen scheint die Sonne, die warmen Strahlen fallen auf den Parkplatz, die Kirche und die Prozession, die sich um die Grube im hinteren Teil des Friedhofs versammelt hat, wo die Beerdigung stattfinden wird.

Wir halten uns ein Stück entfernt und hören den Pfarrer nur leise, der noch einmal aus der Bibel liest. Mit einem Mal kommt ein Schatten auf mich zu, und als ich aufblicke, taucht Harveys graues Gesicht vor mir auf.

«Habt ihr sie gesehen?» Harvey deutet mit dem Kopf auf eine kleine Anhöhe hinter den letzten Gräbern, wo die beiden Pfleger mit Merethe stehen. Sie hat die Hände auf den Beinen gefaltet und blickt in Richtung ihres Sohnes, der an einem Bach hinter dem Friedhofszaun spielt. Er rennt am Ufer auf und ab und zieht einen Stock durchs Wasser, das in alle Richtungen spritzt. «Die Kiefer sind festgeschraubt, und sie haben die Muskeln festgenäht. Sie muss durch eine Sonde ernährt werden.»

«Es tut mir leid, Harvey», sage ich und blicke ihn an. «Ich …»

«Nein, Thorkild.» Harvey sieht mich an. «Mir muss es leidtun. Ich war so aufgewühlt, und ich hatte solche Angst, aber ich hätte sehen müssen, in welchem Zustand du selbst warst, und darauf bestehen müssen, dass du mit ins Krankenhaus kommst. Stattdessen habe ich irgendetwas von Geistern und dem Leuchtturm gefaselt.»

«Mach dir deswegen keine Gedanken.» Ich räuspere mich. «Was meine Probleme angeht, dagegen kann ich etwas unternehmen. Aber wie geht es ihr?»

«Tja, wir unterhalten uns. Ich rede, sie schreibt Zettel. In ein oder zwei Wochen kommt sie nach Hause. Die Ärzte sagen, dass sie nach und nach wieder gesund werden wird. Ich hoffe nur, dass sie sich wieder erholt, bis die Dreharbeiten anfangen. Sie hat sich so lange darauf gefreut.»

Die Versammlung hat ein Gebet gesprochen, und die Särge werden herabgelassen.

«Du hast den Dänen gefunden», sagt Harvey, während der Pfarrer Erde auf die Särge wirft, ehe er erneut die Bibel öffnet und daraus liest. «Als du da draußen warst … im Meer», stottert er. «Und an ihm hing ein Frauenarm?»

Ich nicke. Der Pfarrer schlägt die Bibel zu und beginnt mit der Segnung. «Jetzt kann wenigstens niemand mehr behaupten, es hätte sie nie gegeben.»

«Wissen sie, wer es ist?»

Ich schüttele den Kopf.

«Gibt es etwas Neues von Bjørkang und Arnt?», fragt Harvey.

«Die Polizei in Tromsø hat ein Mini-U-Boot angefordert und die Kripo um Hilfe gebeten. Heute Nachmittag werden ihre Leute herkommen.»

«Glauben sie immer noch, du hättest etwas damit zu tun?»

«Und wie. Nachher werde ich noch einmal befragt. Es gibt aber ein paar Dinge, die ich vorher noch erledigen muss. Ich muss herausfinden, was eigentlich Sache ist, wenn du verstehst.» Ich krame den Wohnungsschlüssel aus meiner Jackentasche und gebe ihn Harvey. «Danke für die Unterkunft.»

«No problem.» Harvey steckt ihn in die Hosentasche. «Die Angehörigen werden sie später entrümpeln.»

«Wie ist es dir denn eigentlich ergangen? Du wurdest doch gestern befragt?»

Harvey schüttelt langsam den Kopf. «Ich bin nicht hingegangen. Ich schaffe das gerade nicht. Die Sache mit Merethe ist so belastend.» Er beißt sich auf die Unterlippe und wendet sich ab. «Ich hatte solche Angst um sie.»

Die Beerdigung nähert sich dem Ende, und die Trauergemeinde faltet noch einmal die Hände, ehe sie das letzte Lied singt. Vorsichtig lege ich Harvey die Hand auf die Schulter. «Kann ich mal mit ihr sprechen?»

«Ja, natürlich», antwortet Harvey.

Merethe hat die Finger in den Jackenärmeln verborgen. Sie sitzt da und blickt starr auf die singende Menge. Aus ihrer Nase quillt weißer Dampf, wenn sie atmet. Einer der Pfleger legt ihr eine Wolldecke um.

Wir steuern auf Merethe zu, während sich die Menschenmenge allmählich auflöst. Harvey geht voran, Johannes und ich folgen ihm. Im Sonnenschein liegt das Meer in der Bucht blank und still da.

«Hallo», sage ich unsicher, als wir bei Merethe angekommen sind. Die Pfleger ziehen sich ein wenig zurück, der eine steckt sich eine Zigarette an, und sie gehen zu einer Baumgruppe im hinteren Bereich des Friedhofs. «Ich … ich …»

Merethe hält eine Hand hoch, um mich zu unterbrechen, und zieht einen Notizblock aus der Tasche ihrer Kostümjacke. Während sie schreibt, schiele ich verstohlen zu ihrer Metallkonstruktion. Ihre Lippen sind trocken und leicht geöffnet. Die Unterlippe steht etwas weiter vor als die Oberlippe, wodurch sie an eine Schlaganfallpatientin erinnert, deren Gesichtsmuskeln teilweise gelähmt sind.

Merethe reicht mir den Notizblock und sieht mich an. *Es war nicht sie,* steht auf dem Zettel. Ich nicke leicht mit dem Kopf, während ich es lese.

«Ja, ich weiß», sage ich, ehe Merethe den Block wieder nimmt und noch mehr schreibt.

Es hat so wehgetan. Als würde sich mein Mund bei jedem Atemzug mit Wasser füllen. Es hat sich angefühlt, als würde ich ertrinken.

«Ich wollte dir helfen, aber ich habe es nicht geschafft, dich festzuhalten …»

Merethe schüttelt den Kopf, greift erneut zum Stift und gibt mir den Block wieder.

Es war nicht dein Fehler. Ich habe sie hereingelassen.

«Ich habe sie auch gesehen.»

Merethe nickt und schreibt weiter. *Sie hat zu dir gesprochen.*

«Zu mir? Wie meinst du das?»

Merethe führt ein letztes Mal den Stift übers Papier, dann reißt sie den Zettel ab und legt ihn in meine Hand.

«Das verstehe ich nicht», flüstere ich und starre auf die Buchstaben, die zwei rätselhafte Wörter bilden, und bin mir nicht sicher, ob sie nicht doch eine Art Anfall erlitten hat und nicht weiß, dass das, was dort steht, nur willkürlich zusammengesetzte Striche und Buchstaben sind.

«Sieht aus wie Russisch.» Harvey blickt auf den Zettel. Er ist blass und schwankt ein wenig, als wäre ihm schwindelig. Rasch stützt er sich am Rollstuhl ab.

«Weißt du, was das bedeutet?», frage ich.

Merethe sieht uns beide an und beugt sich im Rollstuhl vor. «Ich friere», zischt sie zwischen zusammengebissenen Zähnen hervor.

«Was?»

Merethe nimmt meine Hand und drückt sie energisch. Ihre Finger sind unnormal warm, so warm, dass die Hitze meinen Arm emporwandert bis zu meinem Gesicht. Ihr Brustkorb bläht sich auf, als sie immer wieder nach Luft schnappt und meine Hand zu den beiden Wörtern führt, die auf dem Zettel stehen. «Ich … friere.»

«Hat sie das gesagt? *Ich friere*?»

Merethe nickt und atmet aus. Sie lässt meine Hand wieder los, schreibt etwas auf einen neuen Zettel, reißt ihn aus und reicht ihn mir mit traurigem Blick.

Auf Wiedersehen, Thorkild.

Auf Wiedersehen, sage ich, falte den Zettel zusammen und stecke ihn in meine Hosentasche.

Johannes und ich gehen mit einigen Nachzüglern unter den Trauergästen zum Parkplatz. «Arnt hat mir am ersten

Tag, als ich herkam, von einem Zuwachs an Drogen und Prostitution in Tromsø erzählt», beginne ich, als wir das Auto erreicht haben.

«Ja», antwortet Johannes. «Man muss nur Zeitung lesen, da steht das ja alles drin.»

«Weißt du, wo diese Frauen herkommen?»

«Ja», brummelt er. «Daher, wo auch der Schnaps, die Zigaretten, der Tabak und der ganze andere Mist kommen. Aus Russland.»

«Hab ich's mir doch gedacht», sage ich, setze mich hinters Steuer und starte den Motor.

57

Was hoffst du da draußen zu finden?», fragt Johannes, als wir den Mietwagen auf dem Parkplatz vor dem Bootsschuppen abstellen.

«Antworten», murmle ich kryptisch und blicke auf das blanke Meer zwischen der Bucht und der Leuchtturminsel.

«Worauf?»

«Auf die Frage, wer die Frau ohne Gesicht ist. Wer Rasmus umgebracht hat. Wo Bjørkang und Arnt sind. Und vielleicht auch darauf, ob ich verrückt bin oder nicht», sage ich, öffne die Tür und steige aus.

«Verrückt genug.» Johannes schmunzelt.

Die salzige Meeresluft weht mir ins Gesicht und prickelt

leicht auf der Haut. Ich gehe zum Kofferraum, öffne ihn und ziehe mich noch einmal um.

Innerhalb weniger Minuten sind wir bei der Insel. Johannes steuert das Boot auf die Überreste des Kais zu und legt an. Ich greife ein Tauende, klettere damit an Land und mache das Boot an einem rostigen Baueisen fest, das aus dem Fels ragt.

Johannes sieht mich an, als ich ihm hochhelfe. «Und was jetzt?»

«Das Hauptgebäude. Die Diskothek im Keller. Nach der Séance mit Merethe bin ich hierhergekommen.»

Er bleibt abrupt vor der Tür des umgebauten Leuchtturmwärterhauses stehen. Die Absperrbänder, die ich beim letzten Mal abgerissen habe, liegen verknäult an der Hauswand. «Séance? Was für eine Séance?»

«Bei mir in der Wohnung. Jemand war bei uns im Zimmer. In Merethe. Sie hat geredet und geschrien.»

«Was meinst du?», stottert Johannes und bleibt stockstarr in der Tür stehen, während ich ins Foyer gehe. «Ein ... Wiedergänger?», ruft er mir nach.

Ich drehe mich um und sehe ihn an. Plastik raschelt, und es riecht nach Fäulnis und abgestandener Luft. «Du weißt doch, dass Merethe hellseherische Fähigkeiten hat?»

Johannes spuckt aus und rümpft die Nase. «Ich mag solche Sachen nicht», sagt er und tritt widerwillig ins Foyer. «Da läuft es mir kalt den Rücken herunter. Mit so etwas ist nicht zu spaßen!»

Wir gehen an den plastikverkleideten Wänden vorbei zur Treppe. «Was hat sie gesagt?», fragt Johannes, als wir dort angekommen sind.

«Wie bitte?»

«Du hast doch gesagt, sie hätte gesprochen.»

Ich hole Merethes Zettel hervor und gebe ihn Johannes. «*Mne chólodno*», sage ich.

«Was?» Er sieht mich fragend an. «Was hast du gesagt?»

«*Mne chólodno*», wiederhole ich. «Das ist Russisch und bedeutet *Ich friere.*»

Johannes erbleicht. «Das ist nicht möglich», sagt er und starrt vor sich hin.

«Was ist denn?»

«Nein, nein», murmelt er beinahe apathisch und stützt sich aufs Treppengeländer.

«Was hast du, Johannes?» Ich lege eine Hand auf seine Schulter.

«Ich ...», beginnt er, ehe er wieder zu mir aufsieht. «Ich glaube nur, das habe ich schon mal gehört.»

«Wo denn?»

Johannes atmet tief durch und richtet sich wieder auf. Er kramt den Tabak aus seiner Jackentasche hervor. Das erste Zigarettenpapier reißt, ehe er den Tabak darauf verteilt hat. «Es gab ein Schiff», sagt er und zerknüllt das Papier. «Ein russischer Trawler, der Anfang Herbst hier gesunken ist, ich weiß nicht, ob du davon gehört hast?»

«Bjørkang hatte ihn erwähnt. Was ist damit?»

«Er hatte auf dem Weg nach Tromsø einen Motorschaden. Es kam ein schrecklicher Sturm auf, das Schiff ging unter. Aber die Besatzung konnte sich an Land retten, sie wurde in derselben Nacht nach Tromsø gebracht.»

Johannes zieht ein neues Papier aus dem Briefchen und legt eine schmale Tabakwulst darauf. Er rollt es langsam und methodisch hin und her und führt es dann an die Lippen, um den Klebestreifen anzufeuchten, doch die neue Zigarette zerbricht, kaum dass es er sie mit der Zungenspitze berührt hat. «Ich habe sie im Walkie-Talkie gehört», sagt er mit zitternder Stimme. «Erst nur eine Menge Gebrüll auf Russisch, ehe sie ins Englische übergegangen sind, als sie mit jemandem Kontakt aufnehmen konnten. Anschließend haben sie nichts mehr gesagt.»

«Weißt du, mit wem sie geredet haben?»

«Nein, da waren zu viele Störgeräusche in der Leitung, und kurz darauf wurde es wie gesagt still.» Seine Stimme klingt plötzlich dunkler, als würde ihn das, was er nun sagt, erschrecken. «Aber später, in derselben Nacht, da habe ich es gehört.»

«Was denn?»

Er zieht ein neues Zigarettenpapier heraus und krümelt wieder Tabak hinein. «Ich war draußen und habe Steine auf die Kellerluke gelegt, damit der Wind sie nicht aufreißt. Als ich wieder ins Haus kam, hörte ich ein Knistern aus dem Wohnzimmer. Ich habe meine Stiefel ausgezogen und bin hineingegangen. Das grüne Licht meines Funkgeräts hat geblinkt, als würde jemand etwas senden oder die Sendetaste drücken, ohne etwas zu sagen.»

«Jemand von diesem Schiff?»

Johannes sieht mich an. Seine Augen sind schmal und dunkel, seine Lippen ein Strich. «Ich bin vor dem Funkgerät stehen geblieben, um zu sehen, ob derjenige einen neuen Versuch unternehmen würde. Ich war neugierig.» Er sieht mich mit dieser seltsamen Miene an, einer Mischung aus Furcht und Erstaunen. Dann spricht er weiter: «Ich meine, manchmal passiert es ja, dass irgendjemand, der hier auf einer einsamen Insel sitzt, spätnachts plötzlich melancholisch wird, zu einer solchen Zeit rechnet man mit allem Möglichen. Aber irgendetwas war anders, ich konnte es jedes Mal spüren, wenn das grüne Licht wieder leuchtete. Aber erst, als ich versuchte zu antworten, passierte es, dass … dass …»

«Was denn?»

«Ich habe eine Stimme gehört. Und das lag nicht an dem großen Schuss Schnaps, den ich in meinen Kaffee gegeben hatte …»

Ich merke, wie mir innerlich kalt wird. Als wüsste das Gehirn bereits, was Johannes gleich erzählen wird, und würde den Körper vorwarnen. «Was denn?»

«Es war eine Frauenstimme.» Johannes' Gesicht verzerrt sich zu einer schmerzvollen Grimasse. «Sie hat geflüstert, so leise. Hätte das grüne Licht nicht geblinkt, hätte es auch der Wind sein können. Zwei Wörter in einer fremden Sprache, dann war das Funkgerät still.»

«Du meine Güte», rufe ich und hole tief Luft. «Was erzählst du mir da?»

58

Willst du wirklich, dass wir da runtergehen?» Johannes hat endlich seine Zigarette fertiggedreht und steckt sie sich an. Durch den Tabakrauch wirft er mir einen angestrengten Blick zu.

«Ja. Ich muss es wissen», antworte ich und lehne mich über das Geländer, weil ich das Ende der Treppe sehen will, wo letztes Mal die Tür angelehnt stand. Die Grenze zwischen Phantasie und Realität liegt dort unten. «Es gibt keine andere Lösung.»

Wir bleiben eine Weile in Gedanken versunken stehen und starren in die Dunkelheit dort unten. Schließlich drückt Johannes seine Zigarette aus und steckt den Stummel in seine Streichholzschachtel. Wir sehen uns ein letztes Mal an, dann gehen wir nach unten.

Die Eisentür steht offen. Dahinter ist es dunkel und vollkommen still. Ich schalte die Taschenlampenfunktion auf meinem Handy ein, als wir in die Garderobe mit den Vitrinen kommen. Die Schuhabdrücke von meinem letzten Besuch sind von einer dünnen Staubschicht bedeckt. Ich folge ihnen bis zu der Wand mit den ausgestopften Vögeln. Wie sie mit ihren leblosen Glasaugen aus ihren Plexiglasgefängnissen starren, wirken sie wie die Requisiten eines amerikanischen Gruselfilms aus den Siebzigern.

«Ich war noch nie hier.» Johannes schaudert, als er die Ausstellung entdeckt.

«Das ist wohl auch nicht der richtige Ort für dich», murmle ich und gehe an den Glaskästen vorbei zum Eingang der eigentlichen Diskothek, bleibe jedoch in der Flügeltür stehen. Im Saal ist es vollkommen still. Die Musik, die Discokugel, das Stroboskop und die Nebelmaschinen sind ausgeschaltet, nur das eine oder andere Staubkorn wirbelt umher. Die starken Pastellfarben an den Betonwänden wirken genauso kulissenhaft wie beim letzten Mal, als ich mich in dieser einsamen Mondlandschaft befunden habe.

«Komm», sage ich und gehe weiter in die Diskothek hinein. «Hier hat sie gesessen.»

Wir bleiben mitten auf der Tanzfläche stehen. An der Wand ist das grüne Schild mit dem Männchen zu erkennen.

Mir wird bang ums Herz, als ich mich nähere. «Leer», sage ich und bleibe vor der Sitzecke stehen, deren Tisch mit Staub bedeckt ist, die Einweckgläser mit den Teelichtern sind verschwunden, und es riecht muffig. «Sie ist nicht hier.»

«Gott sei Dank», sagt Johannes erleichtert. «Einen Moment lang hatte ich wirklich Herzrasen.» Er holt den Zigarettenstummel aus der Streichholzschachtel, besinnt sich dann aber eines Besseren und legt ihn wieder zurück. «Was für ein Gestank!» Er hebt die Hand mit der Streichholzschachtel vors Gesicht, als wäre sie ein Riechsalz.

Das Licht meines Handys fällt auf eine Vertiefung auf dem verstaubten Sofa, dort, wo ich das letzte Mal saß. Auf der gegenüberliegenden Seite, wo die Frau ohne Gesicht saß, befindet sich ein dunkler Fleck. «Aber sie war hier», murmle ich und gehe in die Hocke. Ich kann eine Pfütze von irgendeiner klebrigen, stinkenden Substanz erkennen, die unter dem Tisch hervorgeronnen ist. Mit einer Hand vor der Nase beuge ich mich näher heran. «Sie war an jenem Abend hier.»

«Was ist das?» Johannes sieht sich ungeduldig um und hält sich ebenfalls die Nase zu. «Findest du etwas?»

Ich zeige ihm die Stelle mit dem Licht des Handys und richte es dann weiter auf den Boden. «Fußspuren», antworte ich.

Vor mir sehe ich meine eigenen, verwackelten Abdrücke, die in Schlangenlinien von der Sitzecke auf die Tanzfläche führen, ehe sie in einer geraden Linie zum Notausgang verlaufen und dort enden. Ich entdecke auch einen breiteren Strich, der bei der Sitzecke beginnt und teilweise über meine Spuren führt, bevor auch er beim Notausgang endet.

«Es sieht so aus, als wäre jemand gekommen und hätte sie auf demselben Weg mitgenommen, den auch ich gegangen bin.» Ich drehe mich um und leuchte über den Boden von der Sitzecke und in die entgegengesetzte Richtung, hinter das DJ-Pult. «Und zwar kurz nach mir.»

«Woher weißt du das?» Johannes wird immer kurzatmiger und grauer im Gesicht, weil er hier unten stehen muss. Er trippelt auf der Stelle und klappert ungeduldig mit der Streichholzschachtel, während er redet. «Hier unten kann man doch fast nichts sehen. Nur diesen widerlichen Gestank riechen ...»

«Der Staub», antworte ich und zeige vor mich auf den Boden zu den zwei unterschiedlichen Spuren. «Auf meinen Fußabdrücken und den anderen liegt der Staub nicht gleich hoch.»

«Hast du jemanden gesehen, als du hier warst?»

«Nein, aber in meinem Zustand hätte ich wahrscheinlich nicht einmal einen betrunkenen Elefanten auf der Tanzfläche bemerkt.»

Johannes versucht, die Mundwinkel zu heben, aber sein Lächeln gefriert wegen des Gestanks. Stattdessen presst er sich wieder die Streichholzschachtel vors Gesicht und geht mir nach. Mit dem Licht meines Handys folge ich den Spuren, vorbei an den verstaubten Sitzecken und dem DJ-Pult bis zu zwei Billardtischen, die in der anderen Ecke stehen.

Die Spuren enden hinter einem der Tische, wo der Staub zu einem größeren, unregelmäßigen Kreis zertrampelt ist. Auf dem grünen Filz der Tische liegen die Billardkugeln verstreut.

Ich blicke zurück in den Raum. Am anderen Ende der Notausgang und die Sitzecke, in der ich beim letzten Mal war. Vorn liegt der Eingangsbereich erleuchtet, und dazwischen befindet sich das DJ-Pult von einer dunklen Box umgeben.

«Ein hervorragender Aussichtspunkt, oder?», frage ich, als Johannes zu mir kommt und sich vor mich stellt.

«Für wen?»

«Einen Täter», murmle ich und richte das Licht auf eine angelehnte Tür zwischen zwei Gestellen für Billardqueues. «Der gern mit mir spielt.» Ich gehe hin und reiße die Tür ganz auf. Dahinter liegt eine dunkle, schmale Treppe, die nach oben führt.

«Komm», sage ich. «Ich habe genug gesehen.»

«Hast du denn gefunden, wonach du gesucht hast?», fragt er, als wir endlich die Tür zum Keller schließen und die Dunkelheit und den Gestank hinter uns lassen. Wir befinden uns in der Restaurantküche im Erdgeschoss. Sie ist lediglich mit einigen Vorratsregalen und drei Gefriertruhen eingerichtet, von denen eine leise brummt. Der Raum muss erst kürzlich geputzt worden sein, es riecht nach Reinigungsmitteln.

«Auf jeden Fall», antworte ich und drehe mich lächelnd zu Johannes um.

«Und das wäre?»

«Ich glaube, dass die tote Frau Russin war», erkläre ich, während wir durch das Restaurant gehen, dessen Möbel in einer Decke gestapelt und mit Plastikfolie und weißen Tischdecken abgedeckt sind. «Vielleicht war sie eine Prostituierte, die auf dem Weg in die Stadt war, um dort zu arbeiten. Das würde jedenfalls erklären, warum sie von niemandem vermisst wurde. Ich glaube, dass Rasmus sie zufällig beim Tauchen fand und deshalb ermordet wurde.»

«Jesses», sagt Johannes, als wir endlich wieder im Foyer sind. «Wo soll das alles noch enden.»

«Und zu guter Letzt», beschließe ich meine Ausführung mit einem Lächeln auf den Lippen, «ist das Gerücht von meiner Unzurechnungsfähigkeit doch ziemlich übertrieben …»

59

«Na dann.» Johannes hat die Streichholzschachtel wieder in die Tasche gesteckt und klatscht in seine faltigen Hände, als wolle er sich selbst gratulieren, dass er wieder an der frischen Luft ist. Wir haben das Hauptgebäude verlassen und stehen auf dem Platz zwischen dem Leuchtturmwärterhaus und dem Bootshaus. «Dann sollten wir wohl zusehen, dass wir wieder an Land kommen?» Er sieht mich blinzelnd an. «Es ist bald Essenszeit.»

«Dieser Trawler», sage ich, stecke mein Handy in die Tasche und mache ein wenig Gesichtsgymnastik, um das Prickeln unter meiner Haut zu vertreiben. «Weißt du, wo der genau gesunken ist?»

«Natürlich. Ich hatte die Koordinaten in mein mobiles GPS eingegeben, um zu sehen, wo er gerade lag, als der Notruf kam.»

«Ist es weit bis dorthin?»

«Nein. Die Stelle liegt vor der Nordspitze der Insel.»

«Tief?»

«Nicht besonders.»

Ich schaudere, als ich auf die spiegelglatte Meeresoberfläche vor der Leuchtturminsel blicke. «Ich glaube, ich brauche deine Hilfe», sage ich nach einer Weile.

«Habe ich mir schon gedacht.» Johannes kneift die Augen zusammen, als die Sonne vom Meer reflektiert wird. «Aber du musst eine Ausrüstung haben», sagt er schließlich.

«Wir haben hier auf der Insel alles, was nötig ist.» Ich drehe mich zum Bootshaus um. «Da drinnen.»

«Kannst du denn tauchen?» Johannes zieht die halbgerauchte Kippe aus der Streichholzschachtel und steckt sie wieder an, als wir am Bootshaus ankommen.

«Ja.» Ich öffne die Tür und gehe zu dem Notstromaggregat, wo noch immer die Plastikplane liegt, in die ich die Frauenleiche eingehüllt hatte. Dann setze ich meinen Weg fort zu den Kisten mit der Taucherausrüstung, nehme Füßlinge, Handschuhe, Flossen, Karabinerhaken, eine Konsole, eine Tauchlampe mit Pistolengriff und eine eingefasste Lampe für die Maske sowie ein Messer heraus. Anschließend angle ich einen Tauchanzug von den Haken an der Wand.

Abgesehen von den obligatorischen Minentauchkursen bei der Armee habe ich bisher, wenn auch widerwillig, einige Tauchausflüge mit Gunnar Ore auf dessen Familiensitz auf Nesodden unternommen. Derartige Teambuilding-Maßnahmen veranstaltete er gern, als ich noch bei der Spezialeinheit war. Im Laufe unseres Aufenthalts mussten wir alle entweder am Wracktauchen oder Unterwasserfischen teilnehmen, selbst die Anwälte wurden in die Tiefe hinabgezwungen.

«Warum interessierst du dich so sehr für das Wrack?», fragt Johannes, nachdem ich meine Ausrüstung zusammengestellt habe. Er raucht die Zigarette komplett auf und pulverisiert die letzte Glut zwischen seinen Fingern.

«Ich glaube, dass die Frau, die ich gefunden habe, an Bord des Trawlers war. Ich glaube, dass Rasmus auch den Notruf hörte und an dem Wochenende, als er verschwand, zu dem Wrack tauchte, um es sich anzusehen. Dabei hat er die Frau gefunden. Bis dahin wusste niemand von ihr. Deshalb wurde das GPS aus Rasmus' Boot und auch aus dem Schiff von Bjørkang und Arnt entfernt, anscheinend waren auch die beiden draußen beim Wrack. Denn es konnten sich in dieser Nacht nicht alle an Land retten, die Frau blieb an Bord.»

«Wurde Rasmus getötet, weil er sie an Bord des Wracks gefunden hat?»

Ich nicke.

Johannes schaudert. «Bedeutet das, dass ich diese Frau in jener Nacht in meinem Walkie-Talkie gehört habe?»

Ich presse einige Finger in meine Wange, während die andere Hand instinktiv in der Jackentasche nach den Pillen sucht, die dort normalerweise liegen. Jetzt ist die Tasche leer.

«Aber», stammelt Johannes, als ich nicht antworte, «das war doch viel später. Da war das Schiff doch längst gesunken und …»

Unsere Blicke treffen sich, und er bringt den Satz nicht zu Ende. Wir bleiben eine ganze Minute lang schweigend stehen, ehe wir unsere letzten Vorbereitungen abschließen und anfangen, die Sachen zum Boot zu tragen.

«Ich verstehe aber immer noch nicht, was du in dem Wrack finden willst», sagt Johannes, während wir das Boot beladen.

«Erst mal müssen wir überhaupt das Wrack finden», erwidere ich. Ein Kälteschauer überkommt mich und mischt sich mit dem sehnsüchtigen Ziehen in meinem Bauch, das sich sofort eingestellt hat, als ich vor der Kirche die leere Packung mit den Paralgin Forte entsorgte. Ich ziehe mir den Jackenkragen fester um den Hals. «Aber ich bin mir ganz sicher, was wir darin finden werden, wenn das geschafft ist», flüstere ich.

«Und das wäre?», fragt Johannes, als wir an Bord klettern und uns setzen.

Ich sehe ihn an. «Einen toten Polizisten.»

60

Wir halten uns dicht an der Hauptinsel. Der Kurs führt in nördlicher Richtung vorbei an nackten Felsen, kleineren Inseln und Schären, steilen Felsen und Abhängen sowie der einen oder anderen sandigen oder steinigen Bucht dazwischen. Der Wind pfeift uns ins Gesicht und zerzaust uns die Haare.

«Was ist das?» Ich deute auf mehrere Reihen mit Bojen, die vor einer schmalen Bucht auf dem Wasser schaukeln. Sie schwimmen im Abstand von vielleicht zwei Metern in sechs Linien auf der Oberfläche. Das Areal ist zwei- oder dreihundert Meter lang und erstreckt sich über die ganze Bucht.

Johannes drosselt die Geschwindigkeit, sodass wir sanfter durchs Wasser gleiten. «Die Farm», antwortet er.

Am Ufer liegen ein Prahm und ein großer blauer Aluminiumkatamaran vertäut. Dahinter sehe ich eine neue Kaianlage mit einem größeren Bootshaus, die Bucht wird teilweise von zwei Felsen verdeckt, zwischen denen ein weiß gestrichenes Holzhaus und ein Stall stehen. Es ist ein finsterer Ort, als würde die Sonne wegen der Lage der Felsen nicht bis dorthin gelangen.

«Harveys Muschelfarm», erklärt Johannes. «Dahinter steht der Hof, auf dem Merethe aufgewachsen ist.»

«Ich sehe gar keine Fabrik», sage ich, während wir über eine Untiefe mit glasklarem Wasser fahren. «Wo verarbeitet er die Muscheln denn weiter?»

«Im Katamaran», antwortet Johannes. «Er benutzt das Boot für alles, um die Larven auszusetzen und um die Muscheln zu ernten, zu reinigen und zu verpacken, ehe sie ins Lager nach Tromsø gebracht werden und von dort aus auf großen Paletten in die weite Welt hinausgeschickt werden. Mehr braucht man heutzutage nicht.»

«Das sieht ziemlich solide aus», sage ich mit Blick auf das blaue Spezialboot, das am hinteren Ende mit einem schweren Kran ausgestattet ist.

«Ja, diese Boote mit Seitenauslegern können in jeder Wetterlage Muscheln ernten.»

Wir fahren am Kai vorbei und verlassen die Bucht auf der anderen Seite wieder. Vor uns tauchen einige kleinere Inseln auf, wo eine Gruppe Vögel mit bläulichem, fast metallisch wirkendem Gefieder und weißem Hals in der Sonne hockt und sich die Federn trocknet. Einige ziehen den Kopf ein, als wir uns nähern, andere recken die Hälse nach dem Boot.

«Mir gefallen diese Vögel nicht», sagt Johannes fröstelnd, während wir uns der größten Schäre nähern, bei der ein Seezeichen in Form einer Eisenstange mit einer Boje vor einem unter Wasser liegenden Felsen warnt. Um die kleineren Inseln und Felsen herum wachsen Tangteppiche mit fahlen Quasten. Einige Enten schlagen mit den Flügeln im Wasser und fliegen davon.

«Was? Warum?»

«Der Kormoran ist ein schlechtes Omen, er kündigt den Tod an.»

«Na super», sage ich und ziehe die Schultern hoch, während wir wieder schneller werden und das Boot erneut auf die Wellen schlägt.

«Halt dich fest», ruft Johannes. «Es ist nicht mehr weit.»

Ich klammere mich mit beiden Händen an die Sitzbank. Die Schäre wird schmaler, und dahinter liegt nur noch das Meer.

Nach einer Weile haben wir die Spitze der größten Insel passiert, und Johannes drosselt erneut das Tempo, ehe er schließlich eine Acht dreht und dabei genau sein GPS und sein Echolot im Auge behält. «Hier», sagt er schließlich und stellt den Motor ganz aus. Das Boot schaukelt jetzt nur noch träge in den leichten Wellen.

«Sind wir da?» Ich stehe auf und blicke über das Meer, dessen Oberfläche im Nachmittagslicht glitzert. Der Himmel verströmt jetzt einen blutroten, beinahe purpurfarbenen Schein.

«Das sind die Koordinaten, die sie über Funk durchgegeben haben. Das Echolot sagt, dass der Boden hier leicht abfällt und es weiter draußen tiefer wird. Wir haben nicht viel Zeit.» Er blickt zum Himmel und dann wieder zu mir. «Es wird bald dunkel.»

Ich nicke, hole den Tauchanzug und ziehe ihn hastig über, ehe die Herbstkälte an meine nackte Haut dringen kann.

Johannes wirft einen Blick auf die Uhr, dann späht er ins kalte Wasser hinab. «Ich hoffe, du täuschst dich.»

«Ich hoffe es auch», entgegne ich und kontrolliere den Luftdruck. «Das kannst du mir glauben.»

Ich ziehe die Taucherjacke über, nehme das Mundstück und prüfe den Regler und die Tauchmaske, dann schalte ich die Lampe ein. Ich kontrolliere auch die übrige Ausrüstung, ehe ich mich mit dem Rücken zum Wasser auf die Kante des Boots setze.

«Wir können auch wieder fahren», höre ich Johannes noch sagen, ehe ich mich nach hinten fallen lasse. Im nächsten Moment durchbreche ich die Wasseroberfläche.

Es ist zu spät, denke ich, als ich das kalte Wasser zwischen der Maske, der Kopfhaube und dem Mundstück spüre. Ich komme wieder zu spät.

61

Die Kälte ist beißend. Ich strample mit Armen und Beinen, um meinen Kreislauf anzukurbeln. So spät im Herbst bin ich noch nie getaucht und habe Mühe, meinen Atem anzupassen und meinen Körper warm zu halten.

Nachdem ich eine Weile direkt unter der Wasseroberfläche gepaddelt bin, finde ich den richtigen Rhythmus, um hinabzutauchen. Bei einem Blick über die Schulter sehe ich Johannes, noch immer über die Reling gelehnt. Ich strecke meinen Daumen zu ihm hoch, ehe ich mich wieder umdrehe und beginne, nach unten zu schwimmen. Als ich das nächste Mal hochsehe, ist er nur noch ein Schatten dort oben.

Um mich herum wird es schnell dunkel, sodass ich die Handlampe benutzen muss, um besser sehen zu können. Der Tiefenmesser zeigt sieben Meter an.

Ich stoße tiefer hinab, ehe ich den Tauchcomputer und die Druckanzeige konsultiere. Jetzt befinde ich mich in elf Meter Tiefe und bin lediglich von ein paar Fischkadavern umgeben, die teilweise im Schlamm begraben sind, während irgendein wirbelloses Kriechtier über sie hinwegkrabbelt.

Der Boden hat eine Neigung von vielleicht dreißig Grad. An einigen Stellen ragen Steine oder Metallschrott heraus, an denen Kolonien von Meeresalgen, Seesternen, Seeigeln, Muscheln und Schnecken Halt finden.

Ich friere nach wie vor, habe aber immerhin einen Rhythmus gefunden, in dem ich langsam in der Dunkelheit durch diesen einsamen Ort gleite. Bis sich plötzlich eine dunkle

Wand vor mir auftut. Sie ist von einer grauen Wolke aufgewühlter Sedimente umhüllt.

Erst als ich selbst in diesen körnigen Nebel hineingelange, erkenne ich, dass es das Steuerhaus eines Schiffes ist. Es ruht kopfüber an einem Fels. Aus der Öffnung, wo das Steuerhaus vom übrigen Schiff abgetrennt wurde, ragen dicke Rohre, Leitungen und andere Wrackteile. Zahlreiche kleine Fische sind mit der Inspektion beschäftigt und wirbeln Sand und Pflanzenteile auf.

Ich tauche näher heran und an einer der Seitenwände empor, bis ich direkt über der Öffnung schwebe und mir bewusst wird, dass es lebensgefährlich wäre, sich in dieses Gewirr aus Rohren, Leitungen und anderen Dingen zu wagen.

Ich setze meinen Weg an den weißen Metallwänden auf der Vorderseite des Steuerhauses fort. Dort haben sich bereits Muschellarven, Algen und anderes Seegetier einen Platz gesucht. Über dem Frontfenster prangen russische Buchstaben, vermutlich der Name des Trawlers.

Ich wische den Schlamm von einem der Fenster und spähe hinein. Das Erste, was ich sehe, sind die Sitze, die von der Decke herabragen, die eigentlich der Boden des Steuerhauses ist. Eine Kaffeetasse hängt in einer Luftblase über der Instrumententafel. Weiter hinten sehe ich ein mehrsprachiges Plakat, das erklärt, wie man die Rettungswesten anzieht und wo an Bord sich die Rettungsboote befinden.

Die Tauchmaske gegen das Glas gepresst, verharre ich eine Weile am Fenster und lasse meinen Blick über die vielen losen Gegenstände schweifen, die dort drinnen herumschweben. Plötzlich entdecke ich einen plattköpfigen Fisch mit einem stachligen, dunkelgrünen Rücken und großen hässlichen

Augen, der aus einem Loch in der Instrumententafel herausschießt. Er schwimmt zu einem Pappbecher, an dessen Rand er mit dem Maul zupft, bis sich unsere Blicke für einen Sekundenbruchteil treffen. Da macht das unansehnliche Wesen kehrt und flitzt zwischen die Ritzen der Wandvertäfelung.

Ich weiche zurück und will die Druckanzeige kontrollieren, muss jedoch erst einen Ausweg aus der Schlammwolke um das Wrack finden, um sie ablesen zu können. Im nächsten Moment sehe ich ein dickes Stahlseil, das am Steuerhaus befestigt zu sein scheint und in der Dunkelheit verschwindet. Ich schwimme hin und lege die Hand darauf. Das Seil ist straff gespannt und vibriert leicht, als ich es berühre. Nachdem ich die Druckanzeige und die Ventile kontrolliert habe, hangele mich daran entlang, tiefer hinein in die Dunkelheit, die mich am anderen Ende erwartet.

62

Als ich mich weiter in die Tiefe hinabbewege, entdecke ich immer mehr tote Fische und größere Wrackteile, die über den Meeresgrund verstreut liegen. Ich sehe auch etwas aus dem Schlamm aufragen, das die hintere Rampe zu sein scheint. Das Schiff muss den Meeresboden mit Flaschenzügen, Plastiktonnen und Styroporkartons übersät haben, als es versank.

In siebenundzwanzig Meter Tiefe kontrolliere ich erneut

meine Geräte, als vor mir eine weitere Wand aus dunklem Stahl emporwächst. Der Trawler liegt schräg auf der Seite, der Kiel ragt nach oben, und es sieht aus, als würde das Wrack lediglich von dem Stahlseil daran gehindert, noch weiter in die Tiefe zu rutschen. Die Umgebung ist in den gleichen grauen Schleier gehüllt wie das Steuerhaus weiter oben.

Vorsichtig schwimme ich näher heran und halte direkt vor dem Kiel an. Das Schiff muss fast vierzig Meter lang sein, und der Kiel ist mit kleinen, warzenähnlichen Gewächsen, graugrünem Tang und irgendeiner Kaltwasserkoralle überzogen. Ich sehe auch einzelne Kolonien von Toter Meerhand mit ihren gelbweißen und cremefarbenen Auswüchsen, die mir von der Seitenwand zuwinken.

Zu hören ist aber nur das Blubbern der Blasen, die aus dem Ventil auf beiden Seiten meines Kopfs strömen, wenn ich atme. Der Sedimentenschleier hat mich und den Trawler hier unten auf dem Meeresgrund in eine eigene Sphäre gehüllt. Ein trüber, graubrauner Nebel, der sich von allen Seiten aufdrängt.

Das Schiff liegt bedrohlich auf der Seite, als könnte es jeden Moment kippen. Aber zwischen dem Bug und dem Meeresboden gibt es eine Lücke, durch die ich auf die andere Seite gelangen könnte. Trotzdem beschließe ich, obenherum und über den Rumpf hinwegzutauchen, weil ich fürchte, das gigantische Stahlmonster könnte sich bewegen und mich unter seinem Gewicht begraben.

Ich ziehe mich am Kiel entlang vorwärts, bis ich backbord zur Ankerklüse gelange. Der Anker fehlt, nur die Kette hängt aus der Öffnung und verschwindet vor mir in der Tiefe.

Einige Algen treiben in der Nebelsphäre am Wrack vorbei und nach oben, als wollten sie vor der Dunkelheit hier unten fliehen. Es wäre so einfach, denke ich, während ich an der Ankerwinde am Bug vorbeischwimme. Warum habe ich dann plötzlich solche Angst? Warum wird mein Körper von einer so intensiven Furcht erfüllt, ich könnte nicht mehr an die Oberfläche gelangen, jetzt, wo ich nur das Mundstück herausziehen und tief einatmen müsste? Plötzlich wird mir klar, dass sie genau so aussieht, die Endstation, von der ich so lange geträumt habe. Genauso kalt, farblos und verlassen wie dieser Trawler auf dem Meeresgrund.

Ich packe ein Metallstück an der Reling, während ich die Augen schließe und versuche, ruhig zu atmen. Nach einiger Zeit habe ich die Kontrolle über meine Atmung wiedererlangt und kann meinen Weg fortsetzen. Vor mir kann ich steuerbord die Front eines zertrümmerten Rettungsboots unter der Reling hervorragen sehen.

Weiter. Einfach nur weiter.

Der Boden ist fast weiß von den vielen toten Fischen, einige liegen rund um Gefrierboxen verstreut. Im Strahl meiner Lampe wirkt es, als wären sie noch lebendig, sie wechseln die Farbe von elfenbeinweiß über tiefgrün, rubinrot bis hin zu verschiedenen Gelbtönen. Darüber hinweg schießen Silberpfeile, kleine Schwärme von Fischen, die gekommen sind, um an diesem Festessen teilzunehmen.

Ich schwimme weiter nach hinten, vorbei an Rampen, Netzen und Ladeklappen zum Heck, wo einst das Steuerhaus stand. Vor mir im Nebel ragen große Metallfransen, Rohre, Leitungen und andere Wrackteile auf.

Am Achterdeck angekommen schwebe ich neben zwei klaffenden Löchern, in denen je eine rostige Metalltreppe in den Rumpf des Schiffes führt.

Vor mir hängt die Winde, zu der das Drahtseil gehört, dem ich vom Steuerhaus hierher gefolgt bin. Der Windenarm ist verbogen, und auf der einen Seite sind die Bolzen herausgerissen. Das Stahlseil führt von der Spule unter dem Schiff hindurch und auf der anderen Seite zum Steuerhaus. Sobald die anderen beiden Bolzen dem Gewicht nicht mehr standhalten, wird der ganze Trawler weiter abwärts in die Dunkelheit rutschen. Ich könnte unter dem Wrack eingeschlossen werden, wenn ich mich näher heranwage und es in Bewegung gerät. Das erscheint mir nicht besonders verlockend, dennoch zieht mich irgendetwas zu diesen Treppeneingängen und in den Bauch des Schiffs.

Verdammter Idiot, zische ich mir zu, ohne das Mundstück zu verlieren, und lasse mich langsam auf das Wrack hinabsinken. Als ich nahe genug bin, schwimme ich zu der Treppe, die wohl in den Maschinenraum führt, strecke meinen Arm aus und finde ein Metallgeländer, an dem ich mich festhalten kann.

Ich richte das Licht meiner Lampe ins Dunkle und sehe, dass ich hier auf keinen Fall weiterkomme. Schwere Metallstücke, Zylinder, Motoren- und andere Maschinenteile haben sich direkt hinter dem Eingang gesammelt und blockieren ihn. Also schwimme ich zu dem anderen Loch und leuchte hinein: Eine orangefarbene Regenjacke und ein Stiefel treiben in dem engen Treppenhaus umher, das schräg nach oben und in den Rumpf des Schiffes führt.

Vorsichtig ziehe ich mich die Stufen hinauf und achte darauf, richtig zu atmen und die Ruhe zu bewahren. Als ich die Treppe bewältigt habe und den Kopf durch die Tür stecke, schweben mir weitere Kleidungsstücke, Bettwäsche und persönliche Gegenstände aus dem Gang dahinter entgegen.

Ich begebe mich hinein und empfinde eine seltsame Ruhe hier drinnen, während ich Tür um Tür passiere und Betten, Bücher und Porträts von Frauen und Kindern in Bilderrahmen sehe. Alles treibt in den Kajüten umher, zusammen mit dem einen oder anderen kleinen Fisch, der sich hierher verirrt hat. Das gibt mir das Gefühl, nicht mehr ganz so allein zu sein.

In einer Kajüte schweben eine rosa Tasche, ein Kapuzenpullover und ein paar Stoffschuhe unter der Decke, die vorher der Boden war. Hier hängen an der Tür keine Porträts oder Poster mit Nacktmodellen. Hygieneartikel, Taschenspiegel und ein paar russische Modemagazine sowie ein Buch mit einem Bild von einer Frau und einem Mann in leidenschaftlicher Umarmung trudeln zwischen meinen Füßen. Dies ist nicht die Kajüte eines Mannes.

Ich blicke auf das Manometer, um zu sehen, wie viel Luft ich verbraucht habe. Allmählich wird mir wieder kalt, und es ist anstrengender, sich durch diesen engen Gang fortzubewegen. Ich muss mich ein wenig beeilen.

Also drehe ich mich um und schwimme wieder hinaus. Sobald ich das Schiff verlassen habe, tauche ich zur Mitte des Decks, wo sich die Luken zu den Frischwasser- und Ladetanks befinden. Einer der Tanks ist geöffnet.

Ich ziehe mich über das Deck voran bis zu der offenen Luke und spähe hinein. Drinnen treiben noch mehr tote Fische, außerdem befinden sich dort stapelweise verrutschte Kisten mit Fischkadavern und Segeltuch aus durchsichtigem Plastik, das von großen Spulen an der Wand schwebt. Von der verwesten Fischmasse, die im Tank liegt, steigen kleine Bläschen auf.

Die nächste Luke ist von außen verschlossen. Ich stemme

mich mit meinem ganzen Gewicht gegen den Handgriff. Schließlich kann ich ihn weit genug drehen, um die Luke zu öffnen. Ich stoße mich ab, um nicht von toten Fischen überspült zu werden, sollte auch dieser Tank damit gefüllt sein.

Dann paddle ich wieder heran, halte die Lampe in die Öffnung und sehe hinein. Mich überkommt das unbehagliche Gefühl, ich würde die Ruhe eines anderen Menschen stören.

Doch der Tank ist offenbar leer. Obwohl ich die Handlampe und eine kleinere LED-Lampe an der Tauchermaske habe, scheint die Dunkelheit dort drinnen das Licht auf eine besondere Weise zu ersticken. Als würde ich in ein mit Öl gefülltes Becken blicken.

Vorsichtig gleite ich in den Tank hinein. Sobald ich im Inneren bin, höre ich plötzlich ein Klopfen, das durch das Wrack dröhnt. Eine Wolke von Luftblasen steigt unter mir auf und umgibt mich einen Augenblick lang, sodass ich gar nichts mehr sehen kann.

Mein Körper schreit danach, wieder von hier wegzukommen, und meine Bewegungen in dem pechschwarzen Fischtank werden panisch. Doch sobald die Bläschen vorbeigezogen sind, tauche ich weiter hinauf in den Tank. Dünne Roststückchen, die vom Boden des Wracks abgeblättert sind, trudeln durch das Wasser.

Auf halbem Weg durch den Tank halte ich inne und konzentriere mich erneut auf meinen Atem, der wieder außer Kontrolle zu geraten droht. Während ich dort in der Mitte hänge und den Rostwirbel betrachte, entdecke ich jemanden über mir. Ich blicke rasch auf das Sauerstoffmessgerät, ehe ich die LED-Lampe an der Tauchermaske zurechtdrehe. Dann tauche ich hinauf zu dem leblosen Körper.

Das Wasser funkelt im Schein der Lampe schwach in verschiedenen Regenbogenfarben, als wäre es von Benzin, Diesel oder Öl verseucht. Darin schaukelt die Leiche hin und her. Der Tote schwebt dort wie ein schwarzer Unterwasserengel, der mir Kopf, Arme und Beine entgegenstreckt, als wolle er mich grüßen.

Und trotzdem ist alles anders, als wir uns jetzt wiedersehen.

63

Ich hätte nicht gedacht, dass ich ihn hier unten antreffen würde. Der Lensmannsbeamte Arnt Eriksen hat immer noch die Druckluftflasche auf dem Rücken, während er in voller Tauchermontur im Tank umhertreibt. Sein Gesicht ist aufgedunsen, und seine weit aufgerissenen Augen starren in den Roststrudel. Sein Mund steht offen, sein Unterkiefer zittert leicht, als ich mich nähere. Ein kleines braunes Seegetier versucht sich in seinem kurzgeschnittenen Bart zu verstecken, gibt dann aber auf und schlüpft stattdessen in die Nase des toten Polizisten.

Ich stoße mich von der Wand ab, um auf dieselbe Höhe wie die Leiche zu gelangen, und im nächsten Moment durchbreche ich die Wasseroberfläche und befinde mich in einer Luftblase zwischen dem einstigen Boden und dem Wasser im Tank. Im Licht der Taschenlampe funkelt der dünne Ölfilm auf dem Wasser.

Sofort tauche ich wieder hinab, lege vorsichtig die Hand auf die Schulter des Beamten und lasse das Licht über seinen Rücken und den Hinterkopf gleiten, ohne Anzeichen von äußeren Verletzungen erkennen zu können. Anschließend mühe ich mich damit ab, die Leiche auf den Rücken zu drehen, um den Bauch zu untersuchen. Aber es gelingt mir nicht, sie dreht sich immer wieder in ihre Ausgangsposition zurück, bis ich ihr schließlich die Druckluftflasche ausziehe.

Ich bringe meinen Körper auf die richtige Höhe, ehe ich anfange, auf der einen Seite den Gurt der Flasche zu lösen. Es ist ein aufreibendes Unterfangen. Die Leiche ist schwer und unhandlich, und ich muss anstrengende Beinarbeit leisten, um nicht abzusacken.

Nach einer langen Verschnaufpause schaffe ich es mit mehreren Versuchen und viel Strampeln endlich, den zweiten Gurt zu öffnen. Ich muss mich noch einmal ausruhen, ehe ich mich daranmache, die Leiche in die Luftblase in Richtung Wasseroberfläche zu ziehen.

Irgendwo hinter mir höre ich, wie die Druckluftflasche mit einem hohlen Geräusch gegen die Wände schlägt. Sobald ich die Luftblase unter der Kuppel aus Rost erreicht habe, drehe ich den Polizisten auf den Rücken, um ihn näher zu untersuchen.

Meine Oberschenkel schmerzen, und meine Schultern und Arme fühlen sich taub an. Es ist schwierig, den Körper in dem glatten Tauchanzug im Griff und über Wasser zu halten. Während ich mich damit abmühe, den Toten umzudrehen, entgleitet er mir und sinkt hastig wieder durch den Film aus Öl und Benzin nach unten.

Ich nehme meine Lampe und will hinabtauchen, um ihn

wieder nach oben zu holen, als ich ein Stück weiter entfernt erneut etwas entdecke. Eine Weile hänge ich dort oben und richte die Lampe auf den Umriss. Dann wird mir schlagartig bewusst, wie sehr ich mich getäuscht habe, und ich schwimme auf die zweite Leiche vor mir zu. Ich lag vollkommen falsch.

Lensmann Bendiks Johann Bjørkang trägt Regenkleidung mit einer Reflexweste und Stiefel. Seine Jacke steht offen, darunter hat er ein blaues Hemd und eine Krawatte. Seine Augen und sein Mund sind geschlossen, als würde er hier in diesem Wasserkokon lediglich schlafen.

Ich erkenne, dass sich einige Seesterne an einem Punkt oben am Schädel versammelt haben, wie ich es bei der Obduktion auch bei der Leiche von Rasmus Moritzen gesehen habe. Vorsichtig entferne ich einige davon mit der Taschenlampe. Die stacheligen Wesen pressen ihre Arme und Saugnäpfe aneinander, während sie zu Boden sinken.

Die graue Einbuchtung am Hinterkopf ist von Haar und aufgeplatzter Haut umgeben. Offenbar hat jemand den Schädel mit einem harten Gegenstand eingeschlagen. Es besteht kein Zweifel daran, dass Bjørkang schon tot war, bevor er ins Wasser gelangte. Seine Hände sind mit weißen Kabelbindern gefesselt.

Plötzlich nehme ich eine Bewegung ganz unten am Eingang des Tanks wahr. Erst glaube ich, es wäre der Schatten eines großen Fischs, der durch die Öffnung schwimmt. Dann hält der Schatten inne, dreht sich um und richtet einen grellen Lichtstrahl nach oben, dorthin, wo ich hänge.

Die Gestalt zieht irgendeine Schnur oder Leine hinter sich her. An ihrem Ende sehe ich ein Bündel von der Größe eines Menschen, das durch die Luke gezerrt wird, ehe die Gestalt die Leine loslässt. Dann schwebt sie dort eine Weile im Wasser, bis sie erneut die Lampe hebt und diese direkt auf mich richtet.

«Oh mein Gott», stöhne ich, während ich weiter dort an der Oberfläche hänge und darauf warte, dass die Gestalt durch den Tank zu mir heraufschwimmt. «Wie dumm ich war ...»

64

Now, this is what we call a real clusterfuck», sagt Harvey japsend, als er neben mir in der Luftblase aufgetaucht ist und das Mundstück herausgenommen hat. Er richtet seine Lampe und eine Harpune auf mich. «Of epic proportions, am I right?»

Ich ziehe mein Mundstück ebenfalls heraus und atme vorsichtig die Luft ein. Sie ist schwer, fast drückend, und schmeckt bitter auf der Zunge, nach Öl. «Mein Freund», sage ich und spucke aus, um den aufdringlichen Geschmack loszuwerden.

Unsere Stimmen klingen hohl. Hinter Harvey steigen Luftblasen vom Boden auf und zerplatzen. Kurz darauf taucht die Frau ohne Gesicht hinter ihm an der Oberfläche auf. Er hat sie an einer Leine befestigt, die er sich um den Bauch gebunden hat. Ich kann ihren Oberkörper und das Haar auf ihrem Hinterkopf sehen, der übrige Körper hängt im dunklen Wasser nach unten.

«Dann warst du es also, der sie in der ersten Nacht, als ich auf der Leuchtturminsel war, abgeholt hat.»

Harvey dreht sich um und richtet die Taschenlampe auf die Leiche, die hinter ihm im Wasser treibt. «Ja», sagt er und wendet sich wieder mir zu. «Für einen Moment hatte ich wirklich Angst, du würdest uns hinterherspringen.»

«Wer ist sie?»

«Ich glaube, sie heißt Elena. Aus Archangelsk, Murmansk oder irgendeiner dieser Städte.»

«Eine Prostituierte?»

«Ja.»

«Was hat sie an Bord des Trawlers gemacht?»

«Money, money, money.» Harvey versucht, sein selbstsicheres Grinsen zu zeigen. Diesmal gelingt es ihm nicht. Die Angst und der Stress setzen ihm zu, die Mundwinkel wollen ihm nicht gehorchen, sie zucken nur leicht. Schließlich sagt er: «Ich habe ein Haus mit Apartments in der Stadt, sechs kleine Wohnungen, die ich an Frauen aus Russland vermiete. Sie kommen für ein paar Monate im Jahr her, um zu arbeiten.»

«Warum sollte niemand sie finden?»

«Well, jetzt wird es etwas kompliziert.»

Ich spüre, wie meine Fingerkuppen und Zehen allmählich von der Kälte taub werden. Auch Harvey hat schon ganz blasse Lippen.

«Arkady, der Kapitän des Trawlers, und ich haben diese Vereinbarung», erklärt er. «Er bringt mir gewisse Sachen aus Russland mit und auch das eine oder andere Mädchen, das ein bisschen hier arbeiten will.»

«Was für Sachen?»

«Sex, drugs and rock & roll», antwortet Harvey. «Alkohol, Amphetamin, Steroide. Kleine Nebeneinkünfte, um meine Rechnungen zu bezahlen. Aber das Schiff ging so schnell unter, die Mannschaft konnte gerade noch in die Rettungsboote springen. Erst als sie den Trawler verlassen hatten, wurde ihnen klar, dass sie das Mädchen vergessen hatten.»

«Wie kann man einen Menschen vergessen?»

Harvey zuckt mit den Schultern. «Russen eben. Sie saufen, dröhnen sich zu und feiern, egal ob es draußen stürmt oder nicht.»

«Und dann hat Rasmus die Frau gefunden.»

Harvey nickt. «Wrong place at the wrong time, man. Das ist alles. Genau wie du.»

Ich erwidere nichts, und er fährt fort: «Der Sturm, der auch dem Trawler den Garaus bereitet hat, wollte gar nicht mehr aufhören. Böen aus Nordwest, die hier ungehindert angreifen, machen es fast unmöglich, an der Spitze der Insel allein zu tauchen oder den Kran zu bedienen. Also musste ich warten. Und als das Wetter endlich besser wurde und ich mit dem Katamaran herfuhr, um meine Sachen zu bergen, wer hat da direkt über dem Wrack mit seinem RIB den Anker geworfen? Genau, der Däne. Er war schon zweimal unten gewesen und hatte einige meiner Pakete und die Frau aus der Tiefe mit hochgebracht. Ich wusste nicht, was ich tun sollte, plötzlich stand er da, mit dem Rücken zu mir, und ich habe ihm eine übergezogen. Er ist einfach umgefallen, über Bord gegangen und im Wasser liegen geblieben, ohne einen Mucks.»

«Er ist nicht an der Kopfverletzung gestorben», erwidere ich, während ich mich anstrenge, über Wasser zu bleiben. «Rasmus ist ertrunken.»

Harvey nickt stumm.

«Du hättest sie nicht aneinanderbinden sollen.»

«My mistake», seufzt er und schüttelt sich vor Kälte. In dem Moment hören wir draußen vor dem Tank einen neuen Schlag. «Ich habe sie beide mitgenommen und an einer meiner Muschelleinen befestigt. Sie müssen auseinandergerissen worden sein, als die Leinen während des Sturms abgerissen und weggetrieben sind. Liebe Güte, was habe ich sie gesucht.»

«Der Lensmann und sein Kollege sind an dem Abend nie bis auf die Insel gekommen, oder?»

Harvey schüttelt den Kopf, als würde er versuchen, die Bilder aus seinem Unterbewusstsein zu vertreiben. «Bjørkang hat angerufen und mir erzählt, dass du sie draußen auf der Insel gefunden hättest. Ich konnte mir denken, dass es nicht mehr lange dauern würde, bis man auch den Dänen entdeckt, und noch dazu hatte ich sie zusammengebunden ...»

«Also hast du den Lensmann umgebracht?»

«Ich habe ihn und Arnt gebeten, mich abzuholen, ehe sie auf die Insel fahren würden. Und dann habe ich dem Lensmann mit einem Flaschenzug den Schädel eingeschlagen, kaum dass sie am Kai bei der Farm angelegt hatten.»

«Und Arnt?»

«Arnt und ich hatten über unser gemeinsames Interesse an der Jagd und der Fischerei hinaus so ein halbprofessionelles Verhältnis. Er wusste, dass ich manchmal russischen Schnaps in den Sauerstoffkanistern habe, die ich mit in die Stadt nehme. Arnt hat begriffen, was zu tun war, nachdem ich ihn beruhigt habe. Ich hatte ihm von Rasmus und Elena erzählt und dass kein Weg daran vorbeiführen würde, Bjørkang in einem der Tanks zu verstecken. So würden wir sagen können, ihr Schiff sei im Sturm gekentert, und Arnt hätte sich an Land retten können, während Bjørkang in den Wellen verschwunden sei.»

«Arnt hätte nie mit so einer Tat leben können.» Meine Oberschenkel brennen vor Schmerz, nachdem ich so lange gestrampelt habe, um mich in der Luftblase zu halten, und ich löse unter Wasser vorsichtig ein paar Bleigewichte und lasse sie fallen, ohne den Blick von Harvey und seiner Harpune abzuwenden.

Harvey antwortet nicht, er nickt nur vor sich hin, ehe er wieder zu sprechen beginnt, diesmal ein wenig leiser. «Er war da in der Öffnung des Tanks, nachdem wir Bjørkangs Leiche dort hineingestoßen hatten. Und ehe ich darüber nachgedacht hatte, habe ich ihn hinterhergeschoben und die Luke geschlossen.»

«Du hast ihn da drinnen im Dunkeln erfrieren lassen.»

«Es gab keinen anderen Weg. No other way», ruft Harvey.

«Harvey, der Barmherzige», sage ich höhnisch. «Und wann kamst du auf die Idee, mich in die ganze Sache hineinzuziehen?»

«Du bist der perfekte Sündenbock.» Jetzt flüstert er. Sein Gesicht ist plötzlich grauer, vielleicht wegen der Kälte und der schweren, schlechten Luft, oder aber es liegt an der Erkenntnis, zu was für einem Menschen er geworden ist. «Am Tag danach habe ich Bjørkangs Mütze mit den Blutspuren mit zum Leuchtturm genommen und dafür gesorgt, dass die Polizei sie dort in der Bar findet. Hauptsächlich, um zu sehen, wie sie reagieren.»

«Ach, eine Polizeimütze.» Ich lache seelenlos. «Ja, du wusstest genau, dass das die Bluthunde anstacheln würde.»

Harvey betrachtet mich forschend, während ich erneut lache. «Mörder und die Geschichten, die sie erzählen, nicht wahr?» Ich schüttle den Kopf und fahre fort, da Harvey nichts erwidert: «Siehst du, wie schwer es dir fällt, selbst die einfachsten, vollkommen unbedeutenden Dinge zuzugeben? Man nimmt eine blutige Polizistenmütze nicht einfach so mit, bloß weil man sehen will, wie die Ermittler reagieren. Das ist eine Lüge. Eine Lüge, die du erzählst, um dich zu schützen ... vor dir selbst.»

«Really?» Harvey kräuselt die Nase. «Spannende Theorie.»

«Das menschliche Gehirn ist darauf programmiert, in einigen Situationen die Wirklichkeit umzudeuten oder anzupassen. Das ist ein uralter Verteidigungsmechanismus, a ghost in the machine, der uns eigentlich dabei helfen soll, mit Traumata und heftigen Sinneswahrnehmungen umzugehen. Du erzählst dir selbst eine alternative Geschichte, in der du die Details so zurechtrückst, dass du damit leben kannst.» Mir klappern die Zähne, und trotzdem spüre ich wieder ein Lachen in mir aufsteigen, das mir jedoch in der Kehle hängenbleibt. «Deshalb benutzt du Wörter wie: plötzlich, ehe ich darüber nachgedacht hatte, er ist einfach umgefallen – und so weiter. Alles nur leeres Gerede, Harvey. In Wahrheit hast du schon an dem Morgen, als du mich zu dem Leuchtturm rausgefahren hast, ein Spiel mit mir angefangen, es gab einen Plan, den du schon damals entworfen hast, als du mir diese Geschichte aus deiner Kindheit erzählt hast, über das Weinen der toten Kinder in den Mooren, wo das Haus deiner Familie stand. Ich sage nicht, dass du da bereits im Detail wusstest, wie die Sache ausgehen würde, aber dir war klar, wie weit du zu gehen bereit wärst, sobald du einen Einblick in meine Persönlichkeit erhalten hättest …»

«What? Substance dependent?» Er öffnet die Arme, sodass die Taschenlampe in die eine Richtung zeigt und die Harpune in eine andere. «A drug addict?»

Für einen Moment überlege ich, mich auf ihn zu stürzen und die Harpune zu packen, aber der Abstand ist zu groß, und kurz darauf sind sie wieder da, die Lampe und die Harpune, auf meine Brust gerichtet.

«Unter anderem», fahre ich ruhig fort, «glaube ich auch nicht daran, dass Bjørkang dich an dem Abend angerufen hat, an dem ich die Frau fand. Auch das ist eine Wahrheitsverfälschung deines Gehirns. Vielleicht Arnt, aber nicht Bjørkang.»

«Ist das wichtig?»

«Natürlich. Nicht für mich, aber für dich, Harvey. Arnt war aufgeregt, ja vielleicht sogar ängstlich, als er mich anrief. Wahrscheinlich hatte er schon verstanden, dass die Frauenleiche von diesem Trawler kam. Vielleicht hatte er dich sogar in Verdacht, etwas mit Rasmus' Verschwinden zu tun zu haben. Ich glaube, er wollte es mir erzählen, aber dann hat er beschlossen, lieber dir zu vertrauen, und aufgelegt. Danach hat er dich angerufen, und du hast ihn überredet, zur Farm hinauszukommen, wo du schon gewartet hast, zum Töten bereit. Keine Zufälle, nur zwei weitere kaltblütige, vorsätzliche Morde.»

«Alles Lüge», knurrt Harvey.

«Niemand glaubt an diesen *wrong place at the wrong time*-Mist, fahre ich fort. «Und ebenso sind wir uns doch beide vollkommen darüber im Klaren, dass du nicht zufällig hier mit einer Harpune auftauchst, weil du gerade in der Gegend warst und mich fragen wolltest, ob wir zusammen Steinbeißer jagen gehen. Du bist ein berechnender Mörder, der Menschenleben vernichtet … und jetzt bist du hier, um wieder zu töten.»

Ein lautes Knacken dringt durch den Rumpf, und eine Wolke aus Rostflocken rieselt auf uns herab. Das Wasser schimmert jetzt rötlich, wenn unsere Lampen auf die ölige Oberfläche treffen. Harvey sieht mich an. Seine Augen sind dunkel und leer, sein Mund ist halb geöffnet. Offenbar fürchten wir uns beide vor der nächsten Szene in dieser Aufführung auf dem Meeresgrund.

«Es hätte nicht anders ausgehen können, Thorkild», flüstert er schließlich.

«Und dieses raffinierte Arrangement in der Diskothek? Was sollte das? Warum konntest du mich nicht einfach umbringen, so wie alle anderen?»

Das Wasser schwappt gegen die Metallwände des Tanks, gefolgt von einer Serie hohler Echos, die durch den Rumpf dieses Schiffskadavers hallen.

«Ich musste Elena wieder zurück zur Farm bringen, ich hatte vor, sie in dem alten Schafstall zu verstecken, bis sich die Lage etwas beruhigt hätte. Ich hätte sie auch nicht den ganzen Winter über in der großen Elch-Gefriertruhe in meiner Garage liegen lassen können», erklärt Harvey, nachdem das Hämmern verklungen ist. «Ich habe dich in der Bar gehört, du hast telefoniert und dich angestrengt, genug Pillen und Alkohol in dich reinzuschütten, um der Sache ordentlich ein Ende zu bereiten. Da habe ich beschlossen, dir ein bisschen auf den Weg zu helfen. Ein letztes Fest für Elena und dich zu geben. Das hattet ihr weiß Gott beide nötig.»

Jetzt lacht er richtig, seine Stimme hallt gellend wider, sodass erneut der Rost auf unsere durchgefrorenen Körper hinabrieselt. «Ich stand in der Ecke hinter den Billardtischen und habe euch beobachtet. Mein Gott, du warst völlig gone, man. Wasted. Aber das Schlimmste von allem ist», Harvey japst und schüttelt den Kopf, «wie es dir gelingen konnte, ins Meer zu springen und auf dem einzigen Stück Treibgut im Umkreis von mehreren Kilometern zu landen. Es gehört schon einiges dazu, so grundlegend zu scheitern.»

Ich zucke mit den Schultern und versuche, verächtlich dreinzuschauen. «Was soll ich sagen?» Meine Wange schmerzt von der Grimasse. «Manche Menschen sind eben glücklich geboren.»

Vorsichtig lässt Harvey die Lampe los, sodass sie in dem schmutzigen Wasser zwischen uns schwimmt. Dann hebt er die Harpune und richtet sie auf meine Brust. «My friend», flüstert er heiser. «Your luck ist about to run out …»

65

Elenas Leiche treibt wenige Meter hinter Harvey auf der Wasseroberfläche. Das Wasser kräuselt sich um ihren Oberkörper und ihr Haar, als sich die Leine zwischen den beiden ein wenig spannt.

«Du hast also vor, mich hier zusammen mit deinen anderen Leichen einzusperren? Dein kleiner privater Friedhof?

Einige Mörder haben ja solche Orte für die Menschen, die sie umgebracht haben und die sie für immer besitzen werden. Ich habe mit mehreren solcher Typen gesprochen, als ich in den Staaten war.»

«Ich bin in eine Sackgasse geraten, das ist alles. Und du kannst nichts dagegen tun. Man wehrt sich, wenn man in die Enge getrieben wird …» Er wirft mir einen scheelen Blick zu. «Jedenfalls die meisten.»

Der laute Hall unserer Stimmen in dem Schiffsrumpf, das Knacken, die Kälte, der Rostregen und die schwere Luft, die auf die Lunge drückt – von all dem wird mir übel und schwindelig.

«Ich habe schon so viele vertrauliche Geständnisse von Mördern und Kriminellen gehört, Harvey», sage ich in dem Versuch, eine gewisse Kontrolle über das Gespräch zu erlangen. «Zu viele. Ich kenne all die Worte und Mechanismen, mit denen sie ihre Handlungen rechtfertigen, sowohl vor sich selbst als auch vor den anderen. Ich weiß auch, dass es keine Rolle spielt, was du sagst. Die Geister, die du hier auf dem Meeresboden verstecken willst, werden nicht verschwinden. Sie werden dich für den Rest deines Lebens heimsuchen.»

Harvey sieht mich an. Diesmal versucht er nicht zu lachen.

«Es gibt zwei Arten von Mördern, wusstest du das? Dabei ist es egal, wie viele Menschen sie umgebracht haben, das sagt nichts darüber aus, in welche der beiden Kategorien sie fallen. Weißt du, was der entscheidende Faktor ist, der die beiden Typen voneinander unterscheidet?»

«Nein», antwortet Harvey, der immer noch die Harpune auf meine Brust richtet. Mir ist so kalt, dass ich kaum sprechen kann, und dennoch zwinge ich mich dazu, trotz Zähneklappern und heftigen Muskelkrämpfen. Denn ich weiß, wenn dieses Gespräch vorüber ist und alles gesagt ist, wartet der kalte Stahl von Harveys Harpune auf mich.

«Der Unterschied zwischen den beiden ist, dass die meisten Mörder unter Schuldgefühlen leiden. In der Zeit nach ihrer Tat versuchen sie, das Geschehene zu vergessen, zu verdrängen und zu verbergen. Aber es gibt einige andere, einen ganz eigenen Typus von Mördern, die spiegeln sich in ihren Verbrechen. Es sind Leute, die tote Menschen sammeln, als wären es ihre Trophäen. Das ist der Maßstab für all ihre Handlungen. Aber du, Harvey? Du bist doch kein Trophäenjäger, oder?»

Er schüttelt leicht den Kopf, ohne etwas zu sagen.

«Es tut dir weh, was du getan hast. Du hast deine schmerzliche Wanderung schon angetreten, das sehe ich deinem Gesicht an», fahre ich fort.

Jetzt ist Harvey völlig verstummt. Seine Schultern sind eingesunken, und die Hände, mit denen er seine Harpune hält, treiben schwer auf der Wasseroberfläche.

«Du weißt es nur selbst noch nicht.» Beharrlich rede ich weiter. «Weil du dich immer noch im Auge des Sturms befindest. Der Schock nach all dem, was du in der letzten Zeit erlebt hast, ist noch sehr lebendig, und du handelst aus Panik. Du schlägst auf alles und jeden ein, der dich an das erinnert, was du getan hast, weil du immer noch glaubst, du könntest es einfach von dir abwaschen, ihm einfach entkommen.»

Vorsichtig bewege ich mich auf Harvey zu, während ich weiterrede und auf dieser hauchdünnen Messerschneide balanciere. «Du bist geliefert», flüstere ich. «Wir befinden uns am Meeresgrund an Bord eines Schiffswracks, in dem du Leichen versteckt hast. Selbst wenn du jeden Tank in diesem Boot mit einem deiner Skelette füllen würdest, aus dieser Sache kommst du nie wieder raus. Die Kripo ist in der Stadt, sie werden anhand der Handyverbindungen sehen, wer wann mit wem gesprochen hat. Bald wird ein Mini-U-Boot über den Meeresboden schweben und das Wrack finden.»

«Es könnte trotzdem klappen», antwortet er tonlos.

«Hör mit diesem Quatsch auf und sieh dich um!», zische ich und erleide einen heftigen Hustenanfall. Ich schlage mit den Händen und strample mit rasselnden Lungen. «Du schwimmst», japse ich, während ich auf die Spitze der Harpune starre, die vor uns die Wasseroberfläche durchbricht. «Du schwimmst hier mit einer angeleinten Leiche in diesem Schiffswrack herum und willst mir erzählen, dass du glaubst, alles würde wieder gut? Dass du, Merethe und euer Sohn einfach so weiterleben könnt wie bisher? Du bist in einer Wahnvorstellung gefangen, Harvey. Ich kenne das. Ich habe das auch schon durchgemacht.»

«Du lebst selbst in einer Wahnvorstellung», antwortet Harvey kalt und packt die Harpune noch fester. «Du glaubst, diese Szene könnte noch anders enden.»

Ich weiß, dass er recht hat. Aber ich kann nichts anderes tun, als weiter Druck auszuüben, ihn immer weiter in die Enge zu treiben und nach einem Zugang zu ihm suchen. «Sie werden wieder auftauchen, deine Gespenster. Wenn du allein bist, wenn du mit deiner Frau beim Mittagessen sitzt oder abends deinen Sohn ins Bett bringst. Dann werden sie da sein. Du wirst dein Leben mit ihnen teilen müssen, während du Zeit mit denen verbringst, die du liebst. Mit Merethe und dem Jungen.»

«Sie werden es nie erfahren.»

«Deine Frau sieht tote Menschen. Das ist ihr Beruf. Und du glaubst auch daran, das hast du mir selbst gesagt.»

Harvey kneift mehrmals hintereinander die Augen zusammen. «Sie werden es nie erfahren», wiederholt er mechanisch.

«Was ist mit dem Jungen? Was ist, wenn er dieselbe Fähigkeit wie seine Mutter besitzt? Was ist, wenn deine Gespenster zu ihm kommen, weil sie von dir nicht das kriegen, was sie haben wollen?»

«W ... was?» Harvey schwankt im Wasser und muss mit den Händen rudern, um das Gleichgewicht zu halten.

«Ich habe sie gesehen, Harvey», sage ich und zeige auf das graue Bündel hinter ihm an der Angelschnur. «Elena. In den Augen deiner Frau. Ich habe ihre Schreie gehört.» Jetzt bin ich nicht mehr als einen Meter entfernt und senke die Stimme. «Verstehst du das nicht», sage ich milder. «Dass ich es weiß. Ich weiß, was dich erwartet, und deshalb erzähle ich es dir. Um dir zu sagen, dass es kein Entkommen mehr gibt. Das alles hat sich schon in dir festgesetzt und wird nie wieder verschwinden. Das Einzige, was du noch machen kannst, ist Farbe zu bekennen, zu gestehen, was du getan hast, und die Verantwortung zu übernehmen. Für dich, für Merethe und für den Jungen.»

Wieder ist Harvey ganz stumm. Hinter ihm plätschert es leise, die Leiche treibt an die Innenwand des Tanks. Harvey sieht aus, als würde er nachdenken und sein inneres Chaos ordnen. Bei einer Vernehmung suchen wir nach diesen Weichen, die das Objekt zu der Entscheidung zwingen, weiterzulügen oder seine Erklärung zu ändern und zu gestehen, die Lügen aufzugeben und Verantwortung zu übernehmen. Gleichzeitig bin ich mir schmerzlich bewusst, dass die Konsequenzen hier auf dem Meeresboden mit einem Mann, der ein mehrfacher Mörder ist und eine Harpune in der Hand hält, gravierend sind, wenn das Ergebnis nicht so ausfällt, wie ich es mir wünsche.

Endlich sieht Harvey mich wieder an. Ich kann in seinen Augen erkennen, dass er sich entschieden hat. Er hat nicht vor, ein Geständnis abzulegen oder irgendetwas auf sich zu nehmen. So ein Typ ist er nicht. «Verdammt noch mal», flüstert er und hebt seine Harpune erneut. «Du hättest doch einfach nur ins Meer springen müssen.»

Ich will mich zur Seite werfen, um ihm zu entkommen, doch Harvey hat seinen Pfeil bereits abgeschossen. Ich spüre, wie er meine Hand durchbohrt und seinen Weg am Brustbein vorbei fortsetzt, während ich von dem Druck nach hinten geschleudert werde.

«Ich helfe dir nur dabei, endlich das zu tun, was du selbst nicht geschafft hast», höre ich Harvey rufen. Der Schmerz in meiner Brust ist so intensiv, das ich schreien will, aber immer, wenn ich den Mund öffne, füllt er sich mit Salzwasser. Der Pfeil der Harpune hat meine Hand an meine Brust geheftet, und ich spüre ein Stechen in der Achselhöhle.

«Treffer?»

Jetzt erblicke ich Harvey auf der anderen Seite des Tanks wieder. Er hält ein rotes Seil in der Hand, das er zu sich heranzieht. «Got you», ruft er triumphierend und zerrt wieder an dem Seil, bis es sich zwischen uns spannt. «Treffer!» Jetzt ruckt er mit voller Kraft an dem Seil.

Ich schreie auf, und mein Körper wird weiter nach vorn

und zu Harvey gezogen. Ein brennender Schmerz breitet sich von der Achselhöhle aus in meiner Brust aus, es fühlt sich an, als würde jemand ein großes Stück Fleisch aus mir herausreißen. Während ich auf Harvey zutrudle, schiele ich nach unten und erhasche einen Blick auf die Pfeilspitze, die unter meiner Achselhöhle wieder hinausragt.

Mit der freien Hand versuche ich, die Vorwärtsbewegung zu bremsen, aber es gelingt mir nicht. Plötzlich fällt mir wieder ein, dass ich ein Tauchermesser an meiner Hüfte befestigt habe, und ich taste danach und versuche gleichzeitig, den Kopf über Wasser zu halten.

Die Leiche hinter Harvey bewegt sich ruckartig voran, während Harvey mich näher zu sich heranzieht.

Als ich nur noch knapp einen Meter von ihm entfernt bin, bekomme ich endlich den Schaft des Messers zu fassen. Ich rucke und zerre daran, um es aus der Halterung zu lösen, während Harvey das Seil so einholt, dass ich mit dem Kopf voran zu ihm gezogen werde.

Nachdem ich endlich das Messer herausgeholt und das Seil des Pfeils gekappt habe, verstummt der brennende Schmerz in meiner Brust sofort. Ich strample und schlage mit der freien Hand um mich, bis ich meinen Körper wieder in eine aufrechte Position gebracht habe.

«And what are you gonna do with that little thing?», fragt Harvey, als er das Messer sieht, das ich vor mich halte. Ich weiß, dass ich keine Chance habe, irgendetwas auszurichten, solange ich nur eine Hand zur Verfügung habe, selbst mit einem Messer. Harvey lässt das gekappte Seil los, hebt die Harpune erneut und deutet damit auf mich. Im Schein seiner Lampe kann ich sehen, wie er einen neuen Pfeil aus einem

Holster am Oberschenkel nimmt und ihn einlegt. Dann fängt er an, die Waffe aufzupumpen.

Ich werfe mich auf den Rücken und stoße mich dann von der Tankwand ab, um zu flüchten. Aus dem Augenwinkel sehe ich, dass mir Harvey durch das Wasser folgt.

«Was denn, weshalb willst du hier weg? Ich dachte, du willst sterben?» Er paddelt auf mich zu und zieht die Leiche hinter sich her.

Ich schwimme einige Züge, dann gebe ich auf. Meine Beine sind so kalt, und durch die Schmerzen in meiner Brust kann ich kaum atmen. Ich muss mich anstrengen, um an der Oberfläche zu bleiben, und huste und spucke.

Harvey hält einige Meter entfernt inne und zielt. Er leuchtet mit der Lampe, die er sich unter den Ellbogen geklemmt hat, während er mit der anderen seine Harpune lenkt.

«Scher dich zum Teufel!», keuche ich und spüre, wie sich mein Mund mit Blut füllt. Ich hebe die Hand mit dem Messer aus dem Wasser und halte es hoch, es ist ein lächerlicher Versuch, mich vor dem zu schützen, was kommen wird.

«I'm sorry, Thorkild.» Harvey hebt die ganze Harpune aus dem Wasser und zielt auf meine Brust. In dem Moment ertönt hinter ihm ein lautes Platschen. Elenas Leiche ist bis zu ihm herangetrieben und befindet sich jetzt direkt hinter seinem Rücken. Harvey merkt es auch und sieht sich um.

Die tote Frau scheint sich in das Seil zwischen ihnen verwickelt zu haben, und als Harvey sich umdreht, zieht er sie unbewusst noch näher zu sich heran, sodass die Leiche sich aus dem Wasser erhebt und auf ihn kippt.

Harvey heult auf und feuert in Panik die Harpune ab. Ich kann sehen, wie der Pfeil in Elenas Bauch eintritt und auf der anderen Seite wieder herauskommt. Harvey lässt die Harpune los und dreht sich weiter hektisch im Kreis. Er versucht, die Leiche von sich wegzuschieben, während er mit den Armen rudert und immer weiter zurückweicht. Doch anstatt sich zu befreien, strafft er damit das Seil, in das sie sich verheddert haben, nur umso mehr, und ihre Körper werden immer enger aneinandergefesselt, während Harveys verzweifelte Schreie durch den Tank hallen.

Seine Taschenlampe schickt dünne Lichtstreifen aus dem Durcheinander von Armen und Beinen vor mir, er selbst strampelt und kämpft weiterhin, um die Leiche wieder loszuwerden. Hin und wieder höre ich ein Keuchen und gurgelndes Röcheln, ehe ein letzter heiserer Schrei durch den Stahltank hallt. Kurz darauf verschwinden die beiden Körper unter Wasser.

66

Ab und zu durchbricht eine Luftblase die Oberfläche, dort, wo Harvey und die tote Frau noch vor kurzem waren. Tief unter mir erahne ich einige blasse Lichtstrahlen von seiner Lampe in der Dunkelheit, von Elena und Harvey jedoch keine Spur.

Mein Körper ist schwer, und von meiner Brust, in der noch immer der Pfeil steckt, breitet sich ein taubes Gefühl aus. Meine Beine treiben nach oben, wohingegen mich mein

Bauch und die Hüfte, wo die restlichen Bleigewichte sitzen, nach unten ziehen. Die Luft brennt mir in den Lungen, und wenn ich einatme, habe ich das Gefühl, ich würde ersticken.

Ich taste mit der freien Hand nach dem Mundstück, während mein Körper von der Zentrifugalkraft auf die Seite gezogen wird. In dem Versuch, mich wieder herumzudrehen, fuchtele ich mit der freien Hand durch das Wasser und strample mit den Beinen, doch die Bewegung verursacht mir stechende Schmerzen in der Brust und unter der Achselhöhle.

Nachdem ich mich zum dritten Mal um die eigene Achse gedreht habe, spüre ich plötzlich etwas Weiches an den Fingerspitzen. Diesmal bleibe ich mit dem Gesicht nach unten liegen und versuche, so lange wie möglich die Luft anzuhalten und mich nicht zu bewegen, während ich nach dem Schlauch taste. Als ich das Gummi endlich ganz zu fassen bekomme und es in den Mund stecken kann, habe ich das Gefühl, meine Lungen würden gleich explodieren.

Die Anstrengung hat mich alle Kräfte gekostet, ich verliere das Gefühl in den Beinen und spüre, wie mein Körper in die Tiefe gezogen wird. Schlagartig wird mir klar, dass ich endlich die letzten Gewichte an meinen Hüften loswerden muss, sonst sinke ich auf den Boden und bleibe für immer dort.

Das Atmen durch das Mundstück fällt mir immer schwerer. Entweder geht der Sauerstoff allmählich zur Neige, oder die Harpune hat einen Lungenflügel durchbohrt. Das Instrument, das mir anzeigen würde, wie viel Luft ich noch habe, hängt leider an der Hand, die mit dem Pfeil an meiner Brust feststeckt. Und mit nur einer Hand an den Reservetank zu gelangen, erscheint mir unmöglich.

Unter mir kann ich noch immer das Licht von Harveys

Lampe sehen. Aber jetzt leuchtet dort unten im Dunkeln nur ein einzelner, sternförmiger Punkt. Meine eigene Lampe habe ich während meiner Anstrengungen verloren, und das LED-Licht darin muss kaputtgegangen sein. Der gelbe Schein von unten ist die einzige Lichtquelle, die ich noch habe. Während ich zu fokussieren versuche, überkommt mich der Drang zu schlafen, und er wird mit jeder Bewegung stärker.

Das Licht unter mir ändert die Farbe von einem tiefen Gelb zu einem weißeren, reineren Licht. Nach einer Weile kann ich mich nicht mehr halten. Mein Körper kippt, und die Beine steigen nach oben, sodass ich schräg im Wasser liege. Diesmal habe ich nicht mehr die Kraft, meine Position wieder zu verändern, ich hänge einfach nur da und tauche in mein Bewusstsein ein und wieder auf, während ich unter der Oberfläche treibe.

Um mich herum ist es vollkommen still. Ich weiß nicht, wie viel Zeit vergangen ist, und ich habe das Gefühl in den Fingern verloren. Das Einzige, was ich noch spüre, sind die Schmerzen in meiner Brust und der Achselhöhle. Ich versuche, die freie Hand zu bewegen und mich noch einmal umzudrehen. Meine Lippen sind taub, ich fühle das Mundstück nicht mehr, selbst wenn ich auf das Gummi beiße.

Als ich plötzlich ein lautes Knacken höre und ein Hämmern durch die Metallkonstruktion dringt, woraufhin erneut Rostregen einsetzt, reiße ich die Augen wieder auf. Mein Gesicht ist plötzlich wieder über Wasser, und ich kann einen Schatten erkennen, der dichter ist als die restliche Dunkelheit, fast so, als würde ein Mensch dort über mir an der Decke hängen, und im selben Moment habe ich den Geschmack von Parfüm auf der Zunge.

Ich blinzle wieder und wieder, als könnte ich das lähmende Schlafbedürfnis und das dreckige, rostinfizierte Salzwasser wegblinzeln, während der Schatten weiter auf mich hinabsinkt.

«Wer bist du?», frage ich, ohne die Lippen zu bewegen.

Niemand antwortet. Aber eine intensive Wärme breitet sich in meinem Körper aus, als der Schatten von der Decke herab und durch mich hindurchsinkt. Ich rudere mit der freien Hand im Wasser, bis ich mich zu dem Schatten umgedreht habe, der jetzt unter mir schwebt. Ich versuche ihn zu fassen, ihn und die Wärme wieder zurückzuholen, doch stattdessen beginne ich zu sinken.

Ich bin mir nicht sicher, ob ich mich wirklich bewege oder ob das, was ich sehe, nur meine Hülle ist – eine dünne Haut aus durchsichtigem Ektoplasma, das aus dem toten Leib strömt und sich mit dem Seewasser mischt. Und trotzdem mache ich weiter, strample und ziehe meinen Körper vorwärts, während ich so fest wie möglich auf das Mundstück beiße.

Irgendwo vor mir taucht wieder das gelbe Licht auf, und ich erhasche im schwachen Schein der Lampe einen kurzen Blick auf Harvey und Elena, die fest aneinandergefesselt sind. Harveys Augen sind weit geöffnet und schreckensstarr, während die beiden toten Körper langsam im Takt der Wellen umeinander tanzen.

Dann erkenne ich die Klappe des Tanks vor mir, Arnt liegt nicht weit davon entfernt auf dem Boden. Die Leiche von Bjørkang sehe ich nicht mehr. Bald darauf habe ich die Öffnung passiert und komme wieder an die Stelle, wo der Meeresboden mit verwesten Fischkadavern übersät ist. Der

Schatten gleitet weiter in langsamem Tempo am Schiffsrumpf vorbei nach oben, wobei er sich die ganze Zeit genau außerhalb meiner Reichweite hält. Mal dreht er sich um die eigene Achse, dann wieder scheint es, als würde der ganze Schatten pulsieren und glühen und mir so den Weg aus dem grauen Nebel um das Wrack weisen.

Wir folgen dem Pfad der toten Fische am abgerissenen Steuerhaus vorbei und hinauf zu einem blassen blauen Schein über uns. Als die Farbe nach und nach intensiver wird, strample auch ich fester und rudere mit dem Arm, um schneller nach oben zu gelangen. Dabei reiße ich mir versehentlich das Mundstück heraus, doch ich merke es kaum. Jede Faser in mir konzentriert sich auf diese blaue Farbe und die Wärme, die sie absondert.

Mit einem heiseren, gurgelnden Schrei zum Himmel durchbreche ich die Wasseroberfläche. Das Salzwasser läuft mir aus Nase und Mund, während ich vor Freude brülle. Der Himmel erscheint mir immer noch hell, auch wenn es bereits dunkel ist, für mich ist er tausendmal heller als die Düsternis, vor der ich gerade geflohen bin.

Der Schatten ist verschwunden, nur ein schwacher Parfümgeschmack liegt mir noch auf der Zungenspitze.

Vor mir erblicke ich Johannes' Boot und Harveys Katamaran. Sie sind miteinander vertäut. Aber ich kann Johannes nicht sehen, während ich zu den Booten schwimme und mühsam die Leiter erklimme und an Bord klettere.

Erst als ich mich über die Kante wuchte, entdecke ich ihn. Johannes liegt auf den Planken hinter dem Steuer in der Mitte des Boots. Über dem Ohr hat er eine große Platzwunde, und unter ihm schwappt blutiges Seewasser über Deck.

«Johannes», keuche ich und schleppe mich zu der Sitzbank. Ich beuge mich über die Lehne, huste und japse nach Luft. «Johannes!» Ich spucke Blut und Salzwasser, dann falle ich vor ihm auf die Knie.

Als ich zwei Finger auf seine Halsschlagader lege, spüre ich einen schwachen Puls. «Nicht sterben, verdammt», röchle ich und krieche auf dem Boden des Boots herum und suche meine Sachen. Endlich finde ich mein Handy und rutsche wieder zu Johannes. Mit meiner unverletzten Seite lehne ich mich an die Bootswand und setze mit zitternden Fingern einen Notruf ab. Danach lege ich das Telefon auf meine Beine und nehme Johannes' Hand.

Nach einiger Zeit spüre ich eine leichte Vibration an den Oberschenkeln. Irgendwo über uns kreischt eine Möwe. Ich öffne die Augen und sehe, dass mein Handy klingelt. Eine unbekannte Nummer aus Stavanger ruft an, und ich lasse Johannes' Hand los und melde mich.

«Ja, hallo?», stöhne ich und kann mit Mühe und Not das Handy an meinem Ohr halten.

«Thorkild Aske?»

«Ich glaube schon», flüstere ich heiser.

«Hallo, hier ist Iljana von der Arbeitsvermittlung in Stavanger. Hätten Sie einige Minuten Zeit?»

«Ich hoffe es», sage ich und huste in den Apparat. «Ich hoffe es wirklich.»

«Sie waren ja letzte Woche bei uns und haben sich arbeitssuchend gemeldet, nicht wahr? Ja, und heute rufe ich an, um Ihnen mitzuteilen, dass ich schon ein Vorstellungsgespräch bei einer Personalvermittlung hier in der Stadt organisiert habe. Es geht um eine große Telekommunikationsfirma in

Forus, die noch Mitarbeiter für ihren Kundenservice sucht. Klingt das nicht interessant?»

Ich lasse das Handy aus meinen Fingern gleiten, lege den Kopf an die Bootswand und ziehe Johannes' Hand wieder heran. «Verdammt», murmle ich und drücke sie fest. «Ich werde nie rechtzeitig zu dieser Befragung im Polizeirevier kommen ...»

DONNERSTAG

67

Ich zucke zusammen, als der Motor meines Bettes zu summen beginnt und ich langsam nach oben gehoben werde. Instinktiv versuche ich mich umzudrehen, spüre jedoch sofort einen Stich in der Brust.

«Da sind Sie ja», sagt ein grobschlächtiger Kerl, der an meiner Bettkante wacht wie ein Höhlenbär. «Sie haben sich im Schlaf umgedreht.» Er legt mir vorsichtig die Hand auf die Schulter.

«Wo bin ich?», frage ich benommen und bemühe mich, irgendeine Erinnerung an die Begebenheiten hervorzukramen, die mich hierhergeführt haben.

«Auf der Intensivstation in der Uniklinik in Tromsø», antwortet er. «Erinnern Sie sich nicht, dass wir Sie heute Morgen vom Respirator genommen haben?»

Ich schüttele vorsichtig den Kopf.

«Hier», fährt der Mann fort und hebt meine Schulter vorsichtig an, während er mir ein Kissen in den Rücken schiebt.

«Was machen Sie da?» Ich wehre mich, bis ich einen stechenden Schmerz in meiner Brust spüre und einen Hustenanfall bekomme, der das ganze Bett wackeln lässt.

«He, beruhigen Sie sich», protestiert der Mann. «Ich will Ihnen nur helfen. Sie haben sich im Schlaf auf den Rücken gedreht. Sie sollten aber auf der Seite liegen, erinnern Sie sich denn nicht mehr daran, was wir vorhin besprochen hatten?»

Diesmal wehre ich mich nicht, und der Arzt schiebt mir das Kissen so in den Rücken, dass ich auf der linken Seite liege. «Ich soll übrigens schön von Dr. Berg aus der Notaufnahme grüßen», fährt der Mann fort und umrundet das Bett. «Er hat gesagt, Sie und Ihr Freund wären mehr tot als lebendig gewesen, als Sie gestern Nachmittag hier ankamen.» Er bleibt stehen, ehe er weiterspricht: «Er hat mich auch gebeten, Ihnen auszurichten, dass er Sie nicht noch einmal dort sehen will und dass Sie ein langes Gespräch mit einem Profi darüber führen sollten, welche Richtung Ihr Leben gerade nimmt.»

«Ja», stöhne ich. «Verstehe.» Ich versuche meine Lippen mit der Zungenspitze zu befeuchten, und der Arzt reicht mir ein Glas Wasser. «Der Mann, mit dem ich gekommen bin, wo ist der jetzt?»

«Auch hier, in einem anderen Zimmer. Er hatte eine Kopfverletzung, hat viel Blut verloren, leichte Hypothermie, ansonsten aber stabil. Diese Alten sind zäh.»

Ich sehe auf meinen Brustkorb hinab, wo eine große Kompresse zwischen mehreren Kabeln liegt, die an einen Schirm angeschlossen sind und den Herzrhythmus messen. An der rechten Hand, die die Harpune durchbohrt hat, trage ich einen Gips, und an einem Finger ist ein Oxymeter befestigt. «Wie groß ist der Schadensumfang? Es fühlt sich so an, als wären es diesmal mehr als nur ein paar Kratzer im Lack», frage ich.

«Tja», sagt der Arzt und holt tief Luft. «Die Harpune hat bei ihrem Eintritt in die Hand den dritten Mittelhandknochen gebrochen und den vierten verletzt, daher die Gipsschiene. Wir mussten die Knochen korrigieren, ehe die Hand eingegipst wurde, aber es sieht gut aus. Allerdings besteht noch immer ein kleines Risiko für einen Nerven- oder Sehnenschaden, aber bisher weist nichts darauf hin. Dann setzte der Pfeil seinen Weg fort zwischen zwei Rippen hindurch und quer durch den *lobus medius,* also den rechten Lungenmittellappen, und trat dann durch die Achselhöhle wieder aus. Deshalb wurde eine Thorax-Drainage gelegt, um mögliches Blut aus dem Pleuraspalt hinauszubefördern.»

«Klingt spannend», sage ich nicht sehr überzeugend.

«Sie hatten ungeheures Glück, Aske. Allein die Tatsache, dass dieser Harpunenpfeil alle Nervenzentren und Nervenknoten verfehlt hat und die große Schlüsselbeinarterie, die den ganzen Arm mit Blut versorgt, nur gestreift hat, ist fast ein Wunder. Auch hier besteht noch immer eine gewisse Gefahr von Nachwirkungen, wie etwa ein Taubheitsgefühl im rechten Arm, aber auch diesbezüglich sieht es recht gut aus.»

«Wann kann ich hier raus?»

«Sie werden ein paar Tage bei uns bleiben. Nur so können wir auf der sicheren Seite sein, dass alles in Ordnung ist. Genießen Sie einfach die Ruhe und versuchen Sie sich zu entspannen.» Er zwängt sich seitlich am Bett vorbei und geht in Richtung Ausgang, ehe er in der Tür stehenbleibt und sich umdreht. «Ach, das hätte ich beinahe vergessen. Sie haben Besuch.»

«Wer ist es?»

«Ein Polizist. Wenn Sie wollen, kann ich ihm sagen, dass ...»

«Ist schon in Ordnung», erwidere ich und greife erneut nach dem Wasserglas. Mein Mund ist trocken, meine Zunge geschwollen, und meine Geschmacksrezeptoren scheinen kaputt zu sein.

«Prost!» Gunnar Ore hebt einen Pappbecher und stellt

sich ans Fußende meines Bettes. «Unser ureigener Hercule Poirot, oder was?»

«Fahr zur Hölle», huste ich.

«Fahr selber.»

«Schön, dann können wir ja zusammen hin, sobald ich hier entlassen werde.»

«Ja, nicht wahr.» Gunnar Ore zieht einen Stuhl vor mich hin. «Na, wie geht es denn unserem Jungen?», fragt er und beugt sich über mich.

«Überzeuge dich selbst.» Ich hebe die Bettdecke und zeige ihm die Kompresse und die Elektroden auf meiner Brust. «Es könnte nicht besser sein. Obendrein habe ich bald auch noch ein Vorstellungsgespräch, das mir interessante Entwicklungsmöglichkeiten als Kundenberater in der Telekommunikationsbranche bietet. Eine Vertretung. Aber es heißt, die Chancen für eine Festanstellung stehen gut, wenn man nur die Ärmel hochkrempelt und hart genug arbeitet.»

Gunnar Ore schüttelt den Kopf. «Das kann doch nicht wahr sein. Wer hätte gedacht, was alles in dir steckt! Und ich habe immer angenommen, du würdest gegen Windmühlenflügel kämpfen und die Leute am liebsten totreden.» Erneut schüttelt er den Kopf. «Was für eine verrückte Welt.» Er steht auf und trägt den Stuhl an seinen Platz zurück. «Na gut, Kumpel, ich wollte nur noch mal kurz vorbeikommen, ehe ich ins nächste Militärübungslager weiterfahre. Du weißt aber, dass es ein paar Leute gibt, die darauf warten, mit dir zu sprechen, oder?»

Ich nicke.

«Und ich wollte sagen, dass ich da unten im Revier ein wenig schön Wetter für dich gemacht habe. Ich habe mit Sverdrup und dem Typen von der Kripo geredet, ihnen ein bisschen erzählt, wer du bist, oder nein, wer du mal warst, damit sie dich so behandeln, wie du es verdient hast, jetzt, wo das Spektakel bald losgeht.»

«Danke.»

«Nein, nein, nein. Das ändert nichts. Aber niemand außer mir wird sagen, dass du auch etwas Gutes geleistet hast, als du hier oben warst. Niemand. Und wenn dein Name neben meinem in der Zeitung auftaucht, tja, dann weißt du, was dich erwartet.» Er stellt den Kaffeebecher auf meinen Nachttisch und klopft mit den Fingerknochen auf den Metallrahmen, der um das Bett herum verläuft. «Werde gesund, mach dich vom Acker und halt dich fern. Okay?»

«Wir hören uns, Gunnar.»

«Nein», sagt Gunnar Ore noch einmal. «Nein, Thorkild. Lass mich noch einmal wiederholen, was ich gerade für die Schüler in der letzten Bank gesagt habe.» Er beugt sich ganz nahe zu meinem Gesicht und flüstert zwischen den Zähnen hindurch: «Werde gesund, mach dich vom Acker und halt dich fern. Verstanden? Du bist kein Polizist mehr.» Damit richtet er sich wieder auf, macht eine resignierte Geste und wendet sich zum Gehen. «Du bist … ein Frührentner.»

«Potenzieller Kundenberater mit Aussicht auf eine Festanstellung», rufe ich ihm nach.

«Ach, fahr zur Hölle.» Gunnar Ore verschwindet zur Tür hinaus und spaziert pfeifend den Gang entlang zu den Aufzügen.

«Fahr selber», flüstere ich und greife nach dem Pappbecher mit dem dampfend heißen Kaffee. «Fahr selber …»

68

Anniken Moritzen klingt gehetzt, als sie sich am Telefon meldet. Im Hintergrund höre ich das Klirren von Gläsern und Besteck und die Klänge eines schwedischen Liedermachers.

«Ich versuche schon den ganzen Tag, Sie zu erreichen. Ich breche bald auf, und ...»

«Es tut mir leid. Ich war ... beschäftigt.»

«Sind Sie denn noch da oben?»

«Anniken, ich weiß, was Rasmus zugestoßen ist», sage ich.

«Wie?» Eine Tür schlägt zu, und die Musik wird leiser gedreht. «Was haben Sie gesagt?»

«Sie hatten natürlich recht», fahre ich fort. «Rasmus war nicht in irgendwelche dunklen Geschäfte verwickelt. Er ist aufs Meer gefahren, um zu tauchen, so wie Sie es gesagt haben, und dabei hat er etwas herausgefunden, was er nicht entdecken sollte. Das hat ihn das Leben gekostet.»

«Wer hat das getan?»

«Das ist nicht wichtig. Der Mann ist tot.»

In der Pause, die nun folgt, meine ich fast, den Stavanger Regen zu hören. «Warum?», fragt Anniken schließlich. «Warum ... musste er sterben?»

«Wir können ausführlicher darüber sprechen, wenn Sie herkommen. Es tut mir leid, aber ich fürchte, ich kann Sie nicht am Flughafen abholen, aber morgen ...»

«Ich kann nicht allein dorthin», fleht sie. «Ich muss zum Leuchtturm rausfahren, ich muss Rasmus' Sachen holen ...»

«Kann Arne denn wirklich nicht mitkommen?»

«Nein, er ist in Houston und wird nicht vor morgen Abend hier sein.»

«Rufen Sie Ulf an. Er wird sich ohnehin in das erstbeste Flugzeug setzen und herkommen, sobald er erfährt, dass ich schon wieder im Krankenhaus bin. Ich kann Sie beide dann morgen treffen, oder sobald man mich hier entlässt.»

Mehr möchte ich ihr am Telefon nicht erzählen. Sie soll nur wissen, dass es vorbei ist, dass ich ihr den Weg bereitet habe, damit sie trauern kann. Dass sie nicht länger wach liegen und auf etwas hoffen muss, was nicht mehr eintreffen kann, sondern sich Zeit nehmen darf, um zu trauern. Es ist wichtig, die Sehnsucht nach dem Verstorbenen nicht zu fürchten, sondern sie zuzulassen. Sie verbindet das, was ist, mit dem, was gewesen ist. Sie lässt dich weiterkommen, ohne den anderen zu verlassen. Ich könnte es ihr erzählen, ihr sagen, dass ich das weiß, aber es würde ihr nicht helfen. Man muss es selbst herausfinden. Wenn man dazu bereit ist.

Ich stecke tief in einem Albtraum mit Harvey im Rumpf des Schiffes, als mein Handy klingelt.

Die Furcht in Harveys Augen, als er sich zu Elenas Leiche umdreht, die hinter ihm aus dem Wasser aufsteigt, sehe ich noch deutlich vor mir. Seine verzweifelten Schreie hallen mir immer noch in den Ohren, als ich mich melde.

«Ja, Aske hier.»

«Sie haben ihn gefunden», sagt Arne Villmyr.

«Noch ein Grab.» Ich setze mich im Bett auf. «Wie Sie es sich gewünscht haben.»

«Wie ich es mir gewünscht habe», ätzt Arne Villmyr verächtlich. «Als ob sich das irgendjemand wünschen würde!»

«Es tut mir leid ...»

«Da ist nichts, was Ihnen leidtun muss. Sie haben das getan, worum wir Sie gebeten haben. Glauben Sie nicht, ich würde Ihnen Vorwürfe machen. Nicht einmal für das, was mit Frei passiert ist. Sie waren lediglich der Faktor, der damals unser Leben verändert hat. Derselbe Faktor, der uns jetzt Rasmus wiedergegeben hat. Das eine kann das andere nicht aufwiegen, aber ich bin dankbar dafür, dass er bald nach Hause kommt. Damit Anniken und ich einen Ort haben, zu dem wir gehen können. Das ist alles, und zugleich ist es nichts. Aber so ist es jetzt eben einfach.»

«Glauben Sie, sie hat mich ...», beginne ich, halte jedoch mitten im Satz inne.

«Was?», fragt Arne. «Geliebt?»

«Ja.»

Arne Villmyr lacht ein kurzes, freudloses Lachen, das eher wie ein Röcheln klingt. «Frei fiel es leicht zu lieben. Zu leicht», fügt er hinzu. «Aber ich glaube, Sie kennen die Antwort besser als wir anderen. Nur Sie beide wissen, was auf diesem Ausflug passiert ist und wohin Sie unterwegs waren. Ich wünschte, ich könnte mehr dazu sagen, aber ich kann es nicht. Es ist vorbei. Leben Sie wohl, Aske.»

69

Im Zimmer ist es fast dunkel. Nur eine kleine Lampe leuchtet über dem Ausgussbecken hinter mir. Ich höre, wie die Tür zu meiner Station quietscht, ehe sie mit einem leisen Knacken wieder zufällt. Kurz darauf gleitet eine zusammengekrümmte Gestalt in mein Zimmer.

Lautlos rollt sie am Fußende meines Betts vorbei bis in das Licht über dem Waschbecken, ehe ihr Gesicht und die Metallschrauben sichtbar werden.

«Merethe», flüstere ich und beuge mich vor.

Sie fährt bis zum Nachttisch, streckt die Hand aus und ergreift die meine, zieht sie unter der Bettdecke hervor und drückt sie. Sobald ich in ihre Augen sehe, entspanne ich mich. Diesen Blick kenne ich nur zu gut, er ist derselbe, der auch mir jeden Morgen im Spiegel begegnet.

Merethe sieht mich eine Weile an, ehe sie ihren Block und den Stift zur Hand nimmt.

Wie können manche Menschen ein zweites, vollkommen verschiedenes Leben führen, parallel zu dem, das sie mit anderen teilen?, steht auf dem Blatt, das sie vor sich hält.

Ich kneife die Augen zusammen, als wollte ich das letzte Bild, das ich von Harvey und Elena habe, aus meinem Gedächtnis löschen: engumschlungen auf dem Boden des Tanks. Als ich die Augen wieder aufschlage, sehe ich, dass Merethe noch mehr schreibt. «Harvey hat geglaubt, dass er diesen Weg gehen müsste», sage ich, während sie weiterschreibt. «Für dich und den Jungen, aber ...»

Merethe hält den Block erneut hoch: *Ich sehe ihn im Hin-*

tergrund, wenn ich die Augen schließe. Es ist so, als würde er sich nicht trauen hervorzukommen, um mich zu treffen.

«Und Frei?», flüstere ich heiser. «Kannst du sie immer noch sehen?»

Merethe blickt mich an, bevor sie wieder zu schreiben beginnt.

Ich nicke, als ich das Wort auf dem Block sehe, ehe ich wieder zu Merethe aufschaue und zu den Gardinen, die fast ganz zugezogen sind. Ich kann die Konturen eines runden Berggipfels unter schweren Regenwolken erahnen, die hastig draußen am Nachthimmel vorüberziehen. Für einen Moment glaube ich, etwas inmitten der vorbeijagenden Wolken zu sehen, einen schwachen Silberschimmer, der sich hinter dem Dunkelgrau verbirgt, aber kurz darauf hasten neue Wolken vorbei und überdecken die alten.

Bald ist der ganze Himmel schwarz.

LESEPROBE

HEINE BAKKEID

TRIFF MICH IM PARADIES

THRILLER

Aus dem Norwegischen von
Ursel Allenstein und Justus Carl

TRIFF MICH IM PARADIES

Thorkild Aske, einst Verhörspezialist und interner Ermittler der norwegischen Polizei, wird dazu überredet, die bekannte Krimiautorin Milla Lind bei ihren Recherchen zu unterstützen. Linds ehemaliger Berater, ebenfalls ein Ex-Polizist, kam während der Arbeit an Millas neuestem Projekt ums Leben. Ihr Buch basiert auf realen Vorkommnissen: Zwei junge Mädchen verschwanden auf mysteriöse Weise aus einem Jugendheim.

Schon bald begreift Aske, dass nichts so ist, wie es scheint. Weder das Verschwinden der Mädchen noch Millas Buchprojekt – ebenso der Tod des Mannes, dessen Arbeit er übernommen hat. Als sein eigenes Leben in Gefahr gerät, ist Aske bereit, es um jeden Preis zu verteidigen.

«Auf die Fortsetzung kann man sich freuen!» (Hörzu)

ROBERT RIVERHOLTS LETZTER ARBEITSTAG

«Na? Was meinst du?» Milla Lind hatte die Beine übereinandergeschlagen. Sie trug einen Hosenanzug und hatte ihr Haar heute so frisiert, wie es Robert Riverholt von den Umschlägen ihrer Bücher kannte. Ihre Stimme klang immer sanft und angenehm, sie war nicht so anmaßend und geschwätzig wie seine übrige Klientel. Ihre Fragen waren nie mechanisch, eher eine nette Abwechslung von all den wichtigen Gesprächsthemen. Milla Lind fragte, weil sie etwas wissen wollte. Das mochte er am liebsten an ihr. Das und ihre Augen.

«Gut.» Er gab ihr die Manuskriptseiten zurück und lehnte sich in seinem Sessel nach hinten. Dann fuhr er sich mit der Hand durchs Haar und lächelte. «Ich freue mich schon auf die Fortsetzung.»

«Genial!» Auf dem Sofa weiter hinten im Loft nickte Millas schwedischer Agent Pelle Rask enthusiastisch, ohne dabei von seinem iPad aufzusehen. Robert stellte fest, dass Pelle wieder einmal den Stil der Timesharing-Makler auf Gran Canaria imitiert hatte: halblange, nach hinten gegelte Haare und ein hautenges Hemd, dessen zwei obere Knöpfe offen standen.

Milla drehte sich zum Sofa, ohne etwas zu sagen, bevor sie sich wieder an Robert wandte. «Ich habe Lust, die Reihe damit zu beenden, wie Gjertrud in August Mugabes Leben tritt.» Sie nahm eine Strähne ihrer Locken und zwirbelte sie zwischen den Fingern. «Der Augenblick, in dem sich alles ändert.»

Als Robert Milla zum ersten Mal begegnet war, hatte er diese Angewohnheit als Zeichen von Unsicherheit gedeutet. Er hatte geglaubt, die nervösen Fingerspitzen zeugten von mangelndem

Selbstvertrauen. Inzwischen wusste er es besser. «Das ist auch der Moment, in dem seine Tochter verschwindet, oder?»

«Ja», antwortete Milla.

Robert ließ seinen Blick durch eines der Dachfenster in den wolkenlosen Himmel über Oslo wandern. «Ich glaube, das wäre ein würdiges Ende für dieses Projekt.»

«Du erinnerst mich an August.» Milla ließ die Haare los und schob sich demonstrativ einen vergoldeten Kugelschreiber zwischen die Lippen, ehe sie ihn wieder herauszog und damit auf ihr Bein trommelte. Währenddessen betrachtete sie Robert. «Immer mehr.»

«Puh!» Robert zwang sich zu einem herzlichen Lachen. Ich habe es zu weit kommen lassen, dachte er und musste sich beherrschen, damit ihm seine Gesichtsmuskeln nicht entglitten. Viel zu weit.

Milla schaute ihn immer noch an. «Ich weiß nicht, ob das schon immer so war oder ob ich es mir einrede.»

«Tja, verrate es einfach niemandem.» Robert zwinkerte ihr zu und schlug sich abschließend auf die Schenkel, bevor er aufstand. Er nickte Pelle auf dem Sofa zu und nahm Kurs auf den Flur, wo er stehen blieb und sich noch einmal umdrehte. «Wir sehen uns heute Abend auf Tjøme. Du hast die Jungs zusammengetrommelt, oder?»

«Ja.» Milla kam ihm mit dem Manuskript in den Händen entgegen. «Sie kommen.» Sie blieb stehen und holte Luft. «Hast du etwas herausgefunden? Etwas Neues?»

«Heute Abend, Milla. Wir reden heute Abend.»

Draußen überflutete die Sonne den gesamten Himmel. Sie strahlte zwischen den Häusern hindurch und tauchte die Straßen der Hauptstadt in ein schönes Licht. Seit er aus dem Hamsterrad ausgebrochen war und begonnen hatte, selbständig zu arbeiten, war Robert Riverholt vollkommen von der Stadt fasziniert. Und auch jetzt war er wieder so versunken in die Architektur, dass er nicht auf den Klang der zielstrebigen Schritte hinter sich achtete oder auf den Schatten, der auf ihn fiel, als er in eine von ehrwürdigen alten Stadtbäumen gesäumte Seitenstraße einbog. Im nächsten Moment registrierte er nur noch die Mündung an seinem Hinterkopf und das metallische Klicken des Bolzens, der gegen die Patrone schlug. Und dann war die Sonne verschwunden.

TEIL I
MENSCHEN, DIE VERMISSEN

Kapitel 1

Ich habe den Übergang vom Winter zum Frühling noch nie leiden können. Die Bäume sind krumm und nackt und erinnern an mutiertes Gestrüpp, das nach einem Atomkrieg aus dem Boden sprießt. Ganz Stavanger ertrinkt in unendlichen Regengüssen, die alles algengrün und grau färben.

Die Arbeitsvermittlung in der Klubbgata im Zentrum der Stadt hat jetzt mehr Besucher als früher. Das Sofa im Wartesaal ist besetzt, die Gesichter wirken hart und vom Glauben ans eigene Scheitern gezeichnet.

«Thorkild Aske.» Iljanas Händedruck hat sich seit dem letzten Mal nicht verändert. Wenn überhaupt, ist ihr Griff noch kraftloser und die Berührung noch kälter geworden, als würde man einer tiefgekühlten Leiche die Hand schütteln. «Freut mich», sagt sie wenig überzeugend und sinkt auf einen neuen, blauen Bürostuhl mit einer ergonomischen Rückenlehne.

«Und mich erst», antworte ich und setze mich.

«Erinnern Sie sich noch an Ihre Geburts- und Personennummer?»

«Aber natürlich.» Zwischen uns steht die Schale mit den Plastikbananen, so traurig wie eh und je. Ich sehe, dass sie Gesellschaft von einem Haufen roter Plastiktrauben und einer künstlichen Birne bekommen haben, ohne dass das dem Zimmer eine fruchtigere Atmosphäre verliehen hätte als damals die Bananenimitate.

«Würden Sie sie mir auch nennen?» Leicht gereizt schaukelt sie auf ihrem Stuhl vor und zurück.

Ich nenne ihr die Zahlenfolge, damit Iljana endlich den Blick von meinem zerstörten Gesicht abwenden und auf den Computerbildschirm schauen kann.

«Sie möchten also als arbeitsunfähig eingestuft werden?»

«Ja.» Ich gebe ihr den Umschlag, den ich dabeihabe. «In Absprache mit meiner Verantwortungseinheit bin ich zu dem Schluss gekommen, dass das der einzig richtige Weg für meine Zukunft ist.»

Sie nimmt die Brille ab. «Nach dem, was passiert ist, als Sie ...»

«Als ich letzten Herbst meine Schwester in Nordnorwegen besucht habe, ja.»

«Sie haben versucht, sich ...», Iljana sieht mich zögernd an, «... das Leben zu nehmen?»

Ich nicke. «Sogar zwei Mal. Die Arztberichte finden Sie in dem Umschlag.»

Iljana zieht die Unterlagen hervor und blättert darin. «Ja, das eine Mal mit Hilfe einer ...» Sie sieht von dem Dokument auf: «Harpune?»

«Der Druck war einfach zu hoch.»

«Der Druck von ... uns? Von der Arbeitsvermittlung?»

Ich nicke wieder.

Ulf, mein Freund und Psychiater, ist zu dem Schluss gekommen, dass es an der Zeit ist, aufs Ganze zu gehen. Vollständige Arbeitsunfähigkeit. Mein Hausarzt und er haben einen gemeinsamen Brief verfasst, in dem sie behaupten, der Versuch der Arbeitsvermittlung, mich an ein Callcenter in Forus, dem Industriegebiet von Stavanger, zu vermitteln, hätte schließlich dazu geführt, dass ich mich habe umbringen wollen: das erste Mal durch einen Sprung ins Meer, das zweite Mal, indem ich mir selbst mit einer Harpune in die Hand und in die Brust schoss. Der Fall, in den ich im Norden verwickelt gewesen war, bleibt unerwähnt. Noch dazu hat Ulf damit gedroht, die Presse einzuschalten, sollte die Arbeitsvermittlung seinen hirngeschädigten, höchst suizidalen und hilfebedürftigen Patienten weiter unter Druck setzen.

«Nun gut.» Iljana blättert wieder durch die Papiere. «Ich glaube, dann hätten wir alles, was wir von unserer Seite aus dazu brauchen.» Sie ordnet die Blätter und legt sie zurück in den Umschlag, bevor sie ihre Hände im Schoß faltet.

«Was passiert denn jetzt?» Ich reibe mit den Fingern über die Narbe auf der Handfläche. Die Stelle, an der die Harpune eingedrungen ist, tut immer noch weh, besonders an regnerischen Tagen. Und davon gibt es in Stavanger viele.

«Also», seufzt sie und presst die Daumen aneinander. «Der nächste Schritt ist die neuropsychologische Untersuchung.»

«Worin besteht die?»

Sie dreht ihren Kopf in meine Richtung, ohne mich direkt anzusehen. «Das sind eine Reihe kognitiver Tests. Im Laufe des Frühjahrs werden wir Ihnen diesbezüglich eine Benachrichtigung zuschicken.»

«Danke.» Ich stehe auf.

Iljana zeigt mir ein eingeübtes Lächeln, das nicht bis zu den Augen reicht, bevor sie sich zu der Schale mit dem Plastikobst vorbeugt: «Ruhen Sie sich aus, Aske. Respektieren Sie Ihre Grenzen. Keine Reisen mehr, jetzt, wo wir Ihren Fall prüfen.»

«Nie wieder», sage ich. «Ausschließlich ruhige Abende zu Hause, in tiefer Kontemplation über die Tiefgründigkeiten des Lebens und der norwegischen Arbeitsvermittlung.»

Iljana schüttelt leicht den Kopf und wendet sich wieder ihrem Bildschirm zu, während ich mich umdrehe und hinausgehe.

Mein Handy klingelt, noch bevor ich das Gebäude der Arbeitsvermittlung verlassen habe.

«Fertig?» Ulfs Stimme ist angespannt, im Hintergrund kann ich den Motor dröhnen hören, während Arja Saijonmaa singt, dass sie dem Leben danken will.

«Fertig.»

«Und?»

«Werde im Laufe des Frühjahrs einen Termin für eine neuropsychologische Untersuchung bekommen.»

«Gut, gut», brummelt Ulf. «Dann kann es losgehen. Schön, schön.» Es entsteht eine Pause, in der ich hören kann, wie Ulf den Blinker setzt, die Melodie mitsummt und wahrscheinlich wie ein Irrer auf einem Nikotinkaugummi herumkaut, während Saijonmaa von Glück, Trauer und Schmerz singt.

Als ich aus Tromsø zurückgekehrt bin, hat Ulf mir meine Medikamente weggenommen und gleichzeitig seinen Marlboros abgeschworen, um als gutes Beispiel voranzugehen. Das hat zu einem gewaltigen Überkonsum von Nikotinpflastern und Nikotinkaugummis geführt. Uns wurde beiden schnell klar, dass Ulf sich mit diesem Versprechen in eine ziemlich heikle Lage gebracht hatte. Seitdem kann er seiner Sucht nicht nachgeben, ohne gleichzeitig auch meinen Medikamentenbedarf neu bewerten zu müssen. Das Ganze hat sich zu einem unerklärten Stellungskrieg entwickelt, in dem ich warte und Ulf kaut.

«Hast du schon für morgen gepackt?», fragt Ulf schnell, bevor ich auflegen kann.

«Ja. Alles paletti.»

«Keine Kaffeemaschine und keinen anderen überflüssigen Schnickschnack wie beim letzten Mal? Du kannst es dir nicht leisten, dir das selbst zu versauen, Thorkild.»

«Nur Klamotten und gute Absichten. Kein Schnickschnack.»

«Diese Gelegenheit, die sich mit Milla Lind ergeben hat, ist vielleicht die letzte, die du bekommst, um ...»

«Ich verspreche es.»

«Doris freut sich übrigens sehr, dich kennenzulernen. Sie hat noch nie einen Isländer getroffen.»

«Halb-Isländer», antworte ich. «Ich bin halb isländisch, das weißt du auch, und ich war seit über zwanzig Jahren nicht mehr da.»

«Ist doch egal. Der Punkt ist, dass sie sich freut.»

«Ulf», setze ich an und kneife die Augen vor der grellen Frühlingssonne zu, die sich über dem Gebäude der Arbeitsvermittlung im Zentrum von Stavanger durch die Regenwolken kämpft. «Was das Abendessen angeht ...»

«Vergiss es. Ich lade ein, du kommst. Keine Ausreden dieses Mal ... *Und alle Lieder sind dieselben Lieder ...* », singt Ulf im Duett mit Arja. «Ach, noch was: Bring Kerbel mit.»

«Was?»

«Kerbel. Du sollst Kerbel kaufen.»

«Was ist denn Kerbel?»

«Na, Kerbel!», bellt er. Seine Kiefermuskeln arbeiten auf Hochtouren. «Das ist eine Art Petersilie. Fahr im Supermarkt vorbei, bevor du kommst, da kriegst du das.»

«Muss ich?»

«*Und alle Lieder, die wahr sind ...* Ja!», befiehlt Ulf und legt auf.

Kapitel 2

«Ulf sagt, du wärst impotent?» Doris sieht mich fragend an, während wir am Küchentisch in Ulfs Haus in Eiganes sitzen. Seine neue Freundin ist eine siebenundfünfzigjährige deutsche Sexologin und Kolumnistin mit einem eigenen Blog. Er hat sie auf einer Konferenz in Bergen kennengelernt.

«Nein! Ulf glaubt es!» Auf der Kücheninsel direkt nebenan hackt Ulf den Kerbel, als ginge es um sein Leben. Er trägt eine weiße, ärmellose Tunika, und auf seinem Oberarm kann ich drei Nikotinpflaster ausmachen.

Doris zerrupft ein Brötchen mit den Fingern und legt die Stücke in einen Brotkorb neben der Suppenschüssel. Gleich darauf kommt Ulf mit einer Handvoll Kerbel und streut sie über ihre Suppe. Sie benutzt eines der Brötchenstücke, um die Kerbelblätter in der milchigen Brühe zu ertränken, bevor sie es sich in den Mund steckt, eifrig zu kauen beginnt und mich dabei fragt: «Sag mal, onanierst du oft?»

Ich starre angestrengt in meinen Suppenteller und tue so, als hätte ich die Frage nicht gehört.

«Thorkild onaniert nicht», springt Ulf mir bei und schenkt Wein in unsere Gläser, bevor er sich zwischen uns setzt.

Doris taucht ein neues Stück Brötchen in die Kerbelgrütze und betrachtet mich aus schmalen Augen. «Woher willst du das denn wissen?»

«Das ist ja genau der Punkt.» Ulf leckt sich die grüne Farbe von den Fingerkuppen. «Er weiß es nicht. Er schafft sich diese Hindernisse, unüberwindbare Hürden, damit er sich nicht in der Welt außerhalb seiner Wohnung engagieren muss. Aske ist auf der Flucht vor allem, was man als zwischenmenschliche Interaktion bezeichnen kann.»

«Der moderne Eremit», sage ich in einem verzweifelten Versuch, in diesem Albtraum einer sozialen Begegnung die gute Laune zu wahren. Ich reiße das Glas an mich und leere den Inhalt. Doris verschränkt ihre Hände unter dem Kinn. Das kurze, rotgefärbte Haar sträubt sich in alle Richtungen; eine moderne Frisur, die an ein von einem manisch-depressiven Floristen kreiertes Blumengesteck erinnert. Ihre Lippen sind schmal und tiefrot, die Haut in ihrem Gesicht ist weiß und hängt in losen Falten herab, ohne dass sie dabei übergewichtig oder aufgedunsen wirkt, eher so, als hätte sie vor kurzem abgenommen und ihre Haut hätte noch nicht genügend Zeit gehabt, sich anzupassen. Sie sieht zufrieden aus, sowohl mit sich selbst als auch mit dem tief ausgeschnittenen Oberteil, das sie für diese abendliche Befragung gewählt hat.

«Hast du schon mal versucht, dich selbst in ein erotisches Szenario hineinzuversetzen oder dir Situationen oder Menschen vorzustellen, die normalerweise eine sexuelle Reaktion mit anschließender Erektion bei dir auslösen?»

«Ich weiß nicht ...», antworte ich angestrengt und senke meinen Blick wieder in den Suppenteller. Der süßliche Geruch und die grüne, ölige Flüssigkeit lassen mich an algenverseuchtes Brackwasser denken. «Was ... ich meine ...»

Nach dem Essen fischt Doris eine Zigarette aus ihrer Handtasche und zündet sie an, während Ulf zornig und zugleich sehnsüchtig das glühende Ende des Glimmstängels anstarrt: «Du musst dich trauen, deine Phantasie einzusetzen», sagt Doris. «Deiner Lust wieder freien Lauf zu lassen.» Sie lehnt sich nach vorn und bläst eine Rauchwolke zur Decke. «Manchmal hat man sie weggepackt und glaubt, sie wäre nicht mehr vorhanden. Die Unterdrückung der eigenen Sexualität ist nicht nur ein weibliches Konzept. Sie wird einem auch nicht notwendigerweise von jemand anderem aufgezwungen.» Sie inhaliert noch mehr Zigarettenrauch und bläst ihn zufrieden wieder aus.

«Ich kann dir ein paar Übungen mitgeben, die du mal ausprobieren könntest, wenn du alleine bist.»

«Danke», murmele ich und rühre sprachlos in der Suppe. «Das ist äußerst nett von dir.»

Ulf dreht sich verärgert von Doris und der Zigarette weg, während er mit einer Hand über die Pflaster auf seinem Oberarm streicht. Anschließend richtet er seinen Blick auf mich. «Vielleicht sollten wir noch ein letztes Mal alles durchgehen, was dich morgen in Oslo erwartet?»

«Okay», antworte ich, froh, endlich das Thema wechseln zu können und Ulf ebenso leiden zu sehen wie mich.

«Ich liebe ihre Bücher», schwärmt Doris. «Eine bessere Gegenspielerin als August Mugabes Frau Gjertrud findet man ja wohl selten. Hast du Milla Linds Bücher gelesen?»

Ich schüttele den Kopf.

«Also», fährt Doris fort, wobei sie den Suppenteller als Aschenbecher benutzt. «Milla Lind ist nicht nur die unangefochtene Krimikönigin im Norden, sondern auch in Deutschland sehr erfolgreich.»

Ulf mischt sich ein, während er weiter die Suppe in sich hineinlöffelt: «Sie hat zwölf Bücher über den melancholischen Ermittler mit dem seltsamen Namen August Mugabe geschrieben, dessen Frau zweimal versucht hat, ihn umzubringen.»

«Dreimal», korrigiert Doris ihn.

«Was?» Ulf lässt seinen Löffel fallen und schaut sie und ihre Zigarette ärgerlich an. «Nein, zweimal. Das erste …»

«Mugabes Frau hat dreimal versucht, ihn umzubringen.» Doris schenkt sich Wein nach. «Im ersten Buch vergiftet sie ihn, im vierten zündet sie die Hütte an, während er mit Schlafmitteln vollgedröhnt auf dem Dachboden liegt. Und im achten …»

«Nein, nein», unterbricht Ulf sie. «Der Auftragskiller, der ihn im achten Buch umbringen will, ist eindeutig von Mugabes Chef Brandt angeheuert. Er sagt ja selbst, das wäre ein Gruß von einem alten Freund, bevor er schießt. Wäre er von Gjertrud beauftragt worden, hätte er gesagt, dass der Gruß von jemandem ist, den August geliebt hat.»

Ulf schaut mich an und nickt heftig, als wolle er mich dazu bringen, seiner These zuzustimmen. Ich weigere mich, irgendeine Theorie des Mannes zu bestätigen, der zwischen mir und meinen Tabletten steht, weshalb ich ihn geflissentlich übersehe und mich wieder Doris zuwende.

«Gerade weil er das sagt, wissen wir doch, dass Gjertrud den Mörder beauftragt hat», gibt Doris zurück. «Zu sagen, dass der Gruß von einem alten Freund kommt, ist doch nur eine letzte Beleidigung dieser fast siebzig Jahre alten Frau, die nichts als Verachtung für den Mann übrighat, der ihr kein Kind schenken wollte. Das gilt auch für die kalten Kartoffeln, die sie ihm immer zum Essen serviert. Das ist die ausdrucksstarke Symbolik einer kinderlosen Frau, die sich in Trauer und bittere Reue hüllt.»

Ulf kaut schmatzend. «Hmm, ja, vielleicht hast du recht.» Er dreht sich wieder zu mir um. «Wie du weißt, wurde Millas letzter Berater, Robert Riverholt, vor einem halben Jahr auf offener Straße von seiner Exfrau erschossen. Milla Lind hat das schwer mitgenommen, sie hat seitdem nicht mehr gearbeitet. Über eine Fortbildung zum Thema Trauertherapie in Fornebu bin ich mit ihrer Psychiaterin in Kontakt gekommen. Milla und ihr ehemaliger Berater hatten gerade erst mit den Recherchen für ein neues Buch angefangen, als Robert starb, und jetzt braucht sie Hilfe dabei, sie zu beenden, bevor sie das letzte und entscheidende Buch über August Mugabe in Angriff nimmt. Leser auf der ganzen Welt warten auf dieses Buch, Aske.»

«Und hier komme ich ins Spiel?», folgere ich. «Als Krimiberater, was auch immer das nun ist.»

«Zehn Tage mit der besten Krimiautorin des Landes für 3500 Kronen am Tag», fügt Ulf hinzu und hebt das Glas zu einem stillen Prost.

«Lieber das als Kerzen ziehen in einer Fabrik in Auglendsmyrå unter der Aufsicht der Arbeitsvermittlung», antworte ich.

«Es sind sowieso noch ein paar Wochen, bis du zur neuropsychologischen Untersuchung musst, und einen ruhigeren und sichereren Job als diesen gibt es gar nicht. Eine Rundreise mit Milla Lind höchstpersönlich – so ein Rezept kann ich wahrlich nicht all meinen Patienten ausstellen.»

«Danke», antworte ich trocken und leere das Weinglas. «Ich brauche das Geld.»

«Ja, verdammt, das brauchen wir alle», stimmt Ulf mir zu und wendet sich an Doris: «Ich glaube übrigens, dass Gjertrud im letzten Teil noch einen finalen Versuch wagen wird, August Mugabe zu töten. Und dass das Buch damit endet, dass sie es schafft. Oder? Wäre das nicht was?»

«Auf jeden Fall.» Doris nimmt sich eine neue Zigarette. «Alles andere wäre eine Enttäuschung.»

Ulf lehnt sich demonstrativ auf seinem Stuhl zurück, nimmt den Suppenteller in die Hände und schlürft den Rest der Suppe direkt aus der Schüssel. «Du triffst sie morgen um ein Uhr im Bristol», sagt er, als er endlich fertig ist. Er kramt eine Packung Nikotinkaugummis aus der Hosentasche und drückt zwei, drei Stück heraus, die er sich in den Mund steckt. «Der Flug nach Oslo geht um halb neun, also denk dran, und stell dir einen Wecker. Ich rufe trotzdem an, um zu hören, ob du fertig bist. Wir können außerdem noch deine Medikamentenliste durchgehen, wenn du magst. Falls da etwas ist, worüber du mit mir sprechen willst.»

«Du weißt, was ich will», sage ich kalt und stelle das Glas ab.

«Die Zeiten sind vorbei», erwidert Ulf, während er seinen Mund von innen mit der Zunge säubert und mit den Fingerspitzen auf das

Porzellan trommelt. «Für uns beide.» Dann steht er auf und fängt an, den Tisch abzuräumen. «Das hast du dir da oben in Tromsø selbst eingebrockt. Aber wenn du noch nicht bereit für so etwas bist, dann habe ich allen Respekt davor, es ist trotz allem weniger als ein halbes Jahr her, dass du durchs Feuer gehen musstest, und wir können das auch gerne ...»

«Nein, ich will», antworte ich. «Ich dachte nur, dass es gut wäre, etwas in der Hinterhand zu haben, zumindest vielleicht einen Blister OxyNorm oder ...»

«Vergiss es. Neurontin, Risperdal und Cipralex gegen die Angst. Kein Sobril, keine Oxys. Das ist die Abmachung.»

«Cipralex ist was für Kinder.»

Ulf zieht eine Grimasse und spuckt die Kaugummis ins Spülbecken, dann drückt er zwei neue aus der Packung. «Na, was zur Hölle glaubst du denn, was DAS ist?» Er hält mir die Kaugummis auf seiner Handfläche entgegen. «Wir haben uns beide entschieden, unserer Gesundheit zuliebe Opfer zu bringen. Wenn ich das schaffe, dann bekommst du es ja wohl auch hin.»

«Und wenn ich nicht schlafen kann?»

«Dann trinkst du eine Tasse Kamillentee und schreibst ein Gedicht darüber.»

Doris löscht die glühende Zigarette wieder in der Suppenschüssel. «Ist das nicht ein bisschen gefährlich, Ulf, ihn ohne etwas anderes als Cipralex dahin zu schicken?»

Schnaubend wirft sich Ulf die Kaugummis in den Mund. «Überhaupt nicht. Genau wegen dem, was beim letzten Mal passiert ist, bekommt er doch keine von den Pillen, die er haben will.»

Deprimiert schüttele ich den Kopf und stehe auf, um zu gehen. Doris kommt zu mir und legt mir eine Hand auf die Schulter. «Was unser vorheriges Gespräch angeht ... Du solltest die Zeit nutzen, um herauszufinden, ob du nicht einen Weg zurück zu deiner eigenen

Sexualität finden kannst, solange du unterwegs bist. Vielleicht traust du dich ja, ein bisschen neugieriger zu sein, deine Phantasie spielen zu lassen, und das anschließend zu reflektieren.» Sie hält kurz inne und schaut mich mit einem schiefen Lächeln an, ehe sie mich fragt: «Glaubst du, du hättest Lust dazu?»

«Ulf sagt, dass Phantasien gefährlich für mich sind», erwidere ich.

«Na dann.» Sie schürzt ihre Lippen so, dass sich die Falten in den Mundwinkeln ein winziges bisschen zusammenziehen. «Man muss sich immer bewusst machen, wohin einen die Phantasie bringt, und nicht zuletzt, welchen Phantasien man sich hingibt. Aber man darf sie auch für sich selbst behalten, im Inneren, weißt du. Solange du fühlst, dass sie dir etwas geben und dir und anderen keinen Schaden zufügen.»

«Du hast recht.» Ich ringe mir eine Art Lächeln ab und drücke kurz ihre Hand. «Solange sie niemandem schaden.»

Kapitel 3

Der Bus 9 nach Tananger ist leer bis auf mich und den Fahrer. Draußen ist es dunkel, gelb leuchtende Straßenlaternen gleiten an den Fenstern vorüber, und der Bus schaukelt leicht hin und her, wie ein Schiff, das durch den milden Frühlingsabend treibt. Die Bäume haben neue Blätter bekommen, und der Huflattich sprießt zwischen Asphalt und Bordstein hervor, als wir aus der Stadt hinaus in Richtung Westen rollen.

Ich steige an der Haltestelle direkt vor der alten Kapelle aus. Der Parkplatz ist leer, durch die Hecken hindurch sieht man kleine Kerzen flackern.

Sobald ich an dem Pfad ankomme, der zum Friedhof führt, bleibe ich stehen. Vor mir sehe ich frische, braune Erdhügel mit Blumengestecken, Grabsteine mit goldener Aufschrift und von Grablichtern und Fackeln schwach beleuchtete Engel und Vögel. Am mondlosen Himmel treiben in hastigem Tempo grauschwarze Wolkenbänke vom Meer heran. Ich bin oft hier gewesen, seit ich aus Tromsø zurückgekommen bin. Das erste Mal bin ich an dieser Stelle stehen geblieben, ohne den eigentlichen Friedhof zu betreten.

Ich halte mich am Rand und folge dem Pfad zwischen den Gräbern, bis ich zur richtigen Seite komme. Ein leichter Luftzug lässt mich innehalten, als ich ihren Grabstein erblicke. Es ist vom Weg aus gesehen der vierte, auf beiden Seiten steht eine Kerze. Nur eine von ihnen brennt. Ich bleibe reglos stehen und starre den schwarzen Stein an.

«Im Dunkeln ist er am schönsten», sagt plötzlich eine Stimme hinter mir.

«Wie bitte?» Ich drehe mich abrupt um und schaue in die schmalen Augen eines älteren Herrn mit braunem Mantel und Hut. Er steht ein paar Schritte hinter mir und hält einen struppigen Hund an der Leine. «Entschuldigung, was haben Sie gesagt?»

«Der Friedhof», antwortet er ruhig. «Ich komme auch am liebsten abends hierher. Im Dunkeln kommt er einem nicht mehr so kahl vor. Außerdem finde ich ihn bei Kerzenschein besonders schön, selbst wenn es windig und regnerisch ist.»

«Ja.» Ich ziehe den Jackenkragen enger um den Hals. «Die Kerzen sind schön.»

«Haben Sie Familie hier?»

«Nein, sie …», beginne ich, stocke dann aber.

«Meine Frau.» Der Mann deutet mit dem Kopf auf eine der Gräberreihen auf der anderen Seite. «Bin seit bald sieben Jahren Witwer. Meine Tochter hat mir vorgeschlagen, mir einen Hund anzuschaffen.» Er lächelt das Tier zu seinen Füßen an. «Als Gesellschaft. Es ist gut, jemanden zu haben, der die Leere füllt, bis zu dem Tag, an dem wir uns wiedersehen.» Sein Blick strahlt eine fromme Gewissheit aus. «Im Paradies.»

Ich nicke schwach.

«Haben Sie einen Hund?»

«Was?»

«Einen Hund. Haben Sie ...»

«Nein, ich versuche es mit Glückspillen.»

«Oh? Hilft das?»

«Weiß ich nicht genau», murmele ich, während meine Augen nach Freis Grab suchen.

«Also dann», sagt der Mann, als der Hund an der Leine zerrt. Im nächsten Moment verschwinden beide in der Dunkelheit.

Ich warte einen Augenblick, bevor ich auf das weiche Gras trete. Mit einem Mal fühlt sich der Boden viel kälter an, als hätte der Winter seinen Griff hier immer noch nicht richtig gelockert, und ich eile wieder auf den Weg. Und haste zurück zum Parkplatz.

Kapitel 4

In Oslo ist es feucht, die Frühlingsluft ist aber kälter als zu Hause in Stavanger, wo sich das Aroma des Kuhmists von Jæren aus schon langsam über der Stadt ausbreitet. Im Restaurant des Hotel Bristol werde ich zur Garderobe dirigiert, wo eine Frau meinen Mantel entgegennimmt und mir einen Zettel zum Abholen gibt. Ich gehe zurück zum Eingang. Der Wintergarten und die Bibliotheksbar sind voller

Leute, im Hintergrund läuft Klaviermusik, und es riecht stark nach gerösteten Kaffeebohnen und Frikadellen mit gebratenen Zwiebeln. Ich lasse den Blick über die Menschenmenge schweifen, bis ich an einem Tisch, der teilweise von einer Reihe Topfpflanzen verdeckt wird, eine Frau und zwei Männer entdecke. Die Frau lächelt und winkt in meine Richtung, während die beiden Männer mich mit verhaltener Neugier betrachten.

Ich winke linkisch zurück und gehe ihnen entgegen.

«Sie müssen Aske sein», sagt die Frau und steht auf, als ich an ihrem Tisch angekommen bin. «Wir haben auf Sie gewartet.»

Ich nicke und schüttele ihre Hand.

«Eva», sagt sie. «Ich bin Millas Lektorin im Verlag.»

«Thorkild Aske.»

«Pelle Rask», sagt der jüngere der beiden Männer, ohne aufzustehen. «Ich bin Millas Agent. Wir sind bei Gustavsson für die Auslandslizenzen zuständig.»

«Halvdan», sagt der andere Mann und steht auf, um mich zu begrüßen. «Verleger.»

«Sie fahren nachher weiter nach Tjøme?», will Eva wissen, nachdem wir uns alle gesetzt haben.

«Ja ... », antworte ich. «Das ist der Plan.»

«Schön, schön.» Halvdan nimmt seine Gabel und macht sich an einem zweistöckigen Sahneschnittchen zu schaffen. «Sie werden sehen, das wird gut laufen.»

«Ich glaube, sie freut sich, Sie kennenzulernen», sagt Eva. «Aber ich dachte trotzdem, es wäre besser, wenn wir vier ein paar Dinge besprechen, bevor Sie sich treffen.»

Der Kellner serviert mir ein kleines Kännchen Kaffee und eine Tasse.

«Nun denn», fängt Halvdan mit vollem Mund an. «Sie waren früher also Vernehmungsleiter bei der Spezialeinheit für interne Ermittlungen der Polizei.» Er hält die Gabel in der Luft und sieht mich unter seinen buschigen Augenbrauen in der Erwartung an, dass ich etwas dazu sage.

«Das stimmt. Aber jetzt nicht mehr», erkläre ich. Alle drei schauen mich prüfend an und nicken. Anscheinend sind sie über meine Vergangenheit informiert. «Ich wurde nach einem Zwischenfall vor ein paar Jahren entlassen und musste etwas mehr als drei Jahre im Gefängnis von Stavanger verbüßen.»

«Und jetzt sind Sie Freiberufler», schließt der Verleger und widmet sich wieder der Sahneschnitte. Er füllt seinen Mund und deutet mit der Gabel auf Eva. «Hat nicht Viknes-Eik ein Essay darüber geschrieben, dass man für seine Sünden büßen muss?»

«Ja, *In Ungnade gefallen*», antwortet Eva und nippt an einem Glas Wein. «Packend.»

«*In Ungnade gefallen*, genau. Aufreibende Lektüre.» Wie ein Zepter schwingt er die Gabel zwischen uns. «Haben Sie es gelesen?»

Ich schüttele den Kopf. Ich hätte zwar sagen können, dass ich das eine oder andere darüber weiß, wie man auf die Schnauze fliegt und sowohl seine Karriere als auch sein Seelenleben zerstört. Oder dass ich daheim in Stavanger einen Psychiater habe, der meint, dass ich immer noch falle, aber ich bin nicht in der Stimmung, schon beim ersten Date ungesellig zu wirken. Und noch weniger finde ich, dass der Wintergarten und die Bibliotheksbar der richtige Ort für als trockener Smalltalk getarnte, schonungslose Ehrlichkeit sind.

Der Verleger dreht die Gabel vorsichtig um ihre eigene Achse und schließt die Augen. «Er erklärt sein grundlegendes Misstrauen gegenüber Strafe und Sühne und romantisiert eine Gesellschaft, in der der Verbrechensbegriff von innen kommt.»

«In den Augen sollst du meine Grenzen erkennen», ergänzt Eva.

«Ja, ja», sagt der Verlagschef freudig. «Genau so ist es, ja.»

«Sie werden eine Verschwiegenheitserklärung unterschreiben

müssen», erklärt Milla Linds schwedischer Agent. «Sie umfasst nicht nur die volle Verschwiegenheit über alles, was Sie über Millas nächstes Buch erfahren werden und worum es darin geht, sondern auch Stillschweigen über alle Informationen, die Sie über sie und ihr Privatleben sammeln werden.»

Ich nicke. «Erzählen Sie mir etwas über Robert Riverholt», sage ich und trinke einen Schluck Kaffee. «Milla Linds letzten Berater. So wie ich es verstanden habe, wurde er ...»

«Erschossen», unterbricht mich der Verleger. «Schlimme Sache. Hat uns alle sehr getroffen.»

«Riverholt war ein ehemaliger Polizist mit einem schwierigen Privatleben.» Pelle streicht mit einem Finger über den Henkel seiner Kaffeetasse. «Seine Frau war krank, sie hat ihn auf offener Straße erschossen, bevor sie sich auf einem Parkplatz am Maridalsvannet selbst umgebracht hat.»

Behutsam legt Eva ihre Hand auf meine. «Die Tragödie hatte nichts mit dem Verlag oder Milla zu tun. Aber ich verstehe, dass Ihnen das Sorgen macht. Milla hat das auch sehr mitgenommen, sie hat seitdem keine einzige Seite ...»

«Nun gut», Pelle zieht einen Haufen Papiere hervor und schiebt sie über den Tisch. «Wenn Sie die einfach schnell durchsehen und unterschreiben würden, bevor wir weitermachen ...»

Ich nehme die Blätter und lese, während der Verleger einer Gruppe von Männern zunickt, die gerade vorbeigehen.

«Es geht erst einmal um eine Woche», sagt Pelle, als ich fertig bin, und gibt mir einen Stift. «Wir bezahlen die Hälfte des Honorars als Vorschuss und den Rest, wenn der Vertrag erfüllt ist. Sollten sich Verzögerungen ergeben oder Milla Sie länger benötigen als geplant, machen wir mit den gleichen Bedingungen weiter, wenn das für Sie in Ordnung ist. Reisekosten werden auch gedeckt, heben Sie also die Quittungen auf.»

«Also gut.» Der Verleger legt die Gabel auf seine Untertasse, nachdem ich die Verschwiegenheitserklärung unterschrieben und zurückgegeben habe. «Sie sind sicher gespannt, worum es bei der ganzen Sache eigentlich geht?»

Ich nicke. Ich bin tatsächlich gespannt, wobei sich diese Milla Lind eigentlich Hilfe von mir erhofft. Aber am meisten bin ich auf das gespannt, was, so meine Hoffnung, im Anschluss an diesen Job passiert. Insgeheim hoffe ich, dass Ulf mich mit offenen Armen am Flughafen begrüßt, die Hosentasche voller Rezepte, und sagt: *Ja so was, da ist er ja, der kleine Thorkild, so ein braver Junge, hier hast du dein Sobril und deine Oxys wieder, mach dich locker, grüß mir Frei und deine Wohnung, ich seh dich dann im Jenseits.* Denn das ist der einzige Grund, warum ich zugestimmt habe, meine Wohnung zu verlassen. Ich glaube nämlich, dass es tatsächlich etwas verändern wird.

«Kennen Sie die Bücher über August Mugabe?»

«Nein, eigentlich nicht.»

«Also. Milla Lind ist eine unserer erfolgreichsten Autorinnen, ihre Bücher sind in über dreißig Ländern erschienen, weltweit hat sie etwas mehr als zehn Millionen Bücher verkauft. Bei der Veröffentlichung ihres letzten Krimis, *Schwalbenherz,* haben wir vom Verlag eine Pressemitteilung herausgegeben, dass Milla mit der Arbeit am letzten Teil der Reihe um August Mugabe angefangen hat. Sie war gerade erst mit dem Projekt in Gang gekommen, als Robert starb.»

«Seitdem hat sie nichts mehr geschrieben», sagt Eva. «Milla ist in eine schwere Depression gefallen und hat sich erst in letzter Zeit wieder stark genug gefühlt, um das Projekt in Angriff zu nehmen.»

«Milla und Robert waren auf einen realen Vermisstenfall gestoßen», sagt Pelle. «Sie wollten ihn als Vorlage für das Buch benutzen.»

«Welchen Fall?», frage ich.

«Letzten Herbst verschwanden zwei fünfzehn Jahre alte Mädchen aus einer Einrichtung für Jugendliche außerhalb von Hønefoss. An einem Morgen stiegen sie vor dem Wohnheim in ein Auto, und seitdem hat sie niemand mehr gesehen. Die Polizei glaubt, sie wollten nach Ibiza, weil sie im Jahr zuvor schon einmal dorthin abgehauen waren.»

«Das ist eigentlich ganz pfiffig», sagt der Verleger und schmunzelt. «Es stellt sich nämlich heraus, dass dieser Fall in Millas Buch direkt mit dem Plot um August Mugabe und seine Frau verknüpft ist, die zweimal versucht hat, ihn zu ermorden.»

«Waren es nicht dreimal?», frage ich.

«Sie haben sie also doch gelesen», sagt der Verlagschef und lacht schallend. «Wie Sie wissen, will Milla selbst weder bestätigen noch dementieren, dass es seine Frau ist, die hinter dem Schuss in *Ein Bett aus Veilchen* steht.»

«Seit Robert ermordet wurde, liegt alles auf Eis», sagt Eva, um das Gespräch wieder in die richtigen Bahnen zu lenken. «Und es ist wichtig, dass Milla die Arbeit wieder aufnimmt.»

«Genau da kommen Sie ins Spiel», ergänzt Pelle. «Sie übernehmen Roberts Rolle. Es geht darum, Polizeiberichte zu interpretieren, bei technischen Fragen zu helfen und so weiter. Ich will aber darauf hinweisen, dass das keine Ermittlungen sind, sondern lediglich Nachforschungen für Millas Buch.»

«Das hört sich wahnsinnig spannend an», lüge ich.

«Ja, nicht wahr?», antworten alle drei im Chor, bevor sich der Verlagschef erhebt. «Pelle, Eva, Sie beide kümmern sich um den Rest. Ich habe um zwei Uhr ein Meeting.» Er lehnt sich über den Tisch. «Viel Glück, Aske!» Mit einem festen Händedruck verabschiedet er sich von mir und geht.

Kapitel 5

Die Busfahrt nach Tjøme dauert zweieinhalb Stunden. Es ist vereinbart, dass ich dort abgeholt und zu Milla Linds Sommerhaus gebracht werde, das irgendwo weit südlich zwischen den Felsen dieser Inselgemeinde auf der Westseite des Oslofjords steht. Ich nutze die Zeit im Bus, um eines von Milla Linds Büchern zu lesen. Es heißt *Tintenfischarme* und handelt von dem tief melancholischen, pensionierten Polizisten August Mugabe und seiner Frau, die es liebt, ihn zu hassen.

Als wir im Zentrum von Tjøme ankommen, habe ich ungefähr die Hälfte des Buchs geschafft und schon eine Art Beziehung zu dem abgehalfterten Ermittler aufgebaut, der mit krummem Rücken durch das mit Holzhäusern bebaute Sandefjord wandert und den Mann jagt, der die einzige Tochter des Reeders verführt und gekidnappt hat.

«Neimen, hejsan!», sagt ein Mann auf Norschwegisch, dieser besonderen Mischsprache aus Norwegisch und Schwedisch, im selben Moment, in dem ich aus dem Bus steige. In der einen Hand hält er zwei Einkaufstüten voller alkoholischer Getränke. Er entblößt zwei Reihen gebleichter Zähne, die einen Kontrast zur sonnengebräunten und botoxbehandelten Gesichtshaut bilden. «Sind Sie ... Thorkild? Der Polizist?»

«Expolizist.» Ich ergreife die freie Hand und drücke sie schwach. «Angenehm.»

«Joachim», sagt der Mann enthusiastisch. «Joachim Börlund. Ja, Millas Lebensgefährte.»

Wir bleiben stehen und schauen uns einige Sekunden lang an, er immer noch glucksend und lächelnd, während ich mein Gesicht zu dem entgegenkommenden Halblächeln verziehe, das ich mir in der letzten Zeit antrainiert habe.

«So», sagt Joachim und zögert, als wäre seine Energie plötzlich verpufft. «Wir werden nur zu dritt sein», fährt er fort, als er seine innere Glut endlich wiederfindet. «Leider ist es noch zu früh, um Netze für die Taschenkrebse auszulegen. Vor Mittsommer fängt man meistens nur Wasser und ekliges Zeug. Aber ich habe stattdessen ein paar gute, richtig saftige Biester aus dem Laden besorgt», sagt er und deutet mit dem Kopf auf ein Geschäft in der Nähe. «Man kann ja nicht ohne frische Krebse und Weißwein ins Sommerhäuschen fahren, oder?»

«Das wäre unerhört», sage ich.

Joachim hebt die Tüten zwischen uns hoch und sieht aus, als wollte er etwas Lustiges über den Alkohol sagen, lächelt dann aber nur angestrengt, bevor er sich umdreht und auf das Auto zeigt. Es ist ein roter SUV von Volvo mit strahlend sauberen Felgen und glänzendem Lack.

«Bis Verdens ende ist es nur eine kurze Tour», sagt Joachim, nachdem wir uns ins Auto gesetzt haben.

«Wie bitte?» Ich drehe mich zu ihm um. «Bis Verdens ende?»

«Ja.» Joachim drückt auf einen Knopf, und das Auto springt an. «Die Hütte liegt an der Südspitze von Tjøme. Der Ort heißt tatsächlich so. Ende der Welt.»

«Wollen Sie mich auf den Arm nehmen?»

«Nein.» Joachim sieht aus, als hielte er die Luft an, während er bemüht lächelt und das Lenkrad mit den Fingern knetet. Es scheint, als wäre er dauerhaft nervös, aber vielleicht ist er das nur in meiner Nähe. «Das stimmt wirklich», fährt er angestrengt fort. «Ich schwör's.»

«Komischer Name», sage ich und schaue wieder nach vorne.

«Ja, vielleicht.» Joachim atmet schwer aus, nimmt die eine Hand vom Lenkrad, um einen Gang einzulegen, und fährt vorsichtig vom Parkplatz.

«Und was machen Sie so beruflich?», frage ich, als wir auf der rechten Straßenseite einen Golfplatz passieren. Das Gras auf der Anlage ist grün, die Bäume rundherum auch. Es wirkt, als wäre der Sommer in diesem Teil des Landes schon längst angekommen.

«Ich?» Er schielt kurz zu mir herüber, bevor er antwortet. «Im Moment helfe ich zum Großteil dabei, Millas Karriere zu organisieren. Interviews, Pressetermine, Lesungen, Reisen, Fan-Mails aus der ganzen Welt und eine ganze Menge andere Drecksarbeit. Vorher hatte ich ein Reisebüro in Stockholm. Rucksacktouren nach Asien und Südafrika. Auf einer solchen Tour habe ich Milla vor fünf Jahren kennengelernt.»

«Liebe auf den ersten Blick?»

«Auf jeden Fall. Milla ist das Beste, was mir je passiert ist.» Er nickt vor sich hin, als wolle er das Gesagte zusätzlich unterstreichen.

«Erzählen Sie mir etwas über meinen Vorgänger, Robert Riverholt», sage ich im selben Augenblick, in dem Joachim abbremst und den Blinker setzt. Er erinnert mich an eine alte Oma in einem viel zu großen Auto, die sich beim Fahren vor Angst am Lenkrad festklammert.

«Milla hat der Verlust von Robert schwer getroffen», sagt Joachim. «Sie hat es seitdem nicht geschafft, zu schreiben oder überhaupt irgendetwas zu tun, und ich musste den Laden am Laufen halten.» Er holt tief Luft: «Aber jetzt sind Sie ja da. Jetzt sind wir wieder bereit.»

Das Ferienhaus ist eine riesige Villa im Schweizerstil, umgeben von einem großen Garten und hohen Bäumen. Durch das Blattwerk erahne ich Felsen und Meer.

«Kommen Sie», sagt Joachim, als ich vor der Steintreppe, die zum Haupteingang hinaufführt, stehen bleibe. «Mal sehen, ob wir Milla finden.»

Der Boden besteht aus Steinfliesen, und die Wände sind zur Hälfte holzvertäfelt. Weiter innen kann ich mehrere große Räume erkennen, die alle durch die großen Fenster von Licht durchflutet werden. Die Möbel sind teils neu und weiß, teils alt und unbehandelt; jedes Zimmer verströmt eine derartige Rustikalität, wie man sie nur für Geld kaufen und von einem Einrichtungsdesigner zusammenstellen lassen kann.

Ich folge Joachim durch das Wohnzimmer mit Esstisch, Kamin und Glastüren bis in die Küche, die einen eigenen Ausgang zur Hinterseite der Villa hat. Er legt die Tüten mit dem Essen auf die Sitzbank und stellt die Weinflaschen daneben auf den Boden.

«Da bist du ja», sagt eine sanfte Stimme hinter mir. Ich drehe mich zur Tür nach draußen um und blicke in das Gesicht einer Frau in meinem Alter, die schlank und schön ist und frisch blondiertes Haar hat. Doch irgendetwas in ihrem Blick, in ihren Augen passt nicht zum Rest ihrer Erscheinung. Sie blickt mich an, als würde sie durch mich hindurchsehen.

«Ja.» Joachim nimmt ihre Hand in seine. «Das ist Thorkild Aske.» Behutsam führt er sie in meine Richtung.

«Hei, Thorkild», sagt sie und nimmt eine der Weißweinflaschen, um das Etikett zu studieren. «Alle warten auf ein Buch», fährt sie fort. «Aber mir geht es schon so lange schlecht, und ich finde einfach keine Kraft, irgendetwas zu Ende zu bringen.»

«Ich verstehe, was Sie meinen», sage ich.

Milla sieht mich neugierig an. «Tun Sie das?»

Ich nicke. «Manchmal passieren Dinge, die die Zeit verlangsamen oder sie ganz anhalten, und man findet nur schwer heraus, wie man die Uhren wieder zum Ticken bringt.»

Sie schüttelt leicht den Kopf, ohne den Blick von mir abzuwenden. «Und was kann man da machen?»

Ich zucke die Achseln. «Einen Weg finden, die Wartezeit herumzubringen.» Ich merke, wie sich der Geschmack von Gelatine auf meiner Zunge ausbreitet, wenn ich bloß an die Tabletten denke, die ich einmal hatte. Ich hätte noch hinzufügen können, dass nur wenige Dinge besser dazu geeignet sind, die Wartezeit herumzubringen, als Psychopharmaka, aber ihre verengten Pupillen, ihre verlangsamten Bewegungen und der Ton ihrer Stimme verraten mir, dass sie das schon längst weiß.

«Wenn ich es richtig verstanden habe», Milla stellt die Weinflasche wieder zurück und stützt sich an der Kücheninsel ab, «waren Sie wegen einer Frau krank, die gestorben ist?»

«Ja.»

«Vielleicht glauben die anderen deshalb, dass mit Ihnen jetzt alles anders wird. Two wrongs will make a right? Oder was glauben Sie?»

Ich will etwas antworten, aber Milla hat sich bereits umgedreht. Sie zeigt auf eine der Weinflaschen und sagt zu Joachim: «Den kannst du zurückbringen. Der schmeckt nicht.» Dann wendet sie sich wieder mir zu, nimmt meinen Arm und führt mich durch die Glastür auf eine geräumige Terrasse. «Alle diese Menschen, die auf ein Buch warten, um zu erfahren, was am Ende mit einer Figur geschieht, die ich erfunden habe ... In der Zwischenzeit liegt Robert auf einem Friedhof, keinen halben Meter von der Frau entfernt, die ihn auf dem Gewissen hat. Niemand versteht das», sagt sie und lässt meinen Arm los. «Aber ich werde ihnen das geben, worauf sie warten», fährt sie fort. «Ich werde die Arbeit zu Ende bringen, das Buch fertig schreiben. Und dann, danach ...» Sie hält kurz inne, und ihr Blick wandert an den hohen Bäumen vorbei zum unruhigen Wasserspiegel weiter draußen. «Ist es genug ...»

Milla geht zu einem Nebengebäude, das Wand an Wand mit dem Haupthaus steht. Ihr Blick ist jetzt offener. Als habe der kleine Spaziergang das vertrieben, was noch vor kurzem zwischen uns lag. «Kommen Sie», sagt sie. «Dann erzähle ich Ihnen, woran Robert und ich gearbeitet haben.»

Kapitel 6

Milla schiebt die Glastüren zur Seite und winkt mich in ihr Büro im Anbau. «Die Schreibwerkstatt ist mein ganz eigener Ort.» Sie schließt die Türen, setzt sich an den Schreibtisch und richtet mit der einen Hand ihre Frisur, während sie mit der anderen den Computer einschaltet. «Robert und ich hatten gerade erst mit den Recherchen für das neue Buch angefangen.» Sie beugt sich vor und tippt das Passwort ein. «Wir sind auf einen Vermisstenfall gestoßen, den wir als Vorlage für das Buch verwenden wollten.»

«Ist an diesem Fall denn etwas besonders außergewöhnlich?»

Milla schüttelt kurz den Kopf, ohne vom Bildschirm aufzusehen. «Er war in den Medien, zwei junge Mädchen, die vor sieben Monaten aus einem Jugendheim außerhalb von Hønefoss abgehauen und bis heute verschwunden sind. Irgendwie stach der Fall heraus, als Robert und ich nach aktuellen Fällen suchten, die wir für die Recherche gebrauchen konnten. Weil die Mädchen so jung waren, erst fünfzehn Jahre alt.»

«Und wie soll ich dabei helfen?»

«Wir werden mit den Angehörigen und der Polizei reden, und Sie können mir dabei helfen, mir den Ablauf in einem solchen Fall erklären. Ich weiß, dass Sie früher als Vernehmungsleiter gearbeitet haben. Das ist im Hinblick auf den psychologischen Aspekt bestimmt nützlich, denke ich.»

«Was sagen die Angehörigen dazu, dass wir mit ihnen sprechen wollen?»

«Robert hatte die Eltern des einen vermissten Mädchens schon getroffen. Sie wissen jede Hilfe zu schätzen und sind froh, dass der Fall nicht in Vergessenheit gerät.»

«Und das andere Mädchen?»

Milla schüttelt den Kopf. «Sie hat keine Angehörigen.»

«Niemanden?»

«Nein. Ich habe übrigens ein paar Unterlagen für Sie.» Millas Gesicht verschwindet hinter dem Bildschirm, und ich höre sie in einer Schreibtischschublade wühlen, bevor sie wieder auftaucht. Sie zögert einen Augenblick, dann schiebt sie einen Ordner zu mir herüber.

«Warum hat sie ihn getötet?», frage ich und nehme mir den Aktenordner mit der Aufschrift *Robert Riverholt*. «Roberts Frau. Warum hat sie ihn erschossen?»

Milla will etwas sagen, schüttelt dann aber doch nur den Kopf. Sie zwirbelt ein paar Haarsträhnen zwischen den Fingerspitzen. «Camilla war krank», sagt sie schließlich.

«Krank?»

«ALS, das ist eine degenerative Erkrankung, die die Nerven im Rückenmark und im Gehirn lähmt. Sie hatte die Diagnose erhalten, als Robert noch bei der Polizei war. Robert hat erzählt, dass sie schon damals dabei waren, sich zu trennen, aber er ist bei ihr geblieben, solange er konnte. Zum Schluss hat er es nicht mehr ausgehalten.»

«Sie hat ihn also umgebracht, weil er sie verlassen wollte?»

«Ja», antwortet Milla, bevor sie sich halb von mir abwendet und betroffen auf die Bücher im Regal an der Wand starrt. «Sie konnte ohne ihn nicht leben.»

«Warum glaubt die Polizei, dass die vermissten Mädchen nach Ibiza geflohen sind?», frage ich und blättere in Roberts Ordner über den Vermisstenfall.

«Sie sind schon früher einmal abgehauen.» Milla räuspert sich, als sich unsere Blicke schließlich wieder treffen. «Damals waren sie auf Ibiza.»

«Okay.» Ich blättere weiter in den Unterlagen. «Wie sieht der Plan aus?»

«Morgen fahren Sie und ich nach Hønefoss und statten der Kinder- und Jugendeinrichtung einen Besuch ab, wie auch der Mutter von Siv, so heißt das eine Mädchen. Wir werden erwartet.»

«Warum?» Ich lege den Ordner zwischen uns auf den Schreibtisch.

«Wie bitte?»

«Ich meine, wenn es gar nichts zu ermitteln gibt und wir nur in der Vergangenheit dieser beiden Mädchen herumschnüffeln sollen, warum brauchen Sie mich dann eigentlich, und warum haben Sie Robert gebraucht? Kann eine Schriftstellerin so etwas nicht selbst machen, hier in ihrem Büro?»

Milla sieht mich lange an, bis ihr Blick zum Schluss an der vernarbten Linie in meinem Gesicht hängen bleibt, die am Auge anfängt und kurz zwischen Kieferknochen und Jochbein verweilt, bevor sie in einer gespaltenen Oberlippe endet, die die Unterlippe nie ganz berührt, selbst wenn der Mund geschlossen ist. «Woher haben Sie die?»

«Die stammt von dem Unfall.» Ich wende die entstellte Seite meines Gesichts von ihr ab. «Ulf sagt, ich brauche nicht mehr darüber zu reden.»

«Tut es weh?»

«Nur wenn ich alleine bin. Oder mit anderen zusammen.»

Endlich lächelt sie. «Sie haben recht», sagt sie und lehnt sich auf dem Stuhl zurück. «Eigentlich hätte ich das alles hier schreiben können. Mich im Internet in ein paar Vermisstenfälle einlesen und dann aus dem Unterbewusstsein ein paar passende Schatten hervorholen und ihnen Namen, Gesichter und eigene Geschichten geben können. Aber dieser Fall ist anders.» Sie will eigentlich noch etwas sagen, holt stattdessen aber Luft und schaut aus dem Fenster, wo sich die Baumkronen draußen leicht im Wind wiegen, der vom Meer hereinweht.

«In welcher Weise ist er anders?»

«Er ist es einfach», sagt Milla und blinzelt mehrmals angestrengt. «Joachim hat übrigens das Bootshaus für Sie hergerichtet.» Sie deutet auf den Wald unten vor der Schreibwerkstatt, wo ich bei den Felsen die Konturen eines weißen Gebäudes erkennen kann. «Morgen früh fangen wir an zu arbeiten.»

Kapitel 7

Das Zimmer im Bootshaus besteht aus einer Gruppe von Korbsesseln, die um ein riesiges Panoramafenster mit Aussicht aufs Meer platziert sind. Die einzige Bootsausrüstung sind ein paar maritime Dekorationsgegenstände, die an den weißen Wänden oder von den freiliegenden Dachbalken hängen. Ich habe mich in einen der Korbsessel gesetzt und blättere den Aktenordner durch, den ich von Milla bekommen habe. Darin befinden sich mehrere Zeitungsausschnitte, Fotos von den vermissten Mädchen und einige Ermittlungsunterlagen.

Siv und Olivia waren beide fünfzehn Jahre alt, als sie am 16. September des letzten Jahres vor einem Jugendheim außerhalb von Hønefoss verschwanden. Zuletzt wurden sie gesehen, als sie sich an einer Bushaltestelle gegenüber der Einrichtung in ein unbekanntes Auto setzten. Die Polizei hatte zuerst angenommen, die Mädchen seien nach Ibiza gereist, da sie schon einmal dorthin abgehauen und von der Polizei und den Verantwortlichen im Jugendheim eine Woche später wieder nach Hause geholt worden waren. Aber seit sie sich am Morgen ihres Verschwindens in dieses Auto gesetzt hatten, fehlte jede Spur von ihnen.

Ich schaue mir die Fotos der beiden Mädchen an. Siv hat schulterlange, blonde Haare und ein schmales, überschminktes Gesicht. Olivias Haar dagegen ist dicht, rabenschwarz und kurz geschnitten, sie hat markante Wangenknochen und schöne Augen, die von einem dicken Strich Eyeliner betont werden. Alle Bilder von Siv und Olivia sehen nahezu identisch aus: zwei Teenagermädchen mit tonnenweise Make-up im Gesicht, die ihre Null-Bock-Einstellung zur Schau tragen und ungeschickt versuchen, ihre Idole zu imitieren, natürlich mit weit aufgerissenen Augen und obligatorischem Kussmund. Einzig ihre Blicke scheinen nicht dazu zu passen: Sie sind zu kalt, zu leblos, Blicke von Mädchen, die zu viel gesehen, erlebt und verloren haben.

Zu wissen, dass wir in diesem Fall nicht einmal ermitteln sollen, macht alles nur noch schlimmer. Ebenso, dass ich jetzt dazu degradiert bin, auf der Suche nach einer guten Geschichte in den Schicksalen anderer Menschen wühlen zu müssen. Mir wird schlagartig klar, dass das alles ist, was diese Woche mit Milla Lind mir bringen wird: eine Verlängerung meiner Unglücksserie.

Ich lege die Fotos auf den Tisch und sinke tiefer in den Sessel. Frei hat mich nicht wieder besucht, nicht einmal, nachdem ich aus dem Krankenhaus in Tromsø entlassen worden und zurück nach Stavanger gefahren bin. Ulf sagt, das sei ein Zeichen dafür, dass sich der Hirnschaden in der Amygdala nicht verschlimmert habe und dass sie nun endgültig in ihrem Grab liege und ich sie nicht mehr mit Oxycodon und Benzodiazepinen heraufbeschwören könne. Er meint, die fehlenden Pillen und die Abwesenheit von Frei hätten mich einsam gemacht, und ich würde aufgrund des Mangels an zwischenmenschlicher Interaktion verrosten. Ich hätte sagen können, ich sei zwar alleine, aber nicht einsam, und das wäre durchaus ein Unterschied, aber wir wissen beide, dass das eigentliche Problem woanders liegt.

Als ich mich im Korbsessel aufrichte, fällt mein Blick wieder auf die Fotos von Siv und Olivia auf dem Tisch. «Wo wolltet ihr an dem Tag hin?», murmele ich und schließe die Augen.

Kapitel 8

Auf diesen Tag habe ich gewartet, seit ich drei Jahre alt war. Siv ist unruhig, sie steht neben mir, raucht und umklammert das leere Zigarettenpäckchen, während sie ununterbrochen redet. Die Sonne ist schon aufgegangen und lässt den Frost schmelzen, der sich im Gras auf den Wiesen unterhalb der Bushaltestelle festgebissen hat. Bald wird sie auch auf den Parkplatz auf der anderen Straßenseite scheinen, wo unter den Fenstern des Gemeinschaftsraums das Auto des Nachtwächters steht.

Ich öffne meinen Rucksack. Er ist beinahe leer. Siv hat ihren mit Kuscheltieren, Schminkzeug und Klamotten vollgepackt. In meinem ist dagegen fast gar nichts, denn ich weiß: Wenn heute Abend die Sonne untergeht, wird all der alte Scheiß nicht mehr wichtig sein. Dieser Herbsttag ist das Einzige, was etwas bedeutet, denn er ist gleichzeitig der erste und der letzte.

«Da.» Siv drückt die Zigarette am Haltestellenhäuschen aus, als ein schwarzes Auto um die Kurve biegt und auf uns zufährt. Sie wirft das leere Zigarettenpäckchen weg und hebt ihren Rucksack auf.

«Bist du so weit?»

«Ja», sage ich und werfe einen letzten Blick auf das Gebäude auf der anderen Straßenseite. «Ich bin so weit.»